美人記

10 完

目次

壹之章　曹氏作妖亂朝綱　7
貳之章　父母返京話日常　75
參之章　爆打紈絝吐怨氣　135
肆之章　嬌女出閣喜連椿　201
伍之章　後宮傾軋起波瀾　259
陸之章　探花發威震朝堂　307
柒之章　奸佞橫行種禍根　361
終之章　雷霆一擊復揚帆　403

番外篇之一　師徒和好記　448
之二　雙胞胎　454
之三　大仙　460
之四　朝雲道長　465
之五　老鬼　469
後記　482

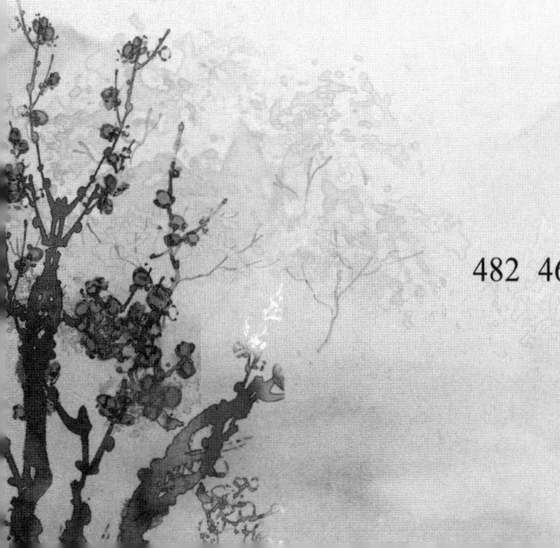

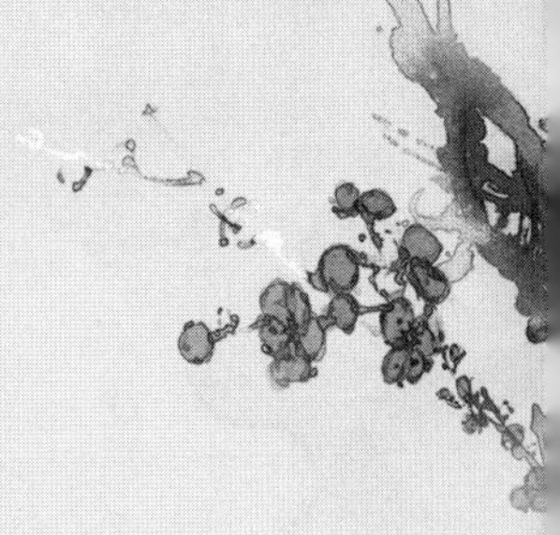

壹之章

曹氏作妖亂朝綱

杜氏家裡母親大壽，何子衿是正經姻親，自然要過去吃壽酒，於是家裡人都打扮好，帶上壽禮，過去向杜太太賀壽。

杜太太很喜歡閨女婆家這位大姑姊，杜太太私下跟杜氏說：「以前我還擔心妳婆家都是念書人，行事未免太過細緻，如今看妳大姑姊不是那等古板之人，我就放心了。」

杜氏道：「我也嚇一跳呢，都不曉得大姑姊功夫這樣好。」

於是，杜太太見著江親家一行人很是親近。來杜家賀壽之人，有不少往昔沒見過何子衿的，今日心裡都嘀咕，瞧著是個愛說愛笑的，打人那事是真的嗎？

甭管是真是假，反正與曹家之事，江家人沒吃虧。

何子衿入宮陪太皇太后說話時，曹太后臉色倒是淡淡的，何子衿只當視而不見。何況，宮裡還有蘇太后。知道江蘇兩家有姻親，蘇太后待何子衿非常和氣，尤其經曹家之事後，蘇太后看何子衿越發順眼，直說她是個爽快人。

何子衿尋思著，從曹家這為人，便可知曹太后秉性，有這樣一位聖母皇太后在一旁，儘管瞧著兩宮太后挺和睦，不過，依何子衿推斷，蘇太后喜歡曹太后的可能性不高。

家裡的事剛停當，江念在早朝可是開了眼。

先時小唐總管與他說兩宮太后修建宮室之事，不曉得因何緣故，竟給爆發出來了。江念消息不甚靈通，及至早朝，先是御史臺上本，直接就參奏壽康宮逾制。御史那張嘴甭提多刻薄了，別看曹太后是小皇帝親娘，要是小皇帝前頭去了那個小字，興許這些人會收斂一二。如今小皇帝尚未親政，御史簡直是怎麼刻薄怎麼說，直說曹太后無視兩宮，所謀甚大。

妳曹太后在宮裡排老三，妳壽康宮論制都不能逾越蘇太后的永壽宮，結果妳修得比太皇太后的慈恩宮都大，妳是什麼意思？要說妳沒圖謀，傻子都不能信！

御史還把內務司參了，說內務司只知溜鬚拍馬，不知勸諫尊上。

接著，就有禮部的人出來說，這事倘是實情，的確是曹太后逾禮。

臣子們突然鬧騰起來，小皇帝一向孝順，自然是維護自己母親的。奈何小皇帝的口才實在是鬥不過靠嘴吃飯的御史，一時間局面難控，那種種難堪就甭提了。

江念看小皇帝臉漲得通紅，大吼一句：「此事自有陛下與內閣定奪！」

韋相出面堪堪穩住局面，別以為這是首輔，大家就要給他面子。事實並非如此，御史臺的老大並不是韋相，而是左都御史鍾御史。這位鍾御史在御史臺幹了大半輩子，剛直不阿的名聲，滿朝皆知。好在禮部尚書葛尚書一向與韋相交好，總要給韋相幾分薄面，所以禮部先收聲，而御史臺在韋相保證一定查明此事後，也暫收了咄咄嘴臉。

早朝結束後，江念就去翰林院當差了，今天他還有課。到了時辰，江念進宮給小皇帝講史學，發現小皇帝注意力不大集中，便道：「陛下若是累了，可以先略做休息。」

小皇帝想了想，覺得江先生是個厚道人，早朝時肯挺身維護他，就將心中的煩難說了，也是想請教江先生的意思。

小皇帝覺得早朝有失顏面，曹太后又想將鍋推給內務司，直接跟皇帝兒子說：「我不知道這事，內務司沒跟我說。」一屎盆子扣到內務司頭上去了。

下屬為上司背黑鍋，這事不算稀罕，多是忠心耿耿的下屬自願為上司背黑鍋，或者是好拿捏的下屬無可奈何為上司背黑鍋。如曹太后對小唐總管，小唐總管既不好拿捏，又與曹太后關係一般，就是忠心，滿朝都知道小唐總管是太皇太后看著長大的，小唐總管忠心也忠心不到曹太后這裡來。

小唐總管一見曹太后竟讓他頂鍋，當下氣不打一處來，直接發一毒誓，要是他沒有提醒過曹太后壽康宮逾制之事，讓他全家死光光。小唐總管發這樣的毒誓，曹太后沒敢接碴拿自己娘家也發毒誓。小皇帝又不傻，自然看出誰是誰非來。

小皇帝發愁這事，略與江念說了，當然沒說他老娘讓內務司背鍋，逼得內務司總管發毒誓，只道：「早朝之事，委實……」

江念沒明白小皇帝煩惱的是壽康宮之事，以為小皇帝覺得早朝大失顏面。江念本身也認為，什麼壽康宮在帝王尊嚴面前都是小事。江念想偏了，覺得小皇帝想找回場子，遂道：「臣一時也說不好，只是，臣想著，當初先帝臨終前將陛下託付給太皇太后與韋相，陛下倘有為難之事，只管與娘娘與韋相商量，先帝的眼光再不能差的。」

江念雖然提了韋相，實則是想小皇帝去跟太皇太后商量。在江念看來，韋相雖是內閣之首，在朝中頗具權勢，但太皇太后無疑更有一種隱形的權勢與威懾，尤其今晨早朝之事，小皇帝失了顏面，韋相並沒有很好地維護住帝王尊嚴。這很好解釋，韋相是百官之首，說來說去，他還是官，本身就代表著官員的利益。可太皇太后不同，太皇太后身為皇室長輩，小皇帝失了顏面，韋相可以敷衍過去，太皇太后便不是為小皇帝，就是為自己，也斷不能讓百官如此輕忽皇室。故此，江念讓小皇帝去與太皇太后商量。

小皇帝雖沒明白江念的深意，卻是很認同江先生的話。

小皇帝最信服的人就是過世的父親，想到父親，眼中都閃爍起淚光，越發覺得國事極艱難，朝中大臣們不好相與，家裡事情也多。

江念的意見終是進了小皇帝的心裡，小皇帝也不急著念書了，他現在也沒心情念書，就先讓江先生歇一歇，以後再補課，他去慈恩宮找太皇太后商議此事。

江念的提議非常好，卻沒想到太皇太后如此厲害。

他很早就對這位太皇太后的生平進行過細緻的研究，知道她是個有本事的女人，又覺得太皇太后如今上了年紀，性子說不定變得溫和了，誰知這都是他的臆想。

太皇太后得知早朝之事後，勃然大怒，把韋相叫進慈恩宮訓斥，韋相自慈恩宮出來時，臉都是白的。與此同時，叫囂的御史臺也沒得個好，鍾御史與韋相前後腳出來的，鍾御史因做御史多年，鐵面無私，臉一向是黑的，結果被太皇太后訓得灰溜溜。挨罵尚不算完，韋相與鍾御史罰俸一年，降三級留用。當然，壽康宮事件的禍根曹太后也沒得了好，太皇太后趁著曹太后逾制，將曹家二等承恩公爵連降四等，降為三等承恩侯。

太皇太后此等雷霆手段一出，整個帝都官場似乎連喘氣都不敢大聲了。

御史臺的小御史們，別的時候有個屁大點事他們怎麼也要吵個把月的，如今御史臺的老大都被罰了，小御史們更是一個個都跟剪了舌頭似的，甭提多安靜了。

江念與何冽等人落衙回家談起此事都說：「太皇太后這一出手，當真是不同凡響！」

大寶也跟著過來了，說到此事也直咋舌：「真正厲害，太皇太后直接兩方都罰了。事情辦得公道不說，也鎮住了朝上那些嘰嘰歪歪的傢伙們。」

江念心說，太皇太后的厲害可不在這上頭，他原是想小皇帝找太皇太后出面找回場子，結果太皇太后的確是將皇室的面子找回來了，非但找回來了，太皇太后還一個巴掌抽在內閣臉上，另一個巴掌抽在曹家臉上。

要知道，當初先帝可是讓太皇太后與內閣同理朝政的，如同今日早朝時朝臣令小皇帝大失顏面，太皇太后此舉，何嘗不是抽去內閣一層臉皮？不論韋相還是左都御史，皆是內閣之人。如同帝室與朝廷的制衡，太皇太后與內閣，太皇太后與曹太后，彼此之間都存在一種微妙的平衡。如今太皇太后藉此時機，光明正大問罪內閣與曹家，你能說太皇太后錯？

太皇太后既無錯處，那就是罰得對了。

內閣不能在早朝時掌控朝局，致使帝王失顏，太皇太后說一聲罰得輕，也沒人說得出別個。至於曹太后，天下人都知道這位糊塗婆娘做了些什麼，亂子就是由她給自己修建宮室惹出來的，但這位是帝王生母，太皇太后為存陛下顏面，轉而罰了曹家，直接降爵。

太皇太后這一手，四兩撥千斤，高明得可怕。

太皇太后同時削弱內閣與曹家，現在最強的一方是誰，已是不言而喻。

而讓小皇帝找太皇太后的主意，還是江念出的，江念簡直恨不得割了自己的舌頭。

江念晚飯沒什麼胃口，待晚間夫妻倆說起私房話時，江念方與子衿姊姊說了此間內情，江念道：「妳說，我是不是做錯了？」

何子衿仔細思量一二，方道：「我不太清楚朝中這些事，可我覺得你有些拘泥了。阿念，你太過擔心陛下了。」

「我就是看著陛下在朝上臉都漲紅了，一時不忍心。」

「我不是說這個。」何子衿道：「我是說，你何須擔心太皇太后是否會掌權？太皇太后一向沒有過失，就是先時咱們擔心的，先帝臨終前太皇太后會扶持哪位皇子，最終太皇太后還是選了先帝長子。當初太皇太后會選擇今上為儲，起碼不是出自私心。太皇太后會這樣選，主要是，這樣選最正確，於江山最為安穩，不然彼時先帝病篤，倘太皇太后支持別的皇子，朝中必然有一類人，譬如清流，他們肯定是支持嫡長論的。太皇太后或許是不願意與這些人衝突，方支持今上為儲。這就說明，在太皇太后心裡，誰都不如江山安穩來得重要。」

「太皇太后都有這樣的心胸，這就不僅僅是一個掌權者的心胸，這是真正的上位者該有的心胸。」何子衿溫聲道：「你不要將太皇太后看成弄權女主，或是則天皇帝第二。就是武則天當年登基稱帝，天下難道就不安穩了嗎？如果太皇太后德不堪其位，或者哪裡有失公道，你可以說這個人不好，她會禍及江山，但你不能因她是個女人而反對她。世間權勢沒有久存的，總有一種公理存在，這才是世間最大的規則。這種規則，才是最長久的存在。」

江念到底是接受正統士大夫教育的人，他道：「難道坐視太皇太后一家獨大？」

何子衿問：「太皇太后便是強勢些，她已是將六十的老人了，她便是坐大又如何？擔心謝氏外戚專權，武則天當年如何，難道把皇位傳給自己侄子了嗎？」

「那陛下呢？」江念問。

「陛下還小，就是陛下長大了，我聽說先帝在位時也時常請教太皇太后有關國策之事。

便是仁宗皇帝當年，一樣與太皇太后共掌權柄。這兩位陛下的皇位，就不安穩了嗎？」何子衿問：「咱家有什麼事，我做主辦了，你就不是一家之主了？你的權力就被我搶了？」

江念聽到最後一句方長長吐了口氣，揉一揉眉心，「我興許是鑽牛角尖了。」

何子衿一笑，「行了，早些睡吧。爹來信了，娘又生了個兒子。」

「哎呀，怎麼不早說？這麼大的喜事！」江念忙道：「岳父信上說什麼了？」

「沒說什麼，就說娘生小弟弟的事。爹可遺憾了，說明明是盼閨女的，還特意去拜了菩薩，不曉得送子觀音怎麼送錯了。」何子衿說到此事也眉宇間淨是喜色。

江念大笑，「這真是老來子啊！」又正色道：「咱們也該努力向岳父岳母看齊！」

「去，別說這話，咱們有龍鳳胎、雙胞胎，正好。」

江念纏著子衿姊姊就滾被窩裡去了，道：「再來一對龍鳳胎、雙胞胎我也不嫌多。」

沈氏再添一子的消息給江沈何三家添了許多喜慶，尤其沈老太太、沈太爺都極歡喜，又擔心閨女的身體，畢竟高齡生產，頗耗元氣，就想著是不是打發人送些東西過去。

何子衿勸道：「我爹眼瞅著今年就能回帝都，送東西送些簡單的就行。」

沈老太太想了想，拿出私房銀子叫人買了燕窩給閨女送去。江氏知道這事，哪裡肯用婆婆的私房，說自公中出。沈老太太道：「我這裡有呢，就用我的。」

沈太爺寫了封信，沈素也寫了信。江氏看婆婆買了燕窩，便又置了些雪蛤。何子衿這裡各有各的信要寫，余幸和杜氏妯娌，再加上何子衿與宮媛商量著，就不要各備各的禮了，乾脆四人每人出一份錢，合買了花膠和阿膠，讓沈氏自己看著吃。再者，就是給祖母何老娘的東西。另則，重陽及大寶等人還各有給家裡的東西，皆一併著管事捎帶了去。

阿曄知會了紀珍，紀珍一向大手筆，收拾了一車東西，半車是給未婚妻的，半車是給自家的。孩子們聽說要給外祖和祖父家送東西，也都寫了信給長輩，而且，雙胞胎還十分有心眼地提前把信黏好封口，明擺著怕人偷看。何子衿故意問他們：「你倆這是怕我看啊？」

這年頭孩子不講隱私權，何子衿這一生兩世的教育小能手，其實也不大開明，很「入鄉隨俗」經常查看雙胞胎隱私。當然，雙胞胎也沒啥隱私。

雙胞胎哪裡肯承認，阿昀還裝模作樣地說：「不是，我是怕封不好，信掉出來，到時曾外祖母、外祖父、外祖母、姊姊看不到我們的信，得多傷心啊！」

阿晏道：「娘，您要看就看唄。我哥也寫了好長的信，要不，咱們連我哥的一塊看了。」這小子雞賊，知道他哥年紀大，爹娘一般鮮少看他哥的信。阿晏心裡想著，如果他們娘不看大哥的信，而要看他們的信，那他就提出議異，說娘偏心。

何子衿哪裡看不出雙胞胎的小心思來，「誰稀罕看你們的信，你們無非就是寫在官學遇到惡霸，你們如何富貴不能移、威武不能屈罷了。」

雙胞胎沒想到竟被他們娘猜個八九不離十，阿昀瞇著一雙小眼睛，充滿懷疑地問：「您不會早就偷看我們的信了吧？」不用他娘看，他自己就把內容說出來了。

何子衿「切」一聲，不理二人。

雙胞胎仔細檢查過自己寫的信，沒發現漆封動過，便與朝雲祖父道：「祖父，真是不可思議啊，娘竟把我們看透啦！」

朝雲祖父：你們兩個小東西很難看透嗎？別故作高深了，快笑死祖父啦！

雙胞胎覺得親娘太不得了了，居然能看透他們在想什麼，太沒有安全感了。親娘是不是也知道他們私下有時候會抱怨爹抱怨娘啊？哎喲，這可怎麼辦呀？

於是，雙胞胎想出一絕招，只要他們回家，就要跟他們娘玩個「您猜猜我們在想啥」的遊戲。待他們娘猜錯好幾回，雙胞胎這才放下心來，高高興興地又去住朝雲祖父家了。

家裡派了管事送東西，因著帝都離北昌府遠，管事再怎麼趕，也足足到了七月才將東西送達。光金鎖就有五六副，何老娘瞧見金鎖，高興得眼睛笑成了一條線。

何老娘道：「咱們金哥兒一天換一副戴都帶得過來。」

沈氏因在哺乳期，臉帶著些微圓潤，翻看著收到的信匣，招呼阿曦：「不止妳爹娘寫了信給妳，妳哥和雙胞胎都寫了。哎喲，妳三舅也有信給妳。」

阿曦接了信，道：「爹娘和雙胞胎都是真正寫給我的，我哥一定是寫給阿冰的。三舅的信我都不用看，肯定是叫我轉交給小舅媽的，他們一準兒還給我捎東西叫我轉交呢。」

沈氏聽得直笑，何老娘道：「光棍兒都這樣。」問阿曦：「阿珍有沒有送東西給妳啊？」

「當然有啦，阿珍哥也寫信給我了。」

「看吧，妳三舅妳哥就跟阿珍一個心。」何老娘悄悄打聽：「阿珍送啥給妳啊？」

阿曦很得瑟地謙虛著，「太多啦，一時哪裡說得完？」

何老娘眉開眼笑，「這就好，說明阿珍有心。」還傳授經驗給外孫女：「那些光會說漂亮話，沒個實惠的，全都不成。」

阿曦道：「我哥跟我三舅都這樣，就一人一個匣子給阿冰和小舅媽，多摳兒啊！」
關係到自家重外孫與自家孫子，何老娘立刻改口：「那也不是這麼說，阿珍自己有錢，又在帝都當差好幾年，妳哥跟妳三舅不一樣，妳哥還花用家裡的錢呢，妳三舅也才當差，自己都怕不夠，就這一匣子的東西也不能小看，這都是他們從牙縫裡擠出來的，貴在心誠！」
阿曦忍笑道：「也就外祖母說，我才信呢。」
「就是這樣，再沒差的，咱家人都是實誠人。」何老娘說著，很想偷看一下重外孫與孫子給未婚妻送的是什麼東西。阿曦很大方地把三舅和她哥給未婚妻的小匣子拿給曾外祖母，何老娘一瞅，就道：「怎麼還都鎖著呢？這鎖著，到時叫人家姑娘怎麼看裡頭的東西啊？」她老人家不說自己想看。
阿曦解釋：「這是這會兒的時興，就是兩人一個有鑰匙，一個有鎖，像我哥和三舅買了東西放匣子裡用鎖鎖了，屆時我把東西送去。阿冰和小舅媽早就有鑰匙，打開來就行了。」
「哎喲喂，還有這事？」何老娘頗為驚奇，覺得現在的孩子們太有想法啦。
阿曦道：「可不是嗎？」當然，阿曦會知道，是因為她跟阿珍哥也是這樣的。手裡沒鑰匙，何老娘沒看成重外孫和孫子給人家女孩子的東西，就去瞧阿珍給重外孫女的禮物。紀珍向來很會照顧人，尤其阿曦妹妹，紀珍更是從小顧到大的。何老娘就見紀珍給阿曦捎的東西，真是什麼都有，衣料首飾頭花，竟然還有金銀錁子。
何老娘問：「怎麼阿珍還捎金銀錁子啊？」
阿曦道：「阿珍哥說是叫我存著，有事出門，可以拿著賞人什麼的。」

何老娘連忙道：「咱們北昌府可沒這樣的規矩，妳好生存著，別亂給人。看這錁子多精巧啊，這一個也得二錢呢。」

沈氏道：「是啊，光這模子花色就不常見。」

阿曦略看過阿珍哥給自己的東西，就與外祖母、曾外祖母一起拆家裡的信。

何老娘比較急，道：「來，阿曦，先給我念念妳娘給我來的信。」

老人家眼睛不大好了，儘管識字，但現在看個字都得戴老花眼鏡。那老花眼鏡，何子衿倒是給何老娘做了兩副，可何老娘戴不習慣，但凡有讀信的事，都是找阿曦。

阿曦開始念親娘寫的信，基本上就是一切都好，她娘還提到，去帝都得了太皇太后賞的好料子，都在家給祖母留著呢，待祖母到了帝都就做衣裳穿，體面得不得了。

何老娘一聽這事，再沒有不高興的，假假道一句：「這丫頭也是，有料子自己裁兩身穿就是，還總是想著我。我一把年紀，穿什麼都行。」又與沈氏道：「咱們丫頭就是運道好，一回帝都就得太皇太后喜歡。」

沈氏笑咪咪的，見父母兄弟閨女兒子在帝都都好，她就放心了。

何老娘聽完了自家丫頭的來信，這才叫阿曦念三個孫子的信。相對於何子衿那家長裡短的信，何冽等人的信薄得就一張紙，何老娘略有不滿，與沈氏道：「要不都說還是丫頭貼心呢，寫信也知道多寫幾張紙，看阿冽他們，怕浪費紙呢。」咋寫這麼短呢？

沈氏笑道：「男孩子都是外頭當差的事，的確不如女孩子細緻。」

「這信寫不寫都一樣，沒啥滋味。」何老娘說著，又讓阿曦給念了重外孫阿曄的信，然後評價道：「難怪人家都說外甥像舅，信都寫得差不多。」

阿曦掂起雙胞胎的信封，笑道：「看雙胞胎的信吧，這老厚的，不知都寫了些啥。」

何老娘道：「快看快看！」

阿曦念雙胞胎的信念到口乾，雙胞胎簡直把自己吹上天了，尤其寫初到官學被欺負，雙胞胎如何智慧反抗，面對強權如何堅貞不屈，最後如何與強權撕破臉，然後他們娘親如何厲害，幫他們打跑壞人，簡直寫得一波三折，很有他們大哥阿曄當年寫話本的風格。

阿曦心中都說，就雙胞胎這寫故事的本事，以後也不愁沒飯吃了。

何老娘與沈氏聽著卻極是擔心，沈氏道：「我還以為他們在帝都樣樣都好呢，官學裡如何還有這樣的孩子，這般欺負人啊！」

何老娘道：「幸虧咱丫頭能幹給揍了回來，要不，咱雙胞胎可就吃大虧了！」

阿曦寬慰道：「老祖宗、外祖母，妳們只管放心吧，他倆要是吃虧就不會在信裡炫耀了。朝雲祖父還給他倆派侍衛呢，我還不知道他們，肯定成天去學裡顯擺。」

待阿曦將事念到最後，祖孫三人不由都笑了，無他，雙胞胎信上說，由於他們娘在學裡為他們出氣，太過厲害，現在想邀請同窗到家裡玩，同窗都不大敢去，怕被他們娘親揍。他們與同窗說他們娘溫柔又和氣都沒人信，雙胞胎很是為此苦惱。

何老娘哈哈直樂，與阿曦道：「小孩子家家的，淨瞎想。妳娘除非是遇著不講理的，不然再不會跟人動手的。」

阿曦看老太太特有興致，便湊趣道：「難道以前我娘還跟人打過架？」

「就一回，那是我們一起出門，有人說妳三姨媽壞話，我跟妳娘這脾氣這性子，眼裡豈能容沙子？我們倆上去就把那多嘴的婆媳給揍了一頓。」何老娘至今說起這事，都得意中帶著可惜，「也沒料到會動手，當時我們原是去李大娘家說話的，我還買了一包咱們縣有名的飄香坊的栗子酥。哎喲喂，妳沒吃過飄香坊的點心，那個味兒，香得不得了！當時光顧著替妳三姨出氣，栗子酥也丟了一地，可惜了的，那樣的好點心！」最後，何老娘補充一句：「妳娘自小就機靈能幹。」

阿曦聽朝雲祖父說過一回，但朝雲祖父與曾外祖母的講述方式不同，她聽得津津有味，很誠心誠意地表示：「我看我娘就是像曾外祖母。」原來她娘自小就是打架小能手啊！

何老娘喜孜孜地道：「妳娘旺夫旺家這一點最像我。」

何老娘聽雙胞胎的信最有滋味，與阿曦道：「看看雙胞胎給妳們的信上寫的啥。雙胞胎聰明啊，會寫信，寫得比妳舅妳哥他們都好。」叫人聽得懂，也愛聽。

阿曦就撕開雙胞胎給自己寫的信，一看就無語了，「老祖宗，他們寫給我的，跟寫給您的一模一樣啊！」

何老娘和沈氏皆忍俊不禁。

阿曦道：「這兩個懶鬼！」

何老娘直笑，「這再抄一份也不容易嘛，他倆還小呢。」

沈氏道：「雙胞胎也給我和妳外祖父寫了信，阿曦看看可一樣。」

阿曦拆開看了，然後徹底無語：雙胞胎，你們寫四份一模一樣的信是啥意思啊？

雙胞胎：因為要寫給四位長輩啊！

雙胞胎為了顯擺自己在官學的英勇事蹟，把同樣的信抄了四遍，手都抄腫了。

朝雲道長笑得肚子疼，還裝模作樣地為雙胞胎在手腕上抹藥膏，說他倆：「這做事得有條理，哪裡有一下子寫這麼多字的？該分開寫，今天抄兩篇，明天抄兩篇。」

雙胞胎道：「這不是急嗎？我娘也沒提前跟我們說要給外祖母寫信，光這信我們就寫了一晚，抄又抄了一晚上，其實也是兩天沒差。」

「兩天都累腫手，那就該分四天來做。」朝雲道長忍笑，「有了小舅舅這樣急啊？」

阿昀道：「小舅舅還是奶娃子呢。」倒不是急小舅舅，主要是得叫長輩們知道他倆在帝都官學的英勇事蹟啊！

阿晏打聽：「祖父，您說我們要不要準備點見面禮給小舅舅啊？」

朝雲道長想了想，道：「準備一兩件也可以。」

阿昀道：「那準備啥啊？」

朝雲道長道：「小孩子多是喜歡玩具，備幾樣孩子們愛玩的玩具就可以。」

一聽說可以準備「玩具」，阿昀鬆了口氣，幸虧不用金銀。

阿昀道：「那我把我的花啦棒給小舅舅。」反正他也不愛玩了。

阿晏道：「我把我的小瓦狗給小舅舅。」這個也是阿晏先時心愛，後來淘汰下來的。

朝雲道長微微頷首，誇獎兩個孩子：「這就很好。」

兩人商量好給小舅舅的禮物，右手腕被揉完，又把左手腕伸出來給祖父揉。

朝雲道長問：「你倆左手也寫字啦？」

雙胞胎撒嬌，「祖父就給揉一揉吧，一會兒我們給祖父敲背。」

朝雲道長故作思量，「好吧。」

兩人頓時高興起來，倚在祖父身邊嘀嘀咕咕說起私房話來。

雙胞胎甭看年紀小，事兒著實不少。

自從曹家子轉班走了，雙胞胎在班裡就成了紅人，很多同窗都想同他們做朋友，他倆又是個愛得瑟的，難免顯擺一二。朝雲道長聽了，便對他倆點撥著些，以免成天瞎臭美。

有朝雲道長負責雙胞胎的教育，何子衿清閒許多，閒時她還能聽一聽八卦。

今日來說八卦的是準女婿紀珍。阿曄在用功念書，紀珍不打擾他，跟岳母說帝都八卦，紀珍道：「岳母可知道，當初壽康宮那事是因何鬧出來的？」

何子衿道：「這我如何知曉，想來是消息靈通之人吧。」

紀珍就與岳母說了，這事能爆出來還頗是不簡單，至於與消息靈通之人有沒有關係，紀珍是不知道的，但紀珍知道的是：「當初內務司的唐總管確實提醒了曹太后壽康宮逾制之事，但後來曹太后再未用過唐總管，而是改用內務司許郎中。」

話說到這兒，不必紀珍說，何子衿也明白了。曹太后合著是跟小唐總管翻臉，不，不說翻臉，不睦是肯定有的，不然曹太后不可能把內務司郎中提上來，不用小唐總管。

何子衿道：「這事你知道，不要再與別人說了。」

「岳母放心，我曉得。」紀珍就是把打聽來的消息與岳家透露一二。

紀珍也是與阿曦妹妹訂親後才曉得岳家竟與唐家有往來，這才過來同岳母說一聲。

何子衿晚上與江念說此事時，江念沉吟片刻，道：「這倒不稀奇，小唐總管的夫人娘家姓鐵，鐵氏亦是帝都名門，小唐總管的岳父致仕前官至左都御史，而今左都御史鍾御史，就是當年鐵老御史一力提攜起來的。要說小唐總管不忿曹太后用一位郎中打壓他，進而給曹太后難堪，也不是辦不到。」

只是，給當朝太后挖坑，風險著實不小，哪怕現在給了曹太后難堪，就不擔心以後曹家算後帳嗎？再者，憑江念對小唐總管的了解，小唐總管為人爽直，不似有此心計之人。

何子衿道：「郎中不過官居五品，也能壓制正二品內務司總管？」

江念道：「壓自然是壓不住的，可這就像是一個暗示，說明曹太后並不信任小唐總管。小唐總管雖出身好，也深得太皇太后信任。到底是一朝天子一朝臣，今上已是登基，曹太后又是今上生母，今上生母做出這樣的表態，難保就沒人打小唐總管位置的主意。」

「那你說，這事是不是唐家辦的？」官場上的事，何子衿還是更信任阿念的判斷。

江念搖頭，「不好說。小唐總管雖有這個能力，但他性子直，倘有不滿恐怕早直接說了。他要是有這種手段，先時就不會來咱家同我抱怨曹太后那些話。」

何子衿也想不通，江念嘆道：「要是小唐總管，反是好的。他那人，事情過了就算了。倘不是他，才令人擔憂啊！」

何子衿想了想，是啊，這次御史臺這般大的動靜，聽阿念說，那鍾御史可不是擺設，能叫御史臺大力彈劾曹太后，想想就知這幕後之人當是何等人物。而且，說句實在話，這樣的大人物，在帝都屈指可數。只是，這樣的人豈是尋常人能使喚得動的？

這事太過複雜，何子衿乾脆不想了，就說起自家老爹調任回帝都的事，何子衿道：「娘他們這一路，我就擔心老的老，小的小，阿曦還是個女孩子，當不得事。」

江念道：「要不，讓重陽去接一接吧，重陽打理庶務是極好的。」

何子衿想了想，「這也成，你近期沒什麼事吧？」重陽在江念身邊亦是極得力的。

江念笑，「我來帝都都沒什麼大事，就是辛苦重陽跑這一趟了。」

說到重陽，何子衿道：「重陽這孩子，是個穩重可靠的，我就為他這前程思量了許久，你說重陽以後是納捐，還是走別個路子？」

江念已有打算，道：「我準備先讓他考一考刑名。杜親家在大理寺，大理寺每年都會招考刑名官吏，並不考那些詩啊文的，這於重陽倒是合適。雖品階不高，先讓他在刑名上歷練一二，待有了經驗再謀外放。」

何子衿點頭，「也好，正好讓重陽回去與三姊姊和阿文哥商議。」

何子衿將此事與宮媛說了，想著他們小倆口先商量一下。

宮媛在這方面不大懂，道：「只要乾媽您瞧著好就好，我就聽乾媽的。」

何子衿笑，「你們小倆口素來有商有量的，還是跟重陽商量吧。」

宮媛應了，心中十分感激，乾媽雖讓她去跟丈夫商量，可憑兩家的情分，又怎會是不好的差使呢？便是官小，只要肯幹，也有出頭的日子。

沒幾日，江念家裡迎來了愛吐槽的小唐總管。小唐總管一副鬱悶苦逼臉，進門就道：

「不知我是犯了哪路神仙，做了什麼惡業，近來頗是不順。」

不必江念問，小唐總管就劈里啪啦說道：「御史彈劾曹太后，竟有人說背後是我的主意！呸，要是我的主意，我才不藏著掖著，有話我也是直說！曹太后都不許我碰壽康宮的事，她吩咐的是營造司許郎中管。要是她肯叫我管，我怎麼會破土動工？原就不合規制。許郎中曉得什麼，就知道往上巴結，只管曹太后怎麼高興怎麼來。還以為別人不知呢，當誰是傻子，御史臺會不曉得才有鬼！」

江念遞上涼茶，道：「暫且消消氣，哪裡值當為些個流言蜚語氣壞了身子。」

「這要是我幹的，有這話傳出去，我也不惱，敢做我就敢當！我明明沒幹，人家都以為是我幹的！你說，我這不是為人頂缸嗎？」小唐總管氣惱得很，又說曹太后：「她那事誰不曉得啊？當初她就把夏神醫擠兌走，弄得如今宮裡都沒個好大夫，就不知多少人埋怨她呢。」

小唐總管的母親都九十幾的人了，最需要好大夫的時候，結果帝都城最好的神醫被曹太后擠兌走。小唐總管每想到此事就一肚子火，這會兒也一塊絮叨了出來。

小唐總管說得自己痛快了，還在江家吃了頓飯，這才告辭回家，走時還說：「怎麼沒見你家雙胞胎？聽我家夫人說，他們可有意思了。」

江念笑，「他倆今天沒回來，在師傅那邊呢。」

小唐總管想了想，「哦，原來是方先生啊！」好奇地跟江念打聽：「方先生是不是很難說話？嘿嘿，李侯爺過去時，碰了一鼻子灰。」

江念連忙道：「主要是老人家性子耿直。」

「看你這話說得，李侯爺不耿直了？」小唐壞笑，「不過，方先生懟得真好。」

江念：……

小唐總管樂呵呵走了，江念的心卻越發沉重，突然有些後悔讓岳父回帝都任職了。

江念找子衿姊姊商議，何子衿沉吟半晌道：「你是不是想多了？」

江念道：「我自問處處謹慎，可妳說，咱家自到帝都發生的這些事，直接或間接的，怎麼就把曹家和韋相都給得罪了？」

何子衿道：「要不，就先別叫爹他們回來？」

江念道：「這就太可疑了。」

何子衿敏銳道：「你的意思是……」太皇太后一系做的這事？

何子衿搖頭，「不大像。」太皇太后不像這樣的人。

江念道：「這個人必是一位極精於權謀之人，現在只得慶幸他與咱們尚無惡意。」

一連串的事情太過可疑，但叫江念自己說，他都不曉得如何入得這局。或者，他並不是此人局中的意圖所在，只是因緣際會受到一些牽連，畢竟他官職不高，家世不顯，於帝都委實算不得一號人。而且，這人手段高妙，江念如今已不得不站在太皇太后一系了，他深深得罪了曹家，然後在小皇帝面前說了分外之話，以致於內閣首輔的韋相被訓。現在敢上江家門的就是小唐總管了，小唐總管是誰的人，不言而喻。

「太厲害了……」江念喃喃。

何子衿挑眉，江念道：「這事雖不知是哪位大人的手筆，但委實是太巧妙了。怪道說人外有人，天外有天，帝都真是藏龍臥虎之地。」

江念習慣自權謀利弊考量，何子衿就感性些，「咱們都是出自好心，只管坦蕩就是。」

江念點頭，「幸虧是出自公心，不然我這心就更不安了。」

何子衿道：「你心安就好，只是你一定要小心。我不擔心太皇太后，咱們與小唐大人交好多年，又有朝雲師傅的面子，再者，太皇太后並未有惡意。我是擔心韋相和曹家，你小心些，曹家不過是小人，韋相卻是首輔。你以前不是說過，陛下極是信重韋相。」

江念嘆，「是啊！」甭猜什麼幕後主使了，他上遭多嘴，韋相與曹家都遭了訓斥，他這個多嘴的，怕也落不了好。

然而，江念未料到，他的報應來得如此之快。

江念收到翰林掌院學士的談話，意思是，翰林院要修先帝在位時的史書，翰林院裡看來看去，此事非江侍讀莫屬。因此事比較急，江念這做帝師的差使就暫且放一放。

掌院學士都這樣說了，江念能說什麼？

好在小皇帝顧念舊情，雖則江先生不再給他講課，還是賞了江先生一些東西，算是感謝江先生這些年對他的教導，也全了江先生的顏面。

江念去了帝師一職，雖則官位上沒什麼變動，但地位委實一落千丈，簡直不必宣揚，眾人也知道江侍讀要倒楣了。江念也算是見識了一番人情冷暖，所幸兩個小舅子一個表外甥都在翰林，再者，沈素的親家宋學士亦是翰林院老人。宋學士精書畫，現在是小皇帝的書畫先生，宋學士與江念先時就認識，如此有宋學士的面子，還有何洌與哥兒大寶等人，翰林院眾人倒也不敢將輕視擺在臉上。

江念在衙門的日子不大好過，何子衿卻是在太皇太后那裡謀了個新差使。說來，也不是她謀來的，就是不曉得因何緣故，太皇太后想起何恭人來，正趕上太皇太后想尋人說話，索性宣了何恭人進宮。說著說著就說到江念修史的新差使，太皇太后道：「先帝這一輩子，雖只做了十年皇帝，卻是有許多人比不得的地方，尤其心胸寬闊，與仁宗皇帝一脈相承。修先帝在位史的事，挑來選去，內閣薦了江侍讀，我想著他探花出身，正當盛年，就點了他。」

何子衿連忙道：「娘娘與內閣諸位大人信任他，也是他的福分。外子曾與我說，別的書不用看，唯史書是必讀的。能為先帝修史，亦是他心之所願。」

太皇太后道：「天妒英才，奪我愛子。皇帝年紀還小，二郎他們更小，先帝臨終前，最不放心的就是他們。因先帝英年早逝，許多先帝的事情，先帝在位時的英明決斷，他們沒來得及看沒來得及聽，就失去了父親。倘這史書修好，看一看這史書，就能知道他們的父親是何其英明的一位君主帝王。」

太皇太后微微動情，「所以，先帝的史書，我是願意江侍讀來修的。我想，也只有江侍讀沉得下這個心，能將這套書修好。」

說到先帝，太皇太后有些感傷，蘇太后亦是濕了眼眶，待一時，太皇太后方道：「聽說妳在北昌府辦了女學？」卻是換了個話題。

何子衿道：「我家長子長女年歲相同，兩人自小一道長大，唯獨上學那日，長子去上學，閨女只能在家。閨女問我她為何不能上學時，我看她失落模樣，很是不忍，就想著天下書院多是供男人讀書科舉的，女人縱不必科舉，但多讀書亦非壞事。只是女人與男人不同，故而課程上要有些差別。」接著，就將女學的一些課程大致說了。

太皇太后聽了，頷首道：「難得妳思量得這樣周全。」與蘇太后道：「都說北昌府是苦寒偏僻之地，偏僻之地卻有女學，帝都人人說好，在這上頭，卻是不如北昌府的。」

何子衿忙起身道：「娘娘謬讚了。」

蘇太后笑道：「咱們老祖宗是從不謬讚的，讚妳自然是因著妳好。」

太皇太后道：「是啊，如今大公主和嘉純身邊，教導嬤嬤是有的，女先生也請了幾位，但還缺一位教她們些強身健體功夫的。聽說妳功夫不錯，不如就任大公主和嘉純的武先生。」

何子衿有些尷尬，她到底不是真正的古人，「我那點名聲，竟叫娘娘們都知道了。」

蘇太后抿嘴直笑，「皇室女孩兒不宜太嬌弱，我倒是喜歡女孩子活潑些。」

太皇太后道：「就這樣定了吧。」

就這樣，大家都認為江侍讀要倒灶的時候，江太太成了公主的武先生。

叫人咋說啊？這鄉下來的土鱉一家，也忒會鑽營了吧？

何子衿功夫一般，她是小時候跟舅舅學過健身的拳法，後來練得多了，熟能生巧，練久就頗有些模樣，還得過聞道師兄的指點，但也僅止於此罷了。說何子衿能揍翻曹家子，其實跟曹家子看她是個女人沒防備她真能下手有很大的關係。不說帝都，就是太皇太后身邊比何子衿武功好的，怕也不在少數，太皇太后偏點了她。

何子衿沒多想，只想通一點，江念沒了帝師的差使，太皇太后讓她做公主們的武先生，絕對是好意。既是好意，何子衿就應承下來，起身謝恩。

太皇太后微微頷首，何子衿望向太皇太后那種從容中帶了一些關心與欣賞的神色，突然覺得歷史當真是極片面的東西。她雖然只是個四品恭人，但她對太皇太后是有所耳聞的，私下裡還與阿念討論過很多回。大多數人對太皇太后的評價多自她的身分地位權勢而來，何子衿卻是覺得，僅以權勢地位來評斷一個人太片面了。除去權力與地位，太皇太后首先是一個有血有肉的人，不是大家所想像中的為權謀而生的怪物。

只是，何子衿也不知道怎麼太皇太后看她的神色中還帶有一絲欣賞，大概是太皇太后知道阿念與先帝的關係，愛屋及烏，照顧她家，才讓她做公主的女先生吧。

當然，要是就利弊而言，有人會說是不是太皇太后要拉攏江家，但江家這小門小戶的，親戚裡最大的官就是江念和沈素，不過正四品，在帝都算個啥啊，勉強搆得上中階官員的邊兒。倒不是何子衿妄自菲薄，上層的權力爭鬥，關你家這些身處教育機構的國子監祭酒沈素與翰林院翰林有啥關係啊？你家有啥價值讓當朝掌權人拉攏啊？

如果將太皇太后此舉視為拉攏，未免太低看太皇太后，也太高看江家了。

所以，何子衿很領太皇太后的情，太皇太后提她一把，她家的日子要好過許多，就是江念，也能在翰林少受些輕視。

何子衿回家跟江念說了這事，江念尋思道：「大公主是宮裡張太美人之女，嘉純郡主論輩分是先帝的侄女，太皇太后的孫女，自小就賜婚巾幗伯長子，養在慈恩宮。」

江念道：「真沒想到這時候太皇太后倒是提攜了咱家一把。」

江念也視為是提攜，這不是拉攏，如果想拉攏一個人，不是在你遇難時出手，而是先將你踩進泥裡。看你落魄，看你再無機會時，再拋出救命稻草，你敢不視為父母恩人？這才是拉攏的手段。太皇太后這個，倒實實在在的真正照顧了。

何子衿道：「是啊，不過也不用擔心，我做好幾年山長，教教學生還是沒問題的。」

何子衿自小就是教育小能手，哪怕跟公主郡主相處，她是太皇太后欽點的，也沒有處不來的道理。關鍵是，大公主與嘉純郡主都不是難相處的，譬如那些什麼刁鑽蠻橫更是沒有的事。兩個小姑娘都很聰明，太皇太后一向喜歡女兒家。嘉純郡主不必說，既是太皇太后的孫女，賜婚的又是太皇太后心腹巾幗侯之子，這親事還是仁宗皇帝定下的。先帝在位時，知曉太皇太后喜歡女孩兒，大公主是先帝長女，故而，生下不久就抱由太皇太后撫養了。至於太皇太后養育孩子的水準，看先帝就知道了。所以，相處是絕對沒有問題的。

大公主與嘉純郡主很少出宮門，無非就是比較好奇宮外的生活，何子衿就揀些北昌府的事與她們說，小姑娘們就頗覺新奇了。

除此之外，何子衿還會適當地在太皇太后跟前說些當初在北昌府建女學的事。她有一種敏銳的直覺，太皇太后對女學很有興趣。何子衿的度掌握得非常好，就是一點可以用來閒話的小事，而且是事無不可對人言的坦蕩事，譬如宮媛小時候如何識破被其父宮財主救回家的斯文拐子，比話本還有趣呢，就是大公主與嘉純郡主也能知道一些人心險惡的道理。

其實太皇太后有一點不大理解，就是何子衿後來怎麼把女學捐給衙門了。

何子衿道：「女學起初就是想給我閨女一個念書的地方，後來來的女孩子多了。當時我要跟相公去北靖關赴任，怕顧不到女學的事，只有把女學託付給los們，女學才能生存更久。我也不會說那些大道理，可我想著，人的聰明智慧不是天生的，書籍最大的功用就是記錄與傳播，念書是一種非常好的開啟民智的法子。」

太皇太后認真聽了，道：「是啊，咱們女人該多讀書。那些說『女子無才便是德』的，真不知道腦袋是怎麼長的。」

何子衿還是頭一遭聽太皇太后說這般接地氣的話。

何子衿自做了公主郡主的武先生，於宮闈時有出入，有一日她還見到一人。何子衿驚得眼睛瞪老大，一時都覺得自己是不是眼神恍惚認錯人。

這人年歲與太皇太后相仿，但因太皇太后鬢邊兩縷銀絲，進而多出幾分威儀。此人卻是一頭烏髮，眉眼間難免有些歲月留下的細紋，但就是這歲月細紋中都依稀可見當年的豔光。

何子衿那滿臉的震驚不是作假，那人入座後也打量了何子衿一眼，凝神微思量就想起來了，笑道：「小丫頭長這麼大了。」

何子衿也笑了，「我還以為認錯了。」

她當年是在朝雲師傅的山門外見過這位夫人，不，現在應該是巾幗侯了。

太皇太后都覺得稀奇，「妳倆還相識？」

巾幗侯江行雲是京城中的傳奇人物，她出身武將之家，只是家中人丁不旺，至江侯爵少時，便父母早逝，家族無人，只得來帝都寄居姑母家。江行雲與太皇太后少時相識，交情不可謂不深，但江行雲能得爵位，並非因與太皇太后的關係，而是由自己的赫赫戰功來的。她因戰功賜爵，當時還是太宗皇帝年間的事了。

江行雲笑道：「當初我奉娘娘之命，隨先帝到蜀中代仁宗皇帝就藩，曾去過方先生那裡，就遇到過這位，嗯，應該是江太太。當時她還是個小姑娘，不想竟在娘娘這裡相見。」

太皇太后笑道：「這也是妳們的緣分了。」

江行雲是太皇太后心腹中的心腹，不同於何子衿這種尋常的官員誥命，江行雲既有爵位在身，她身上也一直是有實職的。她進宮，必是與太皇太后有要事相商。

蘇太后見狀，起身道：「母后，我宮裡一缸睡蓮開得不大好，正想請何恭人過去看看。」

太皇太后笑道：「去吧。」

何子衿隨蘇太后告辭出了慈恩宮，蘇太后現居鳳儀宮，蘇太后對何子衿頗為親近，一則江蘇兩家是正經姻親，二則何子衿在宮裡的政治立場也讓蘇太后喜歡——與曹太后不睦。

蘇太后宮裡的花卉有專人負責，哪裡會不好，蘇太后請何子衿賞了賞自己宮裡的睡蓮，令乳母抱過二公主。何子衿向來喜歡孩子，也很會哄孩子，抱著二公主逗了兩回二公主就直笑，蘇太后唯此一女，自然珍愛，笑道：「公主很喜歡妳。」

何子衿笑道：「公主生得真好，看這眉眼，以後長大定是眉眼清俊的。」

蘇太后道：「我只盼她平平安安，一生順遂。」

何子衿道：「娘娘放心吧，看公主生得天庭飽滿，地閣方圓，一臉福相。」

蘇太后笑，「只盼應妳這話才好。」

蘇太后與蘇冰雖年紀差得有些大，說來是正經的堂姊妹，蘇太后道：「我當年來帝都的時候，阿冰還是個孩子，不曉得她現下什麼模樣。」

何子衿笑道：「阿冰的鼻樑嘴巴有些像娘娘，性子極好，會評詩論文，眼光獨到。」

蘇太后道：「她自小就古靈精怪，那時我們還都在老家守曾祖的孝，阿冰小時候特別喜歡三叔祖，我聽說令公子相貌亦十分俊美，人稱玉郎。」

何子衿謙道：「都是外頭人這樣說，我看慣了，覺得就是尋常人。」

兩人說著話，駱太美人過來請安。駱太美人十分恭敬，哪怕蘇太后說不必多禮，她的禮數都是一絲不苟的。駱太美人一開口，何子衿就曉得是怎麼回事了。

駱太美人道：「上遭聽娘娘說，咱們阿冰姑娘定的就是江恭人家的公子，臣妾今兒聽說江恭人到了，特意過來，也聽一聽阿冰姑娘的消息。」又道：「臣妾當年隨娘娘進宮，阿冰姑娘還是小姑娘呢。」

蘇太后笑道：「是啊！」

何子衿便知駱太美人應是與蘇太后一起入宮的，這種事不罕見，宮裡什麼姊妹、主僕、姑侄共事一夫都不罕見。何子衿突然覺得索然無味，尤其在知道駱太美人育有四皇子後。

何子衿真心覺得，即便做了皇后，倘需要面對的是三宮六院的妃嬪，又有何意趣呢？

何子衿辭了蘇太后出宮，正好回家吃午飯。

男人們都是在衙門用飯，中午女眷們索性不各屋自己吃，不若一處吃飯熱鬧。

何子衿說起巾幗侯來：「這位侯爵大人風采獨特。」

余幸笑，「非但風采獨特，咱們東穆，女人賜爵唯此一家。」

杜氏說：「江侯爵武功高強，當年在江南前線，一劍刺死靖江大將，立下戰功。江南之戰後，升官的大有人在，賜爵有唯有三人，第一人非靖南公莫屬，其後就是江侯爵，第三位是現在端寧大長公主的駙馬忠勇伯了。」

宮媛不知女子可賜爵，問道：「那江侯爵也要上朝聽政嗎？」

余幸道：「聽說是不必的，但江侯爵夫妻回帝都後，江侯爵是執掌內宮安危之人，深得太皇太后信任。說來，太皇太后與江侯爵年少時便相識了，交情非同一般。如我們這些官宦女眷，倘有誥命的，是初一十五進宮請安。江侯爵並不在此列，她身為執掌禁宮安危之人，是隨時可出入禁宮的。」

宮媛好奇，「舅媽，那江侯爵的爵位以後也可以傳給後人嗎？」

余幸道：「這是自然。當年賜爵時就說了，江侯爵的爵位可傳與兒女。」這麼說著，余幸又道：「聽說江侯爵年輕時就有帝都第一美人之稱，她家長子亦生得俊秀，只是馮公子很厭惡別人提及他的相貌，故而於帝都名聲不顯。」

宮媛笑道：「阿曄也不喜歡人說他相貌，那還是小時候，有一回阿曦帶著我們好幾個同窗去家裡看阿曄，阿曄知道後，就悄悄從後門溜走了。」

余幸笑，「我出門也時常有人跟我打聽阿曄，我都說他這親早定了，還打聽個啥。」

阿烽原巴唧巴唧吃著魚肉，忽然奶聲奶氣說一句：「阿曄哥好看！」

杜氏險笑掉筷子，「你這麼丁點兒大，還知道好看難看？」

阿烽生得頗肖其母，性子不知怎麼長的，既不似爹也不似娘，倒有些像外祖父杜寺卿，平常說話都是板著小臉，見大家都笑，他也不笑，還是一本正經回答：「好看！」
相對小小的阿烽，小郎就有些明白大人在笑啥了，卻也不是非常明白就是了，但為了顯示出自己不同於阿烽的智慧，大人一笑，小郎就隨大人們一起笑，而且笑得可大聲了。
宮媛問他：「你聽明白了沒，就笑？」
小郎點頭，「我都是大人了，當然明白，妳們笑阿曄叔長得好看。」
宮媛問：「那你說，阿曄叔好不好看？」
小郎搖頭，「沒我爹好看，我爹最好看。」
阿烽很有堅持地道：「阿曄哥比重陽哥好看。」
小郎道：「我爹說他最好看。」
大人們看他們倆稚聲稚氣地爭論，皆是忍俊不禁。
用過午飯，暑熱未散，大家各自回房歇晌。
下午宮媛與何子衿說起重陽回北昌府的事，宮媛道：「行李已是收拾得差不多了，我想著這次回去得讓他把小郎的戶籍給辦好，小郎要上學了。」
何子衿道：「妳不是一直在教小郎認字嗎？先慢慢教著他，明年開春官學考試，入學時也要考一考的，屆時叫小郎去試試。」
宮媛很樂意兒子去官學念書，只是她又有些擔憂，道：「小郎去官學念書行嗎？」雙胞胎這四品侍讀之子在官學都受欺負，官學雖好，她卻擔心兒子。
「妳暫放寬心。小郎年紀雖小，倒也不是軟乎性子。雙胞胎和阿燦阿炫也都在官學，到時一塊去一塊回，學裡有個照應。先讓他試試，不然倘孩子是這塊材料，就因咱們擔心沒叫他念官學，以後想起來，豈不可惜？」何子衿道：「倘是不成，再尋別個私塾也是一樣。」

「是這個理。」宮媛笑，「我平日什麼道理都明白，一落到小郎身上，我就亂了。」

「都這樣，雙胞胎剛去官學我也時常擔心他們有沒有在學裡被人欺負。那會兒為著官學的事兒也沒少生氣，如今都好了。」

於是，重陽還沒走，宮媛就給兒子列出每日的學習清單來。

重陽道：「別累著咱兒子啊！」

宮媛道：「哪裡會累著，我會慢慢教的。」

重陽打趣：「也別忒著急，別真教出個狀元來。」

宮媛白丈夫一眼，「我看咱們小郎不是狀元也是探花的料。」

重陽對兒子向來是散養，他笑著瞅媳婦，低聲道：「我這一走，得兩三個月呢。」熱熱的呼吸噴向頸間，哪怕老夫老妻，宮媛都沒忍住耳際泛紅，宮媛推他，「先說完正經事，你這回去，把咱們小郎的戶口上了，大名請爹取一個。」

重陽湊得更近，道：「我這大名還是姨丈取的，咱爹給小郎取大名這都取了六七年了，我看還不如請姨丈幫著取一個呢。」

宮媛不這樣認為，「姨丈固然有學問，可到底得先問過咱爹才好。」

重陽想了想，道：「是這個理。別看我們這名兒給姨丈取不要緊，這孫子的名兒要是給姨丈取，咱爹多半不高興。」

宮媛笑，「又胡說。你這回去，雖不能帶著小郎，不如請二弟給小郎畫張畫你帶去，也叫爹娘看看，小郎又長高不少。」

「二郎字寫得好，畫畫還是阿曄更佳，明兒我與阿曄說去。」

夫妻倆說一回家常瑣事，因重陽即將遠行，難免一番親熱。

何子衿與江念也在說私房話，內容就是關於巾幗侯江行雲的，何子衿道：「你還記不記得小時候我說的，有位天仙似的大美人去朝雲師傅那裡的事。」

江念點頭，「記得。」

「那位天仙似的大美人就是江侯爵。」何子衿頗是神往，「我的天，我今天在慈恩宮見到江侯爵的時候都不能相信，這許多年後，竟然還會再有相見的機緣。」

江念也覺有趣，「委實是想像不到的。」

「是吧？」何子衿道：「江侯爵雖較先時略見一些年歲，但那種精神氣度，真是常人所不能有的。」說話間，頗是感慨。

然後，沒幾日她就見到了江侯爵，嗯，不是江侯爵，是江侯爵的兒子。

雙胞胎帶回家的玩伴宋小郎，開始何子衿不曉得這是江侯爵家的小子，江侯爵姓江，丈夫姓馮，可是，她家小兒子姓宋……

這叫誰也想不到這是江侯爵家的兒子啊，何子衿是見著生得比雙胞胎還好看的小朋友，不禁心生喜歡，笑道：「雙胞胎上學這麼久，總算有同窗來家裡做客了。」

雙胞胎常在家裡吹噓自己在學裡人緣多好，結果上學幾個月，也沒請朋友來家裡做客，何子衿一直以為雙胞胎是在吹牛，如今雙胞胎總算有朋友來家做客。

宋小郎很有規矩地向長輩見過禮，這才跟雙胞胎去玩。何子衿命丫鬟給小朋友們送去茶水點心，命丫鬟在旁瞧著些，不要有危險就好，並不干涉孩子們玩什麼。

雙胞胎請宋小郎到自己房間坐坐，阿昀與他道：「跟你說了不要聽外頭那些流言蜚語，我娘可和氣了，就是打人也只是打壞人，又不會打小孩。」

阿晏也說：「阿然，我看學裡就你一個有膽量。你看，請他們來都不敢來，難不成我娘會吃人？阿然，你是個好樣兒的！」

宋然：……

雙胞胎因為終於請了一位同窗來家裡，很是雀躍，非但給宋然吃他家的點心，還再三請宋然明天回學裡一定要跟同窗們澄清他們娘是多麼溫柔的人才好。

宋然拈著一塊栗粉酥道：「江嬸嬸本來就挺好的。」

阿昀拿塊榛子糕自己吃，道：「看吧，我就說阿然你膽量好，也有眼光。我們娘親可和氣了，大家都誤會她了。」

「是啊，我們娘可好了。」阿晏也極力為自己娘洗白名聲。

雙胞胎多愛熱鬧的人，也是極孝順的，不忍心同窗們誤會自己娘，就想請同窗朋友親自來自己家感受一下自己娘的和善，結果竟沒人敢來。雙胞胎打聽許久，才請了宋然過來，無他，聽說宋然他娘殺人如砍瓜切菜，宋然跟著這樣厲害威風的娘，肯定不怕他們娘的。

宋小郎的確有膽量，雙胞胎相邀，他就來了，然後也按著雙胞胎請求的那般，第二天到學裡時說雙胞胎母親和善來。雙胞胎原想著，這回他們娘的名聲該洗白了吧，誰知除了宋然之外，還是沒人敢到他家做客。

雙胞胎不解，後來聽一位同窗說：「宋小郎他娘能誅殺逆黨，宋小郎看誰不和善啊？」

雙胞胎覺得，為他們娘親洗白名聲這事，當真是任重而道遠。

聽說重陽哥要回北昌府，雙胞胎暫且放下這事，先急吼吼點燈熬油寫著要給曾外祖母、外祖母、外祖母和大姊的信。

何子衿覺得有趣，與江念說：「人皆有癖，雙胞胎的癖好就是愛寫信。」

江念一笑，「我看，他倆是吹牛成癖。」

重陽還沒走，北昌府家裡的信就送回來了，與信一塊送來的還有許多東西。北昌府的藥材土產，再有就是各家送來的東西了。

雙胞胎收到了曾外祖母與大姊的來信，兩人出娘胎這麼久，頭一回有人寫信給自己，雙胞胎那叫個樂呵，忙忙拆了看。曾外祖母主要是對他倆在官學的英勇事蹟提出讚揚，將兩人誇得天上有人間無的。雙胞胎看過曾外祖母的信後，都打算把這信裱起來掛屋裡天天看。至於大姊的信就不那麼討人喜歡，大姊在信裡說他倆寫四份一模一樣的信簡直無聊，又說了些讓他倆好生念書的話，至於欺負雙胞胎的那小子，待她來了帝都就把那小子捶個半死。

雙胞胎覺得，儘管大姊不理解他倆的良苦用心，但對他倆也是很不錯的，尤其大姊還給他倆捎來了一小匣禮物，裡頭有好幾個荷包，都是大姊親手做的。雖然做得不咋地，但每個荷包裡可是有個二兩重的小金錁子，把雙胞胎樂壞了，就著他們大姊的荷包做工誇得跟花兒一般，實際上早把荷包裡的小金錁子平分當私房錢了。

雙胞胎見還有大姊給阿珍哥的東西，就很歡快地要求替大姊送去。

何子衿笑，「想去就去吧。」

雙胞胎歡快地跑腿去了，何子衿這才有空看家裡來的信。何老娘的信寫得最長，似乎何家女人都很擅長寫信。何老娘在信上誇了回雙胞胎，也沒忘讚美雙胞胎他們的娘。何老娘主要是跟自家丫頭說一下為人處事上的事，說帝都權貴多，平日不能被人當包子，但也不要太強勢得罪人，得軟硬皆施，方能站住住腳。話寫了很多，但基本上就是這個意思了。接下來就是大段誇讚小孫子金哥兒的話，何子衿讀完她祖母的信都覺得她娘生的不似凡胎，彷彿哪吒轉世一般。誇完小孫子，何老娘又叮囑孫女把給她的衣料存好。

沈氏也有信送來，再者，就是沈氏收拾的給自家兒女和娘家的東西了，沈氏甚至捎帶了些家裡的東西過來，以免屆時搬家太過繁冗。

重陽走時難免又當了回信使，重陽倒是無怨無悔，只是對紀珍要捎帶的一車東西很有意見。眼瞅著何家人就要回帝都了，你咋還有這許多東西要捎啊？

重陽走後，帝都城發生一件大事，被連降四級爵位的曹承恩侯回帝都了。

自先帝過世，曹太后上位，曹家身為曹太后的娘家，一時顯耀，非同尋常。許多人都認為，曹家定會重寫當年胡家的榮耀。誰也沒料到，曹太后為建個宮室把太皇太后得罪慘了，太皇太后雖沒罰曹太后，但一怒之下將曹家降爵，這跟罰曹太后也沒什麼差別了。

因降爵之事，由公爵降為侯爵的曹侯爵，很是低調收斂地回了帝都。

曹侯爵甫一回帝都城，該知道的就都知道了，因為曹侯爵回帝都的第一件事就是進宮向太皇太后請罪。據說曹侯爵在慈恩宮痛哭流涕，自陳罪責。太皇太后的態度則有些模糊，一般來說，太皇太后待人非常寬和，就拿何子衿來說，不過是陪太皇太后說說話，如今就是在宮裡給公主郡主做個武先生，並不算太皇太后跟前的心腹人，都常收到太皇太后的賞賜，比如剛一入秋，就得了幾匹厚實料子。

然而，曹侯爵請罪之後，太皇太后並沒有什麼撫慰。

江念收到此消息時，還與子衿姊姊分析太皇太后究竟是個什麼意思。

何子衿想了想，道：「太皇太后為人一向大方，你想，她對我都時有賞賜，就是阿幸，有時太皇太后想起來，也會賞些東西叫我一併帶回來給她。曹家可不是沒名沒姓的人家，這只能說太皇太后心裡仍是不大痛快。」

江念道：「我看，太皇太后不是沒心胸之人。」

「再有心胸也架不住曹娘娘這些天根本不到太皇太后跟前去。」何子衿道：「這幾次我進宮都能見到蘇娘娘，卻從沒見過曹娘娘，有一回內務府送藥材到鳳儀宮，蘇娘娘還吩咐一句說挑些上等燕窩給曹娘娘送去。」

「難不成曹娘娘病得起不了身？」江念一想，「不對，太皇太后並非刻薄之人。」他略一思量便得出一結論：「這麼說，曹娘娘是裝病。」說著，看向子衿姊姊。

何子衿微微點頭，「我看也是。只是，你說曹娘娘這是什麼性子呢？她先時因逾制之事大大得罪了太皇太后，不說兩宮身分差些，就是尋常家裡，兒媳婦做錯事得罪了婆婆，也該是想著討婆婆的好彌補先時錯處，這怎好裝病避而不見呢？」

江念搖頭，很為小皇帝有這麼個蠢娘頭疼，「哪怕先時曹娘娘明白這些道理，如今做了陛下生母，怕也就不明白了。」又道：「鬧來鬧去的，總是陛下的面子不好看。」

何子衿道：「便是再怎麼鬧，總歸有個對錯。陛下現在雖是不能親政，也該把家裡的事弄得清清爽爽，於太皇太后和陛下的子孫之情，亦是有所益處的。」

江念道：「哪裡這麼容易？一位是養大自己的生母，一位是隔輩祖母。我看，就是在情感上，陛下仍是偏著曹娘娘的。」

何子衿嘆道：「要是這樣，不叫孝，而是愚孝了。就是長輩，難道沒有做錯的時候？該糾正長輩的錯處，不至於讓她越錯越多。同樣是孝，難道孝就只有千依百順這一種？」

江念深以為然，「這樣的道理，咱們能明白，誰又敢與陛下說去呢？要是以前，我與許還能委婉同陛下提一提，如今我除了早朝，沒理由進宮，就是想說也不能了。」

何子衿寬慰他：「許多道理不是說說就能明白的，不然讀書的都是明白人了。要我說，能不能明白，全看能不能明悟。陛下畢竟年紀尚小，不經事，如何能長大呢？」

江念點頭，仍是微微擔憂，還請子衿姊姊進宮時稍稍留意曹太后一下。當然，不是叫子衿姊姊打聽，就是偶聽到隻字片語，或是看看曹太后有沒有去慈恩宮請安啥的。

曹太后自然是沒去的，何子衿覺得這事不大好，曹侯爵都回帝都了，曹太后妳還不露面是什麼意思呢？不光何子衿想不通此事，就是曹家也深為此事煩惱。

依曹侯爵的意思，曹太后根本就不該「病」，曹侯爵與夫人道：「妳該早些勸娘娘跟慈恩宮服個軟，她『病』著算什麼？怪道我去慈恩宮請罪，太皇太后都是淡淡的。」

曹夫人倒是很理解閨女，為閨女辯解道：「這也不怪娘娘，畢竟是一國太后，驟然失此顏面，叫誰心裡好受呢？」

曹侯爵嘆道：「遇事當先權衡利弊，好受難受暫放一邊吧。眼下朝政都指望著太皇太后，何苦與太皇太后對著來？娘娘也真是的，不就修個宮室，略小些能怎地？暫忍一時，以後想住大的，還怕沒機會？」

曹夫人被丈夫這話嚇得不輕，見丈夫態度淡然，就問：「不然我明兒進宮勸勸娘娘？」

曹侯爵道：「自當如此。」

曹夫人去倒也去了，只是沒見到曹太后，她在慈恩宮剛提要探望閨女病情時，就被太皇太后發落出宮了。曹夫人不止被斥出宮，就是因壽康宮逾制之事而一直在自己宮裡稱病的曹太后也被太皇太后直接指出裝病不事婆母之過，直接再將曹侯爵貶為了曹伯爵。

新任承恩伯曹伯爵頓時懵了，便是當朝許多認為壽康宮之事已經過去的人，此時此刻方明白，原來太皇太后她老人家心裡的那口氣一直沒出完啊。

至於因曹伯爵回帝都而對曹家行情看漲的權貴圈，改對曹家持觀望態度了。畢竟哪怕太宗母族胡家，在當年太宗皇帝尚未親政之時，也是夾著尾巴做人呢。

這個時候對曹家下注，委實是過早了。

太皇太后兩次對曹家降爵，令許多人心中難安，這許多人裡，無疑有江念一個。

何子衿勸他：「俗話說的好，不是東風壓倒西風，就是西風壓倒東西。太皇太后已掌權多年，壓一壓曹家實屬正常。」

江念認真道：「太皇太后壓一壓曹家無妨，說句心裡話，於公於私，我都覺得太皇太后做的對。只是，姊姊沒留意，上一遭壽康宮逾制，逾越的就是慈恩宮。莫說朝廷本就講究禮法，壽康宮之事，已被清流頗多詬病。今次太皇太后再以曹太后裝病不敬之過降爵曹家，這就是不孝了。不敬不孝，這可不是小過。」

太皇太后看似未問責曹太后，只是降爵曹家，但太皇太后兩次出手都這般嚴厲，可不像是要小小教訓一回曹太后的，江念隱隱有些擔憂。

在諸多人認為太皇太后在打壓曹家的時候，江念已經預感到，太皇太后要做的事絕對不只是打壓曹家這樣簡單。曹伯爵先時為江浙總督，因閨女做了太后，朝廷為朝家賜爵，在這賜爵上，不論是內閣還是太皇太后都頗是大方，直接就是二等公爵，較之蘇太后之父也只差一階罷了，但給曹家賜爵的同時，內閣與太皇太后又有默契地將曹太后父親自正二品總督之位上調回帝都轉任正二品散秩大臣。官階相同，只是前者為一方封疆大吏，後者只是朝廷虛銜罷了。這種種操作，非政治老手而不可為。

更巧合的是，接替曹伯爵轉任江浙總督的是太皇太后娘家人謝遠。

初時江念不過剛來帝都，並未留意此事，如今回頭再看，江念認為，這件事不似太皇太后的手筆。他對太皇太后有一個判斷就是，這是位非常在意名聲大義的成熟政治家。將曹伯爵調回帝都的事不稀奇，江念猜測，此事能辦得這般順利，怕也有內閣的順水推舟。朝臣向來不希望外戚坐大，依韋相的性子，很可能對此事推波助瀾，或者是與太皇太后心照不宣。

將曹伯爵自實權之位調回帝都，轉而又將太皇太后族侄放到了曹伯爵先前的江浙總督的位置上。這不似太皇太后的手筆，倒似是內閣坑了太皇太后一把。可是，依太皇太后的眼光，不可能看不出內閣的小手段，關鍵是，太皇太后最終並沒有駁回這項任命。

許多時候，太皇太后都是一位難以揣測的人。

江念可以肯定的是，這位娘娘擁有成熟的政治智慧，而且這位娘娘雖寬宏，到底不是聖人，自胡貴太妃一位就能看出來。這位太妃做過幾十年的太后，說來是太皇太后的太婆婆。胡貴太妃與太皇太后母族頗有恩怨，在諸多年後，這位太妃死前還是太皇太后的尊位，死後立刻降為太皇貴太妃，最終葬於妃子園，而不是太祖陵。

這種成熟、隱忍、大權在握的政治家，可想而知其手段了。

太皇太后能忍胡貴太妃多年是因為，胡貴太妃在輩分上是長輩，兒子活著時沒有人敢動她，兒子過世後，其母族尚有娘家侄子南安侯為當朝大將，南安侯一女為今楚王太妃，而楚王一系與太皇太后交情極佳。至於胡貴太妃的閨女康大長公主，這位大長公主無非就是輩分足，是太皇太后的姑媽。太皇太后哪怕不將這輩分放在眼裡，但文康大長公主的丈夫老永安侯那是再明白不過的人，在位時便是當朝實權之人，縱如今致仕，膝下四子，長子就是今吏部尚書，次子襲侯爵位，任禁衛軍大將軍，三子遠駐南安州，當年戰功赫赫，獲封平遠侯，四子雖平平，官也做得四平八穩。可以想見這位大長公主的夫族是多麼顯赫，江念分析，這也是太皇太后願意忍胡貴太妃很大的原因之一。

可曹太后呢？曹太后可有當年胡貴太妃的分量？

如今曹家有這樣的家世嗎？曹家有這樣的人物嗎？曹家不過寒門出身，最顯赫的就是曹太后她爹，當年官居正二品江浙總督的曹斌曹伯爵。但曹伯爵如今已被調離總督之位，而未有實職。

江念分析，哪怕一樣是生了皇帝兒子，但在實力上，曹太后完全不能與當年的胡貴太妃相提並論，或者有人會說，胡貴太妃的倚仗也不是一時就有的，可關鍵是，沒這些倚仗時，曹貴太妃乖覺得跟隻貓似的。胡貴太妃當年完全是待兒子太宗皇帝掌了大權之後才威風起來的，至於曹太后……江念這不相干的人都恨不得小皇帝做孤兒呢。

太皇太后將這不敬不孝的罪名，通過對曹家的兩次降爵都將事坐實了，太皇太后可不是反覆無常的無知婦人。一想到這裡，江念覺得，曹家的倒楣日子已是可期。

子衿姊姊跟他說的一些宮裡事，就更證實了江念的猜測。

何子衿隔三差五就要進宮教公主郡主一些健身拳法，很是見識了些宮裡的事。太皇太后一發怒，曹太后使出一哭二鬧三上吊的法子，長跪慈恩宮外請罪。別看她是小皇帝生母，可想用這法子應付一位掌權多年的政治家，那就太看低太皇太后的智慧了。

太皇太后一席話就說得曹太后跪都不敢跪，何子衿回家都說：「曹娘娘真不是個實在人，那種長跪不起的手段，哪裡是認錯，分明是威脅。」

江念好奇，「太皇太后怎麼說？」

「我哪裡曉得，這個事還是偶然聽了個隻字片語。根本不用問，不要說太皇太后了，就是我，倘有這樣的兒媳婦，有本事妳死一個我才服妳。這種長跪不起算什麼，白叫人看笑話，多丟人啊！」何子衿一向認為，能混到太后位的，雖然是借了兒子的光，但曹太后在先帝尚在時，宮中位分也不低，再怎麼智商也不能有問題吧。結果，這位娘娘還真不像聰明人。

接下來到宮裡授課，何子衿是極謹慎的。太皇太后雖沒表現出什麼心情不好來，可叫何子衿說，修來這樣的兒媳婦，心情怎麼可能好？

故而，即便太皇太后留她說話，何子衿也都是說些有趣的事，譬如雙胞胎愛上給家人寫信，為了吹牛，同樣的信抄了四篇，累得手疼。

太皇太后笑，「小孩子多是如此，瞧著他們小，其實已經漸漸長大了。韓王小時候，就特會存錢過日子。先帝少時，每次背書，我如果不誇讚他，他一整天都會沒精神。」

戚太妃也笑，「說到誇讚，阿熠也有一樁趣事。有一回，阿熠回宮就喜氣洋洋的，我還說呢，怎麼這麼高興啊，中午飯都多吃了半碗。後來我就問他，這孩子靦腆，還不好意思直接說，彆彆扭扭才說，老祖宗誇他字寫得好。這孩子平日就挑食，愁得人慌，我就也學著誇一誇他的課業。剛開始挺有用，後來我誇就沒用了，還說我誇得不是地方。」

大家不由莞爾。

太皇太后道：「阿熠的字的確寫得不錯，我聽說他如今每天都要懸腕習字，若能堅持，將來咱們皇家必會多一位善書的藩王，也是一樁美談。」

戚太妃笑道：「我看他在這寫字上也是上心。」

太皇太后道：「先帝的字寫得就好，都說字如其人，這話雖不盡然，也有些道理。」說著就吩咐女官找了幾本先帝少時臨過的帖子，命人賞了二孫子穆熠。

戚太妃忙起身替兒子謝了賞。

太皇太后向來一碗水端平，又道：「三郎愛畫畫，我這裡得了些上等顏料給他。四郎喜音樂，我庫裡有張琴不錯，給四郎拿去使。五郎愛弓箭騎射，昔日西蠻王來朝，曾上貢幾柄不錯的好刀，只是他年紀小，讓趙太美人先替他收著，待他大些再給他用。六郎喜讀史，我這裡有一套太祖皇帝批註的前朝史書，給六郎送去。」又叮囑六郎生母韋太昭儀道：「這套書是再難得的，六郎翻看時，必要他小心著些。」

韋太昭儀出身書香，一聽就知此書價值，連忙道：「老祖宗隨便賞他些什麼就是，這樣珍貴的書籍，臣妾聽著都捨不得。」

一聽人家說話，就知道有水準，說得既親切又感激。

太皇太后道：「書本就是給人讀的，只要認真讀過，便是不辜負這書了。」

韋太昭儀起身替兒子謝了賞，眉宇間很是歡喜。

最後太皇太后賞了入學未久的七皇子一匣子古墨，太皇太后笑道：「這墨說來是前朝皇室的珍藏，太祖皇帝立國之後，輔聖駙馬，也就是我的外祖父愛墨，太祖皇帝將這墨賜予了外祖父。外祖父約莫是沒捨得用，我於墨上尋常，給老七吧。」

七皇子生母位分尋常，不過一位太美人，既無顯赫家世亦無顯耀位分，自己在太皇太后跟前比透明人強不了多少，為人卻極是恭敬，每天晨昏定省，哪怕太皇太后不見，她也沒一天落下的。見太皇太后將自己兒子與諸皇孫皆一般看待，吳太美人既驚且喜，恭恭敬敬地謝過了太皇太后賞賜。

賞了孫子，自然也要有孫女的，大公主得了一幅前朝古畫，嘉純郡主是一套昔年程太后心愛的紫砂壺。二公主尚在襁褓，太皇太后也沒忽略這個孫女，與蘇太后道：「有我少時讀過的一些書，咱家的女孩兒沒有不念書的，以後給她看吧，妳先給她收著。」

蘇太后笑道：「皇孫皇孫女都賞到了，母后怎麼獨獨忘了皇帝？這我可是不依的。」

太皇太后笑道：「皇帝富有四海，我竟想不出要賞他些什麼。」

蘇太后笑道：「便是富有四海，長輩的賞賜怎能一樣呢？就如同阿熠，獨喜歡得母后的誇讚一般，皇帝對母后的心，都是一樣的孺慕之情。」

太皇太后想了想，道：「當年太祖皇帝轉戰天下，開朝立國，曾得到一對龍鳳刀劍。這對龍鳳刀劍，相傳為大鳳王朝武皇帝著能工巧匠所鑄造，野史中記載說鳳武帝曾將鳳劍送予心愛之人，後果然二人共白頭。如今這對刀劍，就給皇帝吧。」

蘇太后道：「皇帝日後定能應了母后這話，與皇后琴瑟合鳴，恩愛一世。」

太皇太后頷首，「我亦盼著如此。」

之後太皇太后看向何子衿，笑道：「來得早不如來得巧，妳今兒就來得巧。妳家一對龍鳳胎、一對雙胞胎都是極好的兆頭。」於是賞了阿曄文房四寶御制新書，阿曦是一對紫晶荷花釵，雙胞胎則得了一對金鑲玉的玩器。

何子衿受寵若驚，連忙起身謝過。

太皇太后溫聲道：「我這把年歲，自太宗朝起，這些年經了不少事。如今看著孩子們都要長大了，我這心裡高興。說來，什麼是好日子呢，高高興興的，就是好日子了。」

何子衿回家給孩子們各分了東西，阿曦的那份，何子衿先替她收著，晚上與江念道：「太皇太后的為人，要是還有人說不好，肯定是那人有病。」

江念為了證明自己「沒病」，一句太皇太后的不是都不敢說了。當然，江念本身也沒覺得太皇太后不好，還說：「這給皇孫皇孫女賞東西，怎麼連龍鳳胎、雙胞胎都有？」

何子衿道：「這是太皇太后照顧咱家唄，愛屋及烏了。」又感慨道：「這人啊，什麼身分什麼地位，有時是有差別。可這做人，就不是看身分地位的了。太皇太后這樣的身分，對皇孫皇孫女們都不是面上的關心，每個人擅長什麼，喜歡什麼，太皇太后都說得出來，可見對皇孫皇孫女都是上心的。」再道一句：「太皇太后不說每天要忙朝政，這還是隔輩的祖母，不說別人，換了曹娘娘，她知道誰是誰呢。」

待子衿姊姊感慨完了，江念才細問慈恩宮之事，聽了太皇太后每人都賞的東西，江念也是服了，心中暗忖，怪道先帝說太皇太后從未有過錯處。這不僅是一位從未有過錯處的政治家，應該說，這是一位讓人挑不出半分不是的政治家。江念就慶幸當初先帝是寫了信讓他必要時候上呈太皇太后，而且是再三叮囑他要跟著太皇太后的路線走。此時此刻，江念方徹底明白先帝的善意。

何子衿謎之不解地得了太皇太后眼緣，令大半個帝都城看不明白這位江太太有何等與眾不同的魅力。自何子衿得太皇太后青眼，便時常能得些太皇太后的賞賜。其實給這種外臣誥命的賞賜，太皇太后一向有分寸，皆是在恰當的範圍內，哪怕略好一些，也絕不會出格。

然而，這已是令人眼紅了，不想，自從這位江太太做了大公主與嘉純郡主的武先生後，不只是江太太得賞，如今她家孩子也跟著沾光了。

大家不見得是眼紅那點東西，能在帝都立足為官的，起碼衣食不缺，沒人眼紅東西，就是眼紅江家這運道，以及江太太這份體面。

要說外人如何知道江家孩子得賞賜之事，這簡直是不用想，太皇太后當著一屋子太后太妃太嬪的面賞賜了諸皇孫皇孫女，還有跟著沾光的江家孩子。而宮裡太后太妃太嬪們，但凡娘家人在帝都且有資格進宮請安的，每個月初一十五都可進宮遞牌子與宮裡娘娘們相見，故而這事再瞞不得人的。

太皇太后素來待人不錯，平日裡如大公主、嘉純郡主這兩位住在慈恩宮的女孩子，得太皇太后的賞皆是尋常事。便是尚在襁褓中的二公主也時常收到太皇太后給的東西。二公主年小，尚不得用，便是蘇太后幫著收。相對的，皇孫們得賞就沒這麼頻繁，不過，太皇太后對於皇孫一向也很關心。只是，這樣正式賞賜，且所賞所賜皆是諸多貴重之物，就不由令消息靈通的臣子多心了。

如蘇太后她爹蘇承恩公就特意到自己三叔蘇尚書家裡念叨了一回這事，蘇承恩公道：「可惜二公主年歲尚小，這是多大的恩典啊！」太皇太后的學問，見識過的人都不會小瞧。太皇太后小時候讀過的書籍，想一想就知道有多麼珍貴了。

蘇尚書道：「太皇太后向來大方，又最喜女孩兒，二公主是嫡出公主，縱年紀小些，太皇太后也是極為看重的。」

蘇承恩公爵位雖高，論及官職是拍馬趕不上自己這位三叔的，如今家族裡官位最高的就是三叔，故而，蘇承恩公有什麼事都是找三叔商量。包括先帝病重之時，皇后閨女恰被診出有孕，當時先帝的病就已經很重了，已有臣子上書暗示先帝先行立儲。可那樣一來，讓閨女這位先帝元配如何自處呢？更何況，彼時眾人皆不知閨女腹中是皇子還是公主。把蘇承恩公愁壞了，就是找三叔商量，不曉得三叔如何運作，但先帝就此答應待皇后生產後再行冊立之事。雖則最終皇后生的是一位公主，但當時如果不是有三叔，這事斷難辦成。故而，今日蘇承恩公聽聞慈恩宮賞賜之事，就過來跟三叔念叨一二。

蘇承恩公道：「咱們娘娘只一位公主，我心裡是安寧的。只是有一事，我不曉得是不是想多了。昨日太皇太后賞賜諸皇孫，雖則人人所得皆是珍貴之物，唯韋太昭儀所出六皇子得的是太祖皇帝批註的前朝史書，這物是不是太過珍貴了些？」

蘇尚書沉吟半晌方道：「要說珍貴，娘娘手裡比這還要珍貴的東西也不是沒有。你想的多了，要我說，還是陛下所得的那對龍刀鳳劍更為珍貴，那可是鳳武皇帝用過的物件。太祖皇帝又是最崇敬鳳武帝的，那對龍刀鳳劍最宜帝后，何況又是千古名君之物。娘娘對陛下的期盼，皆在這賞賜中了。」

蘇承恩公得三叔句準話，心便放到了肚子裡。倘是太皇太后賞賜別個皇子，蘇承成公不見得要特意跑三叔這裡一趟，要知道六皇子生母韋太昭儀出身韋氏家族，韋相就是六皇子外祖父。不過，韋相一向忠貞，蘇承恩公當然不會對韋相多加揣測。

只是，太皇太后這賞賜，太祖皇帝批註的前朝史書實在太過珍貴，叫人不由不多想。話說，這東西怎麼到太皇太后庫裡去的啊？

是的，這宮裡賞賜人的規矩呢，如太皇太后、太后、皇帝、皇后皆有各自私庫，如妃嬪之流，就是各人的私房。倘誰要賞賜東西，都是從自己私庫或私房裡出。

先不論太皇太后這令人不由多思的賞賜事件，蘇承恩公這等世宦門第出身，一向清肅之人，都覺得太皇太后的珍藏非同尋常。

蘇尚書似是看出侄子的心思，蘇尚書笑道：「不說娘娘多年尊榮，就是想想娘娘的出身，這些東西，你我看來覺得稀罕珍貴，或者在娘娘那裡，只是尋常物件呢。」

蘇承恩公想一想，笑道：「這也是。」太皇太后娘家謝家本就是名門，更為顯赫的是太皇太后的娘家，太皇太后的母親魏國夫人是輔聖公主與方駙馬愛女，魏國夫人當年下嫁謝家，嫁妝便不遜於公主出嫁。輔聖公主過世後，一應財物封存皇室，後來皆是由這位娘娘繼承。輔聖公主當初攝政數年，其府中珍藏可想而知，再加上太皇太后當初嫁的就是皇子，一直由皇子妃、藩王妃、太子妃、皇后、太后、太皇太后的做下來，她的私房之豐厚，蘇承恩公都覺得有些難以想像。這麼一想，蘇承恩公就覺得，三叔的話亦有其道理所在。

蘇承恩公又同三叔說了一事，「前些天，曹伯爵請我吃了一回酒。」

蘇尚書一聽曹伯爵這三個字就不禁冷笑，「曹娘娘把個壽康宮建得比慈恩宮、永壽宮都大的時候，曹家怕也沒人請你吃酒。」

蘇承恩公心裡亦是瞧不起曹家的，只是誰讓如今帝位上坐的是曹家的外孫。

蘇承恩公道：「我哪裡不曉得曹伯爵的意思，可咱們娘娘素來柔順，便是有心為曹娘娘說話，一切還得看太皇太后的心意。」

蘇尚書冷哼，「你這話是實話，曹家可不見得會領你的情。曹娘娘連太皇太后都不放在眼裡，又如何會將咱家太后放在眼裡？你也莫想著曹家是陛下外家，想想當年胡家，一樣是太宗皇帝外家，如今怎樣？咱們本就是書香門第，子弟皆以科舉立世。我倒不是瞧不上曹家乃暴發戶，帝都多的是寒門出身的人物，忠勇伯難道不是寒門出身，先帝許之以愛女。阿冰的夫家江家也是寒門出身，家中子弟頗知上進，一樣令人敬重。唯此等不知進退的貪鄙之徒，怎不令人生厭作嘔！」

蘇承恩公嘆道：「何嘗不是如此，大家也不過看在陛下的面子上罷了。」

蘇尚書道：「別人怎麼想不與咱家相干，為人最忌搖擺不定，你祖父在世時曾說過，當不知道選什麼的時候，選擇大義，不會有錯。」

蘇承恩公細思量祖父之話，頓覺大有深義。

如蘇家，因宮裡蘇太后只得一位嫡親的公主，故而哪怕太皇太后賞賜二公主豐厚些，蘇家除了受寵若驚外，倒也並無擔憂，畢竟不論蘇太后這些年與太皇太后的婆媳情分，還是蘇家與太皇太后的關係，便是太皇太后所賜略厚，不論蘇太后還是二公主都受得起。

然而，別家不一樣。

如二皇孫母族戚家，戚太妃母家為戚國公府近支旁系，雖是旁系，關係亦是親近。蘇太妃的祖父與當今戚國公乃嫡親兄弟，只是爵位為戚國公所襲，戚二太爺一支就做了旁支。

戚太妃的祖母戚二老太太帶著戚太妃的母親戚太太，就找戚國公夫人念叨起這事來，戚二老太太道：「嫂子，這話要我說，興許有些小家子氣，嫂子莫笑我。我倒不在乎那點東西，咱們雖是二皇孫外家，可到底太皇太后才是親祖母，太皇太后自然比咱們更疼二皇孫。這些皇孫的名字，唯二皇孫的名字當年是太皇太后親自取的。這回所賜，我怎麼覺得，太皇太后厚賜六皇孫？」

戚國公夫人顯然也已聞知此事，見不論戚二老太太還是戚太太都露出不解的模樣，戚國公夫人道：「咱們二皇孫得的是先帝習字時用過的字帖，難道不好？」

「太皇太后所賜，哪裡有不好的？」戚二老太太道：「不是我臉皮厚，在太皇太后跟前，除了陛下，就是咱們二皇孫了。」可這回六皇孫得的東西，明顯超過二皇孫了。二皇孫算是戚二老太太重外孫子，戚二老太太覺得自己體格還成，就為重外孫子多操了一回心。

戚太太附和：「是啊！」

戚國公夫人問：「妳們進宮，太妃娘娘怎麼說？」這問的是二皇孫生母戚太妃。

戚太太道：「咱們阿囡啥事都樂呵呵的，我看她挺高興的。」

「這就好。」戚國公夫人道：「妳們是當局者迷，太過為娘娘操心了。論位分，宮裡除了三宮之外，就是咱們娘娘了。太皇太后也一向喜歡二皇孫，可要我說，就因如此，太皇太后才不好在賞賜上顯出偏愛來，妳們想一想，是不是這個理？」

戚二老太太與戚太太先是一愣，方慢慢想通，婆媳倆鬆了口氣，戚二老太太道：「是啊，嫂子說的是。妳說，我這年紀還比嫂子年輕兩歲，怎麼倒糊塗在先了？」

戚國公夫人笑道：「妳是太關心太妃娘娘了。」

戚太太道：「何嘗不是大伯娘說的這個理，阿囡進宮這些年，不說老太太，就是伯娘，又怎有不記掛她的？阿囡自小就是個愛說愛笑的性子，以前我還有些個不平心思，如今想想，宮裡也就蘇娘娘最得太皇太后她老人家青眼，這個是誰都不能比的。如今伯娘一點撥，我忽地就悟了，咱們阿囡得太皇太后這般庇護，也不算沒福了。」

戚太太這說的完全是心裡話，今上為什麼能被先帝立儲，進而登基，難道是因為今上有什麼遠超眾兄弟的才幹嗎？不，只因為今上是皇長子。

而今上這位先帝的皇長子比二皇子年長多少呢？不是幾歲，兩人同一年出生，今上生辰在四月底，二皇子生辰是五月初，相差不到半個月。

當年曹太后與戚太妃受孕時間相仿，甚至太醫給出的產期都是在五月，偏偏當年就是曹太后不小心跌了一跤，就早產為先帝生下了皇長子，後來這皇位就落到了今上的頭上。

這事只要想一想，戚家恨得能把牙咬碎，可說這些有什麼用呢，今上已登基為帝。

這口氣，不想嚥也得嚥。

今得戚國公夫人指點，戚太太這才覺得，哪怕失了帝位，有太皇太后照應，自己閨女和外孫子在宮裡的日子就不會難過。

戚國公夫人聽侄媳婦的話，笑道：「太妃娘娘打小就有福，如今平平安安的，更是福氣。不像有些人家，我還是頭一遭聽聞太后之父得伯爵位的。」

說到曹家倒楣的事兒，戚家女人們深覺暢快。

只是，不論蘇家還是戚家，或許都沒有猜透太皇太后的用意，至於江家……

江家雖則現在自是官宦之家，但在帝都的風雲場中，江家還屬於土鱉一族。哪怕江念這位資質過人的前探花，都是在韋相上摺請奏給先帝諸子封王的奏章中，瞬間明白了太皇太后賞賜諸皇孫的用意。不，應該說，太皇太后尤其厚賜六皇孫的用意。

或者太皇太后看中這位皇孫，但想來太皇太后與韋相關係不大好也是真的。擠兌，就是為了擠兌，擠兌韋相這位當朝宰輔。

六皇孫生母韋太昭儀為韋相親女，六皇孫就是韋相嫡親的外孫。

如果韋相沒明白太皇太后的用意，那麼之後太皇太后就會繼續厚賜六皇孫，提醒眾人六皇孫的出身。諸皇孫母族皆不大顯，唯韋太昭儀出身名門韋氏，其父為當朝首輔。

太皇太后賞賜諸皇孫，是為突出六皇孫，而突出六皇孫，就是提醒那些心明眼明之人，韋相不只是首輔，他還是外戚。

如果韋相不做出反應，在太皇太后一次又一次對六皇孫另眼相待之後，未親政的皇帝陛下哪怕不會多想，但多的是想對韋相之位取而代之之人會多想，會提醒未親政的皇帝陛下，你的首輔在血緣上有著天然的政治傾向。

韋相做為當朝首輔，多年政客，悟性自然不差。

韋相的應對亦是極好，分封先帝諸子，出先帝孝期後，諸子可先行就藩。

這就是韋相聰明之處，一個在先帝諸子中行六的外孫重要，還是首輔之位重要，不言而喻。韋相的反擊很漂亮，既向陛下表明自己的忠心，又給了太皇太后一個很好的回擊。

不過一次小小的對諸皇孫的賞賜，竟然有此諸多深意。

江念心中的震撼可想而知，當晚回去就與子衿姊姊嘀咕了一通。

何子衿這一生兩世的都大長見識，「你說，太皇太后會同意先帝諸子封王就藩嗎？」

江念想了想，「難說，要是太皇太后同意，豈不是說韋相勝了這一局？我覺得，太皇太后不是輕易認輸的人。」

江念問：「妳說呢？」

何子衿思量片刻，方道：「我覺得太皇太后不會同意的。」

「那豈不是叫韋相占了上風？」不論地位，僅以二人來論，皆是成熟政治家，兩位政治家的角逐較量，江念不認為太皇太后會遜於韋相。

何子衿道：「這些手段不手段，上風不上風的，我是不大懂。這些日子，我也算對太皇太后略有些了解，就說太皇太后對皇孫皇孫女，倘僅以手段來形容，就未偏頗。一個祖母，對孫子孫女功課習慣清清楚楚，這不會僅僅是為了作態，裡頭也有情分在。就以祖孫情而言，哪個做祖母的會希望孫子遠離自己呢？」

何子衿懷疑地問：「你們這些男人是不是想太多了？不就是太祖皇帝批註的一本史書，至於如此嗎？興許太皇太后根本沒這意思，是你們七想八想，自己想差了。」

江念道：「權力上的事從沒有簡單的，這事我斷不會看錯。」

何子衿笑，「不如打個賭。」

「賭什麼？」

「就賭太皇太后會不會讓皇孫留在帝都。」

「成！」江念對自己的政治敏感度還是頗有信心的，道：「要是我贏了，也不必姊姊做什麼，依我一事就好。」

「孫子都說未慮勝先慮敗，你這也忒自信了。」

「咱家人都自信。」

江念自信滿滿的模樣，何子衿終於從雙胞胎的謎之自信上找著根兒了。

江念這裡都能猜到，帝都官員只要腦筋夠用的，基本上都想到這裡了。

大家等著看太皇太后如何應對，太皇太后再次出人意料的拒絕了，而且是直接拒絕，沒有任何轉寰餘地的拒絕，太皇太后原話是：「尋常百姓之家尚有三年父孝，皇帝身為天子以日代月即可，但我觀皇帝如今亦是服素色荷包，以示孝心。哀家這些皇孫，都是一樣的孝心，父孝尚在，就要讓他們封王就藩，從此不得到父陵前一祭。雖則封王就藩是早晚之事，也請內閣體諒一下我們皇家孤兒寡母。孩子們這樣稚小的年紀，皇帝未親政，我不論是身為太皇太后，還是做為一個祖母，都不會讓他們現在封王就藩，你們暫可死了這條心。」

太皇太后的反應讓不少人都懷疑自己是不是誤會了太皇太后。

江念都得請教子衿姊姊：「姊姊怎麼猜得這樣準？」

「還是那句話，別把太皇太后只放在手段二字上，若只論手段，就太過偏頗了。」

江念仍是不解，「那太皇太后此舉到底是什麼意思啊？」

不過是太皇太后賞賜諸皇孫之事，哪怕何子衿已聽江念說太皇太后沒同意，但何子衿進宮給大公主和嘉純郡主授課時，仍是覺得宮內氣氛有些低迷沉鬱，尤其是那些有子妃嬪，在慈恩宮侍奉起太皇太后越發殷勤。

何子衿心說，看來這些太妃太嬪皆不願兒子們離開帝都就藩去。

何子衿受電視劇影響，一向認為沒有繼承權的皇子們早些就藩的好，可如今真正看到感覺到，當皇子年紀太小而無自保之力時，特別是母族不顯時，縱是這樣的皇室貴胄，何子衿都能看出悽惶與不安。

大公主還與嘉純郡主說：「自小與皇兄皇弟們在一處，不覺什麼，一想到他們將來有一日必要就藩，我就很是捨不得。」

嘉純郡主勸道：「皇祖母都說了，暫不叫就藩呢。」

大公主年紀雖小，但這樣的話卻安慰不到她了，她輕聲一嘆，「終有散的一日。」

看她們年紀小小上就愁緒上心頭的大人模樣，何子衿溫聲道：「人這一輩子，聚聚散散的事兒可多了。殿下們生於皇家，有這樣的苦惱，我們百姓之家也有這樣的苦惱呢。」

大公主不解道：「百姓之家緣何要分離？」又不必非要就藩。

何子衿道：「像我姑媽，當初嫁得離老家縣城有一些路程的人家。自姑媽一出嫁，因離得遠，見面就不容易了。後來姑丈科舉做了官，姑媽可不得隨在任上嗎？自上遭在帝都與姑媽家分別，我家與姑媽有十幾年沒見了。姑媽家還有一個表哥一個表弟，先時中了進士，可惜我們回帝都前，表哥表弟也都外放了。」

同理心往往都能引起共鳴，大公主道：「先生很想念姑媽家吧？」

「是啊，不過知道姑媽家都好，也就放心了。」何子衿道：「如當初我家在北昌府做官，我娘家兄弟考了進士便留在了帝都，也是好幾年不得見。我心裡也是惦記啊，可想一想，他們也都長大了，自然要娶妻生子，有自己的道路要走。何況，我們小時候姊弟情分便好，並沒有辜負少年時的歲月也就是了。」

何子衿一向很會講道理，把二人勸得展顏後，帶她們練兩趟拳，歇一歇，喝點水，吃些點心，課程便結束了。

何子衿回家有些急，倒不是別個緣故，父親任期已滿，轉任帝都任職，眼瞅就要回來，算著就是今天到帝都。何子衿回家沒見動靜，就知還沒回來，聽說余幸杜氏都到主院去，何子衿也就過去了，道：「祖母她們還沒到呢？」昨兒小福子騎馬進城，說快到了。

余幸遞盞茶給大姑姊，笑道：「大姊姊別急，馬上也就到了。」

杜氏道：「是啊，剛阿忠回來說已是到城外，就是這進城得排隊，咱家東西又多些。」

何子衿笑，「真是搬家了，還是大老遠從北昌府搬回來。」說著話，抬手扶一扶鬢間的牡丹釵。說來好與丈夫成親好幾年，還是頭一遭見公婆。

宮媛有些畏熱，已是七月底，仍是扇不離手，宮媛搖著團扇道：「老祖宗他們一來帝都，定覺得熱的。」宮媛是盼丈夫的，一來一回都快兩個月了。

余幸笑，「說來，我們剛回帝都時也有些想念北昌府的氣候，冬天雖冷，屋裡暖和，夏天也一點不熱。」

杜氏道：「嫂子說得，我都心嚮往之了。」

余幸道：「妳要是乍去，會有些不慣，但住熟了後，當真覺得那是個好地方。外頭賣的野味，都是貨真價實的，野雞滾出來的湯，鮮得不得了。在咱們帝都，都是山雞家養，充個野雞的名兒罷了。」

何子衿笑，「是啊，用野雞燉的山菇，菇子裡浸透了野雞的鮮香，香得要命。」

說著說著，大家都餓了，何子衿就道：「咱們先吃飯吧，我看怕得午飯後了。」

何子衿做閨女的直接，余幸做媳婦的不能這般，都道：「還是等一等祖母他們吧。」

「無妨，叫廚下留出爹娘他們的飯菜就是。咱們要是餓著肚子等，爹娘他們怕就要心疼了。」何子衿這般說，幾人就都應了。

果如何子衿所言，幾人用過午飯又吃過茶，一大家子此方到了。

院子已是安排好了的，余幸與何冽夫妻早就想從主院搬出來給姊姊、姊夫住，何子衿說搬來搬去的很麻煩，叫他們只管住著。如今長輩們都回來了，小夫妻再不能繼續住主院，阿燦已是大了，搬到前院與表兄弟們一起住，阿烽尚小些，與父母同住，故而，余幸收拾了處小院子，他們夫妻搬到小院子盡夠住的，主院給長輩起居。

何老娘一進二門就說：「哎喲，可真熱啊！」

何子衿見她老人家都穿上夾衣了，笑道：「祖母穿得厚了，阿幸她們已經給祖母備下了新衣，您要不要先換衣裳？」

何老娘笑咪咪看在余幸身旁的一個著櫻桃紅的年輕小媳婦，杜氏性子爽快，雖是頭一遭見長輩，卻不是新媳婦了，大方地上前向太婆婆問安。

何老娘眼尾都笑得飛了起來，直道：「不多禮不多禮。」

杜氏頭一遭見太婆婆和公婆，余幸和何子衿有心讓她露露臉，給長輩們留個好印象。杜氏也很有眼力，上前扶了太婆婆一臂，扶太婆婆進去了。余幸在後頭扶著婆婆，何子衿看阿曦抱著的金哥兒，笑著摸摸女兒的頭，伸出手臂道：「來，我抱抱咱們金哥兒。」

阿曦道：「娘，您可抱不了，小舅不找別人。」

何恭笑，「剛換了地方，金哥兒就認阿曦。」

何子衿看金哥兒圓潤潤的小臉，眼睛還有些發紅，問道：「金哥兒這是怎麼了？」

「無妨，路上有些鬧騰。」何恭道：「這小子我也沒少抱，就跟阿曦親。」

「那是。」阿曦很明顯繼承了她娘哄孩子的天分，金哥兒見人多，且多是沒見過的，嘴一撇，又要哭，阿曦立刻手臂一抖，顛了兩下，金哥兒就由哭轉笑，扭著小腦袋看……嗯，既不是看爹也不是看娘，更不是看頭一遭見面的大姊，金哥兒看的是阿曄。

阿曄和二郎一大早就去接長輩們，接到車隊後跟著一道回來的。阿曄見金小舅眨巴著眼望自己，就對金哥兒伸出一隻手。金哥兒這剛被親爹鑒定為只認阿曦的傢伙，立刻伸出小手臂要阿曄抱。何恭直笑，道：「興許是瞧著阿曄阿曦長得像的緣故。」

阿曄倒不是頭一遭抱孩子，小時候他還常抱雙胞胎呢，一隻手臂抱住金哥兒屁股，金哥兒那叫一個高興，也不哭了，還拿自己的小胖臉去蹭阿曄的臉。阿曄被他蹭半臉口水，忙一指戳金哥兒的小脖子，不想這可是戳了金哥兒的癢癢肉，金哥兒都笑出聲來。

何老娘坐在上首，見寶貝小孫子這般高興，拊掌道：「好，帝都風水就是不凡啊！金哥兒一路上都不大樂呵，這一來帝都就開臉，果然風水好！」又讚金孫：「這孩子識得好歹！」看吧，一來帝都就笑，多吉利啊！

何子衿道：「主要是見著我高興。」

何老娘笑瞪自家丫頭一眼，「明擺著金哥兒是稀罕阿曄。」

何子衿笑，「祖母先換衣裳吧，別在孫子媳婦跟前不好意思，熱出渾身汗來。」

「我有啥不好意思的，我這倆這麼好看的孫媳婦，我正美著。」何老娘也的確是有些熱，道：「帝都就這樣不好，秋老虎。」

見太婆婆起身，杜氏就要扶，何老娘拍拍她的手，「叫妳大姊姊服侍我就行了，妳還是頭一遭見公婆，先去跟公婆見禮說說話，別叫公婆挑理。」

沈氏笑道：「母親從沒挑過我的理，母親怎麼待我，我就怎麼待媳婦。」

「就得這麼著。」何老娘自覺是天下第一好婆婆，帶著自家丫頭換衣裳去了。何老娘精神頭極好，到自己屋見樣樣妥貼不說，還有一種難以形容的，怎麼說呢，特別的貴氣，便很高興，點頭道：「這屋子收拾得好。」

何子衿一邊把準備好的衣裳取出來，一邊笑道：「都是阿幸和阿杜瞧著收拾的。」又轉頭說：「嬤嬤的衣裳我也叫人準備了兩身，你們自北昌府來，我想著就得穿得厚。就擱在屋裡的衣箱裡，叫葡萄告訴嬤嬤。」

余嬤嬤欣慰道：「咱們大姑娘還跟以前一樣，誰都想得到的。」

何子衿道：「想祖母的時候，自然就想到嬤嬤了。」

余嬤嬤知道祖孫二人定有私房話要說，便與小丫鬟葡萄到自己屋裡歇著去了。

何老娘誇自家丫頭：「這份仁義，就是像妳祖父，像妳姑媽。」

她覺得自家丫頭知老知少，不跟弟妹們搶功，著實有仁義。

何子衿將新衣放祖母手上，笑道：「哪裡，最像祖母。」

何老娘呵呵直樂，低頭看自己這新衣，撫摸著那光潤柔軟的料子，道：「這料子可真好，是不是太皇太后賞的那個？」

何子衿道：「那料子祖母您不是千叮嚀萬囑咐叫我存起來，我怎能忘呢？早存起來了，這個是阿幸和阿杜拿自己私房的好料子孝敬您老人家的。」

何老娘一聽這話就歡喜，點頭道：「是兩個好孩子。」懂事！

她老人家換了衣裳，對著屋裡的大穿衣鏡很是照了照，自言自語道：「這帝都的樣式，就是比北昌府的耐看。」

何子衿忍笑，「非但樣式好，還是孫媳婦給做的，豈能一樣？」

「就是這話，主要是這片心。」雖然何老娘看東西是先看價值的，但自從做了誥命，何老娘這些年與官宦人家來往的多了，學了幾句官宦人家說的面子話。

讚完新衣，何老娘悄悄與自家丫頭討論新見的二孫媳婦：「阿杜長得不錯，是不是？」

「那是，要不然就俊哥兒那自小就稀罕好看的，小倆口能過得這麼好？」

見自家丫頭也這般說，何老娘從左袖管裡摸出個藍布帕子包裹的東西，再從右袖管裡摸出個紅布怕包裹的東西，將藍的布帕子重揣起來，托著紅布帕掂掂，道：「這個分量足。」

何子衿好笑，「您還給孫媳婦準備了兩樣見面禮啊？」

「都是好東西。」她老人家來前就想好了，這是頭一回見二孫媳婦，要是二孫媳婦好，就給紅布帕的東西，要是一般，就給藍布帕裡的。當然，這事何老娘當然是不會承認的。

換了衣裳，何老娘沒顧得上多跟自家丫頭說幾句私房話，就出去吃孫媳婦的茶了。

何老娘是太婆婆，杜氏敬茶也得先是給太婆婆敬。何老娘樂呵呵吃了孫媳婦的茶，就給了紅布帕裡的見面禮。之後便是沈氏與何恭，杜氏依舊是奉上給翁姑做的衣裳鞋襪，便是金哥兒這四小叔子，杜氏也給做了一雙虎頭鞋。沈氏給了杜氏一對翡翠玉璧，那玉璧青透如一汪春水，成色極是不錯，這也是比照著先前余幸敬茶的例了。

杜氏出身不同於余幸這等世宦書香，杜氏是寒門出身，哪怕家裡父親做了大理寺卿，因父親生性清耿，故而家裡雖吃穿不愁，但也沒有什麼奢侈享受。杜氏原想著，婆家亦是寒門出身，卻沒料到婆婆給這樣貴重見面禮。

阿曦也上前給二舅媽見禮，杜氏給阿曦備了一對金釵。

杜氏向太婆婆、公婆敬了茶，又叫了阿烽對長輩們行禮。阿烽明年就是上學的年紀了，懂事得很，乖乖對長輩們磕頭，何老娘連聲道：「我的乖寶兒，不用磕，過來給太奶奶看看！哎喲，我的寶兒啊，長得真好，一臉福相！」叫身邊丫頭取來一套文房四寶給了阿烽，「咱們家祖上就是念書的，以後你也好好念書，以後考狀元。」

阿烽點點頭，仍是一本正經的嚴肅臉，「是，曾祖母放心，我知道了！」

沈氏與何恭給孫子的見面禮也不少，阿曦則送了一對小玉兔給阿烽，阿烽是屬兔子的。

杜氏瞧著阿曦直笑，道：「原本聽大嫂說，阿曦阿曄是極像的，不想這般相像。」兩人並不是誰男生女相，或是女生男相，論容貌線條，阿曦更柔美些，但二人的眉眼，真真是像極了，皆是那種令人不能逼視的俊俏。倘先時杜氏觀紀珍之俊美，都不曉得何人可相配，如今見了阿曦就覺得，能配紀玉樹之人，也就是阿曦了。

余幸笑道：「妳沒見過他們小時候，那真是一個模子刻出來的。」略說幾句，長輩們畢竟遠道歸來，身上疲乏，沈氏和何恭知道孩子們都用過飯，就讓孩子們自去休息，待傍晚再過來。

余幸走前特意交代廚房給老太太、老爺太太送飯過來。唯有一事，金哥兒這據說最黏阿曦的人，如今是黏在阿曄懷裡，揭都揭不下來了。

何子衿笑與阿曄道：「你就先帶帶金哥兒，算是先適應一下。」明年阿曄成親，若是順利，做父親的日子也快了，何子衿則拉著阿曦回房說話。阿曦從出生都沒離開過父母這樣久，路上就蹭著自己娘問：「想不想我？」「想得我心肝疼。」何子衿滿眼喜悅與思念，「不止我想，妳爹也想妳想得不成，妳哥還買了好些東西，我都給妳存著呢。」

阿曦一聽這話，心裡才平衡了。雖然住在外祖家也很好，但哪裡都沒自家好。

阿曦嘀嘀咕咕在親娘耳邊訴說這半年多的思念，回頭一看，阿曄抱著金哥兒跟著來了，何子衿奇怪地問：「你怎麼也來了？」

阿曄幫金哥兒擦著吐出的泡泡，鬱悶道：「我就不能跟胖曦說說話啊？」

阿曄：想妹妹難道不正常？他跟妹妹自小龍鳳胎，娘胎裡就在一處的！

母子女三人坐一處說話，其間還有金哥兒這個咿咿呀呀的伴奏。阿曦對她哥的好感早在她哥喊她胖曦時就消失了。要不是看她哥給她攢的禮物，她定不理他，就這樣，阿曦也沒忍住懟一句：「成天說別人胖，瘦子就能瞧不起人嗎？」

何子衿笑，「現在咱們阿曦一點不胖，我還說怎麼瘦了呢。」

阿曦小時候圓潤是真的，待到了抽條長個子的時候就沒胖過。爹娘都不是胖人，孩子胖的可能性也不高，何況阿曦完全是朝著她娘她外祖母那一種婀娜身段發展的，就是阿曄，也是細細高高的。阿曦小時候背地裡就稱她哥為「竹竿」，阿曦道：「阿冰都說我臉小。」

阿曄也就逗一下妹妹，見妹妹抬出未婚妻來，忙道：「小小小，妳這臉也就巴掌大。」

阿曦哼一聲，阿曄又道：「腰也細。」

阿曦哼哼兩聲，阿曄再三道：「皮膚還好。」

阿曦這才滿意道：「要不是看在阿冰的面子上，我都懶得理你。」

阿曄笑，「是是，咱們阿曦心懷越發寬廣啦！」非但要誇相貌，還得誇美德。

要是別人的奉承，阿曦也沒這麼高興，主要是長這麼大，她一直被她哥嘲笑胖啊笨的，所以來自她哥的馬屁就格外舒泰。阿曦嘿嘿直樂，一副大度得不得了的模樣，「這還差不多，要不然阿冰送我的東西，我一樣都不給你。」

阿曄自來最要面子的，見他妹這般說，輕咳一聲，正經道：「妹妹若是喜歡，只管拿去用就是。」那衣裳鞋襪荷包的，我就不信妳用得上。

阿曦直翻白眼，她哥什麼時候當她面這麼正經喊過「妹妹」兩個字，聽著就假。

阿曄道：「阿珍成天過來打聽妳什麼時候來，今天要不是他白天當值，早就來了。」

阿曦一聽到阿珍哥就眉開眼笑，「我就知道。」要不說怎麼回家沒見到阿珍哥呢。

阿曄看他妹這樣，哪怕他妹跟紀珍都訂親三年多，仍很是看不慣，不由哼了一聲。

阿曦笑著挽住哥哥的手臂道：「當然還是哥你最好了。」

阿曄不領這情，「甜言蜜語的。」

何子衿看兒女你一句我一句懟得歡快，不禁好笑。

金哥兒熟悉了阿曄外甥的懷抱後，也願意讓這位跟外甥外甥女長得有些像的大姊抱了。

下人送了飯菜來，阿曦和阿曄洗手吃飯，阿曄一個勁兒給他妹夾菜。

何子衿問：「金哥兒要不要吃奶？」

阿曦道：「在車上吃過了，申時再叫奶娘餵就行了。」然後又說起外祖母生金哥兒的不容易：「生下來，奶水就不大夠，開始金哥兒吃得少還夠吃，後來實在不夠，才請了奶娘。現在小舅能吃些米湯了，奶吃的也不多。不過，就是有奶娘，金哥兒也多是外祖母帶。」

何子衿笑，「那是，奶不夠是沒法子的事。這孩子終是依賴親娘的，誰都替不得。」

阿曦自小在北昌府長大，乍回帝都，很有些吃不慣這帝都的飯菜，道：「跟咱北昌府的飯菜的味兒不大一樣，怎麼沒酸菜啊？」

何子衿道：「酸菜吃完了，再做得冬天。有酸辣蘿蔔，要不要吃？」

阿曦點頭，何子衿命小丫鬟去廚下拌一碟酸辣蘿蔔過來，阿曦這才有滋有味吃起飯。

用完飯，重陽就帶著車隊回來了。何家回來雇了十幾輛運行李的大車，入城查檢也得一會兒時間呢。阿曄匆匆漱過口就過去迎重陽哥了，他看著卸行李，讓重陽哥先回屋吃飯。

重陽這趟遠差走了兩個月，自是想念妻兒，笑道：「成，那我先去吃飯了。」

阿曄笑，「快回吧，有喜事呢。」

重陽好奇地看阿曄一眼，見阿曄只笑不言，他就回屋問媳婦去了。小郎也很思念父親，他是個活潑的孩子，一見父親就撲了過去，猴子般竄到父親懷裡。

宮媛迎了丈夫進屋，笑道：「看這親得唷！」

重陽抱兒子在懷裡，親兒子兩口，「那是，這可是親兒子。」

小郎響亮回答：「那是，這可是親爹！」然後親他爹四口，親得他爹哈哈大笑。

宮媛道：「行了，先下來，讓你爹吃飯。」

小郎些依依不捨，重陽道：「小郎坐爹懷裡就行啦。」

小郎高興應下，就是他爹洗漱，他都要掛他爹懷裡。重陽也著實餓了，坐下就吃，吃了半碗飯才想來道：「阿曄那小子神神祕祕的，說有喜事，到底什麼喜事？」

宮媛眉眼帶笑，卻是不好說。

小郎這存不住事的，大聲道：「我知道，我要做哥哥了！」

重陽猛然眼神熾熱地望著妻子，又盯著妻子肚子看個不停，問：「可是真的？」

宮媛不好意思地點點頭，「我自己都沒察覺，開始是想睡覺，還以為是入秋乏倦，精神有些不濟。乾娘請了竇太醫來給我診了診，竇太醫一診就說是喜脈。」

重陽道：「姨媽最是細心不過的。」又滿面喜色道：「咱們小郎就缺個妹妹了。」

宮媛笑，「兒女都好，咱們已是有兒子了，我也盼閨女。」

小郎道：「我喜歡弟弟，弟弟不打人。」

重陽問：「這是怎麼說的？」

「烽叔說他表妹可厲害了，總是打他，他都不敢去他外祖家了。」小郎很認真地跟父母解釋原因。別看阿烽冷面，委實是個斯文孩子，然後因外公杜寺卿是北少林出來的，外公家雖是文官，一家子都多多少少會些武功，於是，阿烽去了外家，表姊表妹年紀差不多，在一處玩時，遇到孩子間有些口角，阿烽才發現自己武力值不大成，竟然被小表妹欺負了。阿烽與小郎年紀相仿，這些事還是阿烽偷偷告訴小郎的，小郎自此對妹妹有了心理陰影。

重陽聽得直樂，「行，那就給生個弟弟。」反正現在孩子少，生兒生女都一樣。

小郎覺得自己做哥哥的未來一派光明，喜得直拍巴掌。

今天是團聚的一天，阿曦吃好飯就想去看朝雲祖父了，還給祖父帶了不少東西。

何子衿笑道：「去吧，妳祖父常念叨妳呢。」

「我也很想祖父。」阿曦換了身衣裙，還問她娘：「好不好看？」

何子衿望著女兒一身藕色衣裙，鬢間一支玉簪，笑道：「我家有女初長成。」

阿曦道：「楊玉環除了貌美可取，沒什麼可取的，哪怕侍奉玄宗身不由己，竟然只做了貴妃，當個小老婆。」

何子衿笑，「就是誇妳美呢，快去吧，晚上回來吃飯。」

阿曦打扮好，把金哥兒留給她娘看，就去祖父家了。

朝雲道長正等著呢，甭看朝雲道長鮮少出門，消息委實靈通。

阿曦對朝雲道長行過禮，朝雲道長笑道：「行了，過來說話。」

阿曦過去坐在朝雲道長身邊，朝雲道長頭一句話就叫阿曦心生歡喜，朝雲道長說：「怎麼瘦了這許多？」

阿曦頓時喜笑顏開，「其實也沒瘦，就是長高了，去年的裙子今天再穿，短了一寸多。」比劃一下，然後，謙虛道：「主要是我腰細腿長，脖子也長，臉還小，就顯得瘦了。」

朝雲道長心裡險些笑翻，矜持地頷首，「是這樣，眼睛大，鼻樑高，皮膚白，頭髮也養得很好。」阿曦為什麼這麼愛自誇啊，除了遺傳原因外，就是朝雲祖父的言傳身教了。

見朝雲祖父這麼誇自己，阿曦很真誠地道：「祖父，我發現您越來越有眼光了。」

「那是。」朝雲道長問她一些路上的事，阿曦可是來勁頭了，興致勃勃道：「路上的風光可好了，我可是長了大見識，見到許多沒見過的山水。北昌府的山是極高的，往帝都走，經過很多地方，高山大河，就像書裡寫的，煙雨朦朧，青山碧樹，外祖父說老家的風景更好。我們還吃了許多以前沒吃過的東西，味道好極了。在北昌府時，咱們出去打獵，都是現殺現煮來吃。經過魯地時，有個地方水脈極豐富，正趕上秋天，魚啊蝦的極多。有一種小白蝦，殼極軟，這蝦要用活水煮，又鮮又嫩，我一個人就能吃一盆。」

朝雲道長聽得直笑，阿曦道：「可惜這種蝦只有現捕現吃才好，不過，我帶了一種小魚乾回來，是在漁家遇到的。有個叫青河縣的地方，那裡有一條臨山的河，夕陽落下時，半邊山河都染上霞光。我們走著走著，聞到一股鮮香，順著那香味就過去了。原來是有一戶船家在燒麵，一聞味兒就知道是極好吃的，我們一行就在船家那裡吃麵。他家的湯頭，蘑菇木耳是家裡孩子雨後去山上尋的，這倒尋常，主要是用一種小魚乾調味。我買了一大包回來，給祖父也帶了幾斤，祖父嘗嘗，特別好吃。」

朝雲道長笑，「好，不如晚上就用這個小魚乾做湯底，燒麵來吃。」

阿曦道：「明天吧，明天我來做給祖父吃，我娘叫我回家吃晚飯呢。」

朝雲道長倒沒說不讓阿曦回去，只是渾身上下那叫個失落啊，阿曦立刻心有不忍，想著祖父的確怪寂寞的，便道：「在哪吃都是吃，我也好想祖父，晚上就在祖父這裡吃吧。」

朝雲道長心中一樂，大手一揮，道：「把行李送過來，在我這兒住些日子。我這宅子，妳還沒看過吧？」然後，不容拒絕的，帶著孫女看院子去了。

好吧，他老人家早就準備好了！

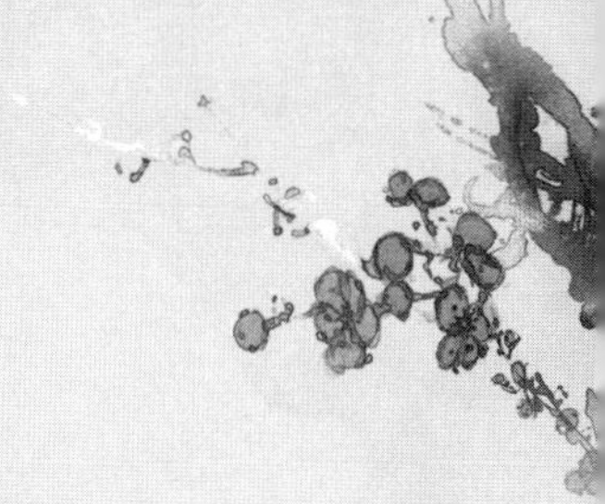

貳之章

父母返京話日常

衙門剛落衙，江念與一票親戚都急著下班回家，因為今天何家人就抵達帝都了。

江念剛出衙門就見到紀珍在一輛馬車外等著，相熟的宋翰林還打趣道：「阿念好福氣，女婿都來接你了。」宋翰林是沈素的親家，輩分高，出了衙門偶爾會叫江念的名字。

江念笑，「阿玄趕緊扶著你岳父些，別叫你岳父挑你的理。」

沈玄道：「阿珍一來，但凡做岳父的，都得嫌女婿生得不大俊了。」

大家正說笑呢，只見紀珍旁邊馬車的藍布車窗簾被人挑開，探出個美貌又精靈的臉孔，對江念叫了聲「爹」。就見一向穩重的江探花頓時身子輕了三分，飄了過去，歡喜地問：「什麼時候到家的？怎麼不在家裡歇著呢？我這一會兒就回去了。」

江念俐落地兩步登上馬車，同閨女坐車裡，方向外道：「宋老叔，閨女來接我，我就先回了。」又叮囑阿玄阿絳及小舅子表侄子等人：「你們慢慢來，我先走了，咱們回家說話。」

紀珍本就是陪未婚妻一道來的，騎馬伴在車旁，心中很是羨慕坐車裡的岳父。

待江念都坐車走了，沈玄這才從那美貌精靈的少女回過神，直道：「我的乖乖，比子衿姊姊小時候都好看。」剛說完就被岳父宋翰林一巴掌拍後腦杓上，宋翰林道：「你這也是做舅舅的，怎地沒個穩重？」

沈玄笑，「我只恨自己兒子生得晚。」

宋翰林哈哈一笑，「快回吧，今天你家定是熱鬧。」

沈玄點頭，與一干親戚們往家趕。

沈絳路上還說：「以前俊哥兒你說阿曦與阿曄生得像，我都有些想像不出來，還以為阿曦女生男相。原來不是那麼回事兒，這丫頭生得真好。」龍鳳胎的確相像，最像的就是那種人難企及的俊美，但阿曦絕對是個柔媚女兒家，這丫頭生得是真好。

俊哥兒很是自豪，「那是。在北昌府時，阿曦可是整個北昌府都有名的姑娘。」

沈絳道：「也就是阿珍訂在前了。」不然阿曦的相貌，在帝都也是一等一的。當然，紀家家世不錯，並非配不得外甥女。但外甥女這般出眾，還是令眾舅舅們很有面子。

江念見個閨女那叫一個歡喜，問閨女什麼時候到的，累不累，又說閨女瘦了，還這麼孝順來接父親。阿曦見著親爹也很高興，挽著父親的手臂道：「我見過曾外祖父、曾外祖母了，還有舅外婆，也去了朝雲祖父那裡。想著爹您快落衙了，就和阿珍哥來接您了。爹還是跟以前一樣，就是這鬍子跟在北昌府不大相同了。」

江念摸摸自己唇上的小鬍子，略帶得意道：「這可是現在的新流行，自從妳娘給我換個樣式，翰林院人人都學我這新樣式。」

阿曦道：「雙胞胎不是說學裡有些小屁孩笑他們土鱉？您在翰林院怎麼這麼吃得開？」

江念道：「雙胞胎那都是老黃曆了，他倆在北昌府書院當慣了頭的，乍來帝都，看同窗們都不怎麼理他們，自然心理失衡。妳爹我如何一樣？我剛來時別人瞧我給陛下做史學先生，沒關係還要來拉關係呢。看我這鬍子新穎，自然有人學了去。現在不成了，現在沒了史學先生的差使，虧得咱家在翰林院人多，我還安穩。倒是這新式鬍子，已是流行開啦。」深覺得妻子給設計的新鬍子樣式，比帝師這差使更能令他得意。

父母是孩子最好的老師，像江念這麼無所謂地說起丟了史學先生的事，阿曦看他爹渾未放在心上，自然就不緊張，還道：「主要是爹您生得俊，風采不同，所以，您穿個新樣式的衣裳，弄個新樣式的鬍子，就有許多人學您。」

「一般一般啦，爹上了年紀，當初年輕的時候，倒有些風流的意思，現在都是阿珍和妳哥他們的年代了。」

「他們還早得很，比爹您差遠了。」

江念多愛聽這話啊，更覺閨女貼心。

紀珍聽著車中父女倆的說笑聲，心裡無比羨慕，他也想跟曦妹妹同車說話，但是有岳父在，短時間也只能是夢想了。

阿曦簡直是家裡的小公主，別看金哥兒年紀小，該多疼些，奈何沈何江三家最不缺的就是兒子。阿曦這樣的女孩子，漂亮懂事，沒人會不喜歡。

沈老太太拿她當心肝，就是舊時有些勢利的江氏也讚阿曦生得好，招人疼，江氏真是後悔當年沒聽丈夫的給兒子娶了外甥女，當然，大兒媳也孝順，但家裡可能真受了生兒子的詛咒，江氏就沒閨女，到孫輩好幾個孫子，至今還未見孫女的面兒。

紀珍看這三家子人，就不禁心生慶幸，虧得他下手早，不然就阿曦妹妹這受歡迎程度，怕是輪不到他。他自認為也是比較出眾的人，就以女婿的身分，坐在大舅子阿曄身邊了。

阿曄悄悄問紀珍：「祖父怎麼放阿曦回來了？沒留阿曦吃飯？依祖父的性子，怕都要留阿曦住些日子的。」

紀珍悄聲道：「一會兒還得回去陪朝雲祖父吃晚飯。」

阿曄點頭：原來是暫時放人回來。

阿曦簡直受歡迎得不得了，小郎是早就跟阿曦姑姑熟的，已是跑過來跟阿曦姑姑說話。阿烽多一本正經的孩子，頭一遭見阿曦表姊，完全不嚴肅了，一會兒問表姊要不要喝水，一會兒問表姊要不要吃點心，在阿曦跟前忙活得團團轉，殷勤得不得了。

還有沈家幾個孫輩，全都搶著跟阿曦表姊說話。

俊哥兒暗笑，悄與杜氏道：「看這些小子們，很知道好歹啊！」

杜氏笑，「這是什麼話，阿曦本就招人待見。」阿曦生得相貌極好，難得既不嬌氣也不扭捏，不要說表弟們，就是長輩們也很喜歡這樣的晚輩。

沈素回家就直奔姊姊這裡了，瞧著阿曦直道：「比子衿當年生得還好。」

這話何老娘是極贊同的，道：「可不是嗎？小舅爺是見過的，當初阿曦生下來就跟個粉團似的。別個孩子生下多是皺巴巴，咱們阿曦生下來就圓潤可愛。」

阿烽忙道：「曾祖，表姊不圓潤啊！」表姊多好看啊，跟仙女似的。

何老娘道：「說的是你表姊小時候，白白嫩嫩，可好看了。」

阿烽點點頭，很認同曾祖母，彷彿他見過一樣。

阿曦向舅姥爺行過禮，沈素自袖管裡摸出紅色的墜子給阿曦，笑道：「這是偶然自海商那裡得的，琥珀不算稀奇，裡頭恰有一隻小蝴蝶，正好給妳們女孩子佩戴。」

琥珀阿曦見過，但這樣裡面一隻小蝴蝶的還是頭一遭，阿曦道謝接了，懸在空中對光觀量，沈玄的長子沈大郎指給表姊看，「能看清翅膀上的花紋，是不是？」

阿曦點頭道：「可真好看。我要打個絡子，天天戴著。」

沈大郎拍馬屁道：「這墜子也就表姊配戴。」

沈玄：兒子，矜持啊矜持！

雙胞胎和阿燦阿炫放學回家，想跟阿曦姊姊說句話，都得排隊，長輩們無不覺得好笑。

雙胞胎很不平地道：「大郎哥，當初我們剛來，你咋沒這麼熱情啊？看你也不是勢利人，咋還高低眼啊？」

沈大郎一副做哥哥的模樣，道：「哪有高低眼了，你看我這兩眼都一樣高。我說你也不是個小氣的，阿曦姊是女孩子，咱們當然得多照顧她啦。」

沈大郎冠冕堂皇，雙胞胎也不笨，立刻湊到姊姊跟前，「我們也來照顧姊姊。」

阿曦摸摸他倆的小胖臉，「我還擔心你倆在帝都水土不服呢，倒是更見滋潤了。」

雙胞胎笑嘻嘻地道：「哪裡哪裡，想大姊想的，臉都想腫啦！」

沈大郎險些吐出來，想著雙胞胎表弟腫的不是臉，是臉皮吧？

雙胞胎正想跟姊姊撒嬌，阿燦阿炫就擠進來了，他倆模仿著雙胞胎仰著臉給摸，一點都不認生地甜甜喊姊姊。

阿曦摸摸他倆的小臉，雙胞胎目瞪口呆，相處這麼久，都不知道這兩貨如此厚臉皮。

阿曦問：「大郎他們早就回來了，怎麼你們這麼晚啊？」

雙胞胎搶著道：「今天輪到我們打掃衛生。官學有規矩，不能叫小廝們幫忙，這不就輪到我們了。本來想找人替的，不巧今天傍晚學裡有高年級的蹴鞠賽，那幫沒義氣的傢伙，誰都不換，我們打掃完才回來。」又道：「我們先回去換衣裳，姊，一會兒有好東西給妳看。」

阿曦笑，「嗯，我等著。」

雙胞胎與阿燦阿炫跑去換衣裳，回來時就見姊姊在發禮物，每個人都是一個阿曦親手做的荷包。雙胞胎原本想跟姊姊吃過飯後再跟姊姊炫耀太皇太后賞的金鑲玉的玩器，這可是太皇太后賞的，雙胞胎想顯擺已經好久了，奈何他倆雖是愛顯擺的性子，卻很有些心眼，知道為人當低調，故而只是跟父母、大哥以及朝雲祖父顯擺了一百二十回。好不容易姊姊回來，他們還沒顯擺，大家又是試荷包又是說話，不待雙胞胎顯擺，朝雲祖父就著人來接了。

話說朝雲祖父自從過了七十大壽後，就很有些我要怎麼著就要怎麼著的脾氣，大家都惹不起他，只得讓阿曦去了。至於紀珍，當然樂顛顛跟著一起去了。

紀珍很高興，他終於偷著空跟阿曦妹妹說話了。

因著姊姊被祖父接手，當晚吃過團圓飯，雙胞胎也往祖父家去了。朝雲祖父正跟阿曦說話呢，見雙胞胎一人捧一金玉玩器過來，朝雲祖父沒說什麼，羅大儒卻是沒忍住，一口茶噴了出來。雙胞胎顧不得顯擺，忙上前幫大儒爺爺撫背順氣，羅大儒笑著擺擺手，「行了，我無妨，你倆說正事吧。」就這兩件東西，雙胞胎得說一千回了。

雙胞胎看大儒爺爺無恙，這才拿金玉擺設給姊姊瞧，「姊，妳看！」

阿曦見是一對描金玉香爐，看雙胞胎眼睛賊亮的模樣，就知這裡頭定有緣故。她先是接了，賞鑒一番，方道：「這玉不算名貴，但也是中上品的好玉，難得的是一模一樣，雕工更是極好。」及至看到爐底的標記，有些驚訝，「這是宮裡的東西？」她們家要是有宮內標記的，多是朝雲祖父這裡的。不過，阿曦瞧雙胞胎這得意非凡的模樣，可不像是從祖父這裡得來的。

不待阿曦問，雙胞胎已是用一種低調的顯擺口吻道：「姊，妳的眼力不錯，這是太皇太后她老人家賞咱們的。姊姊妳也有，不過，妳的都是些衣裳料子。」

言下之意，妳的衣裳料子沒咱們這金玉香爐值錢。

看雙胞胎那一副得意得要冒泡的模樣，阿曦逗他們道：「你們這是許久不與我相見，想把這寶貝送我啊？」

這話還沒落地，雙胞胎刷刷兩爪子就把寶貝香爐搶回來。

阿昀抱香爐抱得緊緊的，還很會為自己辯解：「倒不是捨不得給姊姊，就是，聽說太皇太后賜的東西不能隨便送人，不然便是不恭敬。」

阿晏跟著附和：「東西是小，怎麼能讓姊姊妳擔這犯忌諱的名聲，是不是？」

阿曦奇怪地與朝雲祖父道：「都說這帝都風水好，怎麼也沒能改了這摳門的毛病？」

雙胞胎大為不服，高聲道：「誰摳門啊？」他倆才不摳門！

雙胞胎用行動證明了他們一點都不摳門，顯擺完金玉香爐，兩人當天沒在朝雲祖父的莊園休息，直接揣著金玉香爐回了家。趁天還沒黑，他倆又跟曾外祖母顯擺了一回。

何老娘可不是阿曦這愛說雙胞胎摳的，她把香爐連帶雙胞胎讚得天上有人間無的，覺得雙胞胎能得太皇太后的賞賜，簡直太有面子了，還叮囑他們：「這可是極難得的東西，得好生存著，誰都不要給，留做傳家寶，以後傳與子孫。」

雙胞胎此時深深明白，原來他們的知音就是曾外祖母。相對於大姊想貪他倆的寶貝，曾外祖母多麼有見識多麼的善解人意啊！

曾外祖母非但有見識，她老人家還叫雙胞胎帶著寶貝，給沈氏與何恭欣賞了一回，並且以一種一看就是與雙胞胎有血緣關係的口吻道：「瞧瞧，咱們雙胞胎這是多大的福氣！」

雙胞胎假假謙道：「其實也不是看我們，娘說是趕了個巧，但這也是難得的體面，我們想著，孝敬給曾外祖母才好。」

何老娘立刻笑成一朵花，覺得貼心極了，誇雙胞胎：「好孩子，這是你們的寶貝，曾外祖母怎麼能要呢？」雙胞胎狡猾狡猾的，他倆就是知道曾外祖母不會要，才會這麼說的。

何老娘著實喜歡這太皇太后賜的金玉香爐，便實誠地道：「可以借我擺幾天。」

雙胞胎先時那純粹就是假客氣，哪裡想到曾外祖母當了真。雙胞胎險些咬到舌尖，那種懊喪就甭提了。奈何說都說了，也不能現在就要回來。

雙胞胎剛剛對曾外祖母產生的一點知音感，現在悉數煙消雲散，覺得曾外祖母怎麼這樣實誠，把他們的客套話當真了。

因惦記著被扣在曾外祖母這裡的金玉香爐，兩人也不大在朝雲祖父那裡住了，他倆每天晚上都要來向曾外祖母請安，順便用思念的小眼神愛撫一下自家香爐。

不過，這香爐也沒白借給曾外祖母用，如今只要家裡來人，何老娘便會吩咐小丫鬟：「燃一爐香。」香是自家丫頭片子的胭脂鋪子的，不用花錢，然後，藉著這一爐香，對到訪的客人們講述這對金玉香爐的故事。

雙胞胎：曾外祖母真不愧是長輩，連這顯擺的段數也比他們高明很多！

自何老娘一行人回帝都，家裡就熱鬧起來，每天都跟過節似的。

節日也來得很快，一入八月，對於官宦之家就有個大節。八月初原不是什麼節日，只因太皇太后生於八月初一，這天就成了太皇太后的千秋節。

今年先帝駕崩，太皇太后身為先帝嫡母倒是無須守孝，但太皇太后與先帝情分極佳，故而未過千秋，甚至取消了這日的誥命進宮請安，底下誥命遂都省了一筆千秋節的開銷。

誥命們精打細算，朝雲道長卻非如此，他挑了幾樣珍藏，著人給太皇太后送了去。

太皇太后第二天就派人接了方舅舅進宮說話。

這事是阿曦跟她娘說的，她原本跟朝雲祖父約好去西山現取活泉煮茶的，因太皇太后著人來接朝雲祖父，只得將約定推到第二日，阿曦就回家來看她娘了，反正離得也很近，幾步路的事，都不用坐車，走走就到。

阿曦跟她娘嘀咕這事，問她娘：「娘，您說祖父又不是官，他也不會做道場，太皇太后找祖父做什麼呀？」阿曦不曉得朝雲祖父送生辰禮給太皇太后的事。

何子衿不欲說朝雲師傅的私事，但這事說來也不算什麼祕密，何況，太皇太后如今的地位，朝雲師傅的身分也沒有不能提的了，就大致說了說。阿曦年紀雖小，其實也有些感覺，畢竟朝雲祖父吃穿用度皆非常人可比。

阿曦只是沒想到朝雲祖父竟是太皇太后她舅，還說：「娘，那您能給大公主和郡主做武先生，是不是太皇太后看在朝雲祖父的面子上照顧咱家啊？」

何子衿笑道：「肯定有這方面的原因，但妳娘也是做過十來年山長的人，要是我教不好，誰的面子也不管用。」

「這倒也是。」阿曦點點頭，太皇太后給了機會，但能坐穩武先生的位置就是她娘自己的本事了。阿曦就沒再說朝雲祖父的顯赫身世啥的，這畢竟是長輩的事。為尊者諱，不該總放在話頭上，阿曦很知道禁言的道理。

何子衿與閨女說起中秋節的事：「八月十五妳可得回來。」

「知道，我跟祖父說好了。」阿曦道：「八月十五我在家過，十六去陪祖父。」

阿曦又道：「娘，外祖母和舅舅他們真的中秋後要搬走嗎？」

「是啊，妳舅舅早就置好房舍了。」看閨女捨不得的模樣，何子衿寬慰閨女道：「其實離得也不是很遠。」

阿曦道：「可惜咱們這胡同裡沒人賣宅子，不然像舅姥爺家那樣做個前後鄰才好。」

阿曦回家不久，小郎和阿烽就來找她玩了。阿曦原就喜歡小孩子，聽著他們一本正經說話，覺得有趣極了，下午還做點心給兩人吃。其實不論小郎他娘宮媛，還是阿烽他娘杜氏，雖然不經常下廚，但偶爾興致來了，也會做些茶點，只是這兩小東西完全沒有這般捧場過。

宮媛問小郎：「是不是阿曦姑姑做的特別好吃啊？」

小郎點頭，「點心好吃，阿曦姑姑長得也好看。」

阿烽跟著附和。

小孩子都實誠，有啥說啥，逗得大人們直笑。

小郎悄悄同他娘說：「要是妹妹能像阿曦姑姑這樣，娘，您就給我生個妹妹吧。」

宮媛逗兒子：「你先時一直念叨著生小弟弟生小弟弟的，現在改口晚了。」

小郎一聽不由大為著急，忙問他娘怎麼能改一改。

宮媛忍笑道：「這我也不清楚，待你爹回來，你問一問你爹吧。」

小郎很緊張地應了，待他爹回來後，問了他爹個哭笑不得。

孩子們總有孩子們的開心與煩惱，大人們……大人們嘛，就是何老娘有些不樂意跟自家丫頭分開來住。不過，她老人家悶幾日也想開了，總不能帶著一大家子住孫女家。

能這麼快想開，就要歸結於何老娘的傳統思想了。

在何老娘的想法裡，過日子當然是要跟著兒孫過。

先時來帝都，因著孩子們都小，再者，那會兒就一門心思讓何恭江念這翁婿二人春闈，自然住一處。如今她老人家連重孫子都有了，何況在北昌府時也是兩家分開住的。

這般一想，何老娘就不鬱悶了。

唯一讓何老娘捨不得的就是自家丫頭片子這一家了，唉，生丫頭就是這樣不好啊，再怎麼稀罕，也是嫁出去過日子。要是長長久久在一處，該有多好啊！

何老娘也就是這麼想一想，自家現在四代同堂，子孫們也和睦，已是福氣。她老人家雖然想要孫子孫女們都在一處，到底家大人多，分開來也不是壞處。更別說有先時梅家那壞榜樣，何老娘再不捨，也沒說不走。

看太婆婆不大樂，余幸卻是有法子。請太婆婆、婆婆參觀過新宅子之後，何老娘原有的一些小不捨，就轉變為大大的樂意了。何子衿這宅子再好，畢竟住這些年了，不如新宅子闊氣，尤其余幸這世宦人家出來的品味，也就是現在有兒子了，余幸過日子頗節省，就這樣，不算置宅子的銀錢，單買了宅子，再花錢修繕整理，就這修繕的銀子也花了上千兩。

何老娘瞧了回自家宅子，回頭就願意搬了。

不過，何老娘還是私下同沈氏交代了一句：「阿幸置這宅子，用的肯定是他們小夫妻的銀子。阿洌能有幾個俸祿，還不是阿幸的嫁妝，咱家可不能用孫媳婦的錢置宅院，不然要叫人笑話的。」以後也不好當家。

沈氏如何不曉得這個理，住兒媳婦的宅子，雖說婆媳關係融洽，但沒這樣辦事的。

沈氏笑道：「母親說的是，一碼歸一碼，我已說了要給她銀子，阿幸還不肯要。我細細說與她分說了這個理，她說都聽阿洌的，我再與阿洌說一說就是了。」

沈氏其實不差銀錢，這些年她做的多是醬菜這樣的小本生意。這樣的小本生意本錢少，利卻不見得少。她還把一樣泡菜的祕方賣給了北涼一家大商賈，賺了一筆後，就投入到了土地行業。沈氏擅長的理財並不是商業，沈氏是比較傳統的那一類型，就是買田置地。北昌府的土地很肥沃，正趕上江仁胡文做軍糧生意，可不就正好嗎？

沈氏是個極會精打細算的，何恭一年的俸祿再加衙門發的各種過節費，就夠一家子花銷了。餘者田地裡的收成，沈氏除了預留出來給兒子們娶媳婦的花銷，其他的就都在北昌府增置了田地，想著以後給兒孫留做萬世基業。

沈氏這麼一說，何老娘就放心了，還悄與沈氏道：「阿幸這孩子越發懂事了。」

沈氏舒心一笑，「可不是嗎？」

沈氏都想著，待興哥兒娶了媳婦，就讓長媳學著當家理事，她也就能歇一歇了。至於金哥兒，反正還小，又是老來子，她疼歸疼，可待金哥兒娶妻生子，彼時她與丈夫就都是將七十的人了，屆時還是得仰仗著長子長媳，何苦死死把住這當家權不放？

這裡還有個緣故，往日何子衿和江念這一家沒回帝都時，何洌與余幸是長兄長嫂，那時杜氏還沒進門，家裡的事就多是余幸打理。說來，就是杜氏進門，長輩那裡多是沈素江氏出面，余幸做大嫂的，也沒少幫著裡外裡的張羅。待杜氏進門後，杜氏雖不比余幸出身世宦之家，但杜氏之父為大理寺卿，是闔帝都有名的人物。余幸這時已頗會做人，但凡家中事，都是與杜氏商量。杜氏是二兒媳，年歲較余幸小六七歲，再者，杜氏拳腳雖厲害，卻不是那等抓尖好強的人，妯娌倆一直處得不錯。

待大姑姊一家來了帝都，余幸原是想讓大姑姊當家，何子衿道：「家裡的規矩以前如何，如今還是如何，莫要變動，有事咱們商量著來就是。」家裡大部分當差做事的都是余幸陪嫁或是後來買進的僕婢，倘因何子衿過來搶了他們的差使，豈不令人生怨？

余幸和何洌夫妻其實也早就慮過此節，才會早早置下房舍，如今余幸手裡的一撥人，知道早晚都要隨主子去新宅的，於這裡就沒了貪戀之心。何子衿調理出來的人，也知道待大小舅爺搬走後，主子們要用的還是自己，如今不過是暫等一等罷了。故而，兩邊的僕婢們不會牽扯出什麼利益分割之事。

反是余幸這裡的管事們，因在帝都待的時間久了，到底知道的事情多些，哪怕為結個善緣，平日裡對何子衿手下的管事也會多加提醒著些，畢竟以後一邊是姑太太娘家下人，一邊是姑太太家下人，要打交道的時候多的是，所以，家裡真是一團和氣。

沈素之妻江氏，與丈夫私下都說：「孩子們皆是懂事的，這樣何愁家宅不旺呢？」

沈素笑道：「就是這個理，要不大家都說家和萬事興呢。」

婆婆非要給自己銀子，這事余幸自然不能自己做主，待用過晚飯，夫妻倆回屋，她與丈夫說起家裡的事，並未先提銀子的事，先說了奉婆婆、太婆婆到新宅子的事：「我看祖母、母親都很滿意。原本你同父親、母親、祖母說了搬家的事，我看老人家是有些不樂意的。如今看過宅子，祖母臉上的笑，一天就沒斷過。」

何冽笑，「這就好。」又道：「咱們那宅子，收拾得本就不錯。」

余幸道：「有件事我還沒跟你說呢。自打商量定了父親調回帝都之事，咱們商量著，不是說把在北昌府的園子出手嗎？今天母親把咱們那園子的銀子給了我，你猜賣了多少錢？」

何冽道：「當時修那宅子可是沒少花錢，成本也得六七千兩，能賣回成本價就值了。」

余幸笑，「當初我想的跟你一樣，這宅子雖修得精心，可在北昌府能花幾千兩買的，也沒幾家，能賣個成本價我就知足。我真沒想到，竟賣了八千兩。」不止沒賠，還賺了些。

何冽嚇了一跳，問：「真的？」

「這還有假？母親說，咱家的宅子一放出去就有人來買了，說咱家的宅子風水好，旺子孫，旺家業。」余幸說著就很榮幸的模樣。

何冽點頭，「這倒是，但凡誰要買宅子總要打聽一二的，譬如這宅子前身住的是什麼人，這戶人家好不好，旺不旺。」

余幸笑，「可不就是如此嗎？我先時還聽大姊說，大姊家在北昌府置的宅子，姊夫剛得了升遷北靖關的調令，就有人打聽呢，也是賣得很快。」她家的宅子雖沒有大姑姊家的那麼旺，但丈夫就是在那園子中的舉人中的進士還入得翰林，後來他們夫妻來了帝都，那園子就給公婆小叔子們住了。反正公公仕途順利，兩小叔子也先後中了進士，這簡直不必說，一看就是風水好得不得了。

說一回園子的事，余幸此方說了婆婆非要把新置的宅院算錢給他們的事，余幸道：「我想著，宅子是咱們一大家子住的，咱們並不差銀錢。何況明年興哥兒就得成親，父母那裡要花用的地方不少。我勸了母親半日，母親只是不依，你跟母親說說，母親定是聽的。」

何洌別看老實，繼承了他爹清明的性子，他想了想，道：「明兒我去勸一勸咱娘，只是我勸娘也不一定聽。咱們雖是好心，可長輩有長輩的堅持。」

余幸現在並非不諳世事的時候了，早就想通了婆婆的想法。說句心裡話，將心比心，她與婆婆易地而處，也會做出與婆婆一樣的選擇。只是，她做媳婦的，自當婉拒一二。

這事就像何洌說的，他親自出馬也沒用，倒是第二日，何洌就把銀票拿回來了，交給妻子收著。余幸道：「這銀子咱們暫且收著，待興哥兒成親，咱們做長兄長嫂的總得表示一二。還有金哥兒，他是父親母親的老來子，咱們也得多疼他些才好。」

何洌道：「金哥兒的事以後再說，孩子最不能嬌慣，妳看我們哪個是嬌慣著長大的？咱們有這份心，寧可把銀子花在他念書上進上頭，不能花在給他置產業上。男人有本事，還怕沒產業？把金哥兒與阿燦阿炫一樣看待就是，切不可嬌慣。」

余幸好笑，「你這是怎麼了，突然來這麼一套大道理？」

「妳哪裡知道呢。」何洌道：「帝都出了一件新鮮事，說薛小侯爺在青樓梳櫳了個清倌，妳猜猜花了多少銀子？」

「壽婉大長公主的孫子薛小侯爺？」余幸問。

「除了他還有誰。」何洌的口氣頗是不屑。

余幸道：「這位小侯爺素有花名，又是個有錢的，我看定得上千兩銀子。」

「整整萬兩白銀。」

「這怎麼可能？」余幸道：「打個銀人也用不了一萬兩銀子吧？現在買人什麼行情，上等的丫鬟不過二十兩，就是些花頭粉頭的，三五百兩罷了。再好的，也過不了千兩。」

何洌呷口茶，道：「要不說是新鮮事呢。妳說，孩子養成那樣，要是咱家的，我早拉出來一棒子敲死了。」明擺著就是冤大頭啊！

夫妻二人就著帝都八卦，討論了一下孩子們的教育問題。

何子衿也正與江念說娘家打算過了中秋節就搬走的事，江念沒說別的，只叮囑一句：「若是祖母、岳父岳母那裡需要添置東西，姊姊只管給長輩們添置上。」

搬家的事就這樣定了，倒是孩子們很捨不得阿曦。

阿曦也捨不得他們，與朝雲祖父去西山遊玩時還說起這事，阿曦道：「要是一輩子都能不分開才好呢。」

朝雲道長笑，「縱有分離，情義未改，亦是一樣的。」

阿曦點點頭，正要說什麼，馬車突然停了。阿曦覺得奇怪，問：「您不是說坐車要一個時辰嗎？咱們這剛出城就到了？」掀開車簾往外看，才曉得並不是到西山泉了，是前面也有一行車隊。出了城，往西山的路不算寬，但也不窄。有錢人家喜歡把馬車做得寬敞些，坐著舒坦。前面行來的，一看也不是尋常人家的車隊。對方要回城，他們要上山。

兩家都是寬敞的馬車，路不大，需要其中一家略停相讓。

一般都是官小的給官大的讓，爵位低的給爵位高的讓。

阿曦倒是不介意退讓，她家一直是中低品官員之家，出門少不了給人讓路的，何況家裡一向低調，阿曦也不是愛爭長短的性子，但朝雲道長可不是這樣的脾氣。

很顯然，對方也不是這樣的脾氣。

好在他們遇上的不是不懂規矩的莽人，對方遣管事過來自報家門，原來是曹家。

哪怕阿曦這剛來帝都府的也曉得，這必定是曹太后娘家人出行。

阿曦看向朝雲祖父，朝雲祖父眼皮都未動一下，仍是一副神仙樣，阿曦就聽聞道叔在外說了一句：「方家。」

對面的人不曉得哪家姓方的擺這樣天大的譜兒，曹家管事問：「不知是哪位方大人？」

聞道冷笑，「你既不知，就說明你還不配知道！」

阿曦咋舌，想著聞道叔可真橫啊，不愧是太后她舅朝雲祖父的大管家。

曹家管事不曉得方家是哪家，他家主子卻是曉得的。

很快外頭就有個清越的聲音響起：「晚輩曹斌見過方先生。」

阿曦盤算著，曹家雖是曹太后的娘家，不過，哪怕是曹太后她親爹比起朝雲道長還差著一輩呢。這位曹家人自稱晚輩，不算過分。

朝雲道長眉毛都未動一根，只是屈指叩了車壁兩下，發出「咚咚」兩聲，馬車便繼續向前行進了。至於車外的那位曹家人，朝雲道長始終理都未理。

阿曦的記憶裡，朝雲祖父一直是溫和慈愛的，偶爾有些慵懶又促狹，這樣冷漠、疏離、高貴、睥睨的模樣，還是頭一遭見。她以為朝雲祖父不大高興，結果朝雲祖父完全不受影響，還教導阿曦：「遇人不能太和氣，該有架子時就得有架子，不然人人當妳好欺了。」

阿曦點頭受教。

待到得朝雲道長的別院，阿曦扶祖父下車，見雖已入秋，別院仍草木扶疏，景致極佳。

阿曦道：「我聽我哥和雙胞胎說，是一處山腳下的泉眼。」

朝雲道長說：「他們曉得什麼，他們去的都是人人都去得的地方，那處泉也不錯，但說煮茶，還是這裡的水更好。」

阿曦隨朝雲道長穿花圃過迴廊，此處園林之美，依阿曦看，連朝雲祖父現居的宅子都比不得的。阿曦也不急著煮茶吃了，她道：「這園子可真好看。」

朝雲道長笑，「現在景致尚不是最好，外面梅林，待入冬梅花盛開，那景致闔帝都都有名的。花園裡還有一棵梅樹，是當年大鳳朝武皇帝所植。這裡的宮室，乃前朝明月公主所建，宮外兩棵梅樹，一棵為明月公主手植，一棵為前朝末年名臣薛東籬所種。如今尚不到花開的時候，待得梅花開時，再來賞梅不遲。」

阿曦瞪大眼睛，「哎呀，祖父，難不成這就是傳說中的梅林行宮啊？」

這行宮她雖沒來過，但在朝雲祖父的藏書裡看到過記載，行宮裡最有名的三棵梅樹，就是剛剛朝雲祖父說的那三棵了。

「這行宮還真沒個具體名字，因在西山，以前都叫西山行宮。我母親以前每年冬天都要過來小住，因常舉行賞梅宴，也有人叫梅宮。太皇太后年少時住過幾年，她喜歡寬闊恢宏的屋舍，園子未曾大動，不過有些屋舍在修繕時是按太皇太后的意思來的。」朝雲道長指給阿曦看，道：「前朝以繁複華麗為美，我母親當年其實並不喜這種修飾，但那會兒開國未久，朝廷不富裕，就一直住著，未曾大修。」

阿曦道：「屋舍園林，最美不過漢唐。我娘說，前朝思想保守，故而，不論詩詞，還是建築，都是往細處做文章，雖夠精細，卻失於大氣。」

朝雲道長頷首，「這話也有幾分道理。」他帶著阿曦到了一處山石堆疊之處，有細小泉水自山而落，積出一個小清潭。潭中清可見底，幾尾鯽鯉在潭底悠然自得地擺尾。

阿曦讚道：「這魚可真肥。」

朝雲道長笑，「那一會兒撈兩尾來燒菜。」

當天喝過香茶吃過肥魚遊過花園，阿曦與朝雲道長興致高，索性在行宮裡小住兩日。

待回家時，阿曦與她娘說起在行宮的事，阿曦道：「娘，我可是開了大眼界長了大見識，那裡簡直美極了。我一直以為行宮都是很威風的地方，卻不是那回事兒，那裡修得特別漂亮。娘，您去過沒，可好看了。」

何子衿還真去過，不過，那次去是陪江念見他生母，不是啥好事，何子衿就沒說，聽著閨女嘰嘰喳喳跟她形容行宮的風景。

何子衿問：「妳祖父心情還好吧？」有些擔心朝雲師傅觸景傷情。

「挺好的，我跟祖父還約了冬天去賞梅花呢。」

「那就好。」

阿曦問：「娘，您知道曹斌是誰嗎？」

何子衿道：「姓曹？是曹太后娘家人吧。」

「這個我猜到了，我跟祖父出門就遇著這個人了，他給我們讓路了，還上趕著跟祖父攀親，不過，祖父沒理他。」阿曦道。

何子衿道：「師傅又不認識曹家人，他也不愛交際，自然不會多理這些俗人俗事。」

阿曦初來帝都，覺得帝都實在是個大地方，而且人情世故比北昌府複雜許多，她娘也開始帶著她在帝都走動，露露面什麼的了。

阿曦生得貌美，況她親事早定，而且定得很不錯，她性子大方，再加上何子衿帶她走動的多是親戚家，如沈玄的岳家宋家，還有阿曄的岳家蘇家，再有就是余、杜兩家，說來都是姻親。再遠一些的，譬如唐家。

反正長輩們看阿曦都不錯，阿曦跟她娘出門的時候，也遇到過有些閨秀暗地裡打量她，阿曦自己沒什麼，她甚至知道這些女孩子為什麼打量她，多是因阿珍哥那玉樹名聲。

阿曦自身相貌條件擺這兒，她自信得很，才不怕人看呢。當然，阿曦現在很有心眼，她就是外出做客，從來都是帶足了丫鬟，斷不走什麼橋邊水邊，以免發生意外，更鮮少與人嬉笑。她是初來帝都，並不認識幾個朋友，阿曦牢牢記住朝雲祖父說的話，人不能太沒架子，反叫人小瞧。於是，阿曦的社交就是從車馬丫鬟的排場開始的。

因她不愛開玩笑，那些人頂多就是偷偷打量她幾眼，並不敢與她輕易說笑。如此，阿曦倒是得了個端莊的名聲。

如姻親蘇家的姑娘，還會時常下帖子請阿曦過去說話。與在北昌府一樣，女孩子也有女孩子的圈子。阿曦受別人的邀請，也會在家擺個茶點會請別人過來玩。

如此，阿曦在帝都的交際就這樣不疾不徐展開了。

看閨女來了帝都也沒有水土不服，何子衿就放心了。

這人吧，心情不一樣，氣色也不一樣。要不，怎麼有句老話叫相由心生呢？

何子衿便是如此了，她這進宮給大公主郡主授課都是眼帶喜色，大公主與嘉純郡主年紀小不一定看得出來，卻是瞞不過太皇太后的眼睛。因何子衿也兼職陪太皇太后說話解悶，時間久了，太皇太后本就是個隨和人，雖然太皇太后的氣質不大隨和，但太皇太后在家常事務上絕對平易近人。太皇太后還打趣一句，道：「看妳面有喜色，莫不是有什麼喜事？」

何子衿摸摸自己的臉，「我家裡要說大喜事沒有，小喜事倒有一件。我爹調回帝都任職，祖母和父母都回來了，我家阿曦也回來了。」

太皇太后對江家的情況顯然有所了解，頷首道：「妳那長女啊？」

「是。」何子衿說到閨女就是滿面掩都掩不去的驕傲，「那孩子自出生就沒離開過我。我們來帝都前，因我娘家兄弟們也都在帝都，長輩那裡沒個孩子未免寂寞，這孩子就留下來陪伴長輩了。孩子懂事，我做母親的自然高興，但也著實牽掛。」

「做父母的，多是會牽掛孩子的。」太皇太后道：「妳家長女很懂事。」

何子衿原不是個輕浮人，倘是太皇太后讚她，她一向矜持得緊，很知低調，可太皇太后一讚她閨女，哪怕心裡知道這興許就是一句客套話，但何子衿就是忍不住當真了。她笑咪咪地道：「娘娘謬讚了，她就是個實心腸的孩子，不敢與那些有賢名的閨秀比，卻也還成。」

聽何子衿這話，太皇太后不由莞爾。

這做父母的，說起自家孩子來，那絕對是滔滔不絕，無所節制，如何子衿這自小仙做到大仙的也不能免俗。太皇太后與她說起自家孩子，何子衿簡直說個沒完，打龍鳳胎小時候的事就絮叨起來了，「阿曦三歲前都沒生過病，小時候性子就好，晚上醒了哼唧兩聲，餵一次奶就繼續睡，從來不鬧人。阿曄就不行了，他打小就挑食，吃東西跟貓兒似的，明明出生早，小時候個子卻長不過阿曦。阿曦學站時，他還坐著呢。阿曦學邁步了，他就在一邊搗亂。自己瘦，就笑話阿曦胖。每次變天，我就心裡念佛，怕阿曄著涼生病。阿曄就是瞧著瘦，身子倒結實，極少生病，長大些就很有做哥哥的樣兒了。以前阿曄比阿曦矮，阿曄笑話阿曦胖時，阿曦就會笑話她哥小矮個兒。阿曄很是憋氣，自己想出個主意與我商量，叫我給他做鞋子時鞋底加厚半寸，這樣他就同妹妹一樣高了。」

太皇太后笑，「真是古靈精怪。」

「可不是嗎？孩子小時候，那主意真是一會兒一個，有時總叫人哭笑不得。」

「妳家裡也有丫鬟使女，如何還會做針線？」

何子衿笑，「大部分是丫鬟做，我就是閒了，給孩子們做個一件半件的。我活計一般，我們阿曦好針線，她比我有耐心，做活細緻。」

「那孩子念書可好？」

「做學問自是不成，她愛讀些遊記史書，覺得有趣。經書就少些，太過深奧，她這個年紀還讀不大懂。」何子衿笑，「念書也並不是為了讓她做學問家，只是想念書明理，能開闊眼界。再者，做學問並非一朝一夕，倘她有心向學，只要堅持研習，就是做學問了。她這個年紀離做學問還遠，倒是喜歡孝順長輩，或是帶著弟弟們玩耍，或是與我分擔些家事。」

太皇太后很了解何恭人，知道這是個謹慎人，平日裡說話雖不拘謹，但何恭人十分注意說話的內容，哪裡有這般問一答十的時候。

何恭人眉眼帶笑，太皇太后都受了些感染，「說來，妳家長女的親事還是先帝賜的。」

「是。」何子衿笑道：「阿曦與阿珍也算青梅竹馬，小時候阿珍出外求學就住在我家。阿珍大幾歲，時常護著阿曦。」

一個人的幸福，是可以看出來的，譬如何恭人。要說何恭人，論才智，在帝都只能算個中上。論誥命，勉強踏入中階誥命的門檻。出身更不必提，算是書香耕讀之家，但這個人日子過得很好，這點太皇太后看得出來。

太皇太后道：「下回進宮，帶妳家閨女過來給我瞧瞧。」

何子衿回家將這事同阿曦一說，阿曦有些緊張，沒忘問她娘：「太皇太后怎麼會知道我，是不是娘您跟太皇太后說了啥？」

「也沒說啥，就說些家常事。」何子衿笑咪咪地摸摸閨女柔嫩的小臉，「妳回來我這不是高興嗎？不知怎地，太皇太后瞧出來了，問我有什麼喜事，我就照實說了。太皇太后特別喜歡聽人說些家常裡短，興許是聽我說得高興，就說想見一見妳。」

阿曦問道：「太皇太后是不是特威嚴啊？」

何子衿道：「威嚴是有一些，但太皇太后也是極和氣的，待人很是寬和。」

阿曦這就比較放心了，她自認禮儀不錯，再說她娘好像挺能跟太皇太后說得上話，還有朝雲祖父的面子，這麼一分析，她覺得進宮也不是很緊張的事了。

何子衿把這事說出來，引起家中女眷不小反響，尤其何老娘，拉著自家重外孫女左瞧右瞧，直道：「這丫頭生下來就有福相，果然是個有福的。」她老人家的誥命品階，剛夠初一十五隨大流進宮向兩宮請安，何老娘心心念念想進宮請安呢，在本八月初一該去，而且那天還是太皇太后的千秋節，偏生太皇太后免了諸誥命的請安，再想去就得中秋了。

中秋還得等幾天，這不，何老娘正滿心期盼著中秋進宮請安呢，阿曦這無誥命無身分的丫頭，就趕在了老娘之前進宮，這得是多大的福分啊？

何老娘與沈氏說起阿曦時，還道：「龍鳳胎出身的時辰就好，那會兒我去廟裡燒香，給他們求籤，便求了個再好不過的籤。」

沈氏笑，「是，阿曦性子也好，非常大方。」

不過，雖然對阿曦很有信心，何老娘還是張羅著給阿曦做兩身進宮穿的新衣衫，還特別大方自私房裡拿了兩塊鮮亮料子給阿曦，何子衿說：「這料子倒沒見過。」

何老娘習慣性將嘴一撇，道：「這是我存的好料子，哪裡是說見就能見的？」

何子衿笑，「祖母，您這心真偏，只給阿曦。我這麼大個人成天在您跟前服侍，也沒見您給我一塊半塊的。」

何老娘道：「還給我要料子？我正想說呢，妳也是快當婆婆的年紀了，衣裳有兩件替換的就行。打我回來起，妳這幾天哪裡有重樣過。過日子全靠節儉，俗話說的好，吃不窮穿不窮，算計不到就受窮，說的就是妳了，妳可攢著些吧。」還嘟囔：「妳又不是阿曦，正是好年華，最該打扮的時候。」

「我這也就三十多，叫您老一說，好像我多老似的。」何子衿道：「就是您不給我這馬上要做婆婆的，也該一碗水端平，給阿曄媳婦兩塊是不是？我替兒媳婦收著。」

看祖母這摳勁兒，何子衿非把料子要到手不可。

不想，何子衿這話給何老娘提了醒兒，何老娘問：「阿曄明年就十七了，跟阿冰的親事什麼時候辦啊？」

何子衿道：「我是想著，阿冰是女兒家，與阿曄同齡，不能耽擱。今年是國孝的年頭，我們與親家那邊商量好，明年就給他們辦。」

何老娘點頭，「是這個理。早些成親，多生幾個兒子，阿念這子孫也就旺起來了。」

何子衿見老太太把話題轉到阿曄生兒子上頭去，連忙提醒：「您可得這重外孫女、重外孫媳婦一樣看待啊！」

何老娘瞥自家丫頭一眼，「那是自然。」心想，這丫頭就是傻，閨女跟媳婦能一樣？

何子衿提醒：「料子料子。」

「哎喲喂，我怎麼修來妳這麼個催命鬼！」何老娘氣道：「成天就知道摳索東西。」

何老娘主要是覺得這丫頭沒心眼，以後怎麼給人做婆婆啊？

何子衿笑道：「那我就先替阿冰謝謝您啦。」

「我還用妳謝？我給阿冰也不給妳，好人也不叫妳做，我自己存著，到時阿冰進門，我再給她。」這樣阿冰肯定知她這做長輩的好。

何子衿對何老娘這一把年紀還滿肚子心眼也是服了。

祖孫倆鬥了幾句嘴，何老娘就言歸正傳，讓給阿曦做兩身新衣裳，進宮向太皇太后請安時穿。何子衿道：「她新衣裳還沒穿完呢，有的是。」

何老娘一聽這話，當即就想把料子再要回來。好在她老人家待孫輩都大方，想了想，就沒往回要，與阿曦道：「既然有新衣，這料子妳好生收著，別一下子都用了，存著以後做衣裳也好的。妳現在長得快，做許多衣裳也沒用，一下子就短了，穿不得了，豈不浪費？」

阿曦點頭道：「老祖宗說的是，我去年的裙子就短了一寸多，我就鑲了個邊，一樣穿，既省了做衣裳的銀子，還跟新樣式一般。」

何老娘大為讚賞，與沈氏道：「這孩子比她那不會過日子的娘強百倍。」

沈氏抿嘴直笑。

阿曦那不會過日子的娘：想忍住不與老太太拌嘴，可真是難啊！

何老娘雖很為阿曦高興，能進宮見太皇太后，她老人家到底這樣的年歲，想的就多，哪怕很為阿曦覺得榮幸，也沒有一味高興，私下還問了自家丫頭，阿曦進宮到底是什麼緣故。

何子衿笑，「我這說起孩子就有點沒完沒了，興許太皇太后沒見過尋常人家的孩子，就想阿曦進宮見一見吧。」

何老娘點頭，讚了自家丫頭一回，「這事辦的對，妳有這機會，不要給家裡爺們兒說什麼過頭的話，這做官各憑本領，要是本領不夠，非要把自家人捧到那高位，反是害了自家人。阿曦不一樣，阿曦是女孩子，女孩子有個好名聲太有用了。」又道：「這事妳辦得明白，以後多誇誇阿曦，我就沒見過比阿曦更好的了。」

何子衿笑，「就是有更好的，也不叫您老祖宗啊！」

何老娘翻白眼，「咱家孩子是真的好。」

沈氏也覺得閨女這事辦得不賴。

世人對男孩子與女孩子的要求大不一樣，男孩子只要會念書，哪怕出身貧寒，以後照樣有前程，娶個好媳婦是不愁的。女孩子就看出身，像阿曦，屬於中低品官員的長女，在帝都委實不算出眾，如今能得太皇太后召見，這就不一樣了。

哪怕阿曦親事已定，可有這樣的機緣，就是婆家也會更看重幾分的。

何子衿委實沒想這麼多，就是何老娘與沈氏想的這些益處，她也是回家後才想明白的。她倒不是看不清被太皇太后召見的好處，只是從沒想過要這麼幹罷了。

何子衿有些擔心，會不會有心人覺得她太會鑽營了。

這擔憂眼前也顧不得了，何子衿得提點一下阿曦進宮時要注意的禮儀。阿曦的禮儀都是紀嬤嬤一手教導出來的，不過，她是頭一遭進宮，何子衿難免要細說一些小竅門什麼的。還有時常去慈恩宮的娘娘們，譬如蘇太后娘娘，或是太妃太嬪，以及住在慈恩宮的大公主與嘉純郡主，再有就是宗室裡的幾位大長公主，都給阿曦做了回說明。

阿曦進宮的事，朝雲道長也知道。朝雲道長沒覺得有啥需要叮囑的，不就是進宮嗎？倒是紀嬤嬤心細，與阿曦道：「太皇太后最喜歡女孩子。」

所以，阿曦這進宮，絕對是事前做足了功課的。

儘管做足功課，但踏入巍巍皇城那一刻，阿曦還是為這巍峨的皇家氣派所震撼。不過，她只是用眼尾餘光掃一掃視野範圍內的景致。

太皇太后對阿曦的觀感顯然不錯，她仔細打量阿曦，道：「這孩子生得可真好。」

何子衿笑，「她與她哥是龍鳳胎，小時候兩人生得最像，長大了還是阿曦柔美些。」

阿曦這當事人都被她娘誇得不好意思，想著，難不成她娘在太皇太后面前就這麼誇她？哎喲，她娘可真是太不謙虛了！

太皇太后對旁邊一位白髮老嬤嬤道：「嬤嬤看，這孩子是不是與行雲少時有些像？」

老嬤嬤瞇著眼望著阿曦，笑道：「江姑娘一看就是性子柔和之人，江侯爵性情強橫，雖相貌有些肖似，因性情不同，這樣看倒也不大像了。」

太皇太后一笑，「也就嬤嬤說行雲強橫了。」

何子衿此方明白，江行雲說的就是巾幗侯了。

太皇太后與阿曦說起話來，問她初來帝都適不適應帝都的生活氣候，平日喜歡做什麼。阿曦照實說了，這孩子繼承了她娘講故事的天分，一件小事都能說得妙趣橫生。阿曦多是說北昌府的生活，北昌府那窮鄉僻壤的地兒叫她一說，簡直是天堂一般。

阿曦道：「一開春，河水解凍，草兒綠了，花兒就要開了，每天都能聽到布穀鳥一長一短地唱歌。田裡麥苗返青，田野裡還有許多野菜，一簇一叢往外冒，趁著早春掐些尖兒來吃，雖是野菜，也是極鮮的。待得夏天，北昌府夏天可涼爽了，我們從來不用冰，瓜果梨桃的都熟了，果子多的吃不完。秋天更不必說了，山裡的藥材、鄉間的野味，就是市場上，也是什麼都有，而且，北昌府離榷場近，北涼還有更遠的白巒國的商賈會來到榷場進行貿易，我會說幾句北涼國的話和白巒國的話。」她學了幾句，不想太皇太后竟懂北涼語，還與阿曦用北涼語交談。阿曦很是驚訝，更覺太皇太后學識不凡。

蘇太后等人都道：「母后這樣的學識，我朝開國從未有之。」

太皇太后道：「年輕時閒著無事，略學了些，並不精通。」

蘇太后笑道：「母后學識淵博，舉朝皆知，這世間我還真不曉得有什麼是母后不曉得的。倒是這丫頭，小小年紀還通外族語，頗是難得。」

太皇太后笑，「是啊，所以我常說，不論男孩子還是女孩子，多學些東西不是壞事。」

阿曦忙謙道：「臣女是因有地利之便，才僥倖學了幾句，其實學得很一般。」

太皇太后微笑著，「話是用來說的，會說就不錯。」還問：「江恭人會不會說北涼話？」

「臣婦都是讓阿曦給我做個翻譯。」何子衿連忙解釋「翻譯」的意思，「臣婦不懂這個，因阿曦能聽懂，就是偶有與北涼人打交道，讓她在中間給我們做個……解釋。」

太皇太后道：「翻譯？五方之民，言語不同，嗜欲不同。達其志，通其欲，東方曰寄，南方曰象，西方曰狄鞮，北方曰譯。翻則有傳遞之意，翻譯這個詞很好。」

何子衿很是慚愧，想著她就是嘴快用了前世的名詞，結果被太皇太后這學識淵博的一解釋，就覺得翻譯這詞是當真不錯。

太皇太后與阿曦說話不長，就讓何子衿去給大公主、嘉純郡主上課，阿曦也跟著。

太皇太后似是有些累了，連蘇太后等人一塊打發了。

眾人皆告退，唯白髮老嬤嬤依舊坐在太皇太后身旁，並未離去。

太皇太后方道：「江恭人看江姑娘的眼神，像在看無價珍寶。」

老嬤嬤不知是不是想起什麼，眼中閃過一絲憐惜，「母親看孩子，都是這樣的眼神。」

太皇太后輕嘆，「是啊！」我不再記得我的母親有沒有這樣看過我，但她為我付出性命。她對我，愛逾性命，只是我多希望她能好好活著。我經歷艱辛困苦，而今何其寂寞？

阿曦旁聽了一回她娘怎麼教大公主與嘉純郡主練拳腳，然後就明白了，她從小到大受到的就是公主郡主級別的武先生的教育了，完全與她娘教她的沒什麼差別嘛。

她娘武功就是如此了，但她娘很會說話，不管什麼事都能說出幾分道理來。大公主與嘉純郡主也很好相處，阿曦年紀稍大些，時不時陪她們說說話，氣氛倒也不錯。

待母女倆回家，何老娘正眼巴巴等著呢，見阿曦回來，忙問她向太皇太后請安可順利。

阿曦笑，「老祖宗放心，都好。」

何老娘讓丫鬟拿點心給阿曦吃，又問她具體面見的事。阿曦平生頭一遭見太皇太后這樣的大人物，心裡自然也是想說一說的，她道：「太皇太后相貌端嚴，我以為太皇太后肯定是頭戴鳳冠身著鳳袍的，其實根本不是那樣，她老人家可素樸了，就插了一支白玉鳳頭簪，穿著亦不華美，可就那樣簡簡單單坐著，便極有氣勢。」

「那是！」何老娘很認同阿曦這話，「太皇太后哩！」這樣的身分，能沒氣勢？

沈氏也好奇問：「太皇太后跟妳說話沒？」

阿曦道：「說了。就是家常話，我說了一些北昌府的事，太皇太后還會說北涼話，說得可好了，我還跟太皇太后用北涼話說了好幾句。」

何老娘一拍大腿，「果然多念書是有用的！」

余幸笑道：「太皇太后年輕時就極有才學，聽說太皇太后少時便通西蠻語。」

何老娘與兩個孫媳婦道：「咱家的男孩子都是念書的，如今從阿曦這裡得了個經驗，以後妳們誰有了閨女，也別忘了叫閨女多念念書。」

余幸與杜氏雖有些不好意思，也笑應了。兩人都是有兒子的人，還真是很盼閨女的。

余幸道：「太皇太后最喜歡女孩子。」

阿曦命人呈上太皇太后賞她的東西給大家看，有兩匹時興的鮮亮料子，最是適合女孩子穿的。還有一套紫晶梳子，大大小小的梳子有七把，有的可用來梳頭，還有一對小髮梳，簪於髮間可做飾物。這樣精緻的物件，人人都說好看。

沈氏道：「妳自己好生收著，這是太皇太后賞的，出去佩戴亦是體面。」

阿曦高興應了，做為小小少女，阿曦雖然也很懂事，但能進宮向太皇太后請安，還是覺得很榮幸的。阿曦一天都是美滋滋的，很是珍惜地收藏起自己的小梳子。雙胞胎回家聽說姊姊得了賞，過去看時，阿曦還不大樂意，雙胞胎說了好些好話，才見到了姊姊的小梳子。

阿昀讚嘆道：「這可真好看。」

阿晏道：「現在紫晶的東西市面上可不好找，因太皇太后喜紫色，多少年前帝都誥命便人人服紫了。水晶不算稀奇，但多是白水晶、黃水晶，如這樣的紫晶，不要說能打磨成梳子，就是這樣大小的料子都極難得的。」

阿曦亦是歡喜，大方地讓雙胞胎賞玩個過癮，打算中秋節再戴。

別看阿曦同雙胞胎矜持，得賞賜這事，阿曦特意同祖父說了一回。阿曦覺得祖父太仙風道骨，多沾些紅塵氣方好。

阿曦道：「太皇太后真有學問，您知道嗎，一個人有沒有學問，真是能看出來的。」

看阿曦很鄭重的樣子，朝雲道長笑道：「是啊，腹有詩書氣自華。」

「對，就是這個理。」阿曦搖著小扇子煮茶，「以前我覺得世上比我娘有身分的人很多，但比我娘更有學問的人還沒見過，這回可算見著了，太皇太后是真的有學問。」

朝雲道長笑，「妳娘書是看了不少，琴棋書畫卻樣樣普通。」

阿曦道：「有學問不在於琴棋書畫精與不精，這些是人們普遍認知上的學問。有些人可能沒念過幾本書，但通透豁達，這也是一種了不起的學問。也有許多女孩子，在娘家時是琴棋書畫，嫁了人這些東西就拋下了，每天困於瑣事。像我娘，現在我們都老大了，我娘還每天都看書，也沒有因成親生子，就讓自己變成黃臉婆。今天我見到了太皇太后，我才知道這有身分有地位的人，氣勢威嚴不是擺出來的，是到了那個境界自然就有的。最難得的是，太皇太后這樣的地位，與我說起話來都十分和氣，這樣的修養，也不是一朝一夕能有的。」

阿曦足足跟朝雲祖父叨叨了小半個時辰。

朝雲道長放下茶盞，道：「怎麼也沒聽妳這麼敬仰一下我啊？」

羅大儒聽這話險些吐出來，「咱們這把年紀，多少還是得要點臉的啊！」

朝雲道長白羅大儒一眼，這老傢伙就知道拆他臺。

阿曦不愧是朝雲祖父帶大的，肉麻的話順勢出口：「我自小同祖父在一起，耳濡目染淨是祖父的風采，一直敬仰著呢。」

朝雲道長滿意頷首，覺得孫女很有見識。

羅大儒於這對肉麻祖孫不予置評。

羅大儒有些擔心太皇太后，私下與朝雲道長道：「太皇太后不喜曹太后之事，就我這平頭百姓都知道了。」

朝雲道長道：「你都平頭百姓了，還操這心做什麼？」

羅大儒不客氣道：「行啦，咱們能這麼安安生生的，還不全賴太皇太后今時今日之地位？咱們這些老東西原也沒幾年好活，難道我是擔心你？我是想著，太皇太后不容易。那曹家不過是暴發戶，只是先時太宗之事，你莫要忘了。」

朝雲道長聞聽此言，不由皺眉。

朝雲道長出身沒得說，他與太宗皇帝是嫡親的姑舅兄弟，但在皇家，親情與權位，還真說不好孰輕孰重。朝雲道長家破人亡，全賴太宗皇帝所賜。

當然，朝雲道長因出身緣故，他家的事與國事相干之處也比較多。何況，那樣的大家大族，誰家也不是就乾乾淨淨的。對於往昔舊怨，朝雲道長已是想通了。就太宗皇帝這個人，斬草還不除根，朝雲道長父母都因太宗皇帝而亡，太宗皇帝偏生沒對這位表弟下手。

但太宗皇帝做的那些個事，朝雲道長也不可能去感激他。就是太宗皇帝自己，雖坐享帝位多年，但最後父子相殘，朝雲道長頗覺解氣。

如今羅大儒再提太宗之事，無非就是太宗之母胡氏。當年太宗皇帝一朝親政，胡氏立刻由太妃升做太后，仗著有個皇帝兒子，那些年胡氏可是沒少為難如今的謝太皇太后。

朝雲道長淡然道：「太皇太后不同於我的母親，母親生就在權勢之中，她得到權勢，不費吹灰之力，難免輕易放手。再者，我母親當年進不得進，退不得退。她是因皇室公主的身分輔政，父親於權位無意，伯父卻一直有逾越之心。倘我母親坐視此事，難道不做皇室公主，而去做皇家弟媳？母親當年的選擇，說不得對，也說不得錯。太皇太后不一樣，太皇太后是嫁入皇室的，她執政名正言順。至於百年之後，唐時則天皇帝倒是子孫滿堂，其後如何？」

羅大儒道：「你心裡有數就好。」

有數沒數的，到朝雲道長這樣的身分地位，還真不會將曹家放在眼裡。人經的事太多，看事情自然透徹，就像朝雲道長提起太宗皇帝，都沒以前那種咬牙切齒了。

初回帝都那年，朝雲道長還特意去皇陵陪老仇人住了一段時間呢。如太宗皇帝又如何，終不過黃土一抔。

阿曦不知道兩位長輩這些談話，眼瞅中秋將至，家裡的事現在有她娘和舅媽們，用不到她，阿曦就在朝雲祖父這裡幫忙，幫著朝雲祖父和羅爺爺準備中秋節。

兩位長輩的中秋節實在簡單得很，走禮的就兩家，一家是太皇太后，一家是文康大長公主，前者是朝雲祖父的外甥女，後者是朝雲祖父的表姊。阿曦幫著對禮單來著，再有就是朝雲祖父這裡中秋節的準備了，朝雲祖父的話是：「隨便整整就行了。」

「中秋節怎麼能隨便整整啊？」阿曦很不贊同這種說話，她是個認真的孩子，舉凡節下要準備的水果乾果蜜果果酒菜品之類，無不認真極了。

朝雲道長的中秋禮送出去，都收到了回禮。不知是不是愛屋及烏的緣故，回禮裡竟然還有幾樣適合女孩子用的東西，朝雲道長都給了阿曦。阿曦覺得很是榮幸，她並不是因太皇太后與文康大長公主的身分而有此想，只是走禮向來是有講究的。像熟悉的人家走禮，有時知道你家有小孩兒啥的，送些孩子用的東西，這都是親近人家的做法。阿曦雖然很高興收到禮物，但朝雲祖父能有親近的親戚來往，阿曦很為朝雲祖父開心。

阿曦還邀請阿珍哥八月十六一起到朝雲祖父這裡陪朝雲祖父補過中秋節。阿珍哥自然應了，本來中秋節，阿曦也想阿珍哥到她家去過的，因為阿珍哥是一個人在帝都，阿曦擔心他寂寞，紀珍還是回絕了。雖然家裡人都不在，但府中也有父親給他安排師傅幕僚，中秋節這樣的日子，若紀珍不在府裡，就跟府裡沒個主心骨兒似的。

中秋節的熱鬧自不消說，中秋節當天，有誥命的女眷們早早就起床梳洗，吃過早飯進宮向兩宮請安。這是何老娘與沈氏頭一遭進宮，婆媳倆都有些緊張，卻又微微亢奮。何老娘穿上誥命服，照鏡子就照了八回。沈氏則是拉著閨女，悄悄重複了一遍誥命請安的流程。

待得收拾停當，就男人們上朝，女眷們進宮了。

這去宮裡請安啥滋味呢，何老娘說：「去了就是等著，到了時辰就有內侍引我們進宮。我們是最後一撥，磕過頭就出來了。」至於太皇太后長啥樣，因何老娘和沈氏都是誥命中的末尾，所以連太皇太后的邊角都沒瞧見。

啥？你說抬頭？

人人都低頭行禮呢，誰敢抬頭？

雖然沒見到太皇太后真容，不過能進宮一趟，何老娘亦覺榮幸，她以後可得好生保養，進宮的日子長著哩，只要不是太皇太后免誥命請安，她老人家就要一趟不落地去。

中秋之後，阿曦的交際圈莫名其妙上升了好幾個檔次。她先時只是與姻親之家的女孩子們來往，但中秋過後，先是永安侯府李家姑娘向阿曦表達出了好感。

阿曦分析了一回，現在的永安侯是文康大長公主的親兒子，現任御林大將軍李宣，多半李家是看在朝雲祖父的面子上，不然依江家的官職地位，連去李家赴宴的資格都不大夠。

阿曦與侯門貴女交際起來並不怯場，她還很有幸見到了文康大長公主，然後證明了阿曦的分析，因為文康大長公主直接就問了朝雲道長的事，完全沒有半點委婉。阿曦見慣了人委婉著說話，如文康大長公主這樣直接的沒幾個，好在文康大長公主沒問別個，就是問道長好不好。阿曦自然是說好的，她是個活泛人，知道只答個「好」太單薄了些，便舉例說明了朝雲祖父確實挺好的，閒了喝喝茶下下棋什麼的，輸的多了還不高興啥的。

儘管只是小事，文康大長公主也聽得頗為認真，末了還賞阿曦一套紅寶石首飾。阿曦也不能拒絕，便鄭重恭敬地謝了賞。不想，文康大長公主與阿曦道：「阿雲的事，與我說說也就罷了，對旁人不必多言。」擔心阿曦年紀小沒心眼被人套了話兒。

阿曦連忙道：「是，殿下放心，我不會跟別人講的。之所以跟殿下說，是因為中秋節朝雲祖父就跟殿下來往了。我想著，朝雲祖父心裡其實也挺記掛殿下，才同殿下說的。要是換了別人，我一個字都不會說。」證明自己嘴巴很嚴。

大約是聽了這話高興，文康大長公主看阿曦的目光都柔和不少，「這就好。」

阿曦回頭也沒忘同朝雲祖父說一聲文康大長公主跟她打聽祖父的事，連帶大長公主如何問的，她是如何答的，都逐一同朝雲祖父說了。

朝雲道長微微一笑，「這就很好。」看阿曦擺著文康大長公主給的首飾不知如何是好，朝雲道長說：「只管收著，文康好東西多了去。」

阿曦收起大長公主給的首飾，心裡其實挺納悶的，聽她娘說，朝雲祖父家裡就是被太宗皇帝害的，可文康大長公主是太宗皇帝嫡親的妹妹，卻與朝雲祖父關係不錯。

阿曦深覺皇室中人感情之複雜，非常人所能明白也就不再深入探究了。倒是雙胞胎，對於姊姊出門做客總有長輩賞東西這事，羨慕壞了。

雙胞胎都說：「我們成天只顧著上學念書，還是姊姊妳的財運好。」

阿曦由著雙胞胎參觀自己的珍藏，聽這財迷話，不由提醒雙胞胎幾句，讓他們出門不要亂說朝雲祖父的事，雙胞胎道：「我們才不會說呢。」

江家孩子都嘴嚴，因著與朝雲道長走得近，哪怕最愛顯擺的雙胞胎在有人提及朝雲祖父時，嘴巴也緊得跟蚌殼子一般。說來，這也是令人稱道的品德了，起碼不少明裡暗裡想從江家來接近太皇太后她舅的人家，雖然在江家大人小孩這裡啥都打聽不出來頗令人惱，可反過來想想，江家能做到這一步，不得不說，也難怪太皇太后她舅與他家走得近了。

江家人不怕人打探，反正自來想從他家打探朝雲道長的人多了去，早都見怪不怪了。眼下江家要忙的是，何家這一大家子搬家的事。

兩家人在一起住慣了，真到搬的時候，當真有幾分不捨。不止大人，孩子們亦是如此。好在何老娘臨搬家前把雙胞胎的金玉香爐還給了雙胞胎，讓雙胞胎聊作安慰。

雙胞胎道：「老祖宗，您要不搬走，我們就把香爐送您。」他倆是真捨不得曾外祖母。

何老娘想了想，悄與雙胞胎道：「成！你倆先幫我存著，我先搬過去住幾日做做樣子，過幾天再搬回來，你們還給我擺啊！」

面對曾外祖母如此靈活的處事方式，雙胞胎目瞪口呆：那這金玉香爐產權算誰的啊？

何家這一搬家，原本何老娘還說過幾天還過來住呢，結果老太太一搬新宅子，對這事黑不提白不提了。無他，何老娘現在正一門心思準備在自家宴請賓客。

新搬的宅子，安宅酒總得有的。這宅子寬敞，是四進大宅，再者何恭剛在鴻臚寺任職，正可趁這機會請一請同僚。何老娘就愛辦這熱鬧事，還叫余幸寫了帖子，打發人給孫女一家送來，同收到帖子的還有沈家。

何子衿見著帖子，打開來瞧了瞧，笑與來送帖子的翠兒道：「翠兒姊，妳回去跟祖母說，我沒空赴宴，這還給我送起帖子來了。」都是不大相熟卻又有幾分交情的人家方送帖子，自家人誰家送帖子啊？這主意不必想，也曉得是老太太弄的洋事兒。

翠兒笑道：「老太太特意交代給姑奶奶寫帖子，這還是咱們大奶奶親自寫的。姑奶奶可一定得過去吃酒，老太太點了好幾齣姑奶奶愛看的戲。」

何子衿道：「我什麼時候愛聽戲了，肯定是她自己愛聽的。」

翠兒道：「咱們老太太興致高得很，宴席上定哪些菜，請哪些人，定的哪個戲班子，都是老太太定的。這回咱們家足得熱鬧三天，都是老太太拿的私房銀子。」

何子衿笑，「那我可得過去多吃點好酒好菜。」

翠兒道：「老太太請姑奶奶爺少爺姑娘早些過去，尤其曦姑娘，還得勞曦姑娘幫著照應那日來的姑娘們呢。」

因翠兒還要去沈家送帖子，何子衿便未多留她，想著老太太這是送帖子送上癮呢。

何老娘興頭兒足，宴客那一日，早早穿戴了新衣，吃過飯就翹首以待了。先來的是江家一家人，何老娘滿面喜色，「快來快來！」

阿烽和小郎搶鏡，這兩個小傢伙一見面就抱在一起，一個說：「小郎，你可來了！」另一個奶聲奶氣答：「烽叔，昨晚我夢到你呢！」然後兩人就執手相望，肉麻得人起雞皮疙瘩。

杜氏都說：「你倆夠啦，昨兒不是才見過嗎？」這兩個小傢伙一直是一起玩的，突然間阿烽跟隨長輩們搬了家，小郎來過八趟了，阿烽也常去找小郎玩。如今兩人一見面，卻跟八百輩子沒見過似的。杜氏這樣的爽利人，看得都牙酸。

阿烽正色回答：「娘，您也知道那是昨天的事，我跟小郎是一日不見，如隔三秋。」

小郎跟著點頭。

近來兩人在準備明年的入學考試，現在經常亂用成語，逗得大人們捧腹大笑。

兩個小傢伙不樂意聽大人們說話，行過禮，阿烽就帶著小郎出去玩了。杜氏與宮媛派了丫鬟跟了去，大人們在何老娘這屋裡說話，何老娘埋怨幾句：「不是讓你們早些過來嗎？怎麼這會兒才到？」

何子衿道：「總得吃過早飯啊，我們一點都沒耽擱就過來了。」

江念笑道：「這宅子收拾得真正好，經過園子裡，那園子裡的花木修剪得極齊整，還有好些都結了果子。」

「可不是？我就說阿幸阿杜還不算不會過日子。這園子裡栽花種樹的，就得種這些個有出息的，以後咱家人吃都是好的。」何老娘笑，「看到我這院裡的大柿子樹沒？待柿子熟了，雙胞胎你們只管來摘。」

雙胞胎道：「老祖宗，要是做柿餅，現在就得摘了，不然太熟了，柿餅就做不成啦。」

何老娘笑咪咪地道：「等做柿餅的時候，我叫你們過來，咱們一塊做。」

何老娘先是說一回自家的大宅子，又帶著孫女這一家子參觀自己的院子。何老娘住的院子並不大，就是正房三間，東西廂齊全的小院。沈氏和余幸原是想她老人家住大院子的，何老娘想得開，她一個人住那麼大的院子做什麼，就挑了處精緻小院兒。院子雖小，也樣樣都好。大院子給兒孫們住，不說沈氏得帶著金哥兒，就是何洌俊哥兒也都是做官的人了，各有交際，來往的人多。

何老娘道：「別個都好，就是這院子裡少個菜畦。」

何子衿笑道：「如今天已是冷了，再種菜也來不及，明年開春闢個小菜畦，以後我家裡吃菜也不用去外頭買了。」

何老娘連忙道：「這還得再看看啊！」依這院子大小，自家吃菜供給都夠嗆哩。

何子衿忍笑，「看啥？要是不給，我們就一家子過來吃。」

何老娘直道：「哎喲哎喲，要不說一個丫頭三個賊哩！」

余幸笑，「就怕姊姊、姊夫不來。」

何老娘斜著眼瞧自家丫頭，「我可不盼妳，我就盼我們家阿曦。」

阿曦笑嘻嘻地道：「老祖宗這樣說，我娘該吃醋了。」

「吃醬油也沒用。」何老娘拉了阿曦坐在自己身邊，看阿曦是越看越愛，「這孩子生得可真好，這眉毛鼻樑跟我一模一樣。」

何子衿忍俊不禁，「別說，阿曦這眉毛生得還真像祖母，又黑又長。」

「那是，我現在上了年紀，我年輕那會兒，人人看了我這眉毛都說有福。」何老娘覺得自己是把這福分傳給曾外孫女了。

余幸請阿曦幫著招待女孩子們的事，阿曦笑，「舅媽放心，只管交給我就是。」

兩家人熱熱鬧鬧說了會兒話，江家一大家子就到了，何老娘這屋裡越發熱鬧起來。男人們與何老娘見過禮，就隨何恭父子幾人去前院說話。女眷留在內宅，一會兒再有客人過來就是官客在前院，堂客在內宅來招待。

何恭雖是剛來帝都，但何洌幾人在帝都時間不短了，縱兄弟幾人官階不高，也結交了幾個朋友，故而何家設安宅酒，來的人還真不少。親近人家都是帶著孩子來的，男孩子就是阿燦阿炫幾人招待，女孩子阿曦幫著照應。

何家整整擺了兩日戲酒，雖則有些疲累，但人人都是精神抖擻的。

何老娘道：「咱們老何家，這也算在帝都府扎下根了。」

還有一件喜事，杜氏查出了身孕。

這喜訊還是阿燁親自過來說的，他講了自己將要做哥哥的事，就去找小郎玩了。

宮媛笑道：「再想不到的，剛過了喬遷之喜，接著是二舅媽有孕之喜，可見是喜上加喜。乾媽什麼時候過去向二舅媽道喜，我與乾媽一塊去。」

何子衿笑道：「妳們倆是一前一後，看來這孕事也是傳的，明兒咱們就去。」

宮媛笑應了，道：「看阿燁那得意勁兒，以前小郎常在阿燁面前嘀咕妹妹啥的，阿燁這是特意過來跟小郎說這事呢。」

想到這兩個小傢伙，何子衿也覺好笑，「雖說阿燁搬去那邊，可這兩人成天不是你過來，就是他過去。雖差著輩分，可親兄弟也不過如此了。」

宮媛道：「天生投緣，小郎在家裡，沒一天不念叨阿燁的。」

兩人說會兒話，第二天就收拾了些滋補之物，帶著阿曦過去看望杜氏。正趕上杜太太也在，杜氏見大姑姊也來了，笑道：「我並無什麼事，勞得母親姊姊都來看我。」

何子衿笑道：「這是喜事，我們過來沾沾喜氣。」

杜太太笑道：「阿烽也將念書的年紀了，妳跟女婿正年輕，再生幾個正好。」

說來杜氏這懷孕似乎格外艱難，當初與俊哥兒成親後三年都不見動靜，當時沈氏在北昌府都有些急，後來生了阿烽，也是好幾年沒動靜。好在這事在何家不算稀奇，何子衿道：「二弟妹這會兒懷胎正好，眼下是八月，這麼算著，是明年三四月的日子，正是不冷不熱時坐月子。阿烽也大些了，再給阿烽生個小弟弟小妹妹的，阿烽也知道疼他們。」

杜太太笑，「正是這話。」

與杜太太閒話幾句，杜太太難得過來，沈氏就讓杜氏請杜太太去她院裡看一看孕時有什麼忌諱的。帝都規矩頗多，沈氏這上頭不大懂，索性託了親家太太，也是給母女二人說些私房話的意思。杜太太客氣幾句，便與女兒去了女兒女婿的院子。

杜太太在何家擺安宅酒時就來了，不過彼時是赴宴，何家忙著招待客人，也沒往閨女這院兒裡坐一坐。今日來了，自然要細細看看。杜太太看得眼神越發柔和，笑道：「那日過來吃酒，見妳家園子就收拾得很不錯，妳這院子也是用過心收拾的。」其實院子好壞並不在於多麼名貴，有時一草一木就能瞧出來有沒有用心打理。

杜氏道：「這宅子都是我與大嫂瞧著收拾的。」

杜太太點頭，「妳家大嫂子為人亦好。」

母女倆攜手進屋，一進屋，杜太太就笑了，見屋裡正中條案上頭掛著一幅胖嘟嘟的女娃圖。時人家中婦人有孕，多是掛童子抱鯉魚的畫，杜太太笑，「想是女婿盼閨女。」

杜氏道：「可不是嗎？相公跟瘋魔了般想要個小閨女，我說這豈是人力所能定的事。」

杜太太笑，「你們有了阿烽，要個小閨女也好。我看親家也不缺孫子，倒是缺孫女。不過妳跟女婿才阿烽一個兒子，再給女婿生個兒子也好。」

杜氏道：「反正我們還年輕，閨女兒子都好。」

「是這話。」杜太太道：「都說養女隨姑，你們大姑奶奶為人就極好。」

杜氏笑道：「是啊，要是能有個像我家大姑奶奶的小閨女，真是我的福氣。」

關鍵是，大姑奶奶不僅人好，相貌亦好。

杜太太又問了閨女的飲食起居，杜氏道：「娘不必記掛我，太婆婆、婆婆都待我極好，我這胎也平穩得很。當初懷阿烽時，前頭三個月就沒吃過一頓安穩飯。不吃飯肚子就餓，吃了立刻就要吐，磨人得很。這回倒奇，吃什麼都香，胃口極好。」

杜太太笑，「這就好這就好。」

杜太太和杜氏母女說些私房話，何子衿過來看望二弟妹，自然要問問杜氏有身孕的事，沈氏笑道：「阿杜也沒想到，要不是突然有些犯噁心，我們都沒瞧出來。」

余幸接了丫鬟端來的桂圓茶遞給大姑姊，接了婆婆的話道：「二弟妹懷阿烽時，一個多月就開始孕吐，吃什麼吐什麼，喝口清水都要吐出來。這回卻是好，大夫來診，說都兩個多月了，她還一點感覺都沒有。」

何老娘道：「這懷相好。」

余幸道：「是，聽相公說，二弟還要找大姊姊幫著算算男女，二弟盼閨女盼得心切。」

何子衿笑，「聽他說呢。他們已是有了阿烽，要我說，兒子閨女還不都一樣。我倒是幫阿幸看了看，我看，妳也快了。」

余幸很是信服大姑姊的卦相，驚喜地問：「可是真的？」

何老娘與沈氏異口同聲問：「啥時卜的？是個啥卦？」

看何老娘沈氏余幸那滿是期待的目光，何子衿真不好說自己是隨便說的，胡謅道：「這點事哪裡還用特意卜卦，一看就看出來了。」

余幸笑，「承大姊姊吉言，我就盼著給阿燦阿炫添個妹妹。」

何老娘點頭，與余幸道：「妳生閨女，阿杜則生個兒子，再生閨女比較好。」

何子衿聽這話就牙疼，「每回家裡吃飯，一屋子都是小子，您老人家還沒稀罕夠啊？要是都跟您老人家似的，這以後都是男孩兒，沒女孩兒，這男孩兒也都得打光棍了。」

何老娘就是一時嘴快，她主要是覺得大孫子已有兩個兒子，二孫子才一個兒子，才會想二孫媳婦再生個兒子。其實這些年何老娘被何子衿矯正得，很久沒說什麼偏心兒子的話。

何老娘道：「我就一說，他們都年輕，生啥還不一樣？看妳娘，五十還有了金哥兒呢。以後生孩子的時候多了去，我哪裡特別偏心重孫子啊？就你們姊弟幾個，我最偏心妳了。小時候咱家沒銀子，我還不是隔三差五去飄香坊買好果子給妳吃。丫頭片子沒良心，把我的好兒都給忘啦！」最後，她老人家還反咬一口，抱起屈來。

何子衿道：「這還差不多，可別叫我聽見這種盼兒子盼孫子的話，說得我們女孩子好像是撿來的一般。」

「我哪裡說過這種話？」何老娘是再不承認的。

沈氏與余幸都暗笑不已，何老娘偶爾有些左性，這種時候還就閨女（大姑姊）有法子。

待得中午，自然要留杜太太吃飯的。

何家還是平頭百姓時，有何子衿這位在吃食上不肯委屈自己的，何家的飲食同等人家裡就是講究的。這些年在何子衿食不厭精、膾不厭細的引導下，雖不敢跟那等豪門人家比，但在同等官宦人家裡，何家飯食相當不錯。杜太太每回在何親家這裡留飯，就覺得別個不論，就從飯食上來講，閨女嫁給女婿就沒受委屈。

何老娘一個勁兒讓杜氏多吃魚，道：「多吃魚，以後孩子聰明。」又讓余幸也吃，「阿幸提前補一補，到時孩子結實。」

杜太太一聽這話，忙問：「大奶奶也有身子了？」

余幸笑道：「沒有，大姊姊幫我看了，說我也快了。」

杜太太活這把年紀，一時竟沒聽明白余幸這話的意思。這有沒有身子，得是大夫說了算吧？而且，聽余幸這話，完全是現在還沒有啊，怎麼能確定馬上就有呢？

杜氏與她娘道：「大姊姊占卜很有一手的。」又與大姑姊道：「大姊姊，妳是不是幫大嫂算了一卦？」

何子衿笑，「沒算，只是看了看。近來阿媛與妳都先後診出身孕，今年是龍年，屬水，水乃生源所在。這宅子方位不錯，利子孫，又趕上今年年頭，應有再添子嗣之喜。」

一桌人都聽直了眼，杜太太道：「大姑奶奶還有這樣的神通？」

何子衿道：「先時得三清點化，曾為人占卜，不過占卜緣法已盡，我早就不卜了。今日進門的時候，略留意一二，準不準也不一定，親家太太就當聽個故事就行了。」

杜太太回家與丈夫說：「原來親家大姑奶奶還是個大仙。」說了何子衿會占卜的事。

杜寺卿向來不信這個的，道：「江大人是正經翰林，親家大奶奶怎能行這等左道之事，對江大人的官聲可不利。」

「看你說的，要不是我過去正好遇著，誰知道親家大姑奶奶懂占卜呢？聽說她是小時候開了天眼，後來機緣盡了就不占卜了，不過我們一道吃飯時閒話幾句。」

杜寺卿點頭，「這方是正道。」

杜太太聽這話很無語，覺得要想跟男人說些家長裡短，還真是說不到一處。

何子衿和宮媛待到快傍晚的時候才回家去，紀珍晚上過來吃飯，跟阿曦商量著裝修新房的事。紀珍比阿曦年長三歲，今年十九，明年二十。江夫人生紀珍時就三十好幾了，紀珍又是紀大將軍的長子，紀家早盼著阿曦能早些過門。是何子衿要求，定要待阿曦十七方可成親。明年阿曦就十七了，紀家再等不得了。

這不，阿曦才回來幾天，紀珍立刻就把收拾新房的事提上日程了。

原本這收拾屋子是男方的事，不過，紀珍的意思是，反正以後這宅子是他們住，怎麼收拾，還是要聽一聽阿曦的意思。

何子衿笑道：「行了，你們自去商量吧。」

紀珍頗覺丈母娘善解人意，他就是過來吃飯，然後同阿曦妹妹單獨商量收拾新房的事。不想，雙胞胎這對沒眼色的傢伙，非要跟去旁聽，他倆理由還特充分：「現在學習一下，以後等我們成親時也能攢些經驗。」

雙胞胎的大腦回路，一般人都是搞不懂的，他倆還問大哥：「大哥，你明年不是也要跟阿冰姊成親嗎？要不要一起去聽阿珍哥講收拾屋子的事兒啊？」

阿曄笑，「你們去吧，我就不去了。」

明年有恩科，阿曄都在忙著念書，還鼓勵雙胞胎：「好好聽。」

雙胞胎齊聲應了，與阿珍哥一起去大姊屋裡，旁聽阿珍哥和大姊商量裝修宅子的事。

阿珍哥：雙胞胎的腦袋比和尚的光頭都要亮三分啊！

其實就是雙胞胎不跟著，阿曦屋裡也有丫鬟在，紀珍想說些私房話也是不可能的。丫鬟可以想法子打發出去，小舅子就不能這般對待。

紀珍雖然沒能與阿曦妹妹說些私房話，他也是認真過來商量新房的事，兩人說著還會畫一畫圖紙，雙胞胎都說：「阿珍哥的宅子收拾出來，肯定特別好。」

何子衿在娘家一大家子搬走後，就與江念搬到了主院。原本何子衿想給宮媛換個院子，奈何宮媛有身孕，而且月份大了，換院子未免折騰，何子衿就先命人收拾了，待明年生產後再讓他們搬。另則就是，得給阿曄準備新房了。

何子衿與江念商量，阿曄與阿曦是龍鳳胎不假，但阿曄是做哥哥的，還是要阿曄先娶了蘇冰，再讓阿曦出嫁，這樣也顯得長幼有序。

阿曄對於新房沒什麼概念，他自小住的屋子不是他娘收拾的，就是他妹幫著布置的，對這方面，阿曄道：「先打掃一下，糊糊紙，上上漆，其他屋子待阿冰妹妹來了再說吧。」

何子衿道：「也好，阿冰收拾屋子很有一套。那就先把屋子重新裝一裝，院子裡花木什麼的，如今已是過了中秋，要什麼添減，等阿冰來了問一問她的意思，明春一併移植。」

蘇冰是剛入十月到帝都的，蘇二郎護送妹妹回來，因為蘇二郎也打算參加明年的恩科。

阿曄與蘇二郎一向交好，知道二舅子未婚妻到了，阿曄也不成天捧著書了，收拾得光芒萬丈的就積極過去拜訪好友了。

阿曄這般殷勤，蘇家人都覺有趣，蘇不語還讚阿曄：「有前途。」做女婿的不殷勤些，誰家肯把閨女嫁過去啊？

阿曄一副正經臉，道：「這些天都在家攻讀，許久沒來向祖父請安了。還有二哥，咱們可是將將一年未見。」然後極自然地問一句：「二哥這一路過來可好？阿冰妹妹可好？」

蘇二郎笑，「我們很好，倒是阿曄，看你也很好。」

「知道二哥牽掛，我怎敢不好？」

兩人逗趣數句，聽得蘇不語直樂。蘇不語已是內閣相輔，一部尚書，平日裡朝臣們見了都要客客氣氣稱一聲蘇相。不過，與他相熟的人都知道，這人最沒架子的，待孫輩亦不是嚴厲的。兩人既然都在，蘇不語就順勢考校了孫子和孫女婿一回。

蘇二郎與阿曄的文章如何，用蘇不語與同僚兼好友兼有血親的表兄弟吏部尚書李九江的話來說：「明年恩科，便非一榜，也跑不了二榜。」

李九江微微沉默片刻，方道：「如果不急的話，略等一等也無妨。」

蘇不語眉心一跳，「這話什麼意思？」

李九江道：「沒什麼意思，隨口一說。」

蘇不語把李九江腹誹大半時辰，什麼叫「隨口一說」，這是隨口一說的事嗎？

蘇不語到底位在中樞，深思熟慮一番後，蘇二郎這裡好說，這是自己親孫子，說不讓參加恩科，這小子不敢有二話，可孫女婿那裡怎麼講呢？沒個好理由，怎麼就能跟孫女婿講你別參加恩科了？就是太岳丈也沒這麼幹的啊！人家孩子準備明年恩科都大半年了……

蘇不語到底是蘇不語，他選擇了最直接的方法，直接與江念說，而且，蘇不語說得十分透徹：「蘇家深受四代先帝大恩，你也不是外人，如果這事是別人與我說的，我當他放屁，但這事是李九江說的，我必然要提醒你一聲，畢竟事關孩子前程。」

不，這不止事關孩子們的前程。

江念道：「李尚書與蘇叔叔您說的事，您這樣直接告訴我，是不是……」

「這無妨。」蘇不語擺擺手，「九江也是四朝老臣了，我們雖然都是在太宗皇帝時入朝為官的，但具體說來，九江多受仁宗皇帝之恩。他那個人，看著不近人情，其實極重情義。他與我說，就是想我告訴你。」

江念有幾分不解，李尚書這是想提醒他什麼呢？

江蘇兩家已是姻親之家，江念與蘇不語雖官階相差較遠，但平日間江念還算能入蘇不語的眼。往時兩人見面都是有說有笑，唯獨這次，江念是憂心忡忡回了家。

蘇不語輕嗤一聲，「這個李九江！」

江念失眠大半宿，倒不是為長子的科舉，長子明年不過十七，再等三年不過弱冠之年，江念擔心的是李尚書這話外之意。

江念失眠，鬧得子衿姊姊也睡不覺了，她打個哈欠，問他：「今天怎麼了？」

「姊姊還沒睡啊？」江念以為子衿姊姊已經睡了呢。

何子衿道：「看你晚飯就沒什麼胃口，今兒不是蘇相找你過去說話嗎？可是有什麼煩心事？」以前做帝師時招人眼紅，自從改修史書，江念算是從那招人眼熱的位置退了下來。雖則這修史書的職司不比帝師，何子衿還是更願意江念修史書的。

夫妻二人素來無事相瞞，許多事江念還是願意聽一聽子衿姊姊的意思，就將蘇不語與他說的事原原本本說了，江念道：「明年恩科還是小事，妳說，李尚書這話是什麼意思？」

因家裡人當官的多了，雖然都是中低品的小官，但因家裡人多是科舉上去的，何子衿對科舉還是多多少少有些了解的。如明年恩科，其實不簡單，因為這是今上登基以來第一次春闈，而這樣的春闈，往往都是新君親為主考官，哪怕這新君的主考官就是掛個名兒，可以後說起來也都是天子門生。

天子門生這四個字對於將來的仕途多少都會有些益處，哪怕只是在心理上，新君也會相當重視自己登基後的第一次恩科，李尚書卻是提醒蘇尚書讓家裡孩子避一避……

何子衿往深裡一思量，頓時嚇得倦意全消，「不會是李尚書不看好陛下吧？」

這是不是說今上即將倒灶啊？

江念問：「近來曹太后在宮裡如何？」

何子衿道：「中秋重陽進宮請安，曹太后也是在的。平日裡我進宮給大公主、嘉純郡主上課，卻是從未見曹太后在慈恩宮。」

「太皇太后還是不肯見曹太后？」

「你想想，太皇太后要不是氣狠了，也不能把曹家降到伯爵位。」何子衿道：「太皇太后為人十分寬和，如我們在太皇太后面前說笑，太妃太嬪討好她老人家，她老人家高興時都有賞賜，極是大度。有些生母低微的皇子，太皇太后也都與其他生母高貴的皇子一樣看待，不令人委屈了他們。可這樣的人，不能將寬和當作沒脾氣，當初將曹家降爵可不是假的。太皇太后這樣的人物，難不成今天剛下了降爵旨意，明兒就當事情沒發生一樣？朝令夕改，不要說太皇太后，就是我們尋常人，也不能這樣吧？」

江念想了想，又問：「那依姊姊看，太皇太后對陛下如何？」

何子衿道：「我鮮少能見著陛下，可在慈恩宮，太皇太后但有什麼東西，只要覺得好，都不忘給陛下送一份，這再不能說不好了吧？」

江念很信服子衿姊姊的判斷，他道：「只是，李尚書不會平白無故說這樣的話。」

何子衿道：「不止李尚書，蘇尚書也不是那等人云亦云的人，蘇二郎原想著明年一道參加恩科的，倘不是蘇尚書也與李尚書一般看法，如何會知會你呢？」

「是啊！」這才是江念失眠的原因。李九江為吏部尚書，吏部為六部之首，而蘇不語身為刑部尚書，刑部雖不比吏部權重，但蘇不語位在內閣。蘇不語不是個沒有判斷的人，蘇不語之父蘇文忠公三朝元老，及至蘇不語如今也是四朝元老了，如果蘇不語與李九江的判斷一致的話，江念不禁深深為陛下擔憂了。

何子衿道：「其實要我說，曹太后是曹太后，陛下是陛下，若太皇太后有遷怒陛下之意，不會對陛下這樣關愛的。起碼在太皇太后這裡，並沒有對陛下不滿的意思。你想想，陛下尚未親政，一應政事皆託付慈恩宮與內閣……」何子衿靈機一動，道：「說來，宮裡韋太昭儀就是韋相的親閨女，先帝六子正是韋相的親外孫，你說，是不是韋相有謀反之意？」

「不可能。」江念道：「禁衛軍掌權的李大將軍出身永安侯府，正是李尚書同父異母的弟弟，李尚書為庶出長子，李大將軍為嫡出次子。雖嫡庶有別，聽說二人兄弟情分極好。李尚書李大將軍這些人，與太皇太后皆是少年相識，那時太宗皇帝尚在位。韋相皆因曾教導先帝詩書文章，後來先帝登基，提攜了韋相。韋相倚著內閣，方可與慈恩宮抗衡，不然單憑韋相一人，絕非太皇太后的對手。」

江念嘆道：「就是內閣裡，如蘇相，蘇家自然忠貞，蘇文忠公三子，其長子次子皆因年邁致仕，蘇相為蘇文忠公第三子。兄弟三人裡，獨他與太皇太后交情最深。蘇相與太皇太后的叔叔宜安駙馬，就是上次出使北涼的謝大人，他們二人是至交。韋相在朝中自然有威儀，但韋相離兵權太遠。自來謀朝，絕不可能少了兵權，故而我說韋相不可能有這種野心。」

何子衿道：「可你先時不是說，先帝臨終前為陛下賜婚兵部柳尚書的孫女。那柳家，柳尚書可是東穆軍神。柳家能不偏著陛下，就算為了孫女的皇后之位，也得對陛下忠心耿耿。」

何子衿這話算是給江念提了醒，江念一拍腦門，「我真是當局者迷，輾轉大半宿，憂心忡忡，竟忘了柳家！」

何子衿一笑，「我也是話趕話想起來的。」

江念想到柳家，心中大安，「先帝當真有君父之心。」

何子衿不關心皇家的事，她覺得誰坐那把椅子，嗯，只要是先帝兒子坐那把椅子，就對自家影響不大，何子衿關心的是自己兒子，「那你說，明年還讓不讓阿曄考恩科？」

江念想了想，「看蘇家的意思。如果二郎不考，就讓阿曄再等一等。若二郎考，就讓阿曄下場。」江念官職不高，帝都這些複雜的利益關係，一時哪裡理得清。不過，他也有他的法子，看不清的時候，跟著高個兒走就是。

江念對於小皇帝的擔憂去了一大半，哪怕李尚書再有權勢，他到底是文官，李大將軍的生母是太宗皇帝嫡親的妹妹，今上嫡親的曾姑祖母文康大長公主，李大將軍掌御林軍，斷不能反皇家的。至於李尚書話中深意，反正江念是暫時想不出陛下有什麼危機。

不過，江念還是稍稍留意起帝都的一些風聲，很快就聽到一個八卦。

因是權貴圈的八卦，而且事關曹家，江念還細細打聽了一回，卻是曹家與薛侯府聯姻的事。薛侯府說的是永毅侯府，薛家因祖上功勳被賜永毅侯，如今的永毅侯尚的是今上姑媽壽婉大長公主，如今與曹家聯姻的這位小侯爺，正是壽婉大長公主的孫子。

江念聽到這八卦沒幾日，何子衿去宮裡教導大公主、嘉純郡主功課時，就有幸在慈恩宮見到了過來與太皇太后說話的壽婉大長公主。依何子衿的身分，斷然不能曉得壽婉大長公主進宮意圖。說來，在朝的長公主、大長公主的，有事沒事常有進宮，但如今薛曹兩家結為姻親，可想而知，壽婉大長公主定會為曹太后說些好話的。

而後沒幾日，又有一事在權貴圈裡流傳開來，那就是，曹太后之父曹伯爵親自攜重禮去太皇太后娘家謝國公府拜訪。

接著，在年前，晉王和齊王分別著人送來喪信。晉王之母，太宗皇帝之妃，太皇皇貴太妃趙氏，與齊王之母，太宗皇帝之妃，太皇皇貴太妃謝氏，病逝封地。

太皇皇貴太妃趙氏還好，這就是位普通的太皇皇貴太妃，而齊王之母，謝太皇皇貴太妃則是太皇太后嫡親的姑媽。二人有子，皆親王位，而且這安葬是葬在晉王齊王的封地，還是送回葬在太宗陵妃子園，都是國事，還需相商。

太皇太后似乎感傷於老人凋零，一顆心軟乎不少。過了年，先帝周年祭，在曹太后再一次請罪認錯的時候，太皇太后便將前事盡揭過去了。

然而，曹太后幹了一件讓江念頗是膽戰心驚的事。

這事江念會知道，還是子衿姊姊與他說的。何子衿道：「曹娘娘說先時鬼使神差的那糊塗事，似是被什麼迷了心竅，想著請高僧名尼過來做法，以驅邪祟。」

江念嚇一跳，「這腦子沒病吧，如何要請僧道？」

「這可怎麼了，平日裡家有不順，女眷還多有去廟裡燒香呢。」何子衿端起桂圓茶吃一口，就是家裡女人，哪個沒去廟裡燒過香呢？

「我不是說這個，自來僧尼之事最容易出事，漢武帝時便因巫蠱案而廢太子劉據。正正經經請尊菩薩來拜拜就罷了，何苦弄僧尼進宮？這些神鬼之道，太容易為人所乘。」

何子衿道：「放心吧，太皇太后有名的不信鬼神。你這也想得忒多了，漢武帝巫蠱廢太子那也是衛青死後的事了。衛青要是活著，再怎麼巫蠱漢武帝多半也不會廢太子。」說著一拽江念，「走，瞧瞧阿曄的新房去。」

紀家著急阿曦過門，江家怎麼也得叫阿曄做哥哥的娶在前才好嫁阿曦的，故而，去歲秋天就開始幫阿曄收拾新房了。

何子衿問道：「阿曄春闈這事，你到底有主意沒？」眼瞅恩科就在近前了。

江念道：「放心，這事我有分寸。」

「你早些與阿曄講，我看他信心可足了。」

「足什麼，不過是強裝出來的，想考過我還早得很。」江念道：「這事我來與他說。」

何子衿問：「真不叫阿曄去考？」

江念道：「姊姊放心，我自有主意。」

江念的主意，幸而子衿姊姊不曉得內情，不然非跟江念動手不可。何子衿只是知道，蘇二郎去參加恩科了，阿曄也去了。

何子衿就以為可能是李尚書的話有些誇大其辭了。從何子衿常進宮的側面角度觀察，也看不出半分慈恩宮有對陛下不滿的意思。事實上，太皇太后對陛下盡心盡力，很是關愛。

所以，何子衿看蘇二郎去恩科，也就放心阿曄去了。

何子衿問江念時，江念也是這樣說的：「蘇二郎都去考，無妨的，姊姊只管放心。」

可很久之後，何子衿才曉得，完全不是江念說的這般。江念自己成熟得早，沒爹沒娘的孩子早當家，小小年紀功名媳婦兩不誤，還很會計畫未來，所以，阿曄雖說才十七，江念也認為長子已是可以獨當一面的年紀了。江念就將這事原委與長子說了，讓長子自行決定。

阿曄一門心思恩科，哪裡曉得他爹突然放大招，阿曄登時就懵了，江念倒是瀟灑，「今年考，多多少少有風險，三年之後比較安穩。你如今大了，自己拿主意吧。」

阿曄好幾日神思不屬，然後做出了先時與他爹一樣的決定，他決定看一看蘇二郎要不要考。通過阿曄觀察，二舅兄完全就要是下場的節奏，他也就收拾起心情，跟著下場了。

何子衿根本不曉得江念把這事與兒子講了，她就是看兒子要下場，就開始忙著給兒子收拾下場要用的東西。蘇家亦是如此。兩家不知情的女人們都在忙叨著孩子下場之事。倒是蘇不語又叫了江念過去說話，蘇不語看江念的神色越發滿意，什麼都沒說，只是微微頷首。

江念想說什麼，到底什麼都沒說，唇角微微抿起，露出一抹堅定。

如何子衿會認為是李尚書言過其實，說的話不大準，但身在朝中的蘇不語與江念明白，李尚書絕不是口出妄語之人。李尚書不同於蘇不語，蘇不語今日今時之地位，雖與其過人的能力相關，但蘇不語的出身，亦是他能晉身內閣之位的原因之一。李九江不一樣，別看李九江出身侯府，可李九江這些年一步步走來，家族並未給過他半分助力，甚至在李九江入仕之初，家族於他非但不是助力，反是因家族，李九江過得頗是艱難。因為太宗皇帝對這位胞妹文康大長公主的庶長子，沒有半分好感。

李九江自小在鄉下老家長大，直至今時今日，都與其父老永安侯的關係頗是冷淡。可以說，李九江能有今時今日之地位，都是他一人苦苦奮鬥而來。

可想而知李九江的手段與眼光了，這個人不是會就這樣大事開玩笑的人。

奈何縱有李尚書的提醒，蘇不語與江念也有自己的政治堅持。如蘇不語，縱與太皇太后交情再深，他仍是蘇文忠公之後，他不能愧對先父文忠之謚。如江念，先帝臨終前那樣的信任於他，他不能因一些風吹草動，就做出如此勢利之事。

江念說是將選擇權交給阿曄，其實他如何不知蘇二郎會下場？而阿曄，尚未入仕的半大少年，他懂什麼政事格局？無從判斷時，自然會參考身邊人的選擇。這個參考的不二人選，不會是別人，只能是蘇二郎。

得知蘇二郎與阿曄下場的消息，李尚書眉心一動，依他的地位，自然不會對兩個學子有什麼特別關注。李尚書只是透過二人來試探一下蘇江兩家的政治立場而已，如今兩家的選擇倒並未出乎李尚書的意料之外。要是連此堅持都沒有，蘇不語就太辱沒家族名聲了。

至於江念……如今看來，先帝眼光的確不錯。

但你們這些堅持，又能堅持多久呢？

參之章 爆打紈絝吐怨氣

何子衿以前經常幫著給弟弟們或是外甥侄子做科舉準備，如今終輪到自家兒子了。何子衿經驗豐富，阿曄需要用的衣食被褥考箱考具，都是早早就開始準備，而且，為了兒子的科舉，何子衿都打算再迷信一把，去拜一拜三清。

何老娘是很支持的，還特意問了自家丫頭什麼時候去燒香，她也要一起去。為了表示對重外孫的重視，何老娘還大方地準備了十兩銀子的香油錢，請菩薩保佑重外孫一舉得中。

何子衿道：「我是信三清的，佛家就不拜了。」

「那怎麼行？」何老娘一向是很注重文殊菩薩香火的，她想了想，道：「這樣，三清那裡妳去，菩薩那裡我跟妳娘去。對了，再帶上阿幸。」與余幸道：「妳也拜一拜送子觀音。」又問自家丫頭：「去年妳給阿幸看的，說快了，如今年也過了，怎麼還沒動靜啊？」

余幸怪不好意思的，「祖母，興許是我跟相公的機緣未到，這事急不來的。」

何老娘翻白眼道：「我看是這丫頭算的不靈，還是拜菩薩比較有譜兒。」

何子衿一點都不介意老太太懷疑自己的占卜能力，她自己也不大信，很多時候她就是隨口一說，誰曉得就能中呢。

在何老娘的張羅下，大家定下了去給阿曄燒香的事。

阿曦與蘇冰也跟著去。蘇家是打發下人去廟裡燒香，父母都不在身邊，蘇冰不好說自己親去廟裡，索性跟婆家人一起。蘇冰不僅要幫未婚夫燒香，還要幫著二哥燒。

蘇冰還跟阿曦打聽，問婆婆有沒有做那種加持考試運勢的金牌，想替她二哥要一個。

阿曦道：「早就做好了，一直在三清那裡供著呢，一會兒我拿給妳。」

蘇冰忙道：「不用不用，入場前一天再給我就成，多在三清那裡供一供比較靈驗。」

這年頭燒香拜神都是普遍行為，所以，何子衿覺得江念對於曹太后請僧尼入宮之事反應過大了。當然，這也可能是政客與內宅婦人觀點上的不同。

江念一向謹慎，不過，顯然這次的謹慎並沒有用在兒子身上。

江念對於長子要參加恩科之事，態度很平和，還叮囑兒子一句：「考不過我也很正常，壓力不要太大。」

阿曄被氣得，這幾天他都要時不時照一照鏡子，倘不是眉眼間的確與父親相似，他都會懷疑自己是不是他爹親生的了。別人家孩子科舉，家裡都是讓孩子寧心靜神，就他爹，考前給他放大招，他爹還一臉信重的模樣：「你如今大了，自己拿主意吧。」

天知道阿曄一點都不想自己拿主意，他哪裡曉得新君帝位到底穩不穩？

阿曄為恩科之事險些愁白了頭，正是青春少年，哪裡就願意再等三年？

他看二舅兄要下場，便也決定下場。

雖然做了下場的決定，但心性怎能不受影響？結果他爹還不忘打擊他，什麼叫考不過他爹很正常？不就是個破探花嗎？阿曄的目標是放在狀元和榜眼之上的，定得把他爹比下去才行，不然老頭太得瑟啦！

待得進場那日，看兒子一副苦大愁深的黑面，江念給兒子加油：「不要太緊張啊，正常寫文章就行，緊張容易失常。」

阿曄喝完他娘做的及第粥，很是懇切地同他爹道：「爹，我真是求您了，您別跟我說話就是給我的鼓勵了。」

江念壞笑，「好吧。」

雙胞胎一人一身小紅袍子，他倆是要送大哥入場的。一大早，紀珍也來了。紀珍也是一身紅袍，江念打趣：「你不會是把成親的喜服穿出來了吧。」

紀珍笑，「那不能，喜服我得留著跟曦妹妹一起穿。外祖母說這天穿紅比較旺，我是特意在外頭買的料子，讓丫頭縫的。」紀珍長大後，就鮮少做這樣鮮豔顏色的衣裳來穿了。

雙胞胎道：「眼下這紅色的料子可不好買，阿珍哥你能買到真不賴。」

「是啊，為了旺阿曄，跑了三條街。」紀珍這話把江家兄弟肉麻出個好歹。

阿曄唇角直抽，「行了，都回吧，我自己去就行。」

何子衿道：「行，那你就去吧。」

何子衿十分乾脆，為了不給兒子增加心理壓力，她從來不送考。至於雙胞胎，純粹是湊熱鬧。紀珍對大舅子搖了搖手，也不準備去送，他轉頭與阿曦妹妹說話去了，說的是自家新房已經都收拾好了，要是阿曦妹妹有空，他想請阿曦妹妹過去看看，倘有哪裡需要修整改建，趁著工匠還在，改起來也方便。

阿曦道：「先吃早飯，吃過早飯咱們再去。」

阿珍問：「早上吃什麼，及第粥嗎？」

「我不愛喝那個，咱們去太平居吃雞肉餛飩。上次我跟祖父一起去的，好吃極了。」

「成，那裡的小菜也不錯。」紀珍道：「我今天輪休，吃過早飯咱們去踏春，現在的春光正好。」三言兩語間，阿曦與紀珍就定好了一整天的行程。

江念都覺得自己不適合站在閨女女婿身邊發光發熱了，紀女婿還很體貼地說：「岳父、岳母，現在時辰尚早，我和阿曦妹妹先過去，一會兒打發人送餛飩回來。」

江念道：「送回來就泡爛了，算了，我們吃及第粥。」

紀珍忙道：「讓店裡包好，不要下鍋煮，現包現送，屆時讓廚下煮熟就可以吃了。」

何子衿樂得見閨女女婿親近，笑道：「好啊，那我就不讓廚房再準備早飯了。」

阿曦出門前換了身衣裳，雖則如今民風開放，但在外頭吃飯的女孩子還是比較少見的。便是有，也多著男裝，不然就太招人眼了，阿曦主要是不想被人當個稀罕事來打量。

阿曦的衣裳皆是鮮亮顏色，為騎馬方便，每季都會做幾身騎馬裝，她挑了件桃紅的，與紀珍那套絳紅的站在一處，望之便有說不出的賞心悅目。

江念很有長輩風範地叮囑了紀珍幾句，譬如出門要小心，早些回來。

紀珍正色道：「岳父放心，我與曦妹妹就是在城外走走，在莊子上略坐一坐就回來。」

待兩人出門後，江念方一抹唇上的小鬍子，得意道：「真芝蘭玉樹也。」

女婿人稱玉樹，閨女自然是芝蘭，江念誇起自家孩子總是這樣不大謙虛。

何子衿揶揄：「每回阿珍一來，你就板著個面孔。」

江念道：「姊姊有所不知，我這做岳丈的，自然得有威儀些。」

紀珍因臉生得過關，在帝都知名度相當高，再加上他來帝都這些年，又是在御前當差，太平居亦是帝都知名的飯莊，那迎客的小二一看到紀珍，就連忙上前過去問好。

紀珍伸手扶阿曦下車，小二嚇了一跳，小二道：「今天春闈，江大爺不是要下場嗎？」

阿曄來帝都不過一年，平日在家讀書的時間多，同樣因臉生得過關，所以哪怕來的次數不多，也給人深刻印象。

「你那什麼眼神啊？」紀珍嗤一聲，道：「給我們在樓上安排個臨街雅間。」

小二顧不得多想，連忙迎著二人樓上請。

進了雅間，小二張羅起茶水，紀珍要了幾樣早點，又說了打包一百個包好的餛飩交給樓下的長隨，小二就下去安排了。阿曦這才道：「我跟我哥生得也不是很像吧？」

「我看是不像的，不過，見你們見得少的，乍見之下就容易搞混。」紀珍倒了盞茶給阿曦，道：「妳比阿曄俊多了。」

「那是。」阿曦道：「有一回我騎馬出門，就換了騎馬的裝束，頭髮也是用金冠束起，結果在外頭好多人把我當成我哥。還有好些女娘朝我扔鮮花扔香袋，比我哥出門要受歡迎。」

紀珍忍俊不禁，「比這個做什麼？」

「你哪裡曉得，我換上男裝出門，女娘們都是追著我跑的，可我跟我娘或是舅媽她們出門，就有女孩子不喜歡我，還背地裡說我長得輕佻。」阿曦道：「她們知道什麼啊，又不認得我，只看我長相就說我輕佻。阿珍哥，你說，這都是什麼人啊？」

「不用理那些人，妳生得好，自然遭些小心眼的嫉妒。」

「我才不理她們呢。」阿曦只是一說，她笑咪咪地道：「咱們去莊子上，你那莊子臨河，開春魚蝦最鮮嫩了。再挖些野蔥野蒜，還有最鮮嫩的野菜，帶回去叫娘烙野菜餅吃。」

紀珍想想也有些饞了，「岳母烙餅的手藝真是一流。」回味了一下岳母的好手藝，然後又道：「我娘同我說，咱們老家多是吃米的，吃麵食的很少，怎麼岳母這般會做麵食？」

阿曦道：「你知道我娘最愛看什麼書不？她最愛看食譜了。不要說北方的麵食，就是江南的許多菜，我娘也會燒，都是跟著食譜學的。連祖父那樣挑嘴的人，都很喜歡吃我娘燒的菜呢。」說到這個，阿曦很是得意，她道：「我也會燒好些菜，阿珍哥，中午我燒給你吃吧。」

「別，刀啊火啊的，傷著就不好了。」該多叫人心疼啊！

「不會的，放心吧。」阿曦是非要顯擺一下不可。

小二呈上飯食，紀珍特意問了回打包的事，小二回道：「紀爺放心，小的先安排的那打包的生餛飩，您家長隨已是送出去了。」

紀珍點頭，便打發小二下去。因今日是春闈入場之日，就見街外不少送考的人過來太平居用早飯。阿曦道：「雙胞胎這會兒也得回家了，他倆也很喜歡吃太平居的雞肉餛飩，這樣的大餛飩，有一回他們一人吃了兩碗，足有二十個，我都怕他們撐著。」

「雙胞胎正長個子的時候，這時候總是吃不飽，我那時就是晚上睡前要再吃一頓。」

「可不是？你那會兒一吃東西就叫上我，不然我小時候也不會長那麼胖。」

紀珍忍笑道：「哪裡胖了，妳現在很瘦，風略大些，我都怕妳被風吹跑了。」

好吧，情侶間多是這些口水話，要是有旁觀者，定會覺得無聊兼肉麻。

紀珍命人打包了早餐給岳家送去，不想，最愛吃這太平居餛飩的雙胞胎今日卻是拒絕吃餛飩，他倆堅持要家裡人都喝及第粥，給他們大哥在考場上加持運勢。

江念道：「我春闈那會兒，啥粥都沒喝，一樣是探花。」

雙胞胎不信，「爹，您不要糊弄人，老祖宗早同我們說了，您春闈的時候，家裡足足喝了九天及第粥，要不然您哪能中探花啊？」都是喝粥喝出來的。

面對雙胞胎的堅持，江念只得在兄弟之情面前讓步了。

江念點頭，「咱們及第粥和餛飩一起吃不就行啦？」

雙胞胎這才算了，不過，雙胞胎還是要求他們娘給他們爹送午飯時別忘記給他們爹打包一碗及第粥，雙胞胎道：「老祖宗說了，這及第粥得一天不落喝九天才靈的。」

阿晏忽然道：「大姊跟姊夫出門去，肯定不喝及第粥。」

阿昀擺擺手，「沒事兒，大姊是丫頭家，早晚要嫁出去的，她不算數。」

何子衿聽這話唇角直抽，「這叫什麼話，你大姊就是嫁出去也是咱們家的人。」

阿昀現在很懂些倫理了，小孩子遇事容易認真，阿昀就認真地同他娘講道理：「娘，大姊嫁出去就是阿珍哥家的人，要是大姊還算咱家人，除非讓阿珍哥入贅。」

阿晏吐槽：「阿珍哥一天來三趟，跟入贅也差不多啦。」

阿昀道：「主要是娶媳婦心急，待大姊嫁了，阿珍哥多半就不會來得這麼勤。」

何子衿：就是有個思想前派的娘，也架不住這世道的古老倫理啊！

何子衿還是叮囑兒子們：「就是你們大姊嫁了，那也是你們大姊。你們可就這一個姊姊，不能外待她，知道不？」

「知道！」雙胞胎齊聲答了，還道：「我們就是說這個理，又不是不認大姊。娘，您想太多啦，我們以後還是大姊的靠山哩，萬一大姊以後在阿珍哥家過得不好，我們把大姊接回來，讓她依舊跟咱們過日子。」他倆想得挺遠，大姊還沒出嫁，就做了最壞的準備。

用完及第粥，雙胞胎對家裡的午餐和晚餐做出安排後，這才背著書包上學去了。

阿曦不知道雙胞胎給她在家裡做了個「不算數」的定位，她與阿珍哥吃過早點，就準備去莊子上踏春了。剛出太平居，遇著一行人，打頭的是一位神采秀逸的中年人，此人約莫四十歲，面皮細緻。在這樣的年紀猶有這樣的相貌，可見這人的年紀四十是止不住的。

紀珍認得此人，抱拳打了聲招呼，稱此人為薛大人。

薛大人笑道：「原來是紀侍衛，今天輪休吧。」

「是，大人來用早飯的吧？」太平居名氣不小，許多朝臣早上來不及在家用飯，便會來太平居吃一些墊補。

「是啊！」

「今天的芥菜餛飩很不錯。」

紀珍與這位薛大人不過隨口客套一二，偏生薛大人身旁的華服公子一雙眼睛就似黏在阿曦身上一般。紀珍初時未覺，餘光掃過時，不動聲色地身子微側，將阿曦擋在自己身後。

紀珍笑道：「不打擾大人了，下官告辭。」

薛大人顯然也察覺了，皺眉瞥那華服公子一眼，那華服公子並不收斂，反是哈哈一笑，展開手裡的牙骨泥金摺扇，故作瀟灑地搖了搖，指著阿曦道：「不知這位小兄弟是……」

薛大人斥道：「阿顯，如何這般無禮？」薛大人顯然不瞎，看出阿曦的女兒家身分。斥了那華服公子一句，薛大人很是親切地與紀珍道：「紀侍衛先去吧，有空咱們再說話。」

紀珍再一抱拳，帶著阿曦走了。

兩人走出數步，猶能聽到薛大人訓斥的聲音。

阿曦問：「那賊眉鼠眼的傢伙是誰啊？薛大人倒不錯，那人是薛大人的兒子嗎？」

紀珍顯然十分厭惡此人，道：「要是薛大人的兒子，薛大人早抽死他了。」

紀珍先送阿曦上車，自己也跟著上了車，這才與阿曦說起其間之事。

「薛大人在禮部居侍郎位，大舅媽娘家父親在禮部為左侍郎，這位薛大人就是右侍郎。那賊眉鼠眼的也姓薛，是永毅侯府嫡系。說來他是壽婉大長公主的嫡長孫，極得大長公主溺愛，是城裡有名的缺心眼，也就仗著家勢，無人與他計較罷了。去歲還出過一件醜事，說他到青樓梳籠了個妓女，竟花了萬兩白銀。」

「這可真夠傻的，現成買個水靈靈的大丫鬟才幾兩銀子呢。」阿曦雖不明白青樓裡的門道，但她跟著她娘管家好幾年了，家裡人手不夠時也會買人，很知道些人市行情，然後得出了同余舅媽一樣的結論，這人就是個傻子。

「薛大人是仁宗皇帝年間探花出身，說來比岳父晚了一屆，不過岳父中探花時更年輕，故而真論起來，岳父入翰林的時間較薛大人要早幾年。薛大人雖姓薛，卻是永毅侯府旁支。近些年來，永毅侯在朝任個虛職，家裡多倚仗其妻壽婉大長公主之勢。要是論薛家最出眾人物，就是這位旁支出身的薛大人了。」紀珍細細與阿曦說了說薛家之事。

阿曦道：「原本我覺得我爹做官就挺順利了，不想，這位薛侍郎中探花比我爹晚，如今官階還高我爹半品呢。」侍郎是從三品。她爹的翰林侍讀是正四品，而且，論實權，自然是禮部侍郎遠超翰林侍讀。

紀珍道：「話不是這樣說，岳父一直任外差，這一外放，離帝都遠了，再好的人，不在陛下跟前，陛下也只能從奏章，從別人的話裡判斷。薛侍郎一直在帝都，到底是陛下跟前。」

阿曦並不是嫉妒薛侍郎什麼的，她道：「一看那位薛侍郎就是會做人的。」

兩人說些帝都閒章，就坐車出了城，在莊子上安安靜靜待了半日。阿曦原本想露一手的廚藝也沒顯擺成，主要是，阿珍哥好不容易輪休，時間太寶貴，兩人的私房話還說不完呢，實在不想浪費在灶臺間。

下午回城，紀珍帶了好些莊子上的野菜，不止給岳家送了兩籃，還有何家沈家，每家兩籃。說來，這三家都是草根出身，孩子們不見得都愛吃這一口，可年長者，如何老娘、沈氏和何恭，以及沈老太太、沈太爺、沈素、江氏這些人，還真愛嘗這個味兒。

尤其何子衿烙的野菜餅，那真是親戚間聞名，大寶聽說有的吃都特意過來蹭飯。

何子衿烙好後還給舅家送了八張，第二日江氏與沈老太太過來說話，江氏還說：「妳舅舅一個人就吃了三張餅，把我嚇得，大晚上的，生怕他撐著。」當然，餅比較小也是真的。

何子衿笑，「舅舅喜歡，下回我多烙些。」

江氏道：「不只妳舅舅愛吃，咱們都愛吃。太爺晚上一向少食，也吃了一張呢。妳幾個弟弟，阿丹最挑食嬌氣，也說妳這餅好吃。他以前不吃蔥不吃蒜的，這也不說了。」

何子衿笑道：「現在野蔥剛返青，最是水嫩的時候，蔥味並不濃。」

「是啊，那會兒在咱們老家的時候，過了年一到春天，誰還在家閒著啊，都是去田間地頭尋摸吃的。新鮮的野蔥拿回家，打個雞蛋攤雞蛋餅，香得半個村子都聞得到。」

沈老太太笑道：「阿素最愛這個。」

「是，可舅舅每次吃了蔥蒜都會含著茶葉含好半日。」何子衿笑，「還有，以前在老家，到春天，但凡小河小溪裡，提前放個蝦籠魚籠的，魚蝦不一定捉得到，但螺獅真是要多少有多少，弄上一碗回家炒來吃，鮮香極了。」

大家就老家美食熱熱鬧鬧說到了晌午，男人們不在家，何子衿留外祖母和舅媽在家裡一道用飯。沈老太太與江氏也沒客氣，一家人說說笑笑，極是歡樂。

沈老太太都道：「要不說呢，這日子就得熱鬧地過才有滋味。」

紀珍弄了些野菜送岳家親戚，沈家是吃得很歡快，何家卻是請了回大夫，因為余幸吃了一回家裡拌的野菜，就開始吐了起來。何冽連忙請了大夫來，一診，卻是喜事。

因著余幸日子還短，一經診出身孕，就吐得昏天黑地，何冽每天去衙門都在擔心家裡孕吐的媳婦，所以，何老娘說了，余幸這喜訊先不要往外說去，待過了三個月穩定了再說。

何老娘道：「我還說咱丫頭這回算得不準呢，不想，阿幸這麼快就有了。」

沈氏笑道：「這也是趕了個巧，阿幸還拜了送子觀音呢。」

「也是。」何老娘與沈氏商量著，「阿幸有了身子，阿杜也要生了，家裡的事還是妳多操心，要是忙不過來就與我說，我幫妳看著些還是行的。」

沈氏道：「聽母親的。」

余幸有身子這事，哪怕何家沒往外說，可何子衿這時不時就要遛達幾步回娘家的人又不是瞎子，一看余幸這吐啊吐的，猜也猜出來了。沈氏就將長媳有身孕的事與閨女說了，何子衿忙恭喜了余幸一回，又道：「我那裡有些上好的雪蛤，我鮮少用，明兒我帶過來，妳問一問大夫，要是可用來滋補就吃上一些。」

余幸謝了大姑姊關心，道：「大姊姊放著給阿曦吃吧，我這裡也有呢。」

「妳別惦記她了，有她吃的。」何子衿就問余幸幾個月了，怎麼孕吐這麼嚴重？

余幸肚子還半點不顯，便已是習慣性的將手放在腹部，道：「真是愁得慌，原本一點感覺都沒有，那天晚上阿珍不是送人送了兩籃野菜嗎？廚下用些米醋涼拌的，我聞著特別開胃，就多吃了兩口，這吃下去就不行了，全吐了出來。我還為是吃壞了東西，相公請了大夫過來診過，才曉得是有了身子，先時一點感覺都沒有。」

何子衿問：「可有請竇太醫過來幫著診一診？」

「請了，竇太醫說胎象安穩，就是這孕吐的事兒，他也沒啥好法子。」

孕吐不算是病，何子衿也沒什麼法子。

金哥兒與乳母自外頭回屋，見到自家大姊很高興，不過，金哥兒最牽掛的人顯然不是大姊，金哥兒奶聲奶氣又慢吞吞地問：「姊，曦曦怎麼沒來？」

金小舅最喜歡阿曦外甥女，每次大姊過來，他都要找阿曦外甥女玩。

何子衿道：「阿曦去朝雲師傅那裡了，明兒我叫她過來跟你玩好不好？」

金哥兒頓時高興起來，撲過去讓大姊抱。

何子衿幫他擦擦唇角口水，道：「別看咱們金哥年紀小，現在也是爺爺輩了。」

眾人都笑，像小郎就得叫金哥兒為舅祖父。

阿曦今天去看朝雲祖父，就沒去外祖母家，結果下午回家時遇著一事，頗令阿曦生氣，原來竟然有人賊頭賊腦地跟蹤她。

因著自家離朝雲祖父家很近，阿曦有時懶得乘車，帶著人走幾步就走到。再者，這一片都是官宦人家的住宅，自從上遭有個不長眼的小子叫曹家子帶人圍攻她家而被流放後，這一片的治安就好得不得了。附近來來去去都是官宦人家或是與官宦人家相關的人，並非市井之地，所以，阿曦偶爾才會步行，只當是散步了，誰知今天竟被人跟蹤。

阿曦出門，都會帶著壯僕。她使個眼色，近身侍女就交代了壯僕。待阿曦回到家，壯僕已將那鬼祟之人拿下了。簡直審都不用審，那鬼鬼祟祟的傢伙就自報家門了，說是永毅侯府人，他家大爺派他來打聽阿曦的來歷。

阿曦直接就想到那天與阿珍哥一起在太平居門口遇到的那位華服公子，待她爹娘回來，阿曦將事情與爹娘一說。這樣的事，斷不能姑息的，但也不能大肆宣揚，江念當晚就帶著這永毅侯府的下人找到永毅侯府去。

永毅侯府的處置很令江念惱火，竟只是打了這跟蹤的小廝一頓，對主謀薛顯竟然重話都未說一句。江念回家私下罵了壽婉大長公主大半宿，江念的話是這樣的：「這該死的婆娘，有她後悔的那一日！」

離當年子衿姊姊險被逼迫入宮之事的二十年後，江念再一次對權力燃起了熊熊鬥志，因為他發現，手中的權力但凡軟弱半分，連至親之人都護不住。

江念恨啊，就差在家畫個圈圈咒死薛家一大家子了。

自家孩子生得好，像阿曦長大後，在北昌府也遇到過這樣的事。江家並不是霸道之人，有時遇著這種二百五，過去講理，二百五得個教訓便也罷了，所以，江家在處理這類事情上經驗豐富，但壽婉大長公主實在太過目中無人，江家如何嚥得下這口氣？

阿曦倒是平和多了，薛家畢竟是侯府，而且薛顯的祖母還是今上的姑家母。雖則她爹說事情都解決了，不過，阿曦看出他爹溫和面孔下隱隱的憤怒，便思量著她爹應該是沒能找回場子。阿曦擔心好爹為這事氣著，還勸她爹好些話，無非是：「那樣的混人，真與他計較便失了身分。我聽阿珍哥說，這姓薛的就是個笑話，帝都好些人背地裡都不大瞧得起他。」

阿曦說這話，倒不全是安慰她爹，還道：「那日我跟阿珍哥從太平居出來，就有一位薛家旁支的薛侍郎，訓斥了姓薛的紈絝幾句。要是薛侯府當真顯赫，薛侍郎不過旁支出身，如何會在大庭廣眾之下訓斥他？我猜，薛家是外強中乾，現在大家瞧著大長公主的面子罷了。」

江念既欣慰女兒聰明懂事，又很鬱悶不能為女兒出口氣。

可短時間內，哪怕江念氣得要命，他也不能把薛顯弄出來掐死。

阿曦也得了教訓，出門就坐車，再不步行了，就是家附近也是一樣。這事在阿曦這裡就這麼過去了，既然家裡現在還惹不起薛家，暫退一步也無妨。

倒是阿曦聽說大舅媽有了身孕，連忙幫她娘送東西，順帶去看望大舅媽。

余幸笑道：「我已是好多了。」

「那也得好生保養。」又問候二舅媽。阿曦過來送東西，自然不可能只給一個舅媽送。杜氏算著是四月的日子，如今行動已有些遲緩，阿曦關心了回二舅媽，問二舅媽早上吃的什麼，胃口可好之類的話，細緻極了。

看阿曦這小大人似的模樣，長輩們都覺有趣。

在園子裡玩的金哥兒聞知外甥女來了，連忙跑過來。阿曦是看著金小舅生下的，很是喜歡金小舅，兩人一見面就嘰哩呱啦說起話來。金哥兒有事要跟外甥女說，別看他年紀小，小小年紀就知道說悄悄話了。

金哥兒拉著阿曦去他的屋子，也就是父母的屋子。金哥兒還小，是跟著爹娘睡的。金哥兒說準備給二嫂子生的小侄子或小侄女的禮物，需要阿曦幫他挑一下。

阿曦道：「小舅你這麼小，不用送東西的。」

金哥兒搖頭，說話雖然慢卻很清楚，「娘說，要有，長命鎖。」

阿曦一琢磨就曉得，這約莫是外祖母說給未出世的小傢伙打長命鎖的事。看金小舅堅持要送東西，阿曦就挑了個金哥兒現在不玩的撥浪鼓，道：「送這個吧，小孩子都喜歡。」

金哥兒很信任外甥女，就同意了，道：「盒子裝。」還知道給禮物弄個包裝。

阿曦幫他尋個紅漆盒子，將撥浪鼓放裡頭。金哥兒接過來，放到自己的玩具箱裡，這才跟外甥女說第二件事。金小舅跟阿曦打聽：「曦曦，郊外，是，啥樣啊？長，野菜嗎？」記得那天家裡做了野菜宴。

阿曦以為小舅是好奇，就抱他到膝上，剝了個桔子遞一瓣，叮囑小舅慢慢吃，方道：

「不止是有野菜，這會兒郊外的杏花都快開了。田裡麥田返青，農人也在給稻子插秧，小河裡的冰都化了，有許多魚蝦，正可現在吃。柳樹也抽芽了，迎春吐蕊，正是好風光。」

金小舅雖然斷了奶，但剛長了有限的幾顆奶牙，能吃的東西有限，故而對吃食沒啥特別喜好，他喜歡的是另一件事，與外甥女商量道：「曦曦，啥時妳有空，咱們去郊外。」

好吧，自從那天家裡吃野菜宴，金小舅是一口都沒吃的，但他聽家裡人說了曦曦去郊外的事，就惦記上這事了。

阿曦笑道：「好啊，小舅你什麼時候有空，我來安排。」

金哥兒連忙道：「都，有，空。」

阿曦就與金哥兒說定，休沐時一起去郊外玩。

阿曦同金哥兒說了半日私房話，中午吃飯時丫鬟來叫，兩人才過去。

何老娘問：「你倆這一見面就背著人嘀嘀咕咕的，嘀咕個啥？」

金哥兒大聲道：「我跟曦曦，去郊外。」

阿曦就與長輩們說了休沐時去郊外玩的事，「現在風景最好，阿珍哥家的莊子上啥都有，還有一片杏花林。到時我們帶著小舅，還有雙胞胎一塊去玩。」

阿曦很會帶金哥兒，看金哥兒一副歡喜模樣，沈氏笑道：「去就去吧，就是如今初春還是冷的，出門要多穿衣裳。」

「外祖母放心，我曉得。」

阿曦一向可靠，她安排的出遊踏春的事，孩子們都樂意去，連先時未報名的小郎阿烽，以及阿燦阿炫都要去。紀珍更有法子，把年紀還小些的小郎阿烽交給雙胞胎看著，他與阿曦妹妹帶著最小的金哥兒坐一輛車。

金哥兒很給面子的讓紀珍抱，阿曦還說：「小舅以前從不讓別人抱的。」

「我又不是別人。」紀珍問：「是不是，小舅？」

小舅端正著一張小肥臉點頭，「嗯，阿珍，是，外甥女婿，不是外人。」逗得紀珍直樂，從荷包裡取出亮晶晶的飴糖給金小舅吃。金小舅甜甜嘴後，那些個話就多了。甭看說話慢，話真是沒個完。紀珍興許是即將成親的緣故，對金小舅很有耐心。

金小舅也很喜歡外甥女婿，不過，到了莊子後，金小舅還是跟阿燦雙胞胎這一幫晚輩去外頭跑著玩了。金小舅這人小腿短跑不動的，孩子們就輪流背著他跑。

紀珍打發沉穩的管事過去瞧著小舅子們些，與阿曦妹妹在杏花林漫步。紀珍與阿曦妹妹說了母親要過來的事，阿曦連忙問：「伯母什麼時候到？可得提前把屋子收拾好，長時間不住人的屋子，哪怕是新收拾的，也得提前熏一熏。被褥趁著天兒好，提前曬一曬。」

紀珍笑，「我娘先過來，幫著準備咱們成親的事。」說得阿曦有些害羞，紀珍道：「去歲今上登基，未召邊關大將來帝都，今年必然相召的，屆時我爹得來述職。趁著爹娘在，咱們正好就把事兒辦了。」

阿曦並不反對，自來成親，除非公婆實在離得遠沒法子，不然公婆都要在的。

阿曦道：「我也好些日子沒見阿珠了，怪想他的。」

「那小子有什麼可想的，一給我寫信就是大嫂如何如何，還捎東西給妳……」紀珍不留神說漏嘴，果然，阿曦追問：「阿珠給我捎東西了？怎麼沒見你給我？」
紀珍道：「我這不是近來差使忙，還沒理出來嗎？」
阿曦哼一聲，「今晚就給我送來，別叫我過去親自領！」
阿珍哥什麼事都好，就是心眼有些小，愛吃醋，連親弟弟的醋都吃。
紀珍為自己圓話：「我是說，他小小年紀的，顧好自己就行了，不用惦記咱倆。」
「這是阿珠的心意呢。」阿曦道：「阿珠多懂事啊，在北靖關時，他就常跟我說大哥如何如何好，如何如何威風，可崇拜你了。」
兩人說著話就到了溪旁，雙胞胎等人就在溪旁玩鬧，紀珍命人置了榻椅，他與阿曦妹妹坐榻上看，紀珍還道：「待咱們白髮蒼蒼時，定也是這樣兒女繞膝的。」
剛說完就挨了阿曦一記掐，阿曦瞪紀珍一眼，覺得阿珍哥越發口無遮攔了。
阿曦望著清溪，道：「溪對面也是你家的杏花林嗎？」
「是咱們家。」紀珍道：「溪對面是李尚書家的莊子。」
阿曦點點頭，帝都近郊能在此占有一席之地，皆是非富即貴之家。
今日出遊倒是順順利利的，就是發生一事，令紀珍名聲大噪。
這要從下午回城的事說起，紀珍帶著阿曦與小舅子們回城，行經朱雀大街時，阿曦就說要買些八方齋的蜜糖糕讓阿燦帶回去給曾外祖母，老人家最愛這一口。
就這麼巧，紀珍打發人去八方齋買點心，就見薛顯遛遛達達自朱雀街騎馬而來。紀珍在帝都時間久了，與薛顯倒是認得，只是兩人性子不同，自然不熟。再加上阿曦妹妹的事，紀珍強忍怒火只當沒看到薛顯。薛顯卻不是個有眼力的人，見到紀珍過來，一雙原本形狀不錯的眼睛就色瞇瞇往車裡瞧，哪怕車簾遮擋，也露出三分下流。

紀珍可不是江岳父，還去薛家說理，何況薛家也不會講理。紀珍連自己弟弟的醋都吃，別說薛顯這樣的。紀珍當下不忍了，揮手一記直拳就打上薛顯的眼睛。薛家下人自然要為主子找回場子，正好羊入虎口。紀珍是武將家族出身，他一人來帝都，家裡給他配的都是武功極好的侍衛，薛家那點人哪裡經得住打。

好在薛顯是個心眼靈活的，一見自家狗腿子不是對手，他先拔腿跑了。

阿曦嚇一跳，與紀珍道：「何苦與這等混人一般見識？」

紀珍道：「不給他一些顏色瞧瞧，他只當咱們好性兒。」

紀珍知道薛顯著人跟蹤打聽阿曦妹妹的事，早憋著火呢。

阿曦擔心薛家不會甘休，紀珍寬慰道：「放心，我心中有數。」

此一拳後，紀珍在紀玉樹的雅號之外，又有一名頭，坊間人稱紀一拳。

阿曦完全不知道她家阿珍哥是個火爆性子，在她的記憶裡，阿珍哥脾氣最好不過，自小就偏著她，她哥但有欺負她半下，阿珍哥必然要幫她的。而且，阿曦跟阿珍哥相處這些年，不要說看阿珍哥揍人了，阿珍哥板著臉的次數都能數得過來。

哪怕阿珍哥後來到帝都做了侍衛，但在阿曦的心裡，阿珍哥也是再斯文不過的。

就這樣斯文的阿珍哥，直接把薛顯揍翻了。

紀珍的行動很俐落，三兩下就打跑了薛家一夥人，雙胞胎還鼓掌叫好，跳下車關心阿珍哥，看阿珍哥有沒有傷著，心中很遺憾沒有給他倆大展拳腳的機會。

紀珍站在車邊跟阿曦妹妹說話：「別擔心，沒事。」要紀珍說，也就是在帝都，這還算客氣的。要是在北靖關，就薛顯這樣的，紀珍不扒了他的皮才怪。

阿曦滿眼擔憂，「阿珍哥，你以後出門可千萬得小心。」她擔心阿珍哥被薛家報復。「我心裡有數。」岳父在朝為官，而且，身為長輩，不好動手。紀珍可沒這些顧慮，他爹是邊關大將，他也不會在帝都八面玲瓏去經營關係，那是找死呢。桀驁一些，對紀珍不是壞事。何況有人敢這樣對自己未婚妻無禮，誰能忍？

紀珍揍完薛顯，下人買回蜜糖糕，先送阿燦等人回家，再送小舅子們和未婚妻回家，紀珍就留在岳家吃的晚飯。雙胞胎素來存不住事，回家就把阿珍哥打架的事說了。看他倆說得那個興奮，至於阿珍哥為啥打架，雙胞胎還不知道哩，反正他倆覺得阿珍哥肯定是正義的一方。哪怕阿珍哥不是正義的一方，他倆身為小舅子，也是幫親不幫理的。

何子衿忙問怎麼打起來了，紀珍道：「看薛顯就是一副欠揍樣。」

何子衿就知道是為啥了，她先是勸阿珍：「年輕人脾氣盛，這也沒啥。」然後道：「以後出門切不可一人，多帶些侍衛。不防君子，只防小人。」還下廚給女婿做了兩個小菜壓驚。

江念回家聽聞紀珍揍薛顯之事也沒說什麼，在他看來，薛家小子本就欠揍。要不是江念這把年紀，眼瞅要做公公岳父的人了，不大好出手，他早把薛顯捶扁了。

於是，紀珍打了人，還得了岳家低調的讚揚。

紀珍把人打了，心中惡氣總算出了，薛家卻是炸了。壽婉大長公主先是打聽了是哪個混帳打了她家孫子，一打聽是個御前侍衛，再一打聽，原來就是個駐邊將領家的窮小子。壽婉大長公主氣得晚飯都沒吃，就要著人去拿紀珍。

公主府自有侍衛三千，壽婉大長公主還真不差人手。不過，壽婉大長公主到底這把年紀了，也知道不能直接派人宰了紀珍。壽婉大長公主別看在教養孫子上不咋地，實則有心機，她先打聽出紀珍的出身，沒覺什麼，自來駐邊大將必有妻小留於帝都，這是慣例，紀容想坐穩北靖大將軍之位，將長子送至帝都，這是紀容明白。

壽婉大長公主乃今上姑祖母，哪裡會將寒門出身的紀家放眼裡？

只是，紀珍身為御前侍衛，這不大好辦。

無他，現在任侍衛內大臣的是巾幗侯江行雲。江行雲是太皇太后第一心腹，這倒是沒什麼，只要太皇太后親近的人，壽婉大長公主即便不好親近，也會給些薄面。譬如江念一介翰林侍讀親自來她家告狀，她不就責罵長孫了嗎？這無非就是看在何恭人能常出入慈恩宮的面子上了，不然難不成還看在江侍讀面子上啊？江侍讀可沒這面子！

何恭人不過是太皇太后打發時間時說話的人罷了，皆因何恭人善奉迎，竟能在太皇太后這裡謀個差使，做了大長公與嘉純郡主的武先生。

同樣是太皇太后跟前的紅人，何恭人的紅在巾幗侯面前就遜色多了。巾幗侯江行雲是與太皇太后閨蜜的交情，兩人據說十歲時就認識了。當然，太皇太后十歲時認識的人多了，但巾幗侯是唯一能因戰功封侯的女人。

就像宮裡的侍衛內大臣，向來是朝臣擔任，巾幗侯自江南回朝後，太皇太后便將此位給了巾幗侯。要是別個女人來擔任此職，不要說朝廷同不同意，就是那些都有些出身的御前侍衛，能不能心服都兩說。巾幗侯不同，她的戰功舉朝皆知，無人敢有異議。

依壽婉大長公主的八面玲瓏，應該與巾幗侯交好才是，就因巾幗侯為人頗是不講情面，壽婉大長公主嘴上不說，對此人當真是一肚子意見。當年孫子年歲漸長，壽婉大長公主就在先帝面前為長孫求了個差使，便是擱在御前做侍衛。先帝為人溫和，壽婉大長公主又是做姑媽的，何況又不是求什麼高官，先帝也有些讓年輕人做侍衛的習慣，便讓薛顯進了侍衛班。

這差使原本體面，結果先帝去後，太皇太后召巾幗侯回帝都，巾幗侯接手侍衛之事，沒三天就把薛顯請回家去了。說請是好聽，其實就是開除了。

壽婉大長公主原本想幫孫子說說情，巾幗侯卻是根本沒看她這位大長公主的面子，當下回絕。壽婉大長公主大失顏面，從此不與巾幗侯府來往。

如今這紀家小子就是在侍衛班裡當差，所以，壽婉大長公主想從官位上折騰紀珍，就比較困難了，因為侍衛內大臣巾幗侯不一定買她的帳。

壽婉大長公主到底不是個沒法子的人，她思量半日，定下計量，便進宮去了。

壽婉大長公主雖輩分高，那是因著接連兩代帝王壽數都不大長的緣故，實際上，她年不過五旬出頭，比太皇太后小好幾歲呢。而且，這樣的身分，保養上自不會差。以往壽婉大長公主進宮，多是收拾得年輕喜慶，今日卻是未多著顏色，帶著些憔悴就向太皇太后請安去。

太皇太后正與宮裡的太后太妃太嬪們說笑，還有在帝都的幾位大長公主在。除了諸大長公主們的姑媽文康大長公主外，大家閒了都會過來陪太皇太后說說話。

太皇太后擺擺手，不令壽婉大長公主行禮，讓她坐了，一邊笑道：「壽婉妹妹每次進宮都是這般多禮，妳又是常來的，坐就是。」太皇太后對幾位大小姑子一向不錯，哪怕先時與她有些舊怨的，大家都這把年紀，太皇太后並不是個計較的人。當然，壽婉大長公主與太皇太后是絕對沒有舊怨的。

壽婉大長公主見太皇太后話間帶著親暱，方道：「娘娘寬厚，我們再不能失禮的。」

永福大長公主說：「以前妳都是最早的一個，怎麼今兒反落在我們後頭？」

壽婉大長公主的長姊永福大長公主是與太皇太后有舊怨的那個，不過，永福大長公主都是被太皇太后收拾的。太皇太后她老人家自年輕到現下，那是一點虧都沒吃過，吃虧的永遠是永福大長公主，所以，太皇太后她老人家當然是不記舊怨了。倒是永福大長公主，如今已是認命，知道自己是無論如何也幹不過太皇太后的。

別看永福大長公主與太皇太后年輕時就不大和睦，直至如今，太皇太后都與內閣一道執掌朝政了，永福大長公主仍是擺著太宗皇帝嫡出公主的派頭。又因諸姊妹中她年紀最長，於是在宗室中，永福大長公主的地位有些特殊。正因永福大長公主性子強硬，她才有些看不上性子柔婉的壽婉大長公主，覺得這個妹妹除了會拍馬屁，完全沒有帝室公主的氣派。

永福大長公主這話，正好為壽婉大長公主引出下言，壽婉大長公主心中很是感謝了這個長姊一回。如同永福大長公主不大瞧得上壽婉大長公主的柔婉，壽婉大長公主也不大看得上長姊的強橫，除了橫衝直撞，這位長姊還有什麼才能嗎？好在今天長姊做了件好事。

永福大長公主隨意一問，壽婉大長公主抓住這時機，嘆口氣道：「我也就來娘娘這裡，心裡才痛快些，孩子們沒一個叫人省心的。」

太皇太后身為皇室的長輩，對宗室公主的事不好不聞不問，但在太皇太后心裡，這些家長裡短委實不是什麼大事。太皇太后一思量，方問：「是不是阿顯又叫妹妹著急了？」

太皇太后也知道壽婉大長公主最疼惜這位長孫。

「可不是嗎？他每天都來我這裡晨昏定省的，昨兒沒來，我以為是有什麼事，著人去問才曉得，他在外頭被人打了，不好意思來與我說。」壽婉大長公主道：「都這樣大的人了，還在外頭打架，我呀，一輩子放不了心。可這些話，又與誰說去，只得來娘娘這裡，與娘娘和姊妹們念叨一二罷了。」

永福大長公主哪怕性子直些，也明白壽婉大長公主這是來告狀的。她本不喜這個妹妹，但永福大長公主能在宗室裡占據特殊地位，就因為她對諸公主們的權力很是維護。永福大長公主向來幫親不幫理，便道：「誰這麼天大的膽子，連大長公主家的長孫都敢打？」

今日壽婉大長公主對這位長姊幾乎稱上得感激了，她嘆道：「也不一定就是人家的不是。阿顯也淘氣些，隨他吧，外頭吃些苦頭才學個乖，不然我倒能護他一時，可咱們都這把年歲了，還能護他一世不成？讓他吃些教訓也好。」

不得不說，壽婉大長公主這以退為進的策略不錯。哪怕就是薛顯有錯，被壽婉大長公主一說，大家竟也覺得，縱然薛顯不爭氣在諸大長公主這裡不是什麼祕聞，但是想想，這畢竟是大長公主的長孫。就是算起輩分來，薛顯也得叫幾位大長公主一聲姨祖母。他就這麼被人給揍了，是讓人心裡有些個不是滋味。

太皇太后問：「誰打的？壽婉可知為什麼打架？」

這就是太皇太后的老辣了，不同於永福大長公主的衝動直接，太皇太后直接抓住壽婉大長公主的疏漏處。剛壽婉大長公主一副不大知情的受害者模樣，可這都能進宮告狀了，太皇太后就不信壽婉大長公主沒調查清楚。

壽婉大長公主當然不缺心機手段，但她那些心機手段也就是家宅內闈上用一用了。相對於能與內閣相抗衡的太皇太后，壽婉大長公主的城府明顯不大夠。

一句話問得壽婉大長公主臉面有些掛不住，好在壽婉大長公主有了年紀，臉皮跟著年紀長，她仍舊一副痛心模樣，「唉，都是小孩子爭執，不值一提。他們先時還一處當差呢，那孩子我也極喜歡，哎喲，叫什麼名兒，一時還想不起來了，就是長得特俊的，先帝讚過的。」

太皇太后不似壽婉大長公主裝短暫性失憶，直接道：「是紀珍吧？」

「對對，就是這孩子。」

「當初先帝在位時的確喜他生得俊俏，他當差亦是勤勉，後來還是先帝為他賜的婚。說來，他定的就是何恭人家的長女。那丫頭閨名阿曦，我是見過的。」太皇太后日理萬機，還能記住紀珍，顯然不會是因為紀珍本身的緣故。

蘇太后心中思量，江家與自家有姻親啊，江曦的兄長江曄，定的就是自己三叔祖家的孫女。蘇太后又一向是跟著婆婆走的，聽婆婆這話，就曉得婆婆對紀珍的印象當是不錯的。

蘇太后笑道：「是，上遭阿曦來宮裡向母后請安，咱們都見了的。」

雖不好為紀珍直接說話，但也得叫壽婉大長公主明白，不能欺人太甚。就壽婉大長公主那孫子，蘇太后這在宮裡的都聽說過，是極不爭氣的，被巾幗侯攆出侍衛班。相對而言，紀玉樹一直名聲不錯，也沒聽說過紀玉樹不穩重愛打架。如今兩方衝突，大家雖然是幫親不幫理，但能在慈恩宮有一座的，都不是糊塗人。便是永福大長公主心中都覺得，兩方名聲一對比，紀玉樹錯在先的可能性不高，總不能紀玉樹突然發瘋，跑去揍壽婉大長公主的孫子。

太皇太后當然不會覺得何恭人的私人關係比壽婉大長公主更親近，太皇太后繼續問壽婉大長公主：「到底為什麼打架，妳知不知道？」

壽婉大長公主道：「為著一句話，我翻來覆去琢磨，也沒覺得這兩句話有什麼過錯。」

「什麼話？」

壽婉大長公主道：「他倆以前是同僚，都在御前做侍衛，大街上見著，阿顯過去打招呼，說了句『紀兄，好巧』。就這句，阿顯便被紀玉樹一拳揍倒了。」

饒是帝都稀奇事多，但這般稀奇的，大家還是頭一遭聽聞。

諸大長公主面面相覷，太皇太后道：「紀珍身為御前侍衛，打人自是不對，但既然並不大嚴重，也不好立把人下了大獄。叫行雲查一查原委，倘他無緣無故就打阿顯，我定不能坐視阿顯這樣被人欺負。」又問了薛顯的傷情，令宮人拿兩瓶活血散瘀的藥給壽婉大長公主。

太皇太后要著巾幗侯調查此事原委，女官捧上今日請見的名冊。每天來太皇太后這裡請安的人不知有多少，太皇太后不一定每個都見，一般都是誥命或者宗室提前遞牌子，太皇太后都是想見的見一見，其他的只好繼續排隊，或是等初一十五來慈恩宮請安。

太皇太后見這名冊有何子衿的名字，便指了指，道：「正巧，讓何恭人過來，紀珍是她家女婿，看她可知曉緣故。」

不過一刻鐘，何子衿就到了慈恩宮。

何子衿多靈光的人，紀珍把人打了，江家卻是早在先前就打聽了永毅侯府薛家一番，知道薛家嫡支近年無甚建樹，全靠壽婉大長公主撐著。至於壽婉大長公主，何子衿在慈恩宮也見過好幾遭，何子衿就擔心壽婉大長公主來宮裡告狀。這不，她也就試著遞牌子想著進宮請安，要是遇著壽婉大長公主，正好把事說開，免得壽婉大長公主暗中下黑手。

何子衿恭恭敬敬向太皇太后請過安，太皇太后賜個繡凳讓她坐了，這才說了紀珍與薛顯打架之事，問何子衿知不知情。

何子衿就為解決這事來的，一看壽婉大長公主在座，還有什麼不明白的，她半點不含糊回道：「稟娘娘，臣婦曉得，昨兒阿珍送阿曦回家，還與我說了。年輕人，尤其男孩子，難免氣性大，我都與他說了，當初鬼鬼祟祟跟蹤我家阿曦的小廝並不是薛公子派去的，完全是那小廝自己膽大包天，不與薛公子相干的，誰曉得兩人在街上又打了一架。大家都年輕，短不了磕磕碰碰的，大長公主這樣的慈悲人，定不會與我們阿珍計較的，是不是？」

何子衿一副笑咪咪的模樣，把壽婉大長公主氣了個好歹。

何子衿不是那要等人問的性子，她直接就說：「這事說來話長。有一回，我們阿曦出門看望長輩，因離長輩家近，她也大了，帶上丫鬟婆子和幾個壯僕，便讓她自己去了。待自長輩家出來回家時，就見有人鬼鬼祟祟跟蹤，阿曦以為是刺客，就悄悄吩咐壯僕拿下了這鬼祟小子。一審才曉得，是薛公子身邊的小廝。那小廝說，是薛公子著他來打聽我家阿曦的。

這也是稀奇，我家來帝都不過一載光陰，我與大長公主只是在娘娘這裡偶爾見了幾面，平日間並不得來往，家裡孩子們誰都不認得薛公子，這可是叫我們家一頭霧水，後來外子落衙回家，得知此事，就將小廝送回，這才曉得，原來是小廝自己的混帳主意，不與薛公子相干。阿珍與阿曦的親事，還是先帝御賜的，我們兩家已是定好了今年要給兩個孩子辦喜事的。也不是我偏著自家女婿，可男孩子正是年輕氣盛的時候，知道有此無禮之事，哪個心裡能痛快？其實也是趕了個巧，阿珍正為這事氣不過，結果，轉頭就遇著了薛公子。為什麼不為什麼的，可不就打起來了。要我說，不是什麼大事。先時那小廝如此膽大妄為，薛公子總有管教不嚴之過。要是大長公主嗔怪，我替阿珍向您賠個不是。」

壽婉大長公主並不是不比何子衿會說，主要是，這事說起來，實在是薛家不占理。就什麼「都是小廝的主意」之類的話，當時可以用來搪塞四品小官江念，可如今被何子衿在慈恩宮說出來，這話騙得了誰？

便是一向幫親不幫理的永福大長公主都面露厭惡，覺得薛顯這樣的晚輩實在是給公主們丟人。那江姑娘是官宦人家的閨女，又是先帝賜婚，薛顯這種偷偷摸摸打發人跟蹤人家姑娘的事，叫人家姑娘的未婚夫知道，能不揍他？不揍死他才怪！

太皇太后見壽婉大長公主面有慚色，沒再多說什麼。

何子衿來得及時，在慈恩宮截了壽婉大長公主的胡，自然見好就收。想著，回家還告訴閨女，有禮光自己知道沒用，還得叫別人知道才行。像紀珍這事，要是憑壽婉大長公主一人去說，合著全成紀珍不是了，江家是斷不能坐視女婿吃這虧的。

壽婉大長公主實未料到何子衿這般口齒伶俐，且這般敢說，壽婉大長公主嘆道：「既是誤會，便也罷了。只是此事畢竟事關令千金名節，何恭人還是不要再到處說了。」

何子衿笑道：「這與名節有何相干，不過是有鬼祟之人罷了。我家孩子出門，身邊沒十個八個壯僕，我都不放心的。再者，為名節二字，咱們女人數千年來忍氣吞聲的還少了？我看史書，就鳳武帝年間，當時有位名臣，史書中稱文妙舍人的沈拙言沈舍人，沈舍人娶妻吳氏。這位吳氏有一樁案子是載入正史的，就是吳氏初入帝都城，為南豐伯之子所辱。吳氏就是忍不下這口氣，怒而上告，最後南豐伯府除爵去官。吳氏出身不過商戶女，最後嫁給沈舍人，夫妻二人一樣白頭到老，子孫綿延，可見世間自有公道。」

要說以往還有人對何子衿做了大公主與嘉純郡主武先生之事有所不服，今聽何子衿這一席話，當下就有人覺得，太皇太后當初點這位何恭人給大公主、嘉純郡主做武先生，也不是沒有道理的。文妙舍人沈拙言與吳氏之事，的確是史書所載，可見此事在當時影響之大。這件事一般喜讀史書的人大都知道，但何恭人此時提及此事，顯然是另有深意。因為此事還有一個背景，那就是當年吳氏所狀告南豐伯府，南豐伯就有一子尚長公主為駙馬，可哪怕是駙馬家族，有此不肖子弟，亦難免衰敗。與今時今日之薛家，何其相似也。

故而，何恭人以古諷今，真真是諷到了骨子裡。

不怪太皇太后對她另眼相待，一向與慈恩宮交好的長泰大長公主如是想。

壽婉大長公主有沒有聽明白何恭人的話中深意，長泰大長公主不曉得，但壽婉大長公主臉上的優雅幾乎維持不住也是真的。

當然，何恭人臉上的和氣也浮得很，一看就是咬牙強撐出來的和氣。也是，誰家閨女被流氓盯上，誰也不能和氣的，尤其倘不是在慈恩宮，壽婉大長公主這等身分，還真不是江家能惹得起的。想來江家早吃過虧，如今已是再不願忍了的。

長泰大長公主本想打個圓場，但看雙方形容都不似氣平，這個圓場就有些不好打。

好在何恭人識趣，把事情說明白後，並沒有不依不饒。壽婉大長公主原是想來慈恩宮告狀，請太皇太后拉個偏架的，不想，偏架沒拉著，自己的孫子那些事反是叫何恭人悉數抖了出來。壽婉大長公主落了個沒臉，她也不是不識趣的，太皇太后什麼性子大家心裡都有數，適當照應宗室，她願意給諸公主面子，若是非不分拉偏架，太皇太后不是這樣的人。

果然，太皇太后嘆道：「要說太宗皇帝，治國上且不論，治家其實很有一手。當年太宗六子，何其昏聵不識好歹之人，妳們也是眼見過的。可太宗皇帝呢，不過一年半載就將人調教明白了。雖大事上仍糊塗，好歹小事上有了些分寸。在這一點上，我是極佩服太宗皇帝的。壽婉，妳呀，有太宗皇帝一半的心思，便能把阿顯調教成才了。」

太皇太后從來不是會和稀泥之人，她雖然關照宗室，但這樣是非明白之事，太皇太后不會為了壽婉大長公主的臉面就含糊而過的。

壽婉大長公主愧道：「我哪裡敢與父皇相比？」

太皇太后看她這模樣，就不再多說，轉而與何子衿道：「咱們女人，立世不易啊！」說著一笑，「上遭見阿曦，我就覺得那丫頭機靈，還真是沒看錯。可惜她就要與紀侍衛成親了，不然進宮給大公主做個伴讀是極好的。正好我這裡有幾匹鮮亮的料子，給她們這樣年輕的女孩子穿正好。」當下賞了阿曦幾匹料子。

起碼這事在慈恩宮，太皇太后很鮮明地表明了立場：幫理不幫親。

壽婉大長公主往姊姊永福大長公主那裡哭了一回，壽婉大長公主的理論是：「阿顯再不爭氣，也是咱家的人。」

永福大長公主一向是個直性子，沒什麼心眼，而且對公主們的利益向來維護。在慈恩宮話裡話外的，永福大長公主都是偏著壽婉大長公主的，所以壽婉大長公主到長姊這裡來哭，試圖再搏些同情分數。誰料得，永福大長公主因出身之故，很有些強橫性子，駙馬叫她管得再不敢沾染二色。就永福大長公主本身，也最厭沾花惹草的男人。永福大長公主不是雙重標準，她自家子孫於女色上也一向節制。

永福大長公主直言道：「妳還有臉哭？看妳辦的這事！阿顯也是訂了親的人了，妳還不叫他收收心，以後好生過日子。這麼大個人，辦這些鬼祟的事，妳還好意思去慈恩宮告狀，妳以為太皇太后是傻子？她可不好糊弄。怎麼樣，狀沒告成，反鬧了個沒臉吧！」

永福大長公主年歲長些，這上了年紀，性子柔和許多，故而沒一口氣把壽婉大長公主轟死。她老人家喝了半盞茶，潤一潤喉，方繼續說：「妳就知足吧，這還是看著妳的面子呢，不然就阿顯這樣的，敢打發人跟蹤人家沒過門的媳婦，別說挨一拳，他要不是有妳這麼一個祖母，人家早揍死他了！」

壽婉大長公主原是找同情來的，不想挨了長姊一頓埋怨。

帶著太皇太后賞賜回家的何恭人，則頗有些打了勝仗的洋洋得意，尤其今天壽婉大長公主那難堪的臉色，何子衿想想就覺得解氣。

至於是不是把壽婉大長公主徹底得罪之類的事，何子衿已經不打算考慮了。她家可不是來帝都受氣的，何況她有朝雲師傅這座靠山，何子衿才不怕壽婉大長公主。她只是平日裡不想多惹是非罷了，但事到臨頭，難道還任人欺負不成？

何子衿把衣料子給了阿曦，又將事情細細說了一遍，叫閨女也長些經驗教訓，以免以後再遇到這類事抓瞎。阿曦問：「娘，您猜到壽婉大長公主要進宮告狀啊？」

「除了進宮告狀，無非就是暗地裡用些陰招，不然就是在阿珍的差使上做文章。我早打聽過了，那薛顯先時也是御前侍衛，就是叫巾幗侯攆回家的。如今侍衛內大臣是巾幗侯，壽婉大長公主要是與巾幗侯有交情，也不能孫子叫攆回家去。巾幗侯這條路走不通，她也只有進宮告狀一條路走。」那薛家小子如此大膽，江家自然是做過調查的。

阿曦給她娘端上一盞桂圓茶潤喉，「娘，您今天在太皇太后面前肯定特威風吧？」

「一般一般啦。」何子衿假假謙著，正色道：「主要是咱家占理，要是不占理，妳以為誰能糊弄得了太皇太后去？」說著，感慨道：「太皇太后當真是個公道人，誰是誰非，在她老人家跟前，那是明明白白、清清楚楚的。別看壽婉大長公主算起來是太皇太后的小姑子，她老人家斷事不偏不倚，極是公道。只是，這事雖爭到了慈恩宮，說到底也不是什麼大事，便給了妳這些料子安撫妳。」

阿曦道：「這料子就很好，我原也沒事。」

然後，阿曦又頗覺解氣道：「這回姓薛的在慈恩宮丟人現眼，前程算是完了！」

阿曦很知道些官場上的門道，如她家是書香傳家，故而家裡兄弟以後都是走科舉之路。如薛顯侯門出身，家時還有位大長公主做祖母，當然，薛顯也可以走科舉，但想也知道他沒這個本事。貴族豪門子弟，多走恩蔭入仕之路，就像薛顯先時的御前侍衛，哪怕阿曦不曉得他怎麼得來的，隨便猜一猜也曉得定是家裡幫他謀的缺。這恩蔭入仕其實常見，可關鍵是，名聲壞到薛顯這樣的，起碼家族不可能在太皇太后這裡給他謀到上等差使了。

阿曦覺得，就是揍薛顯十回，也不如這一遭讓他在慈恩宮掛個私德有虧的名號解氣。討厭的傢伙得了報應，阿曦心情很是不錯，歡歡喜喜跟她娘一起看起衣料子來。何子衿順手把這幾匹料子給添在阿曦的嫁妝單子裡，母女倆順便又算了回嫁妝清單。

宮媛聽聞乾娘回家，過來問候，得知這事在太皇太后跟前掛了號，總算放了心。

何子衿笑道：「妳日子近了，出入必要小心。產婆我已是接回家來了，就是以前給阿曄阿曦接生的那個產婆，她手藝最是老道不過的。」

宮媛已是生產過一回的人了，多少有些經驗，「乾娘放心，我也就在咱們家裡走走。」

紀珍揍薛顯之事，因薛顯在帝都紈絝界也算知名人士，沒幾日就傳得沸沸揚揚。何家自然也知道了，那天阿燦他們回家就說了，薛顯其人，何家原還不大清楚，是余幸跟長輩們略說了說，何老娘與沈氏聽說是個紈絝不著調之人，且打架啥的，自家孩子又沒吃虧，婆媳倆都沒當回事。不料，這才沒幾日，這事就傳開了，婆媳倆便有些坐不住了，畢竟薛顯家是侯府呢，這事鬧大，她倆擔心紀珍被人報復，故而過來問一問。

何子衿道：「沒事，早防著他家呢。壽婉大長公主去宮裡告狀，我那天也進宮請安，當著太皇太后的面把事情說清楚了，太皇太后還賞了咱們阿曦好幾匹料子。」

何老娘就不明白了，「這與阿曦有何相干？」

何子衿便將此事原委說了，何老娘頓時氣大了，罵道：「那小王八羔子，活該挨揍！」

「就是，什麼東西！」沈氏只恨外孫女婿打得輕了，沈氏道：「我就說阿珍一向好性子，要不是真令他惱了，那孩子不至於打架的。」

「可不是嗎？」何老娘恨恨道：「我還說帝都風水好呢，妳說，怎麼風水這樣好的地方還有這樣的混帳東西？」

「林子大了，什麼鳥兒都有。」何子衿道。

金哥兒聽不懂大人們的話，忍不住問：「姊，曦曦不在家？」

何子衿笑道：「去朝雲師傅那裡了。」

金哥兒有些失落，他是特意過來尋外甥女的，結果外甥女不在家，只得退而求其次去找侄孫小郎玩了。

祖孫三人正說著話，宮媛那裡丫鬟跑來報信兒，說她家奶奶發動了。祖孫三人再顧不得話家常，連忙去了宮媛院裡。好在產婆就在家住著，這會兒產婆指揮著廚下燒熱水做準備。宮媛這胎生得很順利，不過兩個時辰，剛過未時就產下一女。

這會兒重陽早得信回來了，一直在院子裡轉圈等信兒呢。聽聞是生了閨女，重陽大喜，自袖中摸了塊大銀錠就塞給了產婆，抬腳往屋裡看妻女了。

帶孩子的二郎領著小郎和金哥兒自前院過來，二郎打聽了一回，知道嫂子小侄女都好，便也放心了。他一個做小叔子的，不好進產房。金哥兒小郎年歲都小，無此避諱，二人都吵吵著，一個要看侄孫女，一個要看妹妹，二郎便讓他們進去了。

過一時，兩個小的才隨長輩們出來了，金哥兒的評價是：「不如曦曦好看。」

沈氏笑，「過幾天囡囡就好看了。」

小郎連忙問：「祖母，可是真的？」他也很擔心妹妹會長得醜。

「自然是真的，小孩子都是一天一個樣兒的。」沈氏隨口道，誰曉得小郎當了真，每天都盯著妹妹看個沒完，第二天一回憶，就又有些不解，問他娘：「娘，妹妹沒變啊？」

「變啥？」

「姨祖母說，妹妹一天一個樣兒，越長越好看。」

看兒子認真的小模樣，宮媛笑著指給兒子看正呼呼大睡的閨女，低聲道：「你看，妹妹昨兒還有些皺皺的，今兒是不是不太皺了？」

小郎其實不大看得出來，卻還是點了點頭。

看了妹妹兩日，小郎就去何家找阿烽炫耀了一回自己的妹妹，小郎的原話是：「現在還稍微有些皺，過幾天就是仙女了。」

大人們聽了，皆忍俊不禁。

囡囡的洗三禮剛過，阿曄就自考場回來了，還是重陽親去接的。重陽那滿面喜色，阿曄打趣道：「我這還沒中狀元呢，重陽哥你咋就這麼高興哩？」

「你這口氣，當心閃了舌頭。」重陽忍不住顯擺了回自家閨女，「你又做叔叔了。」

「哎喲，宮嫂子生啦？」別看在貢院裡待了九天，阿曄精神不差，他連忙打聽：「是小侄子還是小侄女？」

重陽滿口白牙都咧了出來，擲地有聲道：「閨女！」

不必阿曄打聽，重陽又迫不及待說起自家閨女來：「小名暫叫囡囡，長得可俊了，你是沒見，我們囡囡那大眼睛，那高鼻樑。剛下生時還是單眼皮，我就奇怪呢，說我跟你嫂子都是雙眼皮，我們囡囡怎麼就是單眼皮，你猜怎麼著？這才三天，就長出雙眼皮啦！」

一路上，重陽把閨女從頭誇到腳，阿曄亦是高興，道：「咱們幾家兒子不稀奇，就是缺閨女。三姨媽沒見過閨女的面，這要知道重陽哥你給生了孫女，三姨媽不曉得多高興呢。」

「是啊，我已是寫信叫二郎帶回家去了。」

阿曄一驚，「二郎哥回北昌府去了？」

「他原是要等你的，我想你也沒什麼事，就讓他先回了，反正他今年也要準備北昌府的秋闈，早些回去報喜，要是他秋闈能中，今年就是雙喜臨門。」重陽這才問：「你考得如何？要是狀元沒把握，榜眼咱也不嫌。」

阿曄顯然也很有自信，「我覺得答得不錯，就不曉得名次如何了。」

「那應該問題不大。」

兩人說著話回了家，阿曄精神狀態體力都好，就是一樣，在貢院是沒法子洗澡的。雖則現在不過暮春，天兒並不熱，阿曄還是要求先洗個澡，再吃了些米粥。過去瞧了回小侄女，便回屋歇著去了。待傍晚，阿曄就精神完足地同家人在一處吃晚飯了。

雙胞胎一見大哥回家，紛紛問大哥考得如何。也就江家氛圍輕鬆，不然換個心理素質差的，被家人這麼輪番問也能問崩潰了。阿曄自信滿滿、十拿九穩的模樣，雙胞胎很是欣慰，齊聲道：「果然及第粥是極靈的，沒白喝這好幾天。」

阿曄：弟弟們都好實誠啊！

可以說，全家人裡對阿曄的期待，雙胞胎是最高的。他倆為了大哥的春闈，那真是盡心盡力喝了九天的及第粥，而且，他倆已經確定大哥必然榜上有名了。

可想而知，得知貢士榜的名次後，雙胞胎受的打擊有多大了。

阿曄並未名落孫山，但是這名次比孫山強不了多少，二百八十七名，比孫山強十二名。

阿曄一看這名次，哪怕素來淡定，也變了臉色。好在他頭一次春闈，便是榜上無名，在別人看來也沒什麼稀奇。天底下這麼些舉子，考到白頭的很多，阿曄不過十七歲。

貢士榜這樣的排名，當然可以參加殿試，但除非奇跡出現，不然阿曄殿試名次二百名之內的可能性不高，而二百名開外的殿試名次，將來仍可登杏榜，也可以稱為進士，只是進士前頭還要加個同字，是同進士。

阿曄這樣的心氣，真是寧可棄考，也不能去做同進士。

於是，阿曄決定棄考殿試，三年後從頭再來。

阿曄還沒咋地，倒是雙胞胎聽聞大哥不考殿試，今科等同於落榜後，雙胞胎哭得那叫一個傷心。阿曄勸他們：「我都沒哭，你們哭啥啊？」

阿昀抽抽噎噎，「粥白喝啦！」

阿晏邊哭邊埋怨道：「你以為你是為你一人考的嗎？要是你考不好，做不了大官，以後我倆沾誰的光去啊？」

「你咋這麼不可靠呢？」阿昀想到大哥落榜，以後做不了大官，沒人給他們做靠山，更是悲從中來，於是，雙胞胎抱頭痛哭。

阿曄望著抱頭痛哭的雙胞胎，簡直是氣壞了。

阿曄這成績實在是出乎家人意料之外，因為不論阿曄考完後的態度，還是阿曄自己將考試的文章默給父親看後，便是一向愛打擊兒子的江念都說：「二甲應該沒什麼問題。」覺得兒子的文章雖未到渾然天成的境界，但今次考個二甲應該問題不大。在貢士榜上，江念認為，起碼也在百名以內，結果是這麼個名次。

阿曄難免受些打擊，不過再看蘇二郎的名次，還不如阿曄呢，蘇二郎就是那個孫山。姊夫小舅子這叫個晦氣喲，不參加殿試的決定，就是兩人商量後做出了決定。實在太丟臉了，考這麼個名次，還不如落榜呢。

這話真不是氣話，完全是兩人的真心話。

但事已至此，名次就這樣，也沒啥好法子。好在雖未金榜題名，也能先洞房花燭。

蘇二郎收拾收拾就準備迎接太岳丈太岳母了，蘇二郎太岳丈李巡撫任期已滿，奉詔回帝都述職，等待謀新缺。當然，這回也打算把大孫女與三孫女的親事給辦了。

何家打聽了李巡撫夫婦過來帝都的時間，準備著讓興哥兒過去迎一迎。

沈氏還特意叫了閨女回娘家，幫著看看給興哥兒準備的新房。在這上頭，沈氏這都是娶三兒媳了，自然經驗豐富。沈氏主要是勸一勸閨女，阿曄此次春闈失利，雖有些可惜，但阿曄還年輕呢，讓閨女放寬心，別鑽了牛角尖。

何子衿道：「我並沒什麼，阿曄我看也還好，雖則春闈沒中，他與阿冰的親事就在眼前，他這會兒淨忙成親的事了。」

沈氏笑，「那就好。」

何子衿道：「先時在北昌府，阿曦常約阿冰到家裡玩，我看阿曄沒什麼特別上心的地方，這兩人親事一定，阿曄很是上心，有什麼好吃的好玩的，先得給阿冰送一份去。」

沈氏道：「先時咱們與蘇家只能算同僚，阿冰是阿曦的朋友，阿曄做哥哥的，又是男孩子，自然不好多親近。這既做了親，以後要過一輩子的，他們能性情相投，再好不過。」

「是，阿冰也很會心疼阿曄，給阿曄做的荷包，精緻得不得了。阿曄這回落榜，阿冰還過來瞧他了，兩人不曉得說了些什麼，阿曄第二天就沒事了。」何子衿笑，「他們倆和睦，可見這親事結得對，我也就放心了。」

說一回阿曄的親事，何子衿難免說起興哥兒來，何子衿笑道：「今年咱家喜事多，興哥兒和阿曄都要成親，阿媛添了閨女，阿幸與阿杜都是今年的日子，添丁進口都趕這一年了。」

「我就盼著她們倆不論誰也給我添個小孫女呢。」沈氏現在真不差孫子了。

何子衿道：「孫子有孫子的好，孫女有孫女的好，關鍵是得把孩子教導好。」

母女倆說著話，看了一回興哥兒的新房，就到何老娘屋裡說話去了，說的還是興哥兒的親事。何老娘提前跟自家丫頭定下，「妳兩個弟妹都有身子，我跟妳娘上了年紀，到時興哥兒成親，女眷這裡就得妳挑大樑了。」

何子衿道：「這有何難，不叫我來我也得來。」

何老娘就愛聽這話，「到時阿李進門，叫她給妳這做大姑子的好生敬茶。」

阿曄春闈失利之事就這樣平平淡淡過去了，可江念時常同子衿姊姊念叨：「阿曄的文章縱不比我當年，也不該落到百名以外的。我看了貢士榜頭名的文章，要論穩健，的確勝咱們阿曄兩分，可要論文采，阿曄絕不輸他。何況，阿曄的文章，也未一意求新，竟然排到二百名開外，也不知是哪個瞎子判的！」

何子衿聽江念絮叨大半個月了，聽得耳朵要長繭了，何子衿道：「這興許就是阿曄運道不好，遇著個不會欣賞他文章的考官。」

江念連聲道：「委實可惜，阿曄這次答得挺好。」

何子衿道：「沒準兒下回考一狀元呢。」

江念更加鬱悶了，「就是有狀元的文采，他出身官宦之家，怕也得不了狀元，狀元一向是給寒門子弟的。」

何子衿不過隨口一說，不想阿念竟當真了，可見阿念嘴上常打擊阿曄，心中對長子的冀望不可謂不深。何子衿心中好笑，寬慰道：「自來哪裡有一帆風順的，多少有才之人就絆在這科舉上。要我說，阿曄這遭春闈不利，不是沒好處，你看，雙胞胎讀書格外用功了。」

江念一想到自家這對奇特雙胞胎就好氣又好笑，「兩個小東西說大哥指望不上了，得指望自個兒了，這不，玩命念書呢。」

何子衿也是笑，「你說雙胞胎這是聰明還是笨啊？」

江念道：「他倆是俊傑投的胎，太識時務了。」

雙胞胎時不時就鬧些笑話出來，雖然大家都笑，雙胞胎可不覺得自己好笑。

雙胞胎已到了懂事的年紀，見家人都笑他們，還有些生氣來著，覺得家裡人都不理解他們。還好雙胞胎自己挺能理解自己，阿昀道：「要不屈原都說，眾人皆醉我獨醒，舉世皆濁我獨清，自古聖賢皆寂寞，唯有飲者留其名。」

阿晏給他做校正：「後頭兩句是李太白說的。」

阿昀道：「我就是這麼個意思。」

阿晏感慨道：「幸虧咱倆是雙胞胎，心意相通，志向相同，要不，倘世間只有咱倆當中的一個，那不得寂寞死。」

「可不是嗎？」

於是，從這一刻起，他倆非但是雙胞胎，還成彼此的知己。

雙胞胎正談心呢，冷不防聽到一聲笑，兩人回頭，見小唐大人正瞇著眼睛憋笑呢。小唐大人與江家交情不錯，尤其喜歡雙胞胎，再加上小唐大人出身豪門，出手闊綽，時常給雙胞胎些小玩意兒，故而，在雙胞胎心裡，小唐大人是位很不錯的長輩。

當然，長輩裡能偷聽人談話的，也就是小唐大人啦。

雙胞胎嘴巴很甜，起身喊：「唐爺爺，您怎麼來啦？」

「我過來聽你們吟詩唄。」小唐大人笑著過去與他倆一道坐亭子裡，「好久沒見你們過去我那裡玩，阿吉說你們現在念書可用功了，都沒空玩了，咋這麼忙啊？」

阿吉是小唐大人的長孫，與雙胞胎是同窗。

阿昀道：「我們也不想忙啊，念書可累了，不念又不行，以後沒飯吃。」

小唐大人笑，「你倆原不是說靠山吃山，靠海吃海，這會兒靠爹，將來靠哥嗎？」

阿晏惆悵道：「我哥春闈沒中，以後怕是靠不上了，我姊是丫頭家，還得指望著我們，我們可不就得靠我們自個兒了嗎？」

「不是還有你們爹嗎？」

「爹一把年紀了，現在勉強靠一靠，再過個幾十年，還得靠我們孝順呢。」

小唐大人感慨道：「你倆比我強啊，我是在我爹死後才明白這個道理的，你倆現在就明白了，以後定是前途無量。」好吧，小唐大人之所以看雙胞胎順眼，大概也有這位大人自小就立志啃老的原因。

阿昀道：「唐爺爺，您不是有好幾個哥哥嗎？」他倆只有一個哥哥，哥哥春闈失利，雙胞胎這才擔心起自己以後的前程。像唐爺爺這樣的，家裡兄弟數人，哪裡還用擔心。

小唐大人惆悵道：「不行啊，哥哥們養我倒是沒啥，難道還能叫哥哥們幫我養媳婦？那可不是咱們男子漢大丈夫該做的事。何況，我還生了好幾個兒女，現在孫子就有四個，孫女有三個，總不能都叫哥哥們幫我養吧？」

雙胞胎道：「我們倒是沒媳婦，就是哥哥太少。」

小唐大人忍笑，「阿曄不是要成親了嗎？待你倆大了，難不成不娶媳婦？」

阿昀道：「我有阿晏呢，娶媳婦幹嘛？」

阿晏也說：「我跟阿昀娘胎時就在一處了，娶媳婦不就是找個人在一張床上睡覺嗎？我跟阿昀一直在一張床上睡啊！」

小唐大人道：「不對不對，兄弟是兄弟，媳婦是媳婦。阿曄阿曦也是娘胎裡就在一塊兒，他倆到了年紀就該娶的娶該嫁的嫁了，是不是？」

江家環境單純，故而雙胞胎在這上頭有些懵懂。小唐大人叨叨一通，他倆沒太明白，江念就過來了，江念笑道：「您要給我家雙胞胎說親啊？」

小唐大人道：「待雙胞胎大些，一準兒幫他們說門好親。」

小唐大人顯然心情不錯，不過，他管著內務司，一向忙碌，如今過來自然是有事。

江念請小唐大人到書房說話，小唐大人笑咪咪的，自懷裡摸出張大紅燙金帖子來遞給江念，笑道：「我娘九十五大壽，到時你帶著孩子們過來吃杯壽酒。」

江念連忙雙手接過，笑道：「老壽星的好日子，一定去一定去。」又說：「您打發個人送就是，怎麼還親自來，折煞小侄了。」

小唐大人道：「這如何一樣，我娘九十五大壽呢！再說，也不是家家都我送，得我瞧著順眼的我才親自送呢。阿素那裡我已是送過了，這帖子你收著，我今兒還有三家要去。」

江念送小唐大人到大門口，回頭將請帖拿給妻子道：「小唐叔真是至情至性之人。」

何子衿想一想小唐大人的性子，的確當得起「至情至性」四個字。

憑小唐大人今時今日之地位，還有他在帝都的人緣，唐老太太九十五壽辰那日，唐家當真是車水馬龍，就是太皇太后也很給唐家面子，除了慣常賞賜，還寫了個壽字賜下。

大家羨慕的同時，倒也覺得不稀奇。唐家與慈恩宮關係不一般，小唐大人乃太皇太后心腹，便是已過世的老唐大人也曾任仁宗皇帝的首輔數年，所以太皇太后對唐家格外恩典。

太皇太后此等厚賜，於唐老夫人壽宴自然是錦上添花。

唐老夫人別看這把年紀，精神很不錯，陪著眾賓客坐了大半個時辰，方讓孫媳婦扶她回屋歇著。大家都說老人家有福氣，嫁入世族豪門，丈夫在時是一品相輔。丈夫去了，幾個兒子都有出息，尤其小兒子深得慈恩宮信重。

唐老夫人壽宴辦了五日，江家雖官職不高，卻是被排在了正日子。只是一樣，正日子來的多是顯貴之家，江家這四品侍讀之家，就著實有些不顯眼了。來唐家賀壽的人極多，江念帶著兒子們在前院。江念與同僚八方交際，阿曄與雙胞胎去少年們待的軒館。至於內宅，就是何子衿與其他賀壽的太太奶奶們在一處，阿曦去了姑娘們的聚集地。

阿曦很快就見到了蘇冰，蘇冰與蘇家女孩子們在一處，一見阿曦就拉她與自己同坐，還有女孩子打趣：「可見是姑嫂親，這就離不得了。」

蘇冰落落大方道：「我們自小在一處，習慣了的。」

唐家大喜的日子，小姑娘們都是跟著長輩來的。個個打扮得喜慶，過來說的也都是吉祥好話，偏生阿曦就聽到了幾句不中聽的，且她根本不認識那姑娘，倘不是那姑娘瞟她一眼，她都不知道人家說的是她，因為那姑娘說的話委實不與她相干，那姑娘說的是：「看到老夫人這樣的慈和，我才曉得咱們做女孩兒的該是什麼樣的規矩法度。只可惜，現在的世道多以柔媚惑人為美，視端莊賢淑為愚，長此以往，豈不禮法崩壞，人心不古。」

阿曦聽著就覺好笑，要這話是六七十歲的老夫子說出的，倒不稀奇。如今這話是與她年紀相仿的女孩子說的，阿曦就覺得這話矯情了些。不過，人家想說什麼就說什麼唄，不與她相干。阿曦原不欲理會，那女孩子說著這話，卻一個勁兒瞟她，這是什麼意思？

阿曦悄悄問蘇冰：「那是誰啊？」

蘇冰回帝都的時間比阿曦還短，她也不大認得，倒是一旁的蘇凝悄聲道：「曹家姑娘。」看阿曦還懵懂著，又補充一句：「就是薛顯的未婚妻。」

阿曦立時就明白曹姑娘的話是什麼意思了。

這曹姑娘裝模作樣說了一番「高論」後，立刻就有狗腿子接話道：「可不是這樣嗎？要不說，現下是狐媚當道。」狗腿子也朝阿曦看，只要不瞎的都看出來是說阿曦的了。

阿曦搖一搖手中那蝶戀花的團扇，轉頭與蘇冰道：「前兒我讀《莊子》，裡面寫了一則趣事，特有意思。南方有一種鳥叫鳳凰，這鳳凰鳥振翅於南海，要飛去北海，一路上非梧桐樹不棲息，非竹食不吃，非甘甜的泉水不喝。一隻正在吃腐臭老鼠的烏鴉見鳳凰飛過，就以為鳳凰要跟牠搶這臭老鼠，便仰頭朝鳳凰大叫起來。姊姊妳說，這烏鴉好不好笑？」

蘇冰笑，「委實可笑。」

阿曦瞥那曹氏女一眼，笑與蘇冰道：「初看此書時，我還不信世間有此蠢人，如今見著活的了，才覺莊子智慧，千年不破啊！」

顯然曹氏女也不是好纏的，那曹氏女道：「我也聽說過一個故事，說有一家閨秀，平日裡開口說自己書香門第，閉口說自己清靜潔白，可一出門，既不乘車也不坐轎，非露出臉來引得人爭相瞧看，豔名遠播，方得心滿意足。」

「其實這露臉啊，也不是人人都有這臉可露的，像有些人想露一露，奈何那臉上不得檯面，露出去也是一張狹隘嫉妒的臉孔，何其醜陋？」阿曦淺淺一笑，「我也聽得一則趣事，說是有一戶豪門公子，定下一戶人家千金，兩家商量聘禮時，女方貪財，必要男方重金為聘。男方問女方要多少聘金，女方答，非千金不可。那豪門公子掐指一算，笑道，我在青樓梳攏個清倌人也不過千金之數。遂許兩千金為聘，不為別個，總不能讓未婚妻子與青樓女一個價碼，是不是？」

曹氏女頓時臉都氣白了，冷笑道：「江姑娘真不愧書香門第大家閨秀出身，連青樓、梳攏這樣的事都曉得。」

「我原是不曉得的，前些天聽帝都笑話時方曉得。倒是曹姑娘，妳若不曉得這是什麼，如何就知道我曉得？」阿曦淡淡道：「我與未婚夫青梅竹馬，自小相識，還是先帝賜婚。我家阿珍哥有玉樹之美名，我勸曹姑娘還是擦亮自己的眼。我難道放著阿珍哥這樣的玉樹不嫁，看得上那臭老鼠？妳是太高看自己那臭老鼠，還是太低看我了？」

江家初來帝都時，因為蜀中寒門出身，外放也是北昌府那等在帝都人看來荒蠻之地，故而縱江念曾是一甲探花，江家也沒少被些高低眼的帝都人家諷刺為土鱉家族。

便是阿曦這樣的小美女，就因生得貌美，親事定的還是聞名帝都的紀玉樹，出外交際難免遇到些看她不順眼的姑娘。因阿曦在外一向端莊，鮮少與人說笑，所以旁人待她多客氣。

今天阿曦突然發飆，把一干閨秀們嚇得不輕，誰也沒料到這土鱉地方來的土鱉姑娘這般口齒鋒利，毫不讓人，曹姑娘更是被阿曦噎得渾身哆嗦。

阿曦才不會同情這種人，簡直腦子有病，自己定了個紈絝，不說紈絝無禮輕薄，反怪別人生得好叫紈絝瞧見了。這就好比一個女人嫁了男人，男人花心，左一個侍妾右一個通房的折騰，結果花心的男人沒錯，錯的都是狐狸精。就這種腦子，還好意思拿出來顯擺？

阿曦任曹家姑娘氣得臉色鐵青，只管沒事人一般與蘇家姊妹說話。

唐家姑娘似是知曉什麼，過來招呼。阿曦隨她娘來過唐家，蘇家更是與唐家相熟，阿曦笑道：「今兒妳們最忙，只放放心，我們這邊很好，姊妹們平日裡各有各的事，正好借老壽星的好日子，咱們聚了聚。」

唐家姑娘真是服了阿曦，她聽丫鬟說這邊快打起來了，連忙放下招待來客的事過來，生怕鬧出什麼不好，但看人家江曦的臉色，完全就是一副過來赴宴的喜慶模樣，沒有半點與人拌嘴的形跡。再一看曹家姑娘，好傢伙，這臉青得，一眼就知誰勝誰負了。好在曹家姑娘也不能不給唐姑娘面子，這樣的場合，要是在這裡鬧出什麼事來，就丟臉丟得全帝都都曉得。

曹姑娘勉強擠出一抹笑，表示自己無事，只是那笑當真是比哭還難看。

唐姑娘看她們兩人都好，便坐下來陪諸閨秀說話。

唐家這樣的熱鬧，壽宴安排得亦很是不錯。一般這樣的場合，因人多，歡樂是足夠，但往往吃是吃不好。唐家這壽宴會並非如此，一道道熱菜冷碟湯品點心上來，皆是恰到好處，阿曦回家的路上還與她娘說：「赴宴這些年，就唐家這宴席辦得最好。」

何子衿聞言一笑，「妳也不想想小唐大人是做什麼差使的。」

阿曦一想，也跟著笑了。小唐大人是做內務司總管的，但凡宮裡有什麼宴飲之事，皆由內務司負責。阿曦道：「怪道這樣的壽宴，我看唐家人手半點不亂的。」

「是啊。以前聽說太宗皇帝在位時，宮宴什麼的，無非就是個樣子，大家去就為了個體面。自從小唐大人掌了內務司就大不一樣了，該冷的冷，該熱的熱，別看都是小事，這樣的小事，又有幾人能做好呢？」何子衿道：「帝都乃龍盤虎踞之地，才高之士更是數不勝數，小唐大人並不以才智聞名，可觀他做事，就知這是位實幹家，比智士都要強的。」

阿曦點點頭，「唐爺爺人也很好，一點架子都沒有。」關鍵是不勢利。

何子衿笑道：「這就是教養與人品了。」

阿曦還跟她娘說了曹姑娘尋釁的事，阿曦道：「那真是個腦子不清楚的，我本想教她個明白，看她那樣，都快氣死了。」

何子衿道：「這就是沒將孩子教好，要是個明白人，根本就做不出這樣的事。曹家給閨女說親，就是想兩家聯姻，起碼也該給閨女挑個好的，挑這麼個人，不是耽擱閨女一輩子？」

阿曦則不這樣看，她道：「也就娘您這樣想。要說薛顯，暫不論人品，他是永毅侯府的嫡長孫，永毅侯府是世襲侯爵府第，只要他不鬧出什麼大事，以後就是正經的爵位繼承人。曹家跟薛家聯姻，不聯姻侯府爵位繼承人，難道去聯姻別的小魚小蝦？就算薛家不介意，曹家能願意？還有曹家那丫頭，我看她樂意得很，就等著以後做侯爵夫人了。」

「這是大多數人的想法，妳可不能這樣想，凡事得先看人，再看利。」

母女倆說著話回了家，至於曹家那事，阿曦又沒吃虧，何子衿一向認為，只要自家孩子沒吃虧，這事就沒啥。叫何子衿生氣的是，雙胞胎這兩個小東西，都喝得臉蛋紅撲撲的才回來。他倆還一個勁兒臭美，跟他們娘顯擺：「我們一人喝一碗。」

何子衿氣煞，「怎麼喝這許多酒？」這年頭的酒並非烈酒，一般果酒米酒黃酒居多，但聞到雙胞胎身上的酒氣，她臉都拉下來了。江念和阿曄倒沒事，雙胞胎一副小醉蝦的模樣，阿曦忙令廚下用老陳醋做醒酒湯送來。

雙胞胎道：「別人都喝，我們也不能不合群啊！」

阿曄道：「他們那一桌都是十來歲的小子們，一個個熱鬧得不成，都喝得不少。」

「就是，咱們不能輸啊！」雙胞胎一副很有理的模樣，很快被他們娘一人灌了兩碗醒酒湯，險醉掉牙，阿昀直道：「這回醒酒湯咋這樣酸啊？」

何子衿頗是解氣道：「老陳醋做的，能不酸？」

阿晏哎喲哎喲叫起來，「娘，我們不喝老陳醋做的，我們喝漬青梅兌的酸甜糖漿。」

丫鬟打來溫水，何子衿與阿曦一人一個拿著帕子幫雙胞胎擦臉，阿曦道：「還想糖漿呢，再喝成這樣，就直接拿老陳醋灌你們。」

雙胞胎被姊姊訓得縮脖子，阿晏心眼多，忽然道：「阿珍哥喝的比我們還多，我們出來的時候，看他在路邊吐了，也不知這會兒回去沒有。」

阿曦可不好糊弄，「胡說，我怎麼沒看見？你倆喝得跟醉貓似的，東南西北都不認得了，還看得到阿珍哥？」

阿晏道：「我咋沒見啊？見得真真的，大姊不信就算了。」

阿曦哪能不信，她是寧可信其有，當下吩咐自己的侍女：「小多，妳去把咱家去年醃的糖漬青梅裝一罈，打發人送去給阿珍哥。跟阿珍哥說，要是吃多了酒不舒坦，就用溫水調一杯喝，酸甜解酒。」

雙胞胎險些被大姊這差別待遇氣死，雙胞胎抗議道：「大姊，妳這也忒偏心了！阿珍哥有糖漬青梅吃，對我們就說我們是醉貓，妳咋這樣偏心眼啊？」

阿曦被雙胞胎給問住，好在解決雙胞胎的方法很簡單。晃一晃拳頭，阿曦惡狠狠道：「你倆喝醉還有理了？再廢話，我就捶你們！」

雙胞胎敢怒不敢言。

阿曦自小就活潑好動，聞道看她有些天分，時常指點她，阿曦練得勤，所以甭看阿曦生得是母親與外祖母那一類嫋娜纖細的模樣，論武力值，全家屬她最高。那曹家姑娘當真得慶幸她是與阿曦拌嘴，要真是動手，阿曦能揍十個她。

其實雙胞胎身子骨兒也好，但他倆懶，這會兒也就是馬馬虎虎二把刀的水準。

四個孩子，武力值最低的就是阿曄了。阿曄挑嘴，小時候瘦得像隻猴子，不要說習武，何子衿成天擔心他會生病，好在阿曄慢慢長大胃口也好了。但興許阿曄就是天生的文雅人，除了家傳的一套健身拳，一向是君子動口不動手的信奉者。

不過，顯然君子是沒有拳頭這般立竿見影的威力的。

阿曦在家動不動就拿拳頭說話，雙胞胎惹不起大姊，只得怒在心裡。

紀珍過來岳家時，受了小舅子幾個白眼，他還不曉得是怎麼回事呢。待紀珍賄賂了雙胞胎一匣子八方齋的雲片糕後，雙胞胎才將心裡的不忿說了出來。阿昀咬著雲片糕道：「自從大姊要跟阿珍哥你成親，就對你越發好，對我們越發壞了。」

「這可真是冤枉，你們大姊多疼你們啊，在外頭吃到什麼菜都會說雙胞胎喜不喜歡吃，要是你們喜歡吃的，定要叫廚下再做一份新的帶回來給你們吃。」

紀珍以為是什麼事，原來是雙胞胎吃醋了。

阿晏道：「你不曉得，那天唐老夫人壽宴，我跟阿昀多吃了一碗酒，她就灌我們喝老醋做的醒酒湯，聽說你也吃多了酒，卻叫人給你送糖漬青梅去。看大姊對你多好啊，你有糖漬青梅吃，我倆就只能喝老陳醋兌的酸湯，險些酸掉半條命。」

紀珍忍笑道：「這事啊，阿曦與我說了。阿曦說，看你倆這麼小就喝醉酒，怕你們吃壞了身子，她氣得不得了，還說要不是那天看你們喝醉，非揍你們一頓不可。」

阿晏不服道：「大姊也只會對我們耍橫，她怎麼不對你橫啊？」

紀珍道：「我是大人，你們是小孩兒。再說，誰說我那天喝醉了？」

紀珍於酒上一向有所節制，他嚴肅地盯著雙胞胎。

阿晏此方想起來，阿珍哥喝醉酒的事，是他隨口胡編騙大姊的。阿晏自知理虧，仰頭看天，嗯啊兩聲轉移話題：「姊夫你今天在家裡吃飯吧，我叫廚下做姊夫最愛吃的八寶鴨。」

這兩個小子，只有心虛或者巴結他時會叫他姊夫。紀珍笑著敲阿晏一記爆栗，不再追問此事，倒是私下與阿曦說：「雙胞胎正是不大不小的年紀，咱們這就要成親，他倆捨不得妳，所以才吃我的醋，咱們得多疼他們才好。」

阿曦道：「他們年紀不大，屁事兒倒不少。」到底還是對雙胞胎多多關懷，就是與阿珍哥出門，也時常帶著雙胞胎。紀珍還介紹了個小莊子給雙胞胎：「只有一百來畝，大戶人家不大看得上，小戶人家摸不到郊外的田地。你倆不是一直想置田產嗎？這百畝田地，以後還能在上頭建個小莊子一享田園風光，如何？」

田園風光啥的，雙胞胎沒啥興趣，他倆主要是對這百來畝田地有興趣。

雙胞胎打小就會攢錢，完全繼承了曾外祖母的天賦，很會過日子。小時候只是單純攢私房，待大些就有些理財觀念了。不過雙胞胎還小，不可能像他們娘一樣打理生意，關鍵是，用他倆那十分懂得利弊的腦袋一分析就知道，做生意的利益完全比不上做官，故而，他倆還是想走仕途的，但也得想個生財的事業，畢竟做官俸祿有限。兩人一直就想用私房置些田地來錢生錢，聽姊夫提這事，雙胞胎立刻問：「姊夫，這小莊子得多少錢啊？」

其實就是送給雙胞胎又如何，但這置產之事不好如此，紀珍道：「帝都地價貴些，這莊子雖小，田卻是上等田，一畝得十兩銀子。」

一百多畝最少也得一千兩銀子，紀珍想著，要是雙胞胎私房不夠，他就幫著添上一些，不想，雙胞胎連個磕絆都沒打，便應承下來，「行，待我們回家點清楚銀子，就打發人送來給姊夫。」兩人一高興，嘴就格外甜，又開始喊姊夫了。

紀珍私下同阿曦說：「雙胞胎這不顯山不露水的，攢的私房還真不少。」

阿曦笑，「他倆小時候得的金銀項圈、壓歲錢，先時是娘替他倆存著，後來他倆大些，識得數了，娘就叫他倆自己收著了。他倆平日裡月錢一分不動，吃穿用度都是從公中走，再加上平日裡掙的銀子，這些年是攢了不少。」

紀珍笑，「倒省得說以後過不好日子。」

阿曦道：「天下人都成窮光蛋，他倆也好著呢。」

雙胞胎買了個小莊子傍身，這可真是……論起置私產，尋常人都比不了雙胞胎啊！有了這小莊子以後，他倆真心覺得，有個姊夫還是不錯的。

阿珍姊夫多關心他們，非但幫他們置產，還特意在家裡額外收拾個院子，說是給雙胞胎預備的。雙胞胎對於置田產是很歡迎的，姊姊家的院子還是算了，他倆跟姊姊說：「別給我們收拾院子，我們不會過去住。」

阿曦不解，「為啥？」

「那不成大姊的拖油瓶了？」

阿曦道：「死拖油瓶，莊子還我！」

阿曦確定了，雙胞胎就是得了便宜還賣乖的兩貨。

自從兩人合夥買了個小莊子以後，雙胞胎每天走路的姿勢都不一樣了。用阿曦的話說，就差腦袋仰到天上哦哦叫了。

雙胞胎才不管大姊怎麼說，這眼瞅就是夏收了，他倆得抓緊時間去自己的小莊子上看一看，見見現下租種田地的佃戶。兩人還無師自通知道給佃戶一些優惠，收攏人心。總之，雙胞胎是忙得不亦樂乎，幹得非常起勁兒。

阿曄是家中長子，就慮事長遠，問阿曦這莊子是哪兒來的，阿曦道：「說是衛家一位旁支少爺，爹娘都沒了，全靠祖上傳下的田地過活。偏生是個不幹正事的，沒錢就賣地，這是最後的百十畝了。真是沒個算計的，眼瞅就是夏收，過了夏收，起碼還能多賺百八十兩。興許是急著用錢，夏收也顧不得，急著出手，每畝要十兩銀子。按理這價碼不高，可這人吧，看他急用錢，反要抻一抻他。阿珍哥知道這事，就知會了雙胞胎。」

阿曄道：「家族落敗，子孫也不爭氣，這衛家往前數三四十年，還是公爵府第呢。」

阿曦道：「家族往上走一個臺階不知費多少心力吃多少苦，這往下走可是容易得多。」

這種感觸，對於處在上升階段的江家，感觸格外的深。

雙胞胎忙著自己小莊子的事，龍鳳胎則忙著三舅興哥兒的親事。李家已經到了帝都，就像先時何老娘說的，何老娘上了年紀，家裡兩個孫媳余幸還處在安胎的階段，杜氏則是產期已近，沈氏雖一向能幹，年紀卻也不輕了，何況還有金哥兒要顧。成親之事，千頭萬緒，故而都是何子衿帶著阿曄阿曦過去幫忙。

阿曄除了給她娘打下手，還幫著三舅出主意。時人迎親，女方大門可不是那麼好進的，散紅包自不必說，但除了散紅包外，如李家這樣的書香人家，女婿迎親時必要受些刁難的。阿曄就舉例：「當初三姨丈迎親時，我爹就出一特難的對子，把三姨丈愁壞了，幸虧三姨丈帶足人手，家裡有個善對對子的兄弟，不然三姨丈對不出來，多沒面子啊。三舅，你提前跟三舅媽打聽一下，看李家是不是給你出了大難題。」

「下個月就成親了，我們現在不能見面。」興哥兒出生時，蔣三妞就已經成親，故而他不曉得自家姊夫還幹過這樣為難新郎官的缺德事，所幸興哥兒很有主意，問道：「要不，讓阿曦幫我去問問？」

於是，阿曦幫三舅跑腿去李家打聽消息。

阿曦與李三娘實話實說道：「我三舅怕妳家出什麼大難題，到時答不出來沒面子。」

李三娘笑，「就是熱鬧熱鬧，哪裡會有什麼難題？」

阿曦道：「那我就放心了，妳不曉得我三舅盼妳盼得都要望眼欲穿了。」

李三娘笑，「妳少打趣我，我倒是聽說紀公子急得不行，只是他急也是白急，妳輩分年紀都是最小的，得排最後了。」

兩人互打趣幾句，阿曦問：「嫁衣繡好沒？」

「自然是好了。」

阿曦道：「我三舅的也好了，他現在正盤算著迎親人選呢，準備都選俊的。」

李三娘出主意道：「讓妳三舅把紀公子和妳哥都算上。我雖來帝都沒幾天，也聽說他倆在帝都被稱為帝都雙玉，要他倆跟著一道迎親，多有面子啊！」

「別想了。我三舅說了，要誰也不能要他倆，不然哪裡還有我三舅的風頭。」

李三娘聽得哈哈直笑。

李大娘端著鮮果子過來，進門笑道：「說什麼呢，這麼高興。」

阿曦起身相迎，「大姊姊，說三舅迎親的事呢。」

李大娘將鮮果子放下，「越發口無遮攔了。」

李三娘拉大姊坐下，「咱們又不是外人。大姊，蘇二哥還不是託阿冰給妳送東西？」

李大娘一副穩重的模樣，嘆道：「我是說，妳們得小聲一點。我在外頭就聽到了，怎麼連說私房話都不會了？」

阿曦、李三娘：好吧，大姊姊說的對。

阿曦從李三娘這裡打聽了消息回去，興哥兒誇了阿曦一通，覺得外甥女能幹又有用。

阿曦不僅要幫三舅打聽消息，還要幫大哥約蘇冰一起去廟裡燒香，她哥道：「不是說成親前一個月不能見面？這趁著還有空，可不得好生說說話。」

阿曦道：「以後成親，一輩子都在一處，怎麼還急這麼一兩日？」

阿曄道：「我要是跟阿珍似的，能成天到岳家吃飯，我也不急這一兩日了。」

阿曦笑，「那是你不去，你要是去，蘇家難道不高興？」

阿曄嘟囔，他可沒有紀珍那麼厚的臉皮。紀珍小時候是跟江家孩子一塊長大的，阿曄完全沒有紀珍這種與岳家的淵源，只能隔個五六天去一次，還要打著找蘇二郎的名頭。

就這樣，有時去得勤了，還要挨蘇二舅子白眼。

想見未婚妻一面多難，以為誰都跟紀珍一樣啊？

阿曄都懷疑他家要不是有三個兒子，紀珍得入贅到他家來。

阿曄不知道的是，他這常來常往的，在蘇家已成趣事，蘇老夫人私下都說長子給孫女這親事訂得好。不說阿曄人品才學，當然，才學這裡今科已是馬失前蹄，但就看對蘇冰上心的勁頭兒，蘇老夫人這把年紀，就知道孫女成親後日子不會難過。

所以，阿曦過來約蘇冰去廟裡進香，蘇老夫人也很痛快地放人。蘇二郎還是要跟著妹妹一起出門的，這倒是在阿曄的意料之中。出乎阿曄意料之外的是，怎麼紀珍這般神通廣大知道他們兩家去上香的事，就這麼厚臉皮跟來了呢？

阿曄先時以為是妹妹給紀珍透的信兒，還默默叨叨著妹大不中留。可在看到雙胞胎見到紀珍的種種熱情時，阿曄就知道，他錯怪他妹了，原來細作是雙胞胎。

雙胞胎可不覺得自己是細作，他倆認為，反正阿珍哥是要做姊夫的，現在賣阿珍哥個好兒，說不得什麼時候阿珍哥再有莊子鋪子的消息，還得知會他們一聲。

總之，紀珍的一個莊子，可算是把雙胞胎給收買了。

興哥兒的親事還沒到，杜氏先產下一子。

正好，何家本就為興哥兒親事採買許多，現在辦個洗三禮更不在話下，東西齊全。

何老娘瞧著曾孫就笑，親自給曾孫取一小名：迎喜。

這名土爆了，俊哥兒再三追著他爹，叫他爹趕緊給自家兒子取個大名。

何家人丁興旺，就是李夫人在家也說一句：「親家這是興旺之兆啊！」

李巡撫笑道：「是啊，添丁進口，是大喜事。」

這次大孫女與三孫女的親事，李巡撫與李夫人是打算一塊辦的。姊妹倆一同出閣，也是一樁緣法。何況李巡撫陛見後又要外任，這次姊妹倆都在帝都成親，以後還能有個照應。

李氏夫妻一起參加了何家的洗三禮，李夫人見著何子衿，難免打聽一回阿曄阿曦的喜事什麼時候辦，得知要六七月去了，李夫人有些遺憾道：「那時我與老爺要去晉中赴任，怕是來不及參加了。」

何子衿笑道：「看來親家的缺已是定了？」

「是，要是沒差的話，當是晉中巡撫。」

何子衿道：「晉中富庶，雖不比江南，亦是繁華之地，是好地方。」

李夫人笑，「也是趕得巧。」晉中的好處，非但是地方繁庶，又因晉中離西寧關近，亦是軍事要衝之地，為西寧關之外，第二處抵擋蠻人入侵之關卡。如今端寧大長公主的駙馬忠勇伯都駐兵西寧關，所以，晉中巡撫之位，非是朝廷信重之人不能擔當。如今丈夫謀得此位，李夫人亦十分歡喜。再者，李巡撫有了這樣的好缺，李家兩位姑娘的親事更添顏面。如江何這樣的姻親之家，自然為李家高興。

何子衿又打聽了李家兩位姑娘出閣之事，李夫人道：「她們的父親正在任上，是半點離不得的，她們的母親已是往帝都來了，屆時會看著她們出嫁。」

何子衿道：「做娘的，閨女一輩子就這一遭，能過來必然要來的。」

李家一家回帝都述職，何子衿沒見著二姑娘，李夫人沒提，她不好貿然打聽。待得回了家，何子衿隨口問了阿曦一句。阿曦與李家兩位姑娘走得近，對二姑娘的事比較清楚了，阿曦道：「李二姑娘早就回李大老爺那裡去了，聽三舅媽說，原本李夫人是要給李二姑娘說一門親事的，她不大樂意。在北昌府，北昌府顯赫人家有限，李夫人也不想耽誤她，就著人送她去李大老爺那裡了。」

拈顆葡萄剝皮吃了，阿曦又說：「早在北昌府的時候，我就看她心高。其實依著李夫人這親祖母，李家是巡撫門第，說的親事難道還能差了？李夫人又不是只她一個孫女，她這一回去，倒也是親爹親娘，可她這樣的心氣，能不知李大老爺不過知府門第，難道說的親能好過李夫人為她說的？」心高不錯，就是這利弊分析上明顯沒算清。

何子衿道：「要不是覺得李巡撫權勢更高，李二姑娘如何肯去北昌府？怕是北昌府超出她想像，她方回了李大老爺那裡。」

阿曦轉過彎來，「也是。」又道：「我看別人家，庶女可都老實了，娘，您說，李二姑娘怎麼這樣能折騰啊？李家大姊和三舅媽也沒她這樣。」

何子衿笑，「她能折騰是能折騰，難道長輩們是傻的？妳看她折騰這幾年，李大姑娘嫁了蘇家，李三姑娘嫁了妳三舅，她呢？姊姊妹妹都出嫁了，她還沒個著落，妳說她急不急？做人啊，最忌自作聰明，反不如笨些的好。」

母女倆說一回李二姑娘，原本不是閒話時的談資，不想竟還能在帝都再見李二姑娘。

李二姑娘是隨著李大太太一起來的，何子衿一時還沒見到李大太太，她正忙弟弟的親事籌備，沒空出門。是阿曦見著的，阿曦去找李三娘說話，先要向長輩請安。向李夫人請安時，見著剛來帝都的李大太太。李大太太聽說是三女婿的外甥女，還與閨女們做過同窗，待阿曦便很是親切。再看阿曦生得相貌極好，說話也討人喜歡，便給了阿曦一份見面禮，方讓她們小姑娘家自去說話了。

李大太太這回來，就是想幫著準備兩個閨女成親的事。兩個閨女自小跟著公婆長大，不在親娘身邊，李大太太想得慌。不過，這年頭孫輩跟在祖父母身邊是常事，何況婆婆給兩個閨女都定得好親事，李大太太就更感激婆婆了。許久不在婆婆身邊孝敬，李大太太自來了帝都，每天晨昏定省，極是恭敬孝順。

媳婦這般恭敬，李夫人亦是歡喜，覺得沒白為兩個孩子操心。

待阿曦去尋閨女說話，李大太太方道：「這江姑娘生得可真俊。」又問：「不知這江姑娘親事可定了？」她家裡兒子的親事還沒定，見著出挑的姑娘就愛打聽。

李夫人笑，「這妳就甭想了，先帝御賜的親事，定的是北靖大將軍紀容的嫡長子。」

李大太太端茶奉予婆婆，笑道：「我這見著好姑娘就愛打聽的毛病，怕是一輩子都改不了了。」接著又道：「先帝聖明，這親事委實不差。」其實阿曦這裡，李大太太就是順嘴打聽。知道阿曦有好親事，是閨女以後婆家的外甥女，阿曦的親事好，於閨女婆家也是好事。這麼一想，李大太太就覺得，小閨女這親事雖不及長女，卻也不差。

李夫人呷一口茶，道：「阿曦有一位龍鳳胎的哥哥，定的是蘇二郎的妹妹。」

「哎喲，這可真是轉著圈的親戚。」李大太太見屋裡沒別人，遂道：「這江姑娘一看就是個出眾的，她龍鳳胎的兄長，聽母親說也是極好的，難怪兄妹二人都是這樣的好親事。」

「是啊，這親事上，家裡能出力的沒有不出力的理。咱們做長輩的，哪個不盼兒孫結一門好親事？可也得孩子爭氣是不是？」李夫人這話聽著是隨口一說，李大太太卻是一窘，低聲道：「娘，我也實在是沒法子。您說二丫頭當初自北昌府回家，老爺就張羅著給她說親，這親事沒說一百家也有八十家了。徽州大戶人家聽說是二丫頭說親，人家媒人都不敢應承，都知道咱家挑女婿挑得厲害。我在大丫頭、三丫頭身上也沒操過這許多心，遭這許多的難。」

李大太太說的是千難萬難，可要說心裡是不是這樣想就兩說了。她自己生的兩個閨女都是這般好的親事，這個庶女的事卻也不能不提，這畢竟是她嫡母的責任。

李夫人聽長媳訴這一通苦，奇怪地問：「那妳這是打算為她在帝都尋一戶好人家？」

李大太太道：「帝都這裡，我認識誰呢？可我這過來，老爺必要我帶著二丫頭，說是過來讓她孝順祖父母。她這個年歲，再耽擱下去，怕就真沒好親事了。」

李夫人想到這個孫女就有些不痛快，倒不是因著庶出的身分，關鍵是不識好歹。當初李夫人是想把二孫女說給興哥兒的，奈何二孫女自己不樂意。好吧，她不樂意，人家何家也不樂意。三孫女就有眼光，如今這親事看何家多麼上心，就知道以後小倆口日子定然和睦。

二孫女那心高得是個什麼打算，李夫人也能猜到一二。

正因如此，李夫人方不願意再為她打算。

李家兩位姑娘同一日出閣，蘇二郎與興哥兒自然是同一天成親了。

江家頭一天晚上就住何家去了，兩家人都是天未亮就起，紀珍也是早早過來，看興哥兒這裡還有什麼要幫忙的。其實家裡基本上都準備好了，但紀珍能這樣早過來，仍讓何家覺得欣慰。就是江岳父，也倍覺有面子。女婿有眼力，可不就是間接證明他這岳父眼光好嗎。

不止紀珍來得早，沈家一大家子來得也很早，何老娘屋裡滿滿當當的人，說笑喝茶，極是喜慶熱鬧。杜氏還在月子裡，余幸這一胎孕吐期還沒過，就讓余幸坐著說話。招待客人什麼的，都是沈氏帶著何子衿、阿曦幫著操持。

頭晌開始，李家按吉時先送嫁妝過來。

李巡撫雖是寒門出身，但做這許多年高官，積蓄自然不少。何況李夫人出身大族，李大姑娘和李三姑娘都是在李夫人膝下長大，這情分又是不同，李夫人自然不會委屈兩個孫女，嫁妝頗是豐足。不過，嫁妝這方面，何家與蘇家又有不同。蘇家是世宦之家，蘇二郎親爹是新升的巡撫，祖父已在內閣，蘇二郎是嫡出，娶妻自有份例。何家呢，儘管何家不算窮了，仍不能與蘇家這樣的大戶相比。比如兩家聘禮，蘇家聘禮折合下來得萬兩銀子，何家滿打滿算，兄弟間都一樣，也就三千兩。一般嫁妝與聘禮是持平的，好在李家處事靈活。

蘇家那裡既出一萬兩的聘禮，她們預備嫁妝便也是一萬兩，攏共給大孫女兩萬銀子左右的陪嫁。何家這裡，李家就連聘禮帶嫁妝預備了六千兩的東西，不過，李夫人也私下與何家說明白了，三孫女這裡，剩下的銀錢她給了三孫女，叫孫女做私房。總之，是既全了何家的面子，兩個孫女內裡也是一碗水端平，不使三孫女受委屈。

上午基本上就是過嫁妝，真正迎親是在傍晚，興哥兒堅決不用帝都雙玉做迎親使，以免被搶風頭。興哥兒請的是舅舅家的兩位表哥，還有二嫂杜氏的兩個弟弟，用杜氏的話說：「叫他們跟著露露臉，他倆也要說親了。」

杜氏如今做月子，小叔子親事幫不上忙，故而杜氏叫了娘家弟弟過來幫襯一二。

何家並非大戶，興哥兒只選了四位迎親使。蘇家氣派自是不同，蘇家大家大族，蘇二郎堂兄弟族兄弟要多少有多少，蘇二郎迎親使就有八位，那迎親隊伍也是熱鬧得緊。

興哥兒這裡儘管排場比不上，但也絕不冷清，雙胞胎還跟著三舅一起去迎新娘子了。雙胞胎一去，他倆生得一模一樣就夠招人眼的，還一人一身小紅袍子，且生得俊俏，偏生是個半大不小的年紀，最得中老年婦女的喜歡。李大太太這做丈母娘的，除了看女婿外，就是看雙胞胎了，還招呼他倆到跟前，左手一個右手一個攬懷裡，直道：「哎呀，這兩大胖小子可真招人喜歡啊！看這福相，哎喲，這就是江姑娘的弟弟啊！江太太這樣的福氣，家裡一對龍鳳胎、一對雙胞胎！」稀罕一陣，讓人拿果子給雙胞胎吃。

雙胞胎一本正經地向李夫人和李大太太作揖，道：「跟您二位道喜啦！」

兩個中老年笑壞了，還有李家相近的太太奶奶打趣問雙胞胎：「你們道的是什麼喜？」

雙胞胎道：「兩位長輩，一位看孫女婿，一位看女婿，這還不歡喜？」把大家逗樂。

就是李家的丫鬟們，也都抿著嘴直笑，很樂意招呼雙胞胎。

此時，蘇二郎與興哥兒都是一個想法：沒讓帝都雙玉搶風頭，卻叫雙胞胎搶了風采！

雙胞胎跟著舅舅把舅媽迎回府去，當晚他倆還要在屋外窗戶底下聽牆角，結果被阿曄揪耳朵揪了回去。興哥兒晚上這喜宴，一直夜深方散。據雙胞胎說，三舅都喝翻了。

何子衿懷疑興哥兒能不能洞房，江念道：「男人只要有一口氣在，肯定得洞房！」

江念一直因自己當年的特殊情況未能新婚之夜洞房而深覺遺憾。

何子衿散開頭髮，慢慢梳著，手一停，道：「可我與興哥兒說了，要是喝醉酒，生出的孩子品質不高。」

江念險些被這話噎著，「妳跟興哥兒說這個做什麼啊？」這不影響興哥兒洞房嗎？

何子衿將頭髮梳好，收拾起妝臺上的首飾，道：「興哥兒跟我打聽生龍鳳胎的訣竅，我想著他也是個大人了，眼瞅就要成親，就略與他講了講。」

江念道：「難不成就是與我少喝酒有關？」是哦，他與子衿姊姊那個時，從來都不喝酒，更不必說喝醉了。江念突然陷入了如何生龍鳳胎、雙生子的問題裡思考起來。

何子衿不理他，自己上床先睡了。

江念思考了半晌，見子衿姊姊睡了，自己輕手輕腳掀被子躺了進去，然後伏在子衿姊姊耳旁悄悄問：「那啥，有沒有再生一對雙生女的訣竅？要不，妳跟我講講。」

儘管李家同時嫁孫女，蘇何兩家同時娶親也是熱鬧得緊，但若論顯赫，著實被另一樁親事比了下去。就在三家辦親事的同一日，由壽婉大長公主為媒，承恩伯曹家嫡長孫曹廷，與永福大長公主嫡親的長孫女吳氏定下親事。

這一樁聯姻，是不是也表示了，永福大長公主這位太宗皇帝嫡出長女，對於陛下外家曹家的一些個人政治傾向呢？

權貴圈頓時議論紛紛。

肆之章 嬌女出閣喜連椿

由於何子衿跟興哥兒解釋了備孕時的知識，興哥兒當晚就因喝酒而沒有洞房，何老娘知道此事時還懷疑三孫子是不是身有隱疾。當然，此乃後話，暫且不提。

一大早起來，何老娘就穿上新衣，打扮得金光閃閃，坐在廳裡上首等著新人過來敬茶。新人一般不會起得太早，先過來的是何恭和沈氏夫妻，何老娘問：「金哥兒呢？」

沈氏道：「昨兒他非要跟著阿曦，阿曦真有耐心，也不嫌他聒噪。」

何老娘道：「金哥兒跟阿曦投緣，一見阿曦就嘀咕起來沒完沒了。」

沈氏笑，「是，他自小就喜歡阿曦。」

何老娘壓低聲音問：「興哥兒他們還沒起？」

沈氏道：「小夫妻嘛，昨兒又累了一天，晚些就晚些吧。」

何老娘滿面喜色，連連點頭，「晚些好晚些好！」雖然已有四個曾孫，但興哥兒這剛成親的，何老娘還是盼著興哥兒早些為人父。何況，在何老娘的想當然裡，三孫子昨兒正式脫離童男身分，自然會「累」一些。

何老娘吩咐丫鬟：「過去大姑奶奶那邊看看，這頭一天新人敬茶，可別叫他們晚了。」

新人晚些沒什麼，自家丫頭這做姑奶奶的可不好晚了，不然落人話柄。

沈氏道：「母親放心吧，阿念今兒也要去衙門當差呢。」

何子衿與江念自然不會來晚，與何洌一家來的。俊哥兒帶著阿烽過來時，余幸又有些孕吐，俊哥兒道：「我嫂子這懷的，必定是個小侄女。」

余幸用清水漱了口，笑道：「借二弟吉言，我就盼是閨女呢。」

何老娘連忙道：「一會兒見著興哥兒，可不許說生……」閨女二字還沒出口，何子衿咳了一聲，何老娘那話就拐了個彎兒，「兒女都好，閨女更貼心。」

大家皆忍俊不禁。

一時，興哥兒與李三娘到了，小夫妻倆皆是一身喜慶的紅衣紅裙。

何老娘高興地接了新人茶，轉頭笑與沈氏道：「等再喝了金哥兒的媳婦茶，我這輩子就沒什麼牽掛的了。」

沈氏笑道：「金哥兒是孫子輩，阿燦過幾年就到說親的年紀了，待母親抱了曾孫，怎麼也得喝了曾孫媳婦的茶啊！」

何老娘認真想了想，道：「這也有。」

何子衿笑，「您老人家趕緊吃茶吧，我們這一堆人還等著呢。」

「別人都不急，妳這做大姑姊的倒這樣急。」何老娘呷口茶，自袖中取出個紅布包給了新人。李三娘謝了長輩所賜，奉上自己做的針線，就接著向公婆敬茶。

沈氏給了三兒媳一對玉璧，道：「盼你們同心同德，百年白頭。」

李三娘又奉上給公婆的針線，何老娘道：「先向你們大姊敬茶，不然她得挑眼了。」

何子衿笑，「不必不必，我排最末。」

「不可，妳可是咱們家的長女。」何老娘道。

何子衿道：「我是閨女，哪能搶先？」

何老娘聲音響亮地道：「別人家都重男輕女，咱家不一樣，咱家重女輕男。我跟妳爹妳娘最重看妳了。」為了表示自己這話的真實性，問兒子媳婦：「是不是？」還一個勁兒對兩人眯眯眼使眼色，叫他倆趕緊點頭。

新人茶還沒敬完，大家都笑了起來。

何老娘道：「趕緊著吧，敬過茶咱們吃早飯。吃過早飯，還得拜祖宗呢。」

新人繼續敬茶，待敬過長輩，晚輩們與嫂子（嬸嬸、舅媽）見禮，李三娘挨個給了見面禮，大家便在何老娘這裡用早飯。

李三娘是新婦，欲站在婆婆身邊服侍，沈氏笑道：「坐吧，咱家沒這規矩。」

李三娘還是給婆婆布了一筷子菜方坐下。

沈氏問可給杜氏送過早飯了，余幸笑道：「已是給二弟妹送去了。」

沈氏點點頭，取箸用餐，大家方拿起筷子。何家早飯一向豐盛，如今孩子們多，在飯食上更不會有絲毫馬虎，李三娘雖是新媳婦進門，也吃得歡實。當年在女學，中午一餐都是在女學用的，而女學的飲食肯定會受到前山長今大姑姊何子衿的影響。何子衿的飲食習慣，肯定都是從娘家來的，所以，李三娘這在婆家的第一頓飯，委實吃得好。

用過飯，男人們除了興哥兒這個有婚假的之外，便都當差的當差，上學的上學了。忽啦啦走了一群，何恭帶著三兒和三兒媳去供牌位的祠堂裡拜祖宗，在家譜上添了李氏的名字，至於族譜那裡，得等什麼時候回老家時再添。

拜完祖宗，何恭去翰林院，興哥兒帶著媳婦去母親那裡說話。沈氏在與閨女長媳商量著喜宴後收拾的事兒，桌子椅子不必操心，都是租來的。帝都有這喜宴租賃行，喜宴後清點好了數目，他們自會將東西拉走，主家付租賃的銀錢就是，但就是整理桌椅板凳、碗筷茶碗的事兒也得有人盯著些，再者，自家東西也用了不少，如今各歸各位，亦得清點清楚。

何子衿幫著清點，余幸跟著沈氏計算這幾天收到的賀禮。登記造冊皆要清楚，以後別人家有喜事，是要還禮的。

沈氏見興哥兒夫妻過來，笑道：「今日沒什麼事，興哥兒你有三天假，陪你媳婦在家裡走一走，說一說話。中午也不必過來，在你們院子裡吃就行。」

李三娘是新媳婦，不好說什麼，就去看興哥兒。興哥兒倒是很樂意跟媳婦說私房話，立刻應道：「成，那我帶媳婦去園裡逛逛。」

興哥兒就帶媳婦回房說話去了，李三娘路上不好說，回屋方道：「母親與姊姊、嫂子都在忙，咱們回來清閒，你可真有眼力。」

「昨兒還一口一個相公呢，今就你啊我的了。」興哥兒拉她坐下，道：「我可就三天假，昨兒已用了一日，就剩今明兩日了。妳只管放心，大哥和二哥成親時也是如此，難不成妳不想與我說說話？」

李三娘並不將手抽回來，反是撓撓興哥兒的掌心，「咱們既做了夫妻，人前我自然敬你，人後何須如此客氣，那就生分了，是不是？」這位姑娘能在當時家族準備與何家聯姻時果斷出手，就是個爽快的，又擔心丈夫覺得自己不大賢慧，遂問：「渴不渴？我倒茶給你喝？」

「不渴。」興哥兒打發丫鬟下去，神祕兮兮地問媳婦：「有件事妳還記得吧？」

「什麼事？」

興哥兒神祕兮兮地將臉湊過去，輕咳一聲，嚴肅地問：「洞房。」

李三娘的臉刷地就紅了，一把將興哥兒推了出去，起身就跑。

興哥兒叫道：「回來，咱們好生說說話！」

李三娘臉紅得跟什麼似的，跑去太婆婆那裡說話了。

興哥兒急得直拍大腿，周公之禮可不能忘呀！

何子衿幫著娘家把後續的事都處理好，就帶著阿曦回家去了。眼瞅就是阿曄的親事，何子衿還有得忙。沈氏一個勁兒叮囑：「回家先休息幾日，這幾天妳也夠費神的了。」

兩個兒媳一個坐月子，一個養胎，全靠閨女幫忙，沈氏心疼閨女極了。

何子衿笑，「娘，您就放心吧，阿曄那裡也沒什麼可忙的了，東西都採買得差不多，趁著興哥兒成親，我倒省了不少事。」

沈氏便讓她們母女回家去了，就是沈氏，也是要歇幾日解解乏的。

何子衿是晚上才聽江念說了永福大長公主家的嫡長孫女與曹家嫡長孫聯姻的事，不由感慨道：「這些大家大族，聯姻真是無處不在。」

何子衿時常出入慈恩宮，自然曉得永福大長公主在宗室的地位。像曹家，她其實是很看不上這家人，但看不上又有什麼法子，人家是曹太后娘家，舉凡聯姻，皆是權貴之家。

何子衿道：「我聽說永福大長公主的夫家吳家已是有些沒落，如今勉強有個爵位罷了。不過，永福大長公主是太宗皇帝的親閨女，她的兒子生來也是有爵位在身的。」

江念不認為這是個好消息，問：「永福大長公主在慈恩宮如何？得太皇太后心意嗎？」

何子衿道：「永福大長公主雖是太宗皇帝嫡長女，但聽說她的生母胡皇后乃是死後被太宗皇帝立為皇后的，用咱們民間的話說，就是死後扶正的。太宗皇帝的原配皇后姓褚，長泰大長公主是這位褚皇后的女兒，所以在慈恩宮論起座次來，縱然永福大長公主年歲較長泰大長公主略長些，但她是排在長泰大長公主之下的。要說太皇太后那裡，除了曹太后這實在是招了太皇太后嫌的，不過，上遭永壽宮之事曹太后認了錯，太皇太后待曹太后一如待蘇太后。太皇太后那裡，委實看不出這位娘娘心裡到底喜歡哪個還是厭惡哪個。」

江念尋思道：「永福大長公主的夫家已是沒落，長泰大長公主的夫族是永安侯府，永安侯雖只是侯爵之位，但唯一能與永安侯府一較高下的，就是陛下將來的妻族柳國公府了。」

何子衿道：「你說，長泰大長公主夫家比永福大長公主的夫家更加顯赫，那曹家怎麼不與永安侯府聯姻啊？」

江念想了想，「要是永安侯府願意，倘我是曹家，再不能拒絕的。未與永安侯府聯姻，可見永安侯府並無此意。」

何子衿低聲道：「其實叫我說，太皇太后雖一向待人公正，可想想，便是聖賢也該是有喜惡之心的。我進宮雖不多，但每次進宮，蘇太后必然在慈恩宮服侍。宮裡兩位太后，一位雖非陛下生母，但恭敬孝順，另一位是陛下生母，先前諸多過失。再公正的人，縱面上不表露出來，心裡到底得喜歡這恭敬孝順的。只是一樣，太皇太后如今顯位，可太皇太后畢竟老了。如永福大長公主願意與曹家聯姻，難道不是圖謀以後？陛下畢竟是偏心生母的。」

江念冷哼，「曹家？哼！」

何子衿想到自家的政治立場就有些為難，江念雖然沒有很明確的政治立場，他自然是希望陛下安安穩穩親政掌權的，偏生自家又與曹家有摩擦，她著實擔心將來。

何子衿看江念的樣子，似是有什麼主意。

江念的主意很簡單，他只是與小唐大人越走越近罷了。江念很有自知之明，他不過四品小官，都搆不到帝都權貴圈的邊兒。他自己說要幹掉曹家，那是做夢。與其如此，就不如跟著更有實力的人，譬如唐家。

江念與曹家有矛盾，小唐大人則是與曹太后有嫌隙，而且兩家相交久矣，簡直再沒有這樣合適的天然同盟了。

江念這樣的選擇，很是出乎何子衿的意料之外。唐家雖然與曹家有隙，但唐家是太皇太后的鐵桿支持者。何子衿說起此事時，江念道：「我先時的確是以不大恭敬的心思忖度過太皇太后，說句老實話，滿朝文武那樣想的可不在少數，只是姊姊別忘了，先帝對我的交代是，任何時候都要跟隨太皇太后的意志行事。何況，論及對太皇太后的了解，難道咱們能比先帝更深？咱們也來帝都這一年多的時間了，我看，先帝這話當真是肺腑之言。」

江念的政治立場終於確定，這種選擇很顯然是與江念初到帝都時中立偏今上的政治立場是有些不同的，至於偏移是如何發生的，何子衿其實都有些說不清楚。不過，她與江念都不是很有野心的人，他們所有的選擇都是建立在要保護好自己小家的基礎上。

江念就與蘇家商議起阿曄與蘇冰的親事來。

興哥兒親事之後，江念就與蘇家商議起阿曄與蘇冰的親事來。

阿曄與蘇冰的親事是蘇巡撫夫婦親自定下的，自打去歲江家來了帝都，蘇尚書夫婦也為孫女的親事把了關，對阿曄的評價都不錯。如今就要成親，蘇家剛娶了孫媳，如今又要嫁孫女，自然是喜上添喜。

蘇老夫人與孫女道：「妳爹妳娘給妳定的這門親事很好，阿曄是個知道疼人的，江家的家風也好。這以後成了親，做了夫妻，更要和和氣氣的才好。」

蘇冰含羞道：「祖母只管放心，我不求大富大貴，只要夫妻齊心，就是好日子。」

蘇冰這裡出嫁在即，蘇尚書給另一個孫女蘇凝也定下了一樁親事，定的是長泰大長公主的嫡長孫。這親事先是口頭定下，還要再算了吉日，方正式下定。

蘇冰知道此事，過去向堂妹道喜。

蘇凝羞道：「姊姊莫打趣我。」

蘇冰道：「哪裡是打趣妳？李家公子可是有名的俊才。妳想想，曹家給閨女定的薛顯，雖也是壽婉大長公主的嫡長孫，可薛顯那品行名聲，全帝都誰不知道啊？李家門風清正，便是不論李家的門第，這親事也是祖父用心挑的。」

蘇凝微微點頭，「我知道祖父母為我的事沒少操心。」

蘇冰笑，「只要咱們過得好，長輩們樂得為咱們操心。」

這就是一夫一妻的好處了，如蘇尚書，別看少時就俊美之名傳遍帝都，其為人當真是不染二色，起碼成親後是如此，就守著髮妻一心一意，兒女們皆是同母所出，自然親近。家裡孩子們關係也融洽，如蘇冰，就對堂妹的親事很是高興，不因堂妹嫁入侯府而心生嫉妒。

姊妹們說了會兒私房話，蘇夫人對丈夫給孫女結的這門親事也很是滿意。

蘇尚書拈鬚道：「就是這李家小子不如阿曄生得好。」

蘇夫人橫丈夫一眼，「做曾祖的人了，也沒見你穩重些。阿曄相貌是好，可我主要是他人品端重，不然光生得好，不學無術，我也是看不上的。」

蘇尚書附和：「是是是，夫人說的對。」

蘇夫人再橫他一眼，笑道：「阿凝這也到了說親的年紀，原我還以為你會在今科進士裡給她尋一門親事呢。」

蘇不語道：「今年的進士哪裡有能看的？」

因孫子、孫女婿在春闈上雙重失利，蘇不語看今科進士榜頗有幾分不順眼。

蘇不語扇骨撐著下巴，靜靜出神。蘇夫人以為他在尋思什麼大事，便未打擾，蘇不語忽來了一句：「阿曄迎親那日，可得叫他打扮得光鮮些，方不辱沒他這帝都雙玉的名聲。」

蘇夫人揮手攆人，「去去去，不消你操心，忙你的去吧。」淨想些無聊事！

阿曄親事那排場，那真是興哥兒與蘇二郎兩人成親時的排場加起來都不如阿曄這個。倒不是江家特意給阿曄造的偌大陣勢，實在是阿曄靠顏值出名，他這帝都雙玉要成親，簡直是半城人出來圍觀。

雙胞胎跟著大哥迎親，看前後左右都是人，一個勁兒擔心，「可不能誤了吉時啊！」

還是蘇家人有經驗，蘇不語朝帝都府借了五百兵甲，將阿曄迎親的路給清理出來，阿曄這才平平安安到了岳家。蘇不語笑咪咪的，以過來人的口吻道：「你這算什麼啊，想當年我成親的時候，那真是全城出動，寸步難行啊！」

蘇夫人笑，「你都年老色衰了，便別提當年啦！」

因阿曄生得好，都沒怎麼受為難就接到了新娘子。

雙胞胎想著，等他們成親時是不是也要託人借些甲兵，不然他倆會不會也像大哥這樣人山人海圍著看，接不到新娘子啊？

雙胞胎一副嚴肅模樣，蘇不語逗他倆：「你們大哥成親，你們得高高興興的才好。」

雙胞胎道：「蘇爺爺，我們高興著呢，就是擔心以後娶媳婦，不知道去哪兒借兵。」

蘇不語給被倆逗得大樂，「這無須擔心，到時我幫你們借。」

二人連忙謝過蘇爺爺。

阿曄將媳婦迎回家去，還特意交代妹妹：「陪妳嫂子坐坐。」

宮媛已是出了月子，就在新房安排新人坐床一應事宜，聞言笑道：「行了，你就放心吧，我們與阿冰再熟不過的。」在女學時，大家都是同窗。說得新房的女眷們都笑了起來，阿曄摸摸鼻樑，再看媳婦一眼，出去敬酒了。

成親無非就是圖個熱鬧喜慶，在這一點上，江家是完全達標的。喜宴結束，阿曄被送回新房時，都醉得神鬼不知了。

送走最後一撥客人，江念與何子衿上床休息時，已近二更，夫妻二人卻是沒有睡意，何子衿道：「我總覺得阿曄出生似乎還是昨兒的事，這一晃眼的功夫，他就娶親了。」

「是啊，小時候瘦得像隻小猴子，我就怕他早夭。」

「呸呸呸！別胡說，我早給咱們阿曄算過，是長命百歲的命格！」

「我知道。」江念回憶著兒子自小到大的事兒，感慨道：「從此就是大人了。要是邊上有合適的宅子，姊姊妳留意著些，三四進的都可。」

「做什麼？」

江念道：「兒女長大，說快也快，雙胞胎也十一歲了，再過六年就到了成親的年歲。孩子們長大，早晚有分家另過的一日。我看義父家就很好，阿朱阿丹在後面的宅子住，住得不那麼擠，彼此也好相處。」總之，長子剛成親，江念這有遠慮的爹就開始算計著分家的事了。

何子衿想了想，道：「也好，我慢慢留心，倘有合適的宅子先置下兩處，縱咱們不住，暫且租出去也有租子可收。以後分家時，三個兄弟一人一個，一碗水端平。」

江念忽然一拍腦門，「忘了置處宅子給阿曦做陪嫁了！」

何子衿道：「眼下尋宅子一時怕沒有可心的。」

江念坐起身來，連聲道：「頭一回辦嫁妝，沒經驗啊，怎麼就忘了這事？」

何子衿拉他躺下，「這可急什麼，眼下阿曦嫁妝已是齊備了，待過幾天親家來帝都，先把親事辦了再說。親家急的也是阿曦與阿珍的親事，宅子我慢慢看著，要是有合適的，給阿曦添個園子倒罷了，屆時就說是嫁妝補貼也是一樣的。」

江念此方點頭，仍舊有些遺憾，「妳看兒媳婦進門，磚啊瓦的都齊全，到時咱阿曦出嫁，只有磚沒有瓦。」這年頭成親，女方嫁妝，磚代表田地，瓦就代表宅院。

「別嘟囔了，這不是一時沒想起來嗎？」何子衿先是忙興哥兒娶媳婦，又是阿曄娶親，這馬上就是嫁閨女，興哥兒和阿曄還好，雖勞累些，但都是家裡添人口，閨女不一樣啊，閨女是嫁出去的，何子衿心裡正不好受呢，江念還總叨叨，叨叨得何子衿心煩。

夫妻倆說了大半宿的話，天將明時方睡下，結果就是第二天起晚了。

何子衿埋怨丫鬟：「怎麼不早些叫我？」

丫鬟道：「大爺過來，聽說老爺太太還在睡，吩咐我們不要打擾的。」

何子衿與江念起床梳洗好，這回丫鬟有眼力了，過去知會小夫妻二人過來。阿曦、雙胎和重陽宮媛一家都來了。待小夫妻敬了茶，一家人用過早飯，何子衿與阿曄道：「帶阿冰去你祖父那裡見個禮，他一直記掛著你的親事呢。」

阿曄道：「是，我正要帶冰妹妹過去。」

在阿曄的印象裡，朝雲祖父待些不熟悉的人一向冷淡，不想，見蘇冰倒是和顏悅色。

朝雲道長面色柔和，問道：「昨日成親可還好？」

阿曄笑，「都好，很順利。」

朝雲道長點點頭，阿曄帶著新婦向祖父行禮。朝雲道長接茶呷一口，便命聞道捧上一個紅漆木匣給了蘇冰。蘇冰恭敬接過，獻上給長輩的針線。

朝雲道長再次頷首，道：「行了，你們回去吧。」便將二人打發走了。

阿曄有些反應不過來，先時還覺得祖父待媳婦和氣，咋這麼快就打發他們走人啊？不過，朝雲道長都下逐客令了，阿曄便沒多留，帶著媳婦告辭而出。及至車上，看蘇冰似是不安，阿曄笑道：「祖父給的什麼，這麼大一匣子，打開來看看。」

蘇冰打開來，阿曄原想著無非是吉祥玩器之類，結果是兩張紙。拿起來細看，卻是一張房契和一張地契，阿曄瞧得手一抖，連聲道：「這也太貴重了。」

阿曄是想著朝雲祖父大約會給些見面禮什麼的，這在阿曄的意料之中，因為他們訂親時朝雲祖父也給了的，可沒想到這成親，朝雲祖父是直接給宅子給地，阿曄迷惑死了。

蘇冰湊過去看，房契是一處莊園，五進大宅。這還好，帝都豪宅多了去，五進大宅什麼的，蘇家也有，但地契就太貴重了，百頃的大莊子，帝都地貴，這就是十萬兩銀子。

蘇冰更是不安了，道：「祖父是不是拿錯匣子了，要不，咱們送回去給祖父吧？」

向長輩請安，沒說幾句話就被打發出來，蘇冰還以為這位長輩不大喜歡自己呢，可若是不喜歡自己，如何給這樣貴重的東西，娘家給的嫁妝也沒這些銀子呢。

阿曄想了想，道：「是得去問問。」

要說他成親，朝雲祖父便是補貼一些，也別給這樣的巨額財產啊！阿曄有些不安，小倆口又坐車回朝雲祖父那裡，卻是沒見到朝雲祖父，聞道傳話：「阿曄，先生有些累了，先時吩咐我說，要是你們回來，就讓我告訴你，這是給孫媳婦的，不是給你的。」

阿曄只得帶媳婦回家去，同他娘商量。

何子衿尋思道：「既是給阿冰的，阿冰收著就是。」

蘇冰驚嚇著了，「母親，這也太貴重了！」

何子衿道：「長輩給晚輩東西，不是看貴重與否，這是長輩的心意。朝雲師傅送出來的東西，斷不會收回，妳就收著吧。」

蘇冰道：「要不，母親替我收著吧？」

何子衿笑，「只管放心，妳是合了師傅的眼緣，要是他看不上妳，見都不會見妳。」婆婆這樣說，蘇冰看看丈夫，便收了起來。

何子衿道：「這事不要與別人說去。」

蘇冰連忙應了。

何子衿讓孩子們下去休息，方與江念道：「這件事情不大對。」

「是啊，平白無故，怎麼給阿冰這麼些東西？」江念也覺得蹊蹺，雖然朝雲師傅一直很疼幾個孩子，但這樣的見面禮仍是太過貴重了。而且，朝雲師傅是個十分清楚的人，東西給誰的就是誰的。若是給阿曄的，就不會放到蘇冰手裡。這說是給蘇冰的，就是給蘇冰的。

何子衿道：「還有，要是師傅真的喜歡阿冰，怎麼阿曄帶阿冰見禮時，反是那樣快地打發他們呢？阿曄再帶阿冰回去，師傅誰都沒見。」

何子衿很是不放心朝雲道長，起身道：「我去師傅那裡看看吧。」

江念拉住她，「便是去今天也不要去，明天再去。」

等到何子衿過去，朝雲道長一副沒什麼大不了的模樣，輕描淡寫道：「不過是一處宅子、一處莊子，這有什麼，也值得大驚小怪。」

何子衿道：「您隨便一出手，就比我們全家的家產都多，可不嚇我一跳。師傅，您可別這樣了，孩子嘛，吃穿不愁也就是了。想要什麼，得叫他們自己掙去，您這啥都給了，他們以後就不知上進了。」

朝雲道長閒翻棋譜，「不會，阿曄不是這樣的人。」

何子衿啥都沒打聽出來，只得作罷。

倒是蘇冰三朝回門時，祖父在家。

蘇不語叫了孫女去書房說話，沒問別個，就問一件事：「妳去見過方先生沒有？」

「方先生？」蘇冰一時沒反應過來。

蘇不語道：「就是朝雲道長。」

「見過了。」蘇冰這才曉得朝雲道長俗家姓方，有些猶豫該不該把朝雲道長給她那樣貴重見面禮的事告訴祖父，婆婆不讓外說的。她年紀輕，心思淺，這一猶豫哪裡瞞得住一部尚書的眼睛，何況蘇不語做的還是刑部尚書，蘇不語問：「怎麼說？」

阿曦道：「婆婆不叫我外說，祖父，您可得保密。」

蘇不語好笑，「一定保密，連妳祖母我都不說。」

蘇冰這才與祖父說了，蘇冰道：「按理，就是給，也該是給相公。我算是孫媳婦，哪裡有婆家長輩突然給孫媳婦這許多產業的？我原是想讓婆婆收著，婆婆卻叫我自己收著，我都有些不知如何是好了。」

蘇不語面上不露分毫，和顏悅色道：「既是給妳，妳收著就是。這些產業，於你們小孩子看來太過貴重，但於那位方先生，委實不算什麼。阿曄是江家長子，方先生待他情分不同。愛屋及烏，自然也更看重妳。長輩待你們好，你們也得知道孝順。妳閒了就做些針線，做些吃食，多過去請安才好。」

蘇冰正色應了。

蘇不語便讓孫女去老妻那裡說話去了，待蘇冰走後，蘇不語方長聲一嘆，良久無言。

阿曄與蘇冰小夫妻就這麼稀裡糊塗得到了一筆巨產，一躍為家裡最富有的人。

何子衿正式升格做了婆婆，然後覺得有了兒媳婦當真是輕鬆啊，家裡許多事就能交給兒媳婦做。至於蘇家，聽說何子衿把家事交了一部分給蘇冰管著，心中更是滿意，覺得江親家實在是再好不過的婆婆，這麼快就叫自家女孩兒幫著管家了。

人是這樣的，忙些反而沒什麼，倘沒事做，每天閒著，倒不如忙些的好。

阿曦都覺得，蘇冰做事特有勁頭。

蘇冰新媳婦有勁頭，剛做了婆婆的何子衿則有些提不起精神來。

尤其是隨著阿曦的婚期將近，何子衿越發沒精神了。

蘇冰看婆婆沒精神，還以為婆婆病了呢，私下與丈夫說了，阿曄連忙給他娘把竇太醫請來了，竇太醫一診，說是鬱結於心。阿曄就沒能明白，他娘這是鬱結什麼呢？他剛娶了媳婦，婆媳關係也挺好，眼瞅他妹大喜日子就要到了，正是闔府喜氣的時候，如果不是竇太醫診出來的結果，阿曄非得認為這是個庸醫不可。

阿曄不明白，江念卻是明白子衿姊姊的，因為江念近來也頗有些心事。

不為別個，捨不得閨女啊！

一想到養了這麼多年的閨女就要嫁到別人家做媳婦去了，江念這顆慈父老心就忍不住酸酸的。哪怕紀珍被稱紀玉樹，也完全不能讓江岳父放心啊！

何子衿也是一樣的，心裡這個滋味啊，簡直不知道該跟誰說去。

跟江念說吧，江念只有比她更難過的。跟爹娘說吧，一把年紀了，承受能力還不如江念呢。跟朝雲道長說吧，朝雲道長更別提，老頭想法一向不與凡人同，何子衿擔心跟朝雲道長一說，朝雲道長發大招啥的，但何子衿也不能自己憋著啊，她也不是個能憋著的人，何子衿就去找她舅說了，何子衿道：「養閨女真是太苦了，一想到阿曦要嫁人，我這心就酸壞了。」

沈素頗有些哭笑不得，「當初妳嫁人前，妳娘也是這樣跟我說的。」

「我怎麼一樣，我當時成親還是住家裡。」

沈素道：「後來到北昌府，妳與阿念在縣裡過日子，可覺得辛苦？」

「那有什麼苦的，雖然比咱們老家是差些，也沒到苦的地步。」何子衿對物質要求一向是衣食不缺就是，再加上性格樂觀，她是真心不覺得沙河縣苦，她還挺喜歡北昌府的。

「那會兒就與娘家人分開了，妳覺得日子如何？」沈素繼續問。

何子衿道：「我那會兒什麼年紀，再說，阿曦能跟我比嗎？她還小呢。我一想到她這麼小就離開我，我就難受得飯也吃不下，只想在床上躺著。」

沈素險些噴了茶，連忙道：「妳可別這樣，眼瞅親家就要來帝都了，妳起不了床，還得以為妳生病了呢。」

「我一點精神都提不起來。別看我料理興哥兒、阿曄的親事特有精神，我一想起阿曦的事，我就半點不想動彈了。」

「我這兒有兩株老參，要不妳吃了提提神。」

何子衿被她舅逗笑了，忽然埋怨起她舅來，「舅，你怎麼不早些給阿玄成親，要是我與阿玄做親家，阿曦就在我隔壁，多好啊！」
天可憐見，紀珍家宅子離岳家也就一炷香時間的路程，岳母還嫌離得遠。
說到這事，沈素還真是挺可惜，「當時沒算到這兒，不然我早給阿玄辦親事了。」
何子衿跟她舅唉聲嘆氣大半日，這才回家去了。
何家是一邊準備阿曦的親事，一邊捨不得。紀珍則是歡歡喜喜迎來了來帝都述職的父母和弟弟，紀珍不曉得是婚期將近，還是見著父母兄弟高興，反正是喜上眉梢啊。他原就生得俊，這般喜悅神色更是襯得眉目俊逸，若玉珠生輝。
紀珠咋舌，跳下車道：「好幾年不見我哥，我哥生得更好看了。」
紀珍敲紀珠一記，「男孩子哪裡能用好看來說的。」父親要進宮述職，紀珍先接了母親和弟弟回家。紀夫人回家見宅子已是收拾齊整了，想著長子一人在帝都，連親事都自己操持，饒是紀夫人一向剛強，也不禁動容，輕輕拍了拍長子的手，道：「很好。」
紀珠一副很懂行的模樣，也跟著點頭，「這宅子不錯。」又問：「大哥，你跟阿曦姊的新房也收拾好了嗎？在哪兒？我去看看。」
紀珍給母親遞上茶，「我們的新房，你去看啥？」
「我幫大哥你看一看，免得阿曦姊不喜歡。」
紀珍道：「還用你看，你阿曦姊喜歡得很。」
紀珠很想去看，紀珍只得讓侍女先帶他去看新房，自己坐著陪母親說話，道：「阿珠又長高許多，這麼遠的路過來，他倒是一點都不累。」

紀夫人笑道：「他哪裡累，一路上問了八百遍什麼時候到帝都。」

紀珍問：「娘，大姊沒來嗎？」

紀夫人道：「原本是想讓你大姊、大姊夫一起過來的，不想這臨行，你大姊檢查出身孕，哪裡還敢讓她行遠路，以後再說吧。」

紀珍笑，「這可真是喜事。」

「是啊！」紀夫人笑，「出門前便遇這樁喜事，這一路上也是順順遂遂的。」

母子倆說著話，紀夫人略歇了歇，也跟著長子先去看了新房。

紀珠這先看過一遍的就給他娘做起嚮導來，他來到帝都簡直是歡樂得不得了。自小出身在北靖關的紀珠，乍來帝都，完全是與雙胞胎初到帝都的感覺一模一樣。這種感覺，與雙胞胎特有共通話題，幾人年紀也相仿，雙胞胎見了紀珠，很有些帝都人的優越感，雖然他們這帝都人也不過做了一年多的時間。

紀容陛見之後，第二日江家就給紀家遞了帖子，第三天一家人正式拜訪，江家很鄭重地接待。阿曦因在待嫁中，按現在的規矩，並未出來相見。

兩家主要是就成親的一些禮儀進行商議，這方面雙方都很好說話，紀家因紀氏夫婦特殊的經歷，在這方面都不大講究，何況親家何子衿是有名的大仙，一切都聽親家的就是。因紀家態度和氣，江家夫婦總算是把嫁女前的心酸略略收了些。想著閨女早晚都要出嫁，紀珍這到底是知根知底看著長大的孩子。

兩家說定了成親的事，江家舉辦盛宴招待紀親家。

大家都在前頭吃飯，就阿曦一個在自己屋裡吃。紀珠與雙胞胎過來，紀珠還神祕兮兮地塞給嫂子一個小紙團。阿曦偷偷一看，是阿珍哥寫的情詩，這可真是……酸死人了。

待紀珠走時，阿曦回了一首更酸的。

紀珠做為他大哥的小信鴿，回家邀功般把嫂子回的詩交給大哥。紀珍接了詩，摸摸紀珠的頭，覺得弟弟沒白吃這些年的飯，總算有些用處，「你這頭一遭來帝都，待大哥閒了，你想去哪裡玩，大哥帶你去。」

紀珠鬼頭鬼腦道：「大哥成親前我就去找雙胞胎，大哥成親後再說玩的地方吧。」

紀珍十分欣慰，讚他弟：「孺子可教也。」

紀珍高興地等著娶媳婦，江家雖捨不得嫁閨女，也知道閨女早晚都得有這一天。閨女嫁出去固然難捨，可要搞得跟李二娘一般，十八了還沒婆家，更叫人著急呢。

說到李二娘，倒是有一樁事。十八歲要擱何子衿前世，那絕對還是花骨朵的年紀，可在這年頭，一個姑娘家十八還沒婆家，真能急死娘家人。李家人約莫是真急了，李夫人還跟何子衿打聽了一回大寶。

說起大寶，簡直比李二娘還叫人急，何琪與江仁來信都說了，不拘什麼家世，只要是正經人家的閨女，只要大寶肯成親，他們就樂意。

關鍵是，大寶對愛情的忠貞簡直是兄弟中的第一人，他當年說喜歡隋姑娘，大家都以為是少年情懷，怕不能長久，偏生大寶就是個長情的，至今仍是癡戀隋姑娘。這樣的大寶，怎麼可能同意李家的親事，何子衿委婉地同李夫人說了大寶的情況，李夫人便也罷了。

李夫人也知道隋姑娘，因為這幾年隋姑娘就在女學，每個月要去巡撫府回稟女學事宜，故而李夫人對她還算熟悉。李夫人性子寬闊，並不因何子衿替大寶回絕了親事便心有不悅，李夫人說話極公道：「隋姑娘人品行事都是極好的，這幾年女學的事情多是她在打理，什麼事都辦得清清爽爽。以前在北昌府時，我聽聞好幾戶人家打聽她，她都未曾許婚。要是江翰林誠心誠意，與隋姑娘能結百年連理，當真是一樁極好的姻緣。」

李夫人用隋方幫著管理女學，自然查過隋方，也知道隋方因不能生育與前夫和離之事。就李夫人對隋方本人的評價，除了不能生養，當真是個好姑娘。大寶這般鍾情，李夫人與隋姑娘雖交情不深，但隋姑娘在女學這些年，李夫人心裡也有數，自然盼她有段好姻緣。

何子衿道：「我們一家子都盼著隋姑娘點頭呢。就是我那表嫂，這幾年也想通了，做父母的，雖是盼著兒孫樣樣都好，可到底是為了兒孫過得高興，倒是隋姑娘有些顧慮。這也怪不得隋姑娘，誰經過她的事，也會對再婚有些卻步。不過，大寶這樣的深情，這世間肯辜負這樣深情的人肯定不多的。」

李夫人點頭，「是啊！」

替大寶婉拒了李家的提親之意，何子衿就開始準備阿曦添妝之事了。

何家的要緊親戚基本上都在帝都，阿曦的添妝禮自然很熱鬧，尤其這一天也是女方曬嫁妝的日子。何家給阿曦準備的嫁妝也很夠看，儘管何子衿一直想著低調低調再低調，但阿曦訂親早，這嫁妝置辦不是一蹴而就的，何子衿更是如此，平時得了什麼好物件，就分出一部分放到阿曦的嫁妝裡。這些年攢下來，哪怕何子衿一直要低調的人，如今整理出嫁妝單子也是有些不大低調。起碼，阿曦這份嫁妝比起蘇冰的嫁妝來半點不遜色。

要知道，蘇冰出身世宦大族蘇氏，江家不過寒門出身。倘不是何子衿的胭脂鋪子在帝都漸漸打響名聲，他家這麼給閨女預備嫁妝，怕就得有御史彈劾江侍讀有貪汙之嫌，不然你一蜀中寒門，咋能給閨女整出這般豐厚的嫁妝哩。

何子衿瞧著嫁妝單子時也覺得，自己給閨女預備的嫁妝還算不錯。結果這何子衿眼裡的還算不錯，在朝雲道長看來，就很有些挑剔的意思。

是的，阿曦曬嫁妝，朝雲道長這位資深宅男也過來了。他一來，自然得先顧他老人家。朝雲道長看了一遍，搖搖頭，卻很給女弟子面子，沒直接批評，就是給阿曦添了十臺嫁妝。

別人添妝都是論套論件，朝雲道長這樣的大戶，是論臺的。

何子衿很擔心師傅放大招，一直碎碎念：「孩子們還是要艱苦些好。」

朝雲道長道：「長輩們艱苦奮鬥，難道是為了讓孩子吃苦？」一副慣孩子口吻，不理女弟子，神祕兮兮地與阿曦道：「明兒個過來，我有好東西給妳。」合著您老人家還沒給完？

有朝雲道長這十臺添妝，別人再怎麼添也比不過他老人家。不過，親戚家女孩子少，阿曦嫁人，添妝著實不少。就是遠在北靖關的蔣三妞與江仁、姚節三家都打發人送了添妝禮。

何子衿最後一整理，阿曦嫁妝又多了十幾臺。

蘇冰這新過門的嫂子，也給阿曦添了一套玉器，還與丈夫商量著，要不要給阿曦添些私房。蘇冰本就是個大方人，何況她與阿曦多年同窗，原就是好友，再加上前些天發筆橫財，蘇冰自己收著那麼大一筆產業，很有些過意不去，就想著補貼小姑子小叔子一些。

阿曄道：「從我私房裡取一千兩，到時我給阿曦，算是咱們做兄嫂的一番心意。」

蘇冰問：「你私房有這麼些銀子，父親母親知道不？」

「當然知道。」阿曄道：「這都是小時候的壓歲錢、月錢攢下來的，後來重陽哥做生意沒本事，找我們出份子參股，裡頭有這些年的分紅。還有就是在北昌府買的一些田地，每年有收成。我平日裡又不怎麼用錢，攢的時間長了，也就多了。」

蘇冰道：「我以前也經常攢月錢，怎麼就沒想到置田地呢？」

阿曄道：「一般大家大族都在一處住著，子弟不准置私產吧？」

「這種規矩其實也就是說說，要是誰在外置些私房，家裡大都是睜隻眼閉隻眼的。不過我們女孩子都是在家，出門的時候少，就是想置些私房，也不曉得如何置。男孩子小時候都在念書，怕置私產反分了心。」

「分心倒也有一些，但早些懂得經濟事務不全是壞事，就看家裡如何引導了。我剛中秀才的時候，還跟著父親打雜過。」阿曄道：「初時接觸這些事，於念書上是有些分心，可知道些庶務，於文章見解上大有裨益。讀書人會出去遊學，就是為了增廣見聞，怕讀成呆子。」

小夫妻倆說了回私房話，何子衿正與阿曦說：「明天去妳祖父那裡，要是給妳什麼特別貴重的東西，妳勸勸妳祖父，心意不在貴重上。」

阿曦道：「我看看吧，誰能勸得動祖父啊？他要是沒拿定主意，興許能勸。要是拿定了主意，神仙也勸不住。」

何子衿想想朝雲師傅的脾氣，也是無奈，很擔心朝雲師傅直接又把阿曦變成大戶。

阿曦自己嫁妝不少，本就是大戶了好不好？

第二天一大早，阿曦就去了朝雲祖父那裡，關鍵是阿曦的打扮，金光閃閃，彷彿本姑娘很有錢的暴發戶模樣，著實辣眼。

朝雲道長覺得都要被阿曦腦袋上的金飾晃成老花眼了，道：「平日裡挺好的，怎麼這要成親就穿金戴銀起來了？」

阿曦扶一扶髮間金釵，道：「我娘擔心您給我什麼貴重得不得了的東西，先叫我跟您說，我可是不差錢的。」

朝雲道長一樂，「妳娘就是這麼個性子。」

朝雲道長是帶阿曦去看宅子的，宅子的位置很近，就在朝雲道長莊園旁邊，五進大宅。朝雲道長能帶阿曦過來看，自然是極好的宅子。阿曦也是連連稱讚，說這宅子收拾得好。

朝雲道長道：「我看這宅子也還住得人。」

阿曦還以為朝雲祖父是要送自己宅子呢，這回她未料對，朝雲祖父就帶她看了看，之後提都沒提宅子的事，留阿曦用過午飯就讓她回家去了。知道她這將成親，要準備的事情多，並不拉著孫女久留。

阿曦出嫁之期很快到來，阿曦覺得這出嫁的日子與尋常日子也沒什麼差別，除了有些小小的緊張與羞澀外，就是各種忙，忙得她爹她娘都忘了傷感。何子衿豁出臉面，尋了位在帝都權貴圈全福界很有名氣的夫人給閨女梳頭，她請的是小唐大人的夫人。

唐夫人夫妻恩愛，兒女雙全，子孫興旺，在帝都一向有名，什麼名門閨秀的及笄禮、新娘子出嫁前請的梳頭的全福夫人，這樣的事唐夫人沒少幹。一般必得是家族興旺的全福婦人才會被人邀請，因與江家打交道這些年，唐夫人也挺喜歡這家人。江家雖不是顯赫家族，也是中等人家，再者，唐夫人見過阿曦，紀珍於帝都也一向有些名聲，何況，這是靖北大將軍長子成親。唐夫人自然願意給江家這個面子，很樂意就來了。

阿曦本就生得好，打扮起來更是面若春花，唐夫人讚道：「也就阿曦能配紀玉樹了。」何子衿心中既不捨又驕傲，「他們倆青梅竹馬，也是天生的緣分。」

江家一大早上就熱鬧起來，自上午開始送嫁妝，到下半晌這嫁妝方算送完。一切如別家嫁女時相同，唯一不同的是，紀珍來接新娘子，阿曦做為兄長得送親。帝都雙玉難得同時出現，尤其紀珍穿的是大紅喜服，阿曄身為送妹妹出嫁的兄長，也是一身暗紅袍子。紀珍騎的是一匹棗紅色大馬，阿曄為取個吉利，用的也是一匹棗紅駿馬。

這兩人並轡而行，不知道的還以為他倆成親呢。

街上那些大姑娘小媳婦更不必提，簡直是傾城圍觀。上回阿曄接新娘子，只用了三百甲兵清理行道，如今兩人同時出現，三百甲兵明顯不夠，帝都府出動五百人馬方令喜隊平安到了紀家。帝都府尹為此大是不滿，連聲道：「人心不古啊！」大姑娘小媳婦都只看臉，如老夫這樣才華滿腹的簡直是越來越沒市場！

紀家的熱鬧其實不及江家，主要是紀家人丁單薄，既無什麼族人，也沒什麼親戚。紀容一直在北靖關為官，帝都交好的同僚亦是有限，故而來的人並不多。

好在紀容官高位顯，縱使來賀喜的人不算多，太皇太后卻是極給紀家面子，逢此大喜之日，特意頒下賞賜，賞賜之豐厚，令諸多人不解。一般宮中這種賞賜，都是極有講究的，什麼官職賞什麼東西。依紀珍的官職，還不夠賞賜的資格。大家認為，這是慈恩宮看在紀容多年駐守北靖關的功勞給的賞賜，但依著紀容的品階來賞，這賞賜也忒厚重了吧？因為除了些吉祥玩器之外，太皇太后還賞了新人一處五進大宅。

五進大宅？當年太皇太后的親侄子成親，太皇太后也未如此厚賞。

阿曦有些懵，實未料到她與阿珍哥成親會得到慈恩宮賞賜，不過，聽到這五進大宅的時候，阿曦突然明白了，這事一定是朝雲祖父的手筆，因為太皇太后賞他們夫妻的宅子，就是朝雲祖父帶她參觀過的那座宅邸，地理位置極好，就在朝雲祖父莊園的隔壁。

阿曦：原來祖父的大招在這裡啊！

江念與何子衿是第二天才知道太皇太后賞賜之事的，兩人都是聰明人，尤其何子衿，阿曦那天從朝雲師傅那裡回來後，說過祖父帶她看宅子的事。何子衿略一思量，就明白這是朝雲師傅發的大招了。怪道阿曦出嫁，何子衿捨不得閨女，險些難受出個鬱結於心來，師傅卻是精神抖擻，跟個沒事人一樣，原來老頭是早有準備啊！

江念很是羨慕，道：「這法子也就朝雲師傅能用了。」除了朝雲師傅，誰能請得動太皇太后這尊大佛啊？若沒有朝雲師傅出面，太皇太后根本不會賞賜紀珍與阿曦。

這種猜測則是錯了，太皇太后對臣下一向優容，紀珍與阿曦成親後，太皇太后還讓紀夫人帶著阿曦進宮說話來著。阿曦是第二次進宮向太皇太后請安，仍覺得十分榮幸。

待阿曦三朝回門時，說起此事時，都是滿面榮光的模樣。

何子衿拉著閨女，先看閨女的氣色，白裡透紅。這才嫁去三天，就是婆家再刻薄，也不能三天就把媳婦刻薄得面黃肌瘦啊，何況紀家又不是刻薄人家。再看閨女神采，稱得上神采飛揚，何子衿這便放心了。蘇冰陪著說了幾句話，就去廚下張羅中午席面，留下空間給母女倆說些私房話。

何子衿這才問起閨女在婆家可好，阿曦道：「挺好的，婆婆待我很親近，阿珠與我也好，公公雖一向嚴肅，不過，我們並不在一桌用飯，也沒什麼。」

阿曦是半點壓力都沒有，主要是公婆待不了多久就要回北靖關，以後還是她與阿珍哥一起過日子。當然，這樣想有點不賢良，但阿曦也就心裡想想，嘴上是不會說的。

何子衿問：「吃飯可吃得慣？」

各家有各家的口味，何子衿就擔心閨女剛嫁過去吃不慣婆家的飯食。

阿曦想到這事就覺慶幸，道：「娘，您忘了，公公婆婆都是蜀人。說來，咱們兩家本就是同鄉。我覺得公婆飯食上的偏好，比咱家更偏蜀中口味。」

何子衿先問閨女在婆家的適應情況，其後方問小倆口相處如何。阿曦初初嫁人還是有些害羞的，道：「阿珍哥太纏人了。」

何子衿滿眼含笑，「新婚夫妻都是如此。」

何子衿見閨女樣樣都好，便與閨女道：「趁著離午飯還有些時候，妳與女婿先去妳祖父那裡請個安，他老人家也惦記著你們。」

阿曦偷笑，「祖父可真是，給莊子就給莊子唄，還要借太皇太后的手，弄出這樣的聲勢陣仗。自從太皇太后賞了那樣多的東西，家裡的訪客一下子比往時多了三成。」

何子衿道：「妳怎麼還懵著呢？要是成親前給妳，是給妳的嫁妝。經太皇太后賞賜下去，這是朝廷的恩典。」

「這有何不同？」阿曦畢竟年輕。

何子衿道：「要是妳的嫁妝，你們小倆口偶爾住住也就罷了，怎好長住？紀家在帝都又不是沒有宅院，總住妻子的陪嫁，阿珍面上不好看。要是朝廷的恩典，既然領了，住得光明正大，不住都不好。」

「哦……」阿曦這才明白朝雲祖父的用意。

阿曦不是個矯情人，笑道：「我不曉得還有這些門道。」又道：「那宅子是極好的。」

「自然。」師傅出手的東西，就沒有差的。

何子衿命人請了紀珍過來，讓他們小倆口去朝雲師傅那裡請安。紀珍與阿曦現在出門走路都是手牽手，看得何子衿都覺得肉麻，人家小倆口卻是挺美的。

朝雲道長望著一身大紅衣裙的孫女，想著孫女這樣的才貌品行，本無可相配之男子，勉勉強強也就一個紀珍還算差不多了。

朝雲道長見著小倆口很高興，問阿曦：「在夫家過得如何？」

阿曦笑，「很好，公公婆婆和阿珍哥都待我很好。」

朝雲道長微微頷首，看向紀珍，「阿曦比你小幾歲，平日裡你就要多疼她多讓她。」

紀珍正是新婚之喜，笑得見牙不見眼，「是，祖父只管放心，我什麼都聽曦妹妹的！」

朝雲道長聽這話就比較高興了，覺得紀珍有眼力又懂事。

阿曦當真認為，也就是她與阿珍哥青梅竹馬，而且，阿珍哥性子寬闊，不然遇到個小心眼愛計較的，看到太岳父這般口氣挑剔，嘴上不說，心裡也要彆扭的。

紀珍沒這種彆扭，他小時候在岳家寄宿念書，那會兒便認得朝雲道長了。朝雲道長就是這樣的性子，別說，紀珍自己想想，還很能理解朝雲道長的想法。要是他以後有了孫女，孫女出嫁，見著孫女婿，哪怕不這樣說，心裡肯定與朝雲道長是一樣的想法。

朝雲道長見紀珍知情識趣，想著阿曦這親事訂得不錯，青梅竹馬，相處起來果然容易。

朝雲道長對紀珍的滿意就增加了幾分，讓紀珍去找羅大儒說話，他單獨留阿曦下來問阿曦在婆家過得可好，關鍵是，朝雲道長還神祕兮兮地與阿曦說了一句：「隔壁那宅子我叫人都收拾好了，挑個吉日就搬過來吧。」

阿曦也樂意住祖父隔壁，他們在一處慣了的。阿曦道：「公公來帝都述職，還是待公公走後我們再搬吧。不過，公婆就來這幾日，還要搬回家，也夠折騰的。」

將事情定下，朝雲道長很好說話，「那也成，先跟妳娘說擇個吉日。」

阿曦點頭應了。

朝雲道長十分滿意，搖一搖手裡的白羽扇，道：「妳臨出嫁前，看把妳娘愁壞了，我都怕她愁出病來。妳娘是個實心眼，既捨不得，光發愁有什麼用啊，搬個家不就得了。」

朝雲祖父語氣之輕鬆愜意，令阿曦頗為無語。

阿曦道：「您老人家有這法子，不早些與我娘說，我娘也就不愁了。」

朝雲道長道：「我要是與她說，她定要叫我在妳家附近給弄處宅子不可。那樣多不好，弄得阿珍像入贅似的。安排在我這邊，離妳家不遠不近，既方便又避嫌，是不是？」

阿曦真誠地道：「要不是我娘跟我說這裡頭的奧妙，我現在還懵著呢。」

朝雲道長摸摸唇上短鬍，笑道：「妳還小嘛。」

朝雲道長心情很不錯，也沒強留小夫妻二人在自己這裡吃飯，反正以後就住過來了，吃飯的時候多的是。於是，朝雲道長估摸著時間，很大方道：「妳娘定是預備好酒席了，你們這就回去吧，有空再過來。」很輕鬆地放小倆口回去了。

路上紀珍還說：「今天祖父心情很好。」

阿曦笑，「是啊！」

紀珍做官也這些年了，雖則官職不高，但官場上的門道他當真是比阿曦精通，紀珍想著太皇太后賞賜給自己與曦妹妹的宅子就在朝雲祖父隔壁，紀珍道：「妳說，太皇太后賞賜咱們祖父這附近的宅子，是不是想著讓咱們多孝順他老人家？」

阿曦道：「定是有這個意思的。祖父也就與咱們走得近些，以前小時候我還能在他身邊，後來漸漸大了，瑣事多了，就不能長伴膝下。」

紀珍握住阿曦的手，道：「待我著人過來看看這宅子，倘有哪裡需要收拾，先收拾出來，過些日子咱們搬過來也好。」

阿曦道：「不用收拾，都收拾好的。」

「妳怎麼知道都收拾好的？」

「先時祖父就帶我看過呀！」阿曦道：「那會兒咱們就要成親了，我還以為是要給我的添妝呢，後來祖父沒提這宅子，不想，咱們成親時太皇太后賞了下來。」

阿曦又道：「太皇太后就祖父這一個舅舅，祖父嘴裡不說，其實心裡是記掛太皇太后的。只是，尋常人家甥舅之間來往何其隨意，因祖父的出身，祖父並不常進宮，太皇太后也不是輕易出宮的人。在這帝都城，除了咱們，祖父一向不與別家來往，太皇太后自然願意咱們就近孝順祖父的。」

紀珍思量片刻，悄與阿曦道：「朝雲祖父這心眼可真嚴密，他定是捨不得妳離得太遠，才想起借太皇太后的手賜咱們宅子。」

阿曦笑，「是，不過，太皇太后定也是覺得這事可行，不然依我說，太皇太后並不是大張旗鼓的性子，她完全可以低調賞賜，偏在咱們成親的正日子賞下來，就是贊成的意思了。」

紀珍點點頭。

兩人在娘家吃過午飯，傍晚又吃過晚飯，此方辭了長輩，回家去了。

紀夫人的規矩不在繁文縟節上，她也不必阿曦在自己身邊立規矩什麼的，紀夫人只要看到長子與長媳那眉眼間的情意綿綿就高興了。看他們回來，問些江親家可好的話，見他倆已用過晚飯，就打發他們回去歇著了。

什麼規矩能比生孫子更重要呢？

就是紀容帶著家小回北靖關時，紀夫人對兒子媳婦諸多叮囑之外又多了一項，就是：「好生過日子，有好消息立刻打發人送信給我。」

好消息是什麼，自然不言而喻。

紀珍跟他娘保證：「娘，您只管放心，年前定有信兒的。」

阿曦羞得直瞪紀珍，這種事如何能保證，她娘可是成親三年才有他們兄妹的，叫阿珍哥這樣一說，壓力好大啊！

阿曦實不必太有壓力，她在今年成親的親戚朋友中是最晚的，三舅興哥兒、大哥阿曄，還有李大姑娘嫁蘇二郎，都排在她前頭，結果中獎率啥的，阿曦卻是獨占鰲頭。

她與阿珍哥剛搬到朝雲道長隔壁沒三天，就診出了身孕，以致於朝雲道長得了便宜還賣乖地道：「瞧瞧這宅子的風水！」覺得孫女這麼快有身孕，完全是宅子風水好的緣故。

朝雲道長這話得到了許多人的認同，尤其是何老娘，都想著要不要讓興哥兒帶著媳婦去阿曦那裡住些日子了。

阿曦有身孕之事，查出來還是湊巧，倒不是阿曦粗心，實際上，因為婆家都盼著孩子，阿曦對自己的身體一直留心。因著公婆要回北靖關，阿曦做新媳婦的，自然得為公婆預備路上用的東西，還有就是各種交際。紀家要回北靖關，一些同僚舊友也得過來送一送。哪怕親近的朋友不多，但也頗有幾家，紀夫人就想趁著自己在帝都，多帶一帶阿曦，畢竟他們這一回北靖關，再來述職也得是三年以後了，這些關係維持，就得靠長子長媳。長子那裡，紀珍在帝都多年，該熟的也熟的，但女眷這裡，必有個人能帶一帶阿曦方好的。

阿曦除了跟著婆婆學習交際，還得準備公婆路上所用物件，忙忙碌碌的，回娘的時間都不多了，弄得想閨女的江念直念叨，嫌閨女不回娘家看看。

江念道：「住這麼近也不回來，這跟遠嫁有什麼差別啊？」捨不得抱怨閨女，就開始抱怨女婿：「以前看著是個老實的，沒想到看走了眼。」

何子衿道：「親家也來帝都這些時日了，怕就要回北靖關，阿曦是新過門的媳婦，還不得在公婆跟前多盡盡孝心，你這嘀咕什麼呢，咱們過去看看親家又怎地？」山不來就我，我過去就山便是。離得近，不就是為了看閨女方便嗎？

何子衿也想趁著親家在帝都多親近一二。既是親家，便是至親之家，何子衿不似江念，還愛擺個岳父架子什麼的。紀珍小時候在何家寄讀，如今做了女婿，何岳母只有更疼女婿，故而小倆口沒空來，何子衿與江念便時常過去。紀家本就人丁稀薄，而江家嘛……只能說兩家不愧是做親家的，江家在這上頭也可與紀家媲美，江念算起來也是沒爹沒娘沒親族的。兩家人在性情上本有幾分相投，現在做了親家，自然只有更親近的。

紀夫人見媳婦伶俐，親家又是這樣的明白人家，委實覺得長子有福，這親事結得好。

待紀氏夫婦剛離開帝都回北靖關，朝雲道長就將小夫妻二人的搬家事宜提上日程，令女弟子卜了個最近的吉日就著人給阿曦送了去，於是，小夫妻就開始準備搬家。

就這麼著，忙活了兩個多月，阿曦第一個月沒換洗時就悄悄請大夫診了。那時月份淺，阿曦又是新婚，臉皮薄，為了避人就著小廝去藥堂請了個大夫。那大夫醫術多半不精湛，未曾診出來。待搬了家，第二個月仍是未換洗，阿曦就有些懷疑是不是中獎了。這回她是去朝雲祖父那裡說話的時候，裝出個不大有精神的模樣，請竇太醫診，竇太醫一診即中。

阿曦這喜事，不算竇太醫這做大夫的，第一個知道的就是朝雲道長了。朝雲道長喜得，剛要打發人四處送喜，轉念一想，擺擺手，「不成不成，聽說這有了身孕，得三個月後胎象穩固方好報與人知。」讓阿曦暫時保密。

阿曦道：「我也聽曾外祖母說過，是有這個說法。」祖孫二人決定，暫時誰也不說。

當然，還是得跟孩子他爹說一聲的。

紀珍是傍晚回家知道的，自從搬來朝雲道長隔壁，紀珍就很自覺保持著落衙便回朝雲道長這裡吃晚飯的習慣。今日一到朝雲道長這裡，紀珍就覺得氣氛不大對，裡裡外外透著那麼股喜慶，紀珍還尋思著，是有什麼喜事不成？

待紀珍曉得自己要做父親時，當時就驚喜得連話都說不俐落了，眼睛落在阿曦的腹部有些拔不出來，「是是是……是真的？」

阿曦覺得結巴的阿珍哥太可愛了，朝雲道長則對紀珍的智商有所懷疑，這種事還要問真假，誰會拿孩子的事兒開玩笑？就憑孫女婿這智商，小孩兒給孫女婿帶就耽誤了啊！

朝雲道長便在心裡為曾孫默默制定了個五年計劃。

紀珍喜悅又敬畏地摸摸阿曦平坦的小腹，問：「多久了？」

「竇伯伯說兩個多月。」

紀珍情不自禁握握拳，那就是第一次中的。哎呀，他這做爹的太能幹了！紀珍喜得都不曉得要說什麼好，先問阿曦妹妹想不想吐，想吃酸還是想吃甜，有沒有覺得不舒服。

阿曦拉紀珍坐下，好笑道：「我好端端的，其實沒什麼感覺。」

紀珍立刻不安起來，忙道：「怎麼會沒感覺，孩子不動嗎？我聽說孩子在肚子裡就會動來動去的！」哎呀，怎麼自家孩子不會動啊？紀珍擔心得要命。

這麼一說，朝雲道長也擔心起來，還是阿曦道：「現在才兩個多月，哪裡會動，起碼得五個月後孩子才會動呢。」

紀珍鬆口氣，又問曦妹妹想吃什麼，阿曦道：「跟以前一樣就行了，沒這麼嬌氣。」

紀珍搓搓手，向朝雲道長請教：「祖父，曦妹妹養胎，要不要開兩副補藥吃？」

朝雲道長將手一擺，大包大攬，「放心，我都安排好了。」

紀珍這緊張萬分的新手爸爸頓時覺得，朝雲祖父著實是一位閱歷深厚的長者。雖然一輩子老光棍，竟是連婦人養胎的事都懂。殊不知朝雲祖父的法子簡直粗暴，家裡有實太醫，還用擔心孫女養不好胎嗎？

紀珍當天的行為有些沒邏輯，晚間休息時，小倆口剛躺下，忽然坐起來，道：「哎喲，還沒給爹娘寫信呢。咱娘走的時候可是跟我說了，一有好消息立刻寫信告訴娘去。」

阿曦拉他躺下，「哪裡就差這點功夫了，明兒再寫一樣，別點燈熬油了。」

現在阿曦有了身孕，紀珍格外注意，不要說做些愛做的事，就是離阿曦稍近些，都格外緊張，生怕碰著曦妹妹。可要是離遠了，他又捨不得，一手總是放在曦妹妹的肚子上，還一個勁兒念叨：「妳看咱閨女，多乖巧啊，一點都不折騰。」

阿曦稀奇，「你不喜歡兒子嗎？怎麼又念叨起閨女來？」這變得可真快。

「雖然這話俗，可我還是得說，只要是咱們的孩子我都喜歡。就是爹娘，說盼孫子，我覺得主要是爹娘上了年紀的緣故。不過，要我說，第一個孩子還是閨女好。」紀珍輕輕將阿曦攬在懷裡，道：「我小時候與父母不大親近，那會兒都是大姊帶我。」

阿曦看阿珍哥說到以前的事不大開心的樣子，道：「婆婆疼你疼得很，公公雖說話不多，但我娘說，有的男人就這樣，心裡有事，就是嘴上說不出來。」

紀珍並不是自怨自艾，他也是將為人父的年歲，早就想通了的。

紀珍道：「娘生我那會兒，爹的品階還不是很高，在北靖關不過是暫代統帥之職，因爹升得快，很多人不服。爹忙著軍中的事，娘管著府中庶務，還要與諸將領誥命套交情，都沒空管我，便將我交給大姊帶。妳不曉得，爹有個怪癖，最不喜歡長得好的人。妳看，我與阿珠，阿珠生得尋常，便深得咱爹喜歡。」

阿曦道：「不能吧，公公就待我很好。」

「妳是做媳婦的，當然不一樣。」

「興許公公看你是長子，格外器重你，就對你嚴厲了些。」

「也許吧。」有些事紀珍也是耳聞過，但事關長輩，便是曦妹妹，也不好說的。紀珍撫摸著阿曦的小腹，溫聲道：「咱們閨女叫什麼好呢？先取個小名。」於是，紀珍就在給閨女取小名的興奮中，天將明時方小憩片刻，早上頂兩大黑眼圈起床，與阿曦邀功道：「昨兒我給閨女想了五個小名，待我下午回來，咱們挑個最好的。」

阿曦遞上手巾，抱怨道：「取名可急什麼，值得半宿不睡？還有八個月呢，哪就取不出個名字啦？」與紀珍道：「今天就坐車去宮裡當值吧，路上也瞇一會兒。」

紀珍擦完臉，笑道：「沒事兒，我精神著呢，我這是人逢喜事精神爽！」

小夫妻二人用過早飯，阿曦還要如往常那般送阿珍哥出門，紀珍卻是制止了阿曦，「就是走動，也要輕輕的，待咱們閨女出生，妳再與閨女一起送我。」

阿曦：……

總之，自從得知阿曦有了身孕，紀珍是處處小心翼翼。

紀珍還特意與阿曦道：「不必打發人去岳父岳母那裡，我順道過去，親自報喜。」

「那你豈不是要繞路？」

紀珍堅持，「又不遠，我親自去才顯得心誠。」

紀珍非要去，阿曦就隨他了。

紀珍昨晚憋了一宿，要是這喜事不與人說一說，非憋出毛病來不可。偏生曦妹妹身孕未滿三個月，不能往外說，好在岳家不算外處，故而，紀珍定要搶了這報喜的差使。

紀珍騎馬先繞道去岳家，正好趕上岳家一家人剛吃過早飯，岳父要去早朝，他見紀珍過來，還以為有什麼事。紀珍臉上掩都掩不住的喜氣洋洋，江念笑道：「這麼一大早過來，又這滿面喜色，可是有什麼喜事？」

「岳父一說就中。」紀珍輕咳兩聲，滿面自豪地高聲道：「正是過來同岳父岳母說，您二老就要做外祖父外祖母啦！」紀珍一向穩重，但說起這事，簡直是眉飛色舞。

何子衿反應最快，連聲道：「哎喲，我得趕緊過去看看阿曦！」叫蘇冰與她一起去，順帶就安排起來給閨女帶哪些滋補的東西，又問起女婿閨女身孕的情況來。

江念先是瞪著眼打量紀女婿半晌，待消化了自己馬上就要做外祖父的消息後，方問：

「什麼時候的事？怎麼才過來說？」

紀珍笑，「昨兒晚上才曉得的，我過來跟岳父岳母說一聲。」然後又壓低聲音道：「岳父岳母先不要往外說，朝雲祖父說，得過了三個月才能叫外人知道。」

江念：你剛剛那大嗓門，半個府裡都聽到了好不好？而且，雙胞胎像是能保密的？果不其然，雙胞胎已圍著姊夫問起小侄子或者小侄女的事來。

紀珍很想顯擺一下自家閨女，奈何他早上得進宮當差，半點耽擱不得，只得與兩位小舅子道：「莫急，待外甥女出生，有的是看的時候。」

江念與紀珍道：「正好咱們一道走。」

江念路上問女婿關於閨女的情況，紀珍道：「我閨女乖得不得了，一點都不鬧，曦妹妹既不想吐也沒什麼不舒服的地方。我就是擔心她吃太少，現在一個人吃兩個人用，曦妹妹這飯量也不見長，真叫人愁得慌。」

「無妨，有你岳母呢，你岳母什麼都懂。」說到子衿姊姊，江念更是自豪，何況江岳父也是四個孩子的父親了，比紀珍懂的自是多，「這剛有身孕，不同的人反應也不一樣。」又問紀珍：「確定是閨女了？」

「那倒沒，我感覺是閨女。」紀珍信誓旦旦，一副十拿九穩的模樣。

江念：孩子又不是在你肚子裡，你有個屁的感覺啊？

何子衿帶著兒媳婦來瞧閨女，很是細緻地問了閨女的妊娠反應，阿曦道：「就是時不時想睡覺，剛開始沒覺得，我以為是夏天的緣故。後來想想，興許是有了身孕容易犯睏。」

何子衿笑，「妳這樣倒像我，我懷著妳與阿曄時就這樣，總是想睡覺。」

蘇冰道：「這是有了身孕，自己一時沒察覺，身體卻是知道的。」

何子衿頷首，與阿曦道：「妳有了身孕，睏就睡一睡。」又問阿曦胃口如何。

阿曦道：「跟以前一樣，沒什麼特別想吃的。不是都說酸兒辣女嗎？我這既不想吃酸也不想吃辣，倒是想吃甜的。我以前總覺得蜜糖糕太甜，現在不知怎地，想起來就流口水。」

何子衿在育兒方面兼具古今經驗，道：「甜的想吃就吃一些，但也不要吃太多，稍微克制一下，吃太多甜的對身體不好。」

蘇冰笑，「妹妹沒見今天妹夫到咱家報喜，眉宇間那喜色，就要飛起來一般。」

說到丈夫，阿曦也是好笑，「他昨兒高興得半宿沒睡，天明才瞇了瞇，起床時兩個大黑眼圈，一大早上與我說給孩子取了五個小名，吃過早飯就急急跑去報喜了。」

何子衿和蘇冰聽得都是一樂。

阿曦有了身孕，闔家歡喜。不僅是娘家人高興，婆家更是喜悅。

紀容與紀夫人生紀珍時已是年近四旬，像紀家夫妻的年紀，如沈氏何恭，孫子過幾年都可議親了。紀珍這不過剛剛成親，可想而知紀家多麼的盼孫子，連紀夫人接到信都說：「要知阿曦這麼快有身孕，我就該留在帝都。」

紀容想得更遠，道：「要是媳婦能一舉得男就更好了。」

倒不是紀容重男輕女，實在是紀家人丁單薄啊！

紀夫人笑，「阿曦與她哥哥是龍鳳胎，說不得是龍鳳胎呢。」

紀容身體一震，良久方道：「要是那般，就再好不過。」

紀夫人絮絮叨叨說起給兒媳婦捎帶東西過去，還把長女叫到家裡來一塊商議，江贏聞此喜訊都說：「當初聽說子衿姊姊是成親三年方有的身孕，我還擔心阿曦這上頭像子衿姊姊呢，不想這麼快就有了喜信。」

紀夫人笑道：「妳沒見妳弟弟那信寫得顛三倒四，還不知如何歡喜呢。」

江贏道：「阿珍原就年長幾歲，與阿曦青梅竹馬，訂親這些年，剛成親就有了好消息，叫誰誰不高興？我都高興。娘，您當初生阿珍時也沒這麼高興過啊！」打趣了母親一句。

說到當年，紀夫人道：「咱們那會兒剛隨妳義父來北靖關，他站得不穩，北靖關事又多，哪裡顧得上阿珍？當初是有了就生了，也沒這諸多期待。」說著又道：「親家多子，我就盼阿曦在這生育上像她娘，咱家人丁單薄，孩子多些才好。」

江贏不愧是紀夫人的親閨女，與其母頗是心有靈犀，「阿曦與阿曄是龍鳳胎，弟弟們是一對雙胞胎，要是阿曦在這生孩子上像她娘，咱家可是有福了。」

紀夫人眼尾皺紋都笑得飛起來，「要是那樣，我就給咱們北靖關的菩薩塑金身。對了，雖然親家是大仙，我還是想去拜拜菩薩，妳與我一塊去，也燒炷平安香，眼瞅妳這是八月的日子，也快要生了。」

江贏笑應，晚上與丈夫說起阿曦有身孕的事，姚節直道：「阿珍這準頭可真是高。」

「這叫什麼話？」江贏輕捶丈夫一記，「我還與母親說呢，阿曦就是龍鳳胎，說不得能給阿珍生一對龍鳳胎。」

姚節道：「那我得先備一下好酒，屆時以賀岳父。」又道：「咱們也收拾些滋補之物，同岳母一併給阿珍阿曦捎去。」

江贏道：「我都想好了，上等紅參裝兩匣子，再採買些上等藥材送去。雖說阿曦少不了這些東西，到底是咱們做姊姊、姊夫的一番心意。」

姚節連連稱是，與妻子道：「妳收拾好東西與我說一聲，明兒我與阿涵哥說，他也記掛著子衿姊姊一家呢。還有三姊姊、阿仁哥那裡，知道這事，沒事不捎東西的，到時大家的合一趟捎走省事。」

江贏笑，「是這個理，我只顧著高興，倒是忘了這個，還是你周到。」

於是，阿曦這有孕，當真是收禮無數。

雖然收了不少東西，但阿曦補品吃得很是克制，吃滋補物之前，她都會問一問竇太醫，絕不會亂補。家裡藥材多了，阿曦也不忘給阿珍哥補補，把阿珍哥補得成天滿面紅光。

阿珍哥理解為這是將為人父的榮光。

紀珍還有個差使上的小變動，原本紀珍是在宮裡做御前侍衛的，這侍衛做了幾年，轉兵部做了車駕司主事，品階正六品，不算高，但相對於紀珍的年紀，這品階也不低了。

這次轉實缺，並不是紀家走了關係，紀珍自己也不明白，就突然由侍衛轉到六部，可這不是壞事，做侍衛沒有做一輩子的理，何況他得先帝看重。到了今上這裡，今上年紀尚小，尚未親政不說，對他們這些侍衛也不親近。紀珍原想著換個差使，不想突然就心想事成了。

一時不明白到底因何就轉了實缺，既想不明白，紀珍就歸結於是閨女給帶來的好運。

阿曦問：「要不要擺幾席酒？」

紀珍道：「大宴不必了，我有幾個同僚交情不錯，請他們幾個到家裡吃一回酒就是。」

阿曦問：「兵部那裡是不是也要請一請？」

紀珍心中有數，「那個不用在家，我在外頭館子請就成。」

阿曦便知道怎麼準備了。

相對於差使，紀珍更關心孩子，問：「咱閨女今天乖不乖，聽不聽話？」

阿曦：這才三個多月，有什麼乖或不乖的？

阿曦倒是有件事同紀珍說，「祖父說我年輕，娘不能總過來，就把紀嬤嬤派給了我。」

紀珍一喜，起身道：「紀嬤嬤來了？咱們小時候沒少得嬤嬤照顧，我過去問候一聲。」

阿曦拉紀珍坐下，「急什麼，嬤嬤還沒來呢，她也得收拾一下東西，到時我著人接嬤嬤過來。我把咱們院子旁邊的東小院給嬤嬤住，等閨女出生，要是嬤嬤精力夠，說不得還能得她老人家教導。」在阿珍哥一口一個「閨女」的帶領下，阿曦也覺得自己懷的是閨女了。

紀嬤嬤是做過女學大總管的人，紀珍道：「咱們家裡就是少這樣的一位長輩。」

紀嬤嬤是帶大阿曦的人，如今阿曦嫁人有孕，紀嬤嬤也願意過來照看她。

阿曦這有了身孕，最羨慕的人不是李三娘和蘇冰這同一年成親的人，最羨慕阿曦的是余幸，因為一樣有身孕，余幸先時吐得要生要死，阿曦則除了渴睡，沒有別個反應。

余幸都說：「這孩子一看就乖巧。」

阿曦道：「我就是沒反應，兩個多月才知道。您這種反應大的，一有了就能知道。」

余幸哭笑不得，「要是這也能算好處，勉強也算一個了。」

何老娘與阿曦道：「妳是頭一遭有身孕，沒經驗，這才沒察覺。」又悄悄問阿曦：「這麼快就有好消息，是不是有什麼訣竅，跟妳三舅媽說一說。」

李三娘被太婆婆這話鬧得有些不好意思，阿曦道：「這要是有訣竅，我娘當初也不能成親三年才有身孕啊。我娘說，這都看緣法，有些緣法來得快，有些就略慢些。三舅不過比我們早成親一個多月，急什麼呀？」

何老娘道：「原也不急，妳這後成親的都有了，可不就急嗎？」

大家又是一笑，沈氏叫了阿曦在身邊問她近來飲食，知道一切都好，這才放心了，還是叮囑道：「有孕多吃魚，以後孩子聰明。」

別看沈氏做婆婆的，倒沒有何老娘這做太婆婆的心急。沈氏反是比較擔心阿曦，私下還與丈夫說：「阿曦頭一胎，最好生個小子。」

何恭家裡兒子成群，孫子也有四個，依舊沒見孫女的面兒，正是稀罕女孩子的時候，不由道：「兒女都一樣，頭一胎兒子閨女都好。要我說，有福的就生閨女。」

像他就有福，第一個孩子是長女，至今何恭都認為，女孩子性格更為堅韌，性情也更為體貼。雖則傳統規矩是兒子來傳宗接代，可要論及各方面，女兒絕對不比兒子差。

「我不是說這個。」沈氏道：「你想想，紀家親戚族人一概皆無，紀將軍和紀夫人年紀與咱們相仿，哪裡有不盼孫子的？」

何恭連忙道：「這話可別跟阿曦說，不然這才有了身子，要是知道婆家盼孫子，豈不讓阿曦平白添了心思？」生孩子哪裡有準兒，兒女都是天意。

「我曉得。」沈氏道：「我就私下與你說一說。」

金哥兒倒是盼著曦曦外甥女給他生個外甥孫女的，而且自從知道阿曦有了身孕，金哥兒這做小舅的，簡直是隔三差五過去看阿曦，聽說阿曦喜歡吃蜜糖糕，還無師自通知道先去買了蜜糖糕再去看外甥女。阿曦剛有身孕，母愛爆棚，原本就喜歡金哥兒，如今更是看金哥兒高興，要是隔幾天不見金哥兒，她還要打發人去接呢。

至於孩子的準爸爸紀珍，除了適應新衙門新差使，滿腔熱情悉數放在給孩子取名兒上頭了。紀珍先時給閨女取了五個小名，第二天又覺得那五個小名不配她閨女，推翻重取。阿曦真心認為，丈夫在取名上的鑽研，待她生產之後，完全可以出一本書了。

紀珍對於給孩子取名的事熱情滿滿，直到有一天，他去朝雲道長那裡請安順便接媳婦回家，見朝雲道長正在挑選玉石，紀珍湊過去一起看，跟著出主意，直待朝雲道長挑了兩塊水頭極好的翡翠，紀珍極讚這兩塊翡翠是難得一見的珍品。

朝雲道長道：「家父在世時極愛玉石，太皇太后偏愛紫玉，有幾塊給了她。阿曦她娘也喜歡玉石，她看紫玉倒是尋常，更喜羊脂、翡翠一些。」

阿曦道：「咱們在北昌府時，有些蠻人常拿玉石來交易，我瞧著不如咱們的玉石好。」

朝雲道長道：「那些人懂得什麼玉石，他們只認為是較石頭略珍貴些罷了，不是真正懂玉之人。這玉啊，不懂的視為石頭，懂的才知其中妙處。」把挑好的兩塊翡翠單獨放出來，詢問紀珍：「聽說你給孩子取了不少名字？」

現在不論誰跟紀珍提孩子，紀珍都笑容滿面，點頭道：「是啊，我想著先取小名，一時還沒想好，就想了幾十個，待孩子出生，再挑個好聽的。」話間皆是滿滿的驕傲啊！

朝雲道長擺擺手，嘆道：「原我還以為阿曦說著玩呢，原來你們是真的不懂啊！」然後與小夫妻二人道：「名字豈是隨便取的？如阿曦的名字，當年是合了陰陽八字，再算天干地支，然後上承星象，下接五行，才給她取出一個『曦』字來。如今這是你的長子長女，豈可隨便就取個名字來用？便是小名，也不好胡亂用的，倘用不好，於孩子反是不利。」

紀珍立刻肅穆起來，正色問：「還有這等說法？請祖父教導一二。」

「如令姊當年婚姻為何屢有不順？」朝雲道長道：「令姊原為柔婉閨秀，聽聞閨名是一個嬴字。這個字便過於霸道，不合令姊性情，反令其屢生波折。」

紀珍嚇一跳，「難道是這名字剋了我姊？」

朝雲道長一派神仙風範，「人之運道，關係許多，我說令姊這名取得不佳是其一。」

「那我姊以後如何？可還有坎坷？」

朝雲道長溫聲道：「當年你岳母以兵煞相破，她命中煞氣已解，無須擔憂。」

這是親姊姊，哪裡能不擔憂呢？

紀珍打聽：「祖父，要不，讓我姊改個名兒如何？」

朝雲道長搖頭，「名字豈是隨便改的？你看誰改個名字就事事順遂了？這也是我為什麼說名字不能輕取的原因。人一旦用了這個名字，自身運勢便與此名字習習相關，故而，取名必要慎重。就你這名字，當年也是你父親請你羅先生慎而又慎取出來的。」

紀珍聽得頓時不敢給閨女取名了，但閨女得有個名字啊，紀珍道：「要不，我問問岳父，請岳父幫著取個名兒，岳父是探花。」紀珍在學問這上頭，實在不大淵博。

朝雲道長輕咳一聲，「你岳父要是會取名，當初阿曦阿曄他們的名字還用我來取嗎？」

紀珍瞬間明白，連忙道：「那我閨女的名字也得麻煩祖父了。」

朝雲道長矜持頷首，心說，孫女婿雖不甚機靈，但也是個明白孩子。朝雲道長指指手邊兩塊玉牌，笑道：「傻小子，還沒明白過來呢？」

紀珍望著兩塊玉牌呆了呆，繼而狂喜，拉著阿曦妹妹的手道：「是雙生女？」

阿曦笑，「如今月份大些了，竇伯伯說是一對，只是兒女一時還診不出來。」

紀珍哈哈大笑，「放心，定沒差的，我有感覺！」覺得自己比岳父更有福氣。

第二天一大早，紀珍又往岳家跑了一趟，通報他媳婦懷了雙生女的事。

江念聽得又是喜歡又是羨慕，直道：「我這輩子就差一對雙生小閨女了。如今有一對雙生外孫女，也是天意補償於我啊！」

紀珍笑拍岳父馬屁：「是啊是啊！」

何子衿問：「確定是女孩兒了？」何子衿比較關心性別，雖說生男生女，多半紀家也不會說什麼，但紀家這情況，沈氏能想得到，何子衿自然也想得到。

別人都覺得紀家缺男丁，當事人紀珍完全沒有這種想法，紀珍眉飛色舞道：「只診出是兩個來，不過我有感覺，定是閨女無疑的！」

阿曄聽這話直翻白眼，「孩子又不在你肚子裡，你有什麼感覺啊？」

紀珍笑得極有優越感極是欠扁，「待阿曄你做了父親就知道了。」

阿曄好笑，「看把你樂得，連大哥也不叫了。」

紀珍原就比阿曄年長，兩人又是一起長大的，自從紀珍與阿曦定下親事，這稱呼就得反過來了。奈何紀珍委實叫不大出口，兩人也就是說笑時阿曄常提這碴。

紀珍喜孜孜地道：「大舅兄馬上就要做舅舅了，怪道禮多。」

阿曄看紀珍這美得見牙不見眼的勁兒，心中暗暗決定得努力，不然紀珍這傢伙就太得意了。於是，在阿曄的努力下，蘇冰也很快診出身孕。

這事說來有趣，原本阿曄受了妹夫刺激，定要多加努力的，蘇冰卻一直避著他，把阿曄急得道：「昨兒我還夢到送子觀音，趁著風水好，咱們努力一把，明年就能做爹娘了。」

蘇冰哭笑不得，白丈夫兩眼，嗔道：「急什麼？你別急，再等幾日我就能確定了。嬤嬤說了，這會兒可不能亂來的。」

阿曄一聽，連忙問媳婦怎麼回事。蘇冰雖有些羞，還是與丈夫說了。蘇家是有老成嬤嬤一塊陪嫁的。年輕小夫妻身體都不錯，蘇冰自然留意，她上個月未換洗，眼瞅就兩個月了，正待確認階段，自然要小心些。男人於這些事素來粗心，如阿曄算是細緻的，都未留意。不過，阿曄聽了這話，哪裡還能再等幾日，當晚著實是晚了，第二天一大早，吃過飯，阿曄帶著媳婦去朝雲祖父那裡請安，順帶請竇太醫幫著診一診。

竇太醫診完笑道：「近來喜事連連，雖則月份淺，還是能診出來的，的確是有喜了。」

阿曄立刻起身向竇太醫深深一揖，竇太醫與江家素來相熟，看著阿曄長大的，一邊收拾著診箱，一邊笑道：「行了，哪裡用如此多禮？」
阿曄打聽：「竇伯伯，您看媳婦懷的是不是雙生胎？」
他與他妹是龍鳳胎，他妹現在懷的是雙生胎，他媳婦懷雙胎的機率也很高。
竇太醫笑，「這可就一時診不出來了，起碼得再過一個月。」
雖暫時診不出來，但妻子有孕亦是大喜事一樁。
江念與何子衿轉眼就要做外公外婆兼祖父祖母了。
至於朝雲祖父，又招呼著阿曦一起選了塊玉牌料子。
哎呀，他又要幫著多取一個名字啦！
阿曦與蘇冰先後有孕，委實急壞了何老娘，何老娘主要是為興哥兒和李三娘小夫妻急，而且何老娘近些年有了學問，很會用成語，直念叨阿曦蘇冰是後來居上。
兩人私下安慰了李三娘一回，怕李三娘著急，李三娘笑，「我倒是不急，就是看老太太急得不行。」李三娘雖說盼孩子，卻沒到急的程度，婆家妯娌二嫂聽說也是進門好幾年才有了身孕，還有前山長今大姑姊也是成親三年有的身孕，反正丈夫又不會納小，他們夫妻身體也很好，還怕沒孩子嗎？
李三娘、阿曦、蘇冰都是同窗，三人見面，自有許多私房話說。
李三娘放得開，李家大娘卻是有些急，李三娘還託蘇冰：「我勸大姊多半沒什麼用，妳要是有空，好生開解她。咱們都是新婚，有妳們這略早些的，自然有我們這稍晚些的。」
蘇冰道：「大家都是成親頭一年，哪裡有什麼晚的？二嫂興許是覺得我二哥年歲略大些，才有些急的。」

阿曦道：「我娘都說現在人成親太早，她以前說，咱們起碼二十以後嫁人才好。」

蘇冰與李三娘都道：「不要說二十以後，就是二十，現在也不好嫁啊！」

「可不是嗎？」阿曦道：「我娘有時的想法可奇怪了。」

李三娘道：「要是現在人都是山長這樣的看法，我祖母也不用急了。」

李二娘的事，李三娘想起來都為這個庶姊著急。家族有這麼個嫁不出去的姊姊，哪怕是庶出的，對家族名聲也不好。

蘇冰與阿曦都知道李二娘尚未許嫁，只是不曉得李家這樣著急罷了。阿曦想想，道：「可不是嗎？二姑娘與大姊姊同歲，只是生辰略小些，先時咱們都忙，我倒忘了她這事。」

蘇冰同李三娘打聽：「就是不曉得妳家裡是個什麼意思，不然要是有合適的，我們也能幫著打聽一二。」她是好心，又道：「這話說著俗，不過，咱們女兒家，嫁人晚幾年無妨，只是親事還是要早定的。」

阿曦附和：「是啊，親事定了，這心裡也就有底了，不然像咱們以前出門，那些太太奶奶們，哪個見了不打聽親事。別人問起來，自己也著急。」

李三娘道：「祖母就是想把她的親事定下來，才沒有與祖父一塊去晉中上任，我娘也留在帝都跟著操心。」她剝個葡萄吃，嘆道：「也不是我說狂話，我父親雖官職不高，也是正經知府，祖父亦是一地巡撫。我家不比顯赫人家，可要說連親事都給閨女說不成，那是沒有的。今年我與大姊一起出嫁，家裡都是喜事，就因為她這親事總不成，我們回娘家看望祖母和母親，兩位長輩都不大痛快。我要再不與妳們說一說，真個要憋死了。」

李三娘就說起這位庶姊來：「她相貌生得好，心氣特別高。先時在北昌府，祖母幫她相看過好幾家，她都不樂意。祖父祖母在親事上都會問一問我們的意思，看她不願意，也只能作罷。如今來了帝都，帝都顯赫人家倒是多，可如那一等權貴之家豈是好進的？我與大姊的親事，都是說的讀書人家。我娘家也是科舉晉身，祖父母都願意再尋書香人家，這也是門當戶對。可她吧，有功名的，嫌人家寒微。官宦人家沒功名的子弟，又嫌人家不上進。我都不曉得如何說，怕就是皇帝老爺，在她眼裡猶有不足呢。」

李三娘說了一通，方道：「我也只與妳們說，妳們可不能說出去啊！」

蘇冰與阿曦道：「我們嘴巴最緊了。」又道：「二姑娘這樣的心性，豈不叫人著急？」

「誰說不是？」李三娘說到家裡二姊就發愁。

李三娘把心裡鬱悶說了出來，心中平順許多，一口氣將盤裡的青葡萄吃了大半。

蘇冰看著嘴裡就冒酸水，問李三娘：「妳是不是有了，怎麼這麼能吃酸啊？」

李三娘道：「沒，我算著呢。我天生就喜歡吃酸的，這葡萄要是熟透了，我反而是不喜歡吃了。」一推果碟，勸兩人：「這原是給妳們準備的，多吃點酸的，改天一人生個大胖小子。」

蘇冰和阿曦被李三娘說得直笑，她們這有身孕的都不愛吃酸，最後李三娘一人把青葡萄全吃了。蘇冰悄與婆婆道：「我看三娘興許是有了，她以前愛吃酸，也沒這樣喜歡吃。」

何子衿道：「這倒是。」何子衿想著老太太就急三孫媳婦的肚皮呢，索性命人請了竇太醫來，給李三娘診了診，然後李三娘這號稱心裡有數的，便被診出了身孕。

李三娘自己都不大信，直「怎麼可能，我一直算著呢。」

何子衿道：「妳算了吧，上學時算術就很不成，妳算錯了吧。」

李三娘道：「我在本子上記著呢。」拿來本子一看，本子沒記錯，自己記錯了。

何老娘終於把三孫媳婦盼懷孕了，心裡喜歡，中午自掏腰包著人去太平居叫上等席面，還有竇太醫這診出喜脈的也得了兩個大紅包，竇太醫笑道：「今年府上喜事連連，我先跟老太太道聲喜了。」

何老娘非要留竇太醫在家吃飯，竇太醫因與何家相識多年，便也留下了。

何子衿把留家用功的阿曄也叫了來，一起吃老太太私房銀子叫的大餐。

年輕小夫妻只要雙方身體沒問題，有孕是早晚的事。

李三娘診出身孕不多日子，李大娘也在婆家診出喜脈，月份較李三娘略早些，與蘇冰的時間相仿。李大娘子的孕相與阿曦有些像，沒什麼顯著的妊娠反應，心中十拿九穩了，才叫人請了大夫，蘇家自然歡喜。

就是李夫人和李大太太，知道家裡孫女（閨女）有了身子，皆是喜悅不已，備下不少好東西去親家看望孩子們。

李家還有一樁喜事，這事是李三娘與兩個閨蜜說的，李三娘道：「真是巧了，祖母原是要起身去晉中的，聽得舅爺要回帝都述職，祖母定要多留些時日，待舅爺來了帝都相見。」

阿曦還在想李三娘說的舅爺是哪位，蘇冰這出身大族的已是明瞭，道：「哎喲，我以前就聽父親說過，歐陽大人可是先文貞公北嶺先生的關門弟子。」

阿曦反應過來，她娘跟她講過李家的一些人事關係。李巡撫出身寒門，李夫人出身魯地大族歐陽氏。歐陽家現在最顯赫的人物便是李夫人的弟弟歐陽鏡，這位歐陽大人掌江南港口事宜，如今是正三品高官。聽說少時因身體欠佳，未參加科舉，後來帝都拜入北嶺先生門下。這位北嶺先生原是前朝舊臣，前朝亡故後，北嶺先生未再出仕，後應朝廷之邀主持築書樓之事，可以說是一位名滿天下的鴻儒。北嶺先生門下高徒，隨便列舉兩位，一位是這位歐陽大人，另一位便是今吏部尚書李九江。與江家交好的那位內務司總管小唐大人，算來是北嶺先生的徒孫輩了。因北嶺先生品行高潔，不事二朝，北嶺講學三十年，一代文豪，亡故後朝廷給了個文貞公的諡。

歐陽鏡師門極為不凡，還極有運道地娶了壽宜大長公主為妻。

如李夫人當年在北昌府為何不給柳太太面子，按理當年柳知府中是柳家旁支，但柳家在帝都亦是豪門中的豪門，今上將來的皇后就是靖南公柳扶風的孫女。李夫人當年如此不將李太太放在眼裡，就是因娘家顯赫，弟弟能幹。

姊弟二人天各一方，多年不見，今有機會在帝都相見，李夫人自然要多留些日子，等著與弟弟一見的。就是李三娘說起這位舅祖父來，也很是自豪。

今見蘇冰與阿曦都知道自家這位舅祖父，李三娘很是高興，道：「多少年沒見祖父這般喜悅了，我年紀小，只是聽祖父母提及過，說這位舅祖父是極俊秀的人物。」

阿曦道：「我也聽我娘說，說歐陽大人非但人生得好，文章更是不得了，我爹都讓我哥讀過歐陽大人當年寫的文章。」

李三娘道：「我祖父也說舅爺文章不凡，只是舅爺年輕時身子不好，未能參加科舉。」

蘇冰道：「就是歐陽大人未參加科舉，誰敢說他沒有學問呢？連文貞公那樣的人物，都要收歐陽大人為徒，可見歐陽大人之才華。」

李三娘笑咪咪地道：「可不是嗎？人家都說外甥像舅，我祖父就一直惋惜，說怎麼我爹我叔叔他們都不像舅爺呢。」

蘇冰阿曦都是忍俊不禁。

阿曦把歐陽駙馬與壽宜大長公主回帝都之事當成八卦說給她娘聽，她娘其實已經從蘇冰這裡曉得了，而且，她娘還在進宮給大公主、嘉純郡主授課時見到了這位遠道歸來的大長公主。壽宜大長公主一直與駙馬遠居江南，此次回帝都，太皇太后極是優容。

壽宜大長公主也要開展一些久違的社交活動，依壽宜大長公主的身分，她的宴會，江何兩家是無緣參加的。

不過，何子衿帶著長媳與閨女去宜安公主府吃了一回宜安公主的壽宴酒。江家能去，說來還是舊時淵源，宜安駙馬謝柏先時出使北涼，江念曾有幸同行，江念與謝駙馬就是那時結下的交情。謝駙馬如今已然致仕，他又是太皇太后嫡親的二叔，故而，雖則致仕，帝都也無人敢小瞧謝駙馬。

謝駙馬為人曠達，還記著舊時交情，故江念到帝都後與謝駙馬有些來往，所以這回有幸能受邀過去拜壽。何子衿便帶著閨女媳婦一起去，叫孩子們也跟著多多出門，長長見識。

隨著壽宜大長公主回朝，緊接著還有一位大長公主在太皇太后的千秋節前回到帝都，便是太皇太后的女兒，今上的姑媽端寧大長公主。

端寧大長公主並非太皇太后所出，太皇太后未有親生子嗣，因喜歡女孩兒，在端寧大長公主出生後未久，就抱在身邊養育，可以說，母女感情極是親密，端寧大長公主就是回來為太皇太后祝壽的。去歲因是先帝亡故之年，太皇太后沒心情過千秋節，今年是新帝新年號，況先帝周年祭已過，太皇太后的千秋節，必要大辦的。

相對於皇家顯赫，江家只是不顯的寒門，何子衿因時常入宮，得窺些許碎片，對慈恩宮的這位太皇太后實在是佩服得五體投地。如端寧大長公主，這是太皇太后一手撫養長大的，與太皇太后親密是人之常情。像端寧大長公主，便對曹太后有些冷淡，並不似對蘇太后那般親近。但如壽宜大長公主，這算是太皇太后的小姑子，竟也是明明白白擺出了與太皇太后一樣的政治立場，對曹太后客氣，相對的，對蘇太后則是親切有禮。

何子衿回家都與江念說：「太皇太后在宗室裡人緣真好。」

江念道：「幾位駙馬裡，輩分最長的是文康大長公主駙馬老永安侯，這位老侯爺已致仕讓爵，膝下四子，庶長子為吏部尚書，嫡次子襲侯爵位，尚長泰大長公主，現任禁衛軍統領。嫡三子因功封平遠侯，遠駐南安州。其次就是宜安公主，宜安公主原是宗室出身，駙馬是太皇太后的娘家人，雖已致仕，但這位駙馬當年是探花出身，一直任實缺。外任為官，六部打磨，一方大員，入閣為相，這位駙馬是走了一遍。長泰大長公主就是現永安侯，之後壽宜大長公主駙馬歐陽鏡，在江南掌港口之事。江南兩座港口，一為閩安港，這是仁宗皇帝當年親建的，另一為靖江港，是靖江王當年所建。靖江王謀逆，仁宗皇帝當年戰功皆由平判靖江戰亂而來。如平遠侯、端寧大長公主駙馬忠勇伯，當年都是仁宗皇帝麾下大將。另則就是壽陽大長公主駙馬唐駙馬，唐駙馬亦是在禁衛軍任職。再者，永福大長公主駙馬吳駙馬、壽婉大長公主駙馬薛駙馬，都是虛職。」

江念在朝久了，又是個愛琢磨的，平日裡多半沒少琢磨這些事，江念悄聲道：「我這麼一分析，妳猜怎麼著？」不必子衿姊姊問，他自己就說了：「諸公主駙馬與太皇太后交好的，基本上都是有實權的。與太皇太后關係平平的，皆是虛職。」

何子衿道：「也不好這樣說，那壽婉大長公主哪裡是個講理的？」

「是啊，要是僅憑私利，抬舉自己親近的，疏遠那些不親近的，反不可怕，人皆有私心嘛。要是事事講規矩律法，鐵面無私，也不可怕，這種人做聖人可，做掌權人太難。最可怕就是太皇太后這種，她倚重的人都是在道義上站得住腳的人，太皇太后是居大道之人。」江念忽然來了一句：「姊姊，妳出門時見過柳家姑娘嗎？」

「那位要做皇后的柳姑娘？」

「對。」

「沒，去歲柳家老夫人過世，柳家都在守孝。雖說柳姑娘已是玄孫女輩，孝期已是過了的，不過，聽說柳尚書對祖母十分孝順，在柳老夫人墳前結廬而居，柳家人也很少出門。」

何子衿問：「打聽這個做什麼？」

「瞎打聽罷了。」江念道：「咱家雖與這些事無關，有時瞧著也有趣。」

何子衿想起什麼，噗哧就樂了，「別說，有時還真是有意思。端寧大長公主就是個極厲害的人，有件事你聽了肯定覺得有趣。」

「什麼事？」

「也是巧，我那日進宮，正趕上端寧大長公主在慈恩宮，端寧大長公主就說起大公主與嘉純郡主年歲漸長，總是住在慈恩宮不合適，該給她們另闢宮室。」何子衿道：「宮裡規矩說來與咱們民間也差不多，公主皇子小時候與長輩住在一處，方便長輩照顧，待大些懂事了，皇子們就要搬出後宮，公主則要有自己的宮室。」

江念點頭，「端寧大長公主這話倒也在理。」

「在理是在理，就說起給大公主、嘉純郡主安排宮室來。端寧大長公主提了永暢宮、春漪宮兩處，大公主與嘉純郡主都辭了，說端寧大長公主是姑姑輩，在宮裡只居熙寧宮，她們二人再不敢居永暢宮、春漪宮的。」

「看來永暢宮、春漪宮較熙寧宮更好。」

「是啊，我也這樣想。」何子衿道：「聽說端寧大長公主未出閣時就住熙寧宮，這位大長公主極得太皇太后寵愛，縱是出宮嫁人，太皇太后也一直命人時常打掃熙寧宮，留給端寧大長公主偶爾回宮小住。就是這次大長公主回朝，也沒住公主府，就住在熙寧宮。」

可想而知這位大長公主多麼得太皇太后寵愛。

何子衿道：「原本聽到這裡，我還以為大長公主就是在說大公主與郡主的宮室，誰曉得大長公主接著來了一句『妳們都是知禮法懂規矩的好孩子，知道不能逾越了長輩，這就很好』。你是沒見當時曹太后的臉色，都僵了。大長公主像沒事人一樣，轉而就說起別個事來，彷彿就是隨口一提罷了。」

江念唇角一勾，「皇室這些公主、大長公主們，真是沒一個簡單的。」

伍之章　後宮傾軋起波瀾

在太皇太后千秋節來臨之時，帝都開始熱鬧起來。

江家也多了許多交際與八卦，不過與出門參加宴會相比，何子衿更重視重陽即將參加的大理寺考試，雖然只是低品小官的考試，卻是重陽入仕的開端。

考中了，從此步入仕途。考不中……再想其他路子。

重陽近來也頗是用功，宮媛還特意去廟裡拜了文殊菩薩，想著要不要丈夫考試那日做鍋及第粥大家一起吃。重陽連聲道：「我又不是去考狀元，喝什麼及第粥啊？」堅決不喝。要是喝了及第粥還沒考上，豈不丟臉？別看重陽在別個事情上很有信心，唯獨這考試上，他有那些一星半點的不自信。

不想，重陽考試那天，何子衿特意下廚做了及第粥，號召大家一塊喝，還給重陽做了面加持運勢的金牌。重陽原本不大緊張的人，被姨媽這樣一整，考前還真有些緊張。

好在重陽到底也是兩個孩子的父親了，這也不是科舉，重陽早上去的，傍晚就回來了。宮媛問他考得如何，重陽道：「反正都答上了，我覺得不錯。」

宮媛很擔心，大理寺放榜前又去西山寺燒了回香，光香油錢就添了五十兩不止。

最後宮媛這香油錢沒白添，待大理寺的錄取榜出來，重陽縱不是前三，也占了前五，很榮幸地進了大理寺成為一名整理卷宗的小官。

雖然品階極低，卻是仕途的開始，何況重陽小倆口都不是差錢的，並不指望俸祿過活。主要是，重陽這一步，正式將自己的小家帶進了官宦門第的門檻，哪怕重陽不是科舉晉身，不好說自家是書香門第，但在大理寺當差，也極是體面之事。

宮媛催著丈夫寫信給公婆報喜，又給丈夫縫製新衣。這衣裳是大理寺小官的服飾，繡坊裡多少好料子，此時卻是不敢用，用何子衿的話說：「官場裡講究多，上官穿綢，下頭人最好不要著錦。有那沒眼力的，上官艱苦樸素，他偏要富貴奢侈樣。上官講究精細，他偏粗糙糊塗樣。這樣的人，不要說升職了，能不能站住腳還得兩說。咱們雖不需諂媚上官，也不要特立獨行。給重陽裡衣做幾身好的，外頭衣裳隨大流就成。」

宮媛一邊幫丈夫縫著衣裳，一邊同乾娘打聽：「我聽說二舅媽的父親極有名聲。」大理寺的頭兒就是二舅媽杜氏的親爹，這也是宮媛很放心丈夫當差的原因之一。

「是啊，杜大人清流出身，名聲極好。」何子衿打發了丫鬟下去，與宮媛道：「還有一件事，我也是聽人說的。杜大人原是太宗皇帝年間一位李尚書的得意門生，那位李尚書因欺君之罪滿門抄斬。先時那些門下門生，杜大人官運最佳。」

宮媛面露驚訝，她雖有些見識，乍聽這種滿門抄斬之事，難免驚疑。

何子衿笑，「這種大罪，等閒人想犯也沒機會。這也是帝都坊間傳聞，因重陽就要去大理寺當差，我便與妳提一句罷了。」

宮媛道：「官場上的事我不大懂，可要是商場上，倘有哪家東家倒了楣，底下夥計大掌櫃基本上也會過得比較艱難。」

這就是宮媛的聰明之處，世間許多人囿於出身，可能沒有先天出身與見識，但聰明人是會類比的。何子衿道：「也不全都是會倒楣的，不是嗎？」

宮媛若有所思，心中已知這位杜寺卿定是位極出眾人物。宮媛自家丈夫未曾科舉，但婆家親戚多有為官的，宮媛耳濡目染也知些官場上的規矩，官場特別講究師生關係，座師與考生這簡直就是天然的政治同盟。像這種座師都滿門抄斬了，杜寺卿還能在官場上順風順水，絕對不是凡人。

宮媛在丈夫入職大理寺前，聽了一通關於杜寺卿的八卦，雖然這八卦有些血腥，宮媛還是說與丈夫聽了。宮媛道：「我看這位杜大人很是不凡，你做事可得仔細著些。」

重陽笑，「放心吧，我不過是最低品的小官，離杜寺卿還有八百里遠，不一定能見著。」又道：「能在帝都身居高位的，哪個是沒本事的？沒本事的早被人擠下去了。」見丈夫心思開闊，宮媛便也放下心來。

小夫妻二人說了些私房話，重陽道：「自從有了咱閨女，我就幹勁十足啊！」

宮媛好笑，「別人都是有了兒子幹勁十足，你這倒反過來了。」

「此言差矣。」重陽喝兩口溫水，道：「兒子我是不擔心的，小時候好生教導，以後有本事，自然有他的天地。要是個窩囊的，咱們再如何置下家業，將來兩眼一閉，也擋不住他敗家。閨女不一樣啊，閨女再有本事，這年頭婚嫁，都要看門第的。不是說門第尋常的就沒有好小子，可那些好小子難道不想娶更出眾的閨秀？所以，我這做老子的得努力啊，不能到時閨女出眾，因咱們做父母的沒給閨女一個好的出身，進而嫁不了好女婿，那豈不是耽擱閨女一輩子嗎？再者，我也不是說非要閨女嫁得多好，但不管嫁什麼人家，沒娘家做靠山難免被人輕視，那怎麼行，我捨不得！」

重陽瞅著小閨女睡得香甜的小臉就滿心愛憐，輕聲道：「看咱閨女，生得多俊，我就沒見過這樣俊的女孩子。」

宮媛哭笑不得，板著臉道：「這話我怎麼這樣耳熟，記得以前哄我時你可沒少說。」

重陽伸手攬住妻子的肩，「咱閨女這麼俊，還不是生得像妳，誇閨女就是誇妳了。」

何子衿與江念說起重陽考上大理寺的事兒也很高興，道：「重陽可是沒白用功，這孩子就是科舉文章不大會寫，要論起辦實事，阿曄他們都不及重陽老練周全。」

江念道：「重陽年長，歷練這些年，庶務上的確較阿曄他們強些的。」

何子衿笑，「重陽有了差使，三姊姊和阿文哥也就能放心了。」

「是啊！」江念也覺得重陽爭氣，知道上進，家裡現在形勢不錯，江念也是希望趁自己年輕，孩子們的前程能拉一把的都拉一把，但前提是，孩子得自己爭氣。像重陽，自己考進大理寺去，歷練幾年就好謀外官了。當然，他得能考進去。重陽如今進了大理寺，只要認真上進，家裡再幫襯指點著些，過幾年便能自立。江念看重陽長大的，亦為他高興。

只是，夫妻二人還沒高興幾日，麻煩便來了。

倒不是重陽在大理寺的差使有什麼不順當，重陽一向會做人，縱是新進當差，與上下關係也搞得不錯。讓重陽有些糟心的是，他的祖父母和大伯一家來帝都了。

重陽不是不孝的性子，也不是說不想見祖父母和大伯一家，關鍵是，大伯到帝都的方式有些個……不好啟齒。

胡大伯是被押解來帝都的！

說來，重陽這都做爹的人了，對祖父母與大伯家的記憶反是不深，他自小就跟著父母來了帝都，這些年一直與外家關係更近。祖父母、大伯一家忽然來了帝都，重陽初聞時有些驚訝。只是，他也沒多少時間表達長輩突然來帝都的驚訝，就得去刑部打點了。無他，大伯是被押解帝都問罪的。祖父母跟來，是來撈人的。

哪怕江何兩家與胡家長房一向不大親近，胡大老爺與胡大太太帶著胡大奶奶和孩子們求上門來，也不好袖手。

重陽素來機靈，在附近租了一處三進小院，先安排祖父母、大伯娘和堂哥堂弟堂妹們住下，再細問大伯的事。重陽真覺得給姨丈添了麻煩，江念道：「都是親戚，就是沒你，看著你爹和你曾祖父的面子上，這事我也不能不管。只是，一時間不曉得案情如何，我得先去打聽一二。你也不要急，到刑部雖說會受些苦，案子還沒審，性命是無礙的。你暫且不要去貿然打點，我弄清楚案子再說。」

重陽連忙應了。

江家新娶的兒媳婦，蘇冰的祖父便是刑部蘇尚書。但倘是因冤案，找蘇尚書打聽還罷，胡大爺這案子，還真不好說冤是不冤。江念其實不大想理，卻又不能不理。

江念沒親自去，讓阿曄找蘇二郎打聽，看這案子到底是個什麼情形。

蘇二郎很快就打聽出來，與阿曄道：「胡知縣收人銀子判案，苦主攔了御史臺左都御史的轎子告狀，這事由御史臺經了刑部，左侍郎親自審的，內閣下的文書，免職來都受審。自來這貪銀子的罪責，要是往深裡查，怕不止這一樁罪過。好在先時胡知縣判案沒出人命，不然他就自身難保了。」

阿曄謝了二舅子一回，回家與他爹說了此案。

江念聽了沒有不生氣，道：「胡家也是世宦之家，哪裡就缺銀子到收受賄賂的地步，真真是辱沒胡山長的人品！」

胡太爺一手主持建立芙蓉書院，做過山長，江念現在還時常稱呼其為山長。

阿曄勸道：「為這事爹也不值當生氣，我聽二郎哥的意思，倒不至於有性命之憂。」

「倘到事關性命的地步，咱家也是有心無力。」江念道：「我是可惜了的胡山長那樣的人品，長孫如此，要是讓老人家知曉，沒有不傷感的。」

見胡大爺不是要命的官司，江念這才讓重陽去牢裡打點，送些衣食被褥，也不必送太好的，再疏通了牢裡獄卒，不至令胡大爺吃太多苦楚，同時讓重陽問問胡大爺來龍去脈。

重陽送東西給大伯，兼著打聽案情，卻是什麼都沒打聽出來。胡大爺閉口不言，重陽倒是有法子，坐在大伯身旁道：「小時候常聽父親提起大伯，說大伯是兄弟裡最用功上進之人，時常讓我們兄弟以大伯為榜樣。不論別人怎麼說，我相信以大伯人品，此事定是冤枉。我不擔心別個，可大伯的事要是被曾祖父知曉，要如何是好？」

胡大伯縱是修閉口禪的人，聞此言也動容，看向重陽的眼中似有淚光，良久哽咽道：「此事斷不能讓太爺和老太太知曉，他們兩位老人家都上了年歲，要是因我這不孝子孫氣傷了身子，就是我一輩子的罪過。」

重陽望向大伯鬢邊花白髮絲，眉宇間的疲憊，頗為酸澀，道：「既是如此，大伯有什麼苦衷，只管告知小侄。倘有迴旋餘地，也好為大伯洗脫罪名，不然大伯縱不為自己想，也當為堂兄堂弟們想一想。」

胡大爺面露猶豫，最終還是搖搖頭，閉上眼睛，不肯再言。

重陽費盡唇舌，啥都沒打聽出來，回家很是氣惱，道：「大伯的樣子，似是有隱情，偏生不說。眼下不趁著咱家與蘇家的關係把事弄清楚，案子一旦判了，大伯這輩子仕途是完了。」哪怕與大伯家不大親近，身為伯侄，重陽也是盼著大伯一家好的。

宮媛到底心細，道：「聽你的話，我也覺得大伯似有什麼難言的苦衷。」

重陽嘆，「大伯什麼都不肯說，豈不叫人著急？眼下大伯的案子因不是要案，還能拖，可也拖不了多久。他不開口，待得開堂審理，一旦判了，再翻案可就不易了。」

重陽雖是初進大理寺，也頗有些見識了。

宮媛道：「不如我去大伯娘那裡打聽一二？」

「也好。」

宮媛去胡大奶奶那裡說話，不同於胡大伯的閉口不言，胡大奶奶沒幾句就將事情說了出來。胡大奶奶未開口已是淚流滿面，待拭了拭淚，方道：「侄媳婦沒見過妳大伯，重陽是知道他的，他豈是貪戀錢財之人？我們這些年雖則不算富裕，吃穿也不愁。我們夫妻連帶孩子們都不是奢侈之人，今日這話我說了，怕以後家裡也再沒有我的立錐之地，只是我不能不說，我要不說，他有個好歹，難道叫孩子們背著犯官之子的名聲過日子嗎？」

胡大奶奶說著，眼淚流得更凶。

宮媛勸了又勸，胡大奶奶方稍稍止住眼淚，說出事情經過。

事情並不複雜離奇，宮媛卻是聽得目瞪口呆。

要宮媛說，胡大伯的確有些冤枉，不為別個，銀子不是胡大伯收的，不過案子的確是胡大伯判的，但這案子之所以判錯，雖有胡大伯失察之過，論最大過錯，倒不是胡大伯，而是胡大伯的親娘胡大太太。胡大太太收了人家的銀子，裡裡外外幫著那家人說好話，胡大伯斷案也有些疏忽，就此錯判。苦主一家不甘休，遂告上帝都，胡大伯就此吃了官司。

宮媛聽了此中內情，有幾分為難，怪道胡大伯閉口不言，身為人子，縱知是母親糊塗，除了替母親頂下這過錯，實在是沒有第二種選擇，不然倘胡大伯出告母親，就是大不孝。

宮媛深知此事難辦，還是先緩聲勸好胡大奶奶，這才起身告辭。

宮媛雖打聽出內情，其實於案子無甚幫助，親娘收銀子，錯判的是胡大伯，如今是不頂缸也得頂缸了。

江念知此事後，私下大罵胡大太太，道：「真個敗家婆娘，不指望她給兒孫幫忙還罷了，如今更連累兒孫前程。」

何子衿道：「生氣無益，這事到底得有個了局，我只怕蘇尚書那裡不好走關係。」

江念道：「不說蘇尚書是不是會徇私之人，就是我，也不好開這個口。這怎麼說呢，我家親戚犯了事兒，您輕判些則個？咱們哪裡張得開這個嘴？」

江念也是要臉面之人，為這樣的事求人，尤其姻親之間，特別跌面子。

江念不想求人，就有不求人的法子，他的法子是，推動此案盡快審理，尤其是在太皇太后千秋節前最好不過。另則就是，讓重陽去尋那告狀的苦主，必要想法子得到苦主的諒解。

這事能有轉機就在於，案子雖是錯斷，好在苦主家沒出人命，跟人賠禮道歉，物質補償，曉之以情，動之以禮，只要苦主願意網開一面，這事就好說了。

江念還是去蘇家拜訪了一趟，他委實不好直說，拐著彎跟蘇尚書講了個故事，就講這孝子的故事，「母親有過錯，做兒子的豈能不替母親擔著？這孝雖是愚孝，也是沒法子。」

蘇尚書道：「要不說呢，一屋不掃何以掃天下？自己親娘都不了解，也不怪庸碌昏聵，斷錯案子，斷送前程。」

「是啊，內子常說，可憐之人必有可恨之處。」江念道：「內子一向比我有見識。」

蘇尚書似笑非笑看江念一眼，江念厚著臉皮陪笑，給蘇尚書遞茶，反正蘇尚書官職輩分都比他高，江念很有些做小伏低的本事。

蘇尚書自然不會允諾什麼，江念也不會沒眼力直言相求，還沒到那要命的時候。

事實也證明，江念的安排極有道理，首先苦主那裡願意諒解，胡大伯認罪也認得乾脆，因著太皇太后千秋將至，此事最終以胡大伯罷官告終，其他並未再行追究。

胡家上下紛紛念佛，獨胡大太太嘟囔一句：「江家既與蘇尚書家有親，如何還把咱大郎罷了官？大郎這事，本就冤枉……」

胡大老爺一記耳光抽過去，胡大太太愣怔片刻，撲過去與胡大老爺扭打起來。

重陽與宮媛回家後，語重心長地說：「以後就是讓兒子打光棍，也不能娶個糊塗人。」

胡大爺之事，江家出手相幫，實是江家看在胡文和胡山長的面子上，而且胡大爺最終只是罷官，就是蘇尚書看在江家面子上未對胡大爺任上之事多有追究了，不然不說蘇尚書這辦案辦老的，便是蘇二郎都曉得，這種貪賄案件，絕不可能是只貪賄一次便事發的。就如胡大太太收人銀子，難道這是頭一遭？此事未往深究，以罷官而終，實是幸事。

江家以為官司了了，胡家長房多半會很快回老家的，因眼下就是太皇太后千秋節，江家何家沈家都是五品或五品以上官階，在帝都官職到了五品，就有資格向太皇太后的千秋獻上一份千秋禮了。何子衿一直忙這事，也沒顧得上胡家，反正有重陽宮媛小夫妻，依何子衿忖度，後續無非就是胡家長房回老家裡送些盤纏程儀之類，何子衿還讓蘇冰提前預備出一份程儀，待胡家回老家時送上，算是自家心意。

誰知，一直待太皇太后千秋節結束，何子衿也沒聽聞胡家要回老家的消息。倒是胡大太太，帶著兒媳孫媳過來說話。人家主動上門，何子衿也是笑臉相迎，說些久別重逢的話。見了蘇冰，知道這是阿曄媳婦，胡大太太是誇了又誇，讚了又讚，褪下腕間一對羊脂白玉鐲給蘇冰做見面禮。這鐲子通體羊脂潔白，無半分瑕疵，縱蘇冰這樣的出身，見慣好東西的，也知這鐲子珍貴，不好輕易就接。

奈何胡大太太一意要給，何子衿便讓兒媳婦接了。

蘇冰謝過胡大太太，胡大太太就說到家裡擺酒宴客之事，想邀請何子衿一家過去吃酒。何子衿看胡家特意將日子放在休沐日，實在推脫不得，只得應下。

把帖子放下之後，胡大太太滿臉慈愛地看向宮媛，笑道：「阿文那孩子也是多年不見了，如今見著重陽與他媳婦，我這心裡委實歡喜。家裡設宴，不瞞你們，我們也是久不來帝都，對帝都流行的廚子菜色都不大了解。要是重陽媳婦無事，不若幫襯你大伯娘和大嫂子一把，也教一教她們。」

宮媛被這話說得都坐不住了，連忙起身道：「祖母看得上我，我就去給大伯娘和大嫂子打個下手。我才幾歲，若有幸聽得長輩教導，也是我的福氣。」

何子衿聽胡大太太的話就不大高興，原本胡文就不是胡大太太親生，胡大太太當年對胡文和蔣三妞可是極一般的，如今又說這些陰陽怪氣的話，要是刁鑽的，就得說是擠兌孫媳婦呢。何子衿笑與宮媛道：「你們太太就是愛說笑，她呀是頭一回見妳，心裡喜歡。難得祖孫在帝都相見，這樣的喜事，可得寫信與妳家老太太、太爺說一聲才是。」與胡大太太道：「先時我們在北昌府，老太太時常說起大太太，很是想妳呢。」

何子衿較胡大太太原是小一輩的，但不要說胡大太太做的那些事，就是這話說得也叫人聽著不大中聽。何子衿什麼人啊，她笑吟吟的，一句話直中胡大太太的心裡要害。

胡大太太面上的親熱甚至都有幾分不自在，她連忙道：「是啊，我們在外頭，無一日不記掛老太太和太爺。」忙又問老太太、太爺身體可好。

何子衿笑，「兩位老人家都很硬朗，就是念著幾位太太老爺。」

何子衿問宮媛：「大太太、大老爺來的匆忙，先時事務又多，妳是做孫媳婦的，這頭一遭見，可有與大太太、大老爺見禮？」

宮媛道：「像乾娘說的，先時太太、老爺都在忙，倒沒顧得上。」

「這怎麼行呢？」何子衿嘆道：「妳年紀小不懂這個還罷了，大太太最是講規矩的，以前離得遠見不著，今兒見了，趕緊拿出給大太太、大老爺做的針線來，與大太太奉茶。」

宮媛與重陽成親時，雖然太婆婆不在跟前，這針線宮媛可是早就預備下了。聽乾娘這樣說，宮媛便回房裡取針線去了。何子衿命丫鬟準備新茶，與大太太道：「阿媛這孩子，我看著長大的，她極是懂事，我實在愛她這人品性情，就收她做了個乾閨女，以後還得請大太太多疼疼她才好。」

胡大太太甭看有些刁，一輩子也就是這些粗淺路數。當年她就連剛進門的蔣三妞都治不住，如今更不必提已是誥命的何子衿了。何子衿瞧著胡大太太一身金玉綾羅，縱有過來親戚家的刻意打扮，想來這些年的確沒少撈。胡大爺官司雖了，但因是貪汙之事，朝廷罰了一筆銀子，如今看胡家長房出門這排場，可見頗有積蓄底蘊。

宮媛取來針線，何子衿笑道：「阿媛極孝順，當初與重陽成親，你們不在眼前，她也都打聽著做了針線。一晃好幾年過去，瞧瞧，這針線還是那樣的細緻。就是放了這幾年，料子不比先時光鮮了，大太太可別嫌棄。」

胡大太太忙道：「孩子的一片孝心，我怎能嫌棄？」

宮媛上前與太婆婆見了禮，胡大太太收了針線，便取下身上佩的一塊羊脂佩給了宮媛，笑道：「與重陽好生過日子，要是他敢欺負妳，只管與我說。」

宮媛收了玉佩，磕了頭，之後又見過大伯娘。胡大太太一行來前也沒準備，胡大奶奶便效仿婆婆，取了腕間一對金嵌寶鐲給宮媛做了見面禮，然後就是堂妯娌間見過。宮媛的丫鬟極機靈，見有晚輩，算來是自家奶奶侄子侄女一輩的，回房時順便取了幾個荷包，每個荷包裡放了兩個小金錁子，宮媛就拿這個給堂侄堂侄女們。

當然，囡囡和已去上學的小郎也都得了長輩給的東西。

宮媛看太婆婆一行隨手都是金珠玉寶的拿出來，想著太婆婆手裡銀錢也是充足的。她坐在一旁聽著乾娘和太婆婆說話，萬分慶幸當初她爹讓她認下乾娘之事。就太婆婆這說話，也知這不是個好糾纏的。宮媛倒不是沒遇到難纏的人，就是太婆婆畢竟是長輩，她是孫媳婦，輩分上就有天然劣勢。不到萬不得已，宮媛不願意與太婆婆翻臉。

幸而有乾娘出面，宮媛的心也就漸漸安穩下來。

何子衿與胡大太太說著話，中午留飯招待了胡家一行，飯後胡大太太起身告辭，何子衿讓宮媛出去相送，自己並未起身。胡大太太既惱於何子衿託大，卻也無甚法子。何子衿現在是四品恭人誥命，她不過一白身，如今江家做著高官，她兒子卻功名被奪，胡大太太哪怕是個刁鑽人，也曉得在帝都怕是有不少仰仗江家的地方，對何子衿不但毫無法子，更是要客客氣氣的才好。

宮媛送了太婆婆，往乾娘那裡說話，見房裡並無外人，就私下說了：「我看，大太太不似喜歡我的樣子。」

何子衿道：「不用理她，就她連累得胡大爺丟了官，這事胡山長和老太太還不曉得，要是他們曉得，饒不了她。」

宮媛道：「相公給家裡寫了信，還說讓父親母親斟酌著，看是否告訴老太太和太爺。」

「兩位老人家上了年紀，這事是得斟酌。」何子衿嘆道：「真是財白兒女爭不得氣，妳家老太太、太爺都是難得一見的明白人，就是胡大爺，先時在老家時也是個本分人。考功名多麼不容易，苦讀多年，從縣城考到府城，從府城考到帝都，這才得了官兒。好生經營個幾十年，縱不得高官顯位，也能有立身之地。如今一朝盡毀，大太太和大老爺不思過錯，如今倒想這些婦人手段。要是叫妳家老太太、太爺知曉他們這事，還不知要如何生氣呢。」

何子衿不喜胡家長房，胡家大太太回家亦很是氣惱，直說何子衿狂妄。胡大奶奶站在一旁，只作個木頭狀，一句多餘的話都不講。

胡大太太這會兒說何子衿狂妄，待到何家，她就不這樣認為了。因為相對於何老娘，何子衿簡直就是何家的文雅人。胡家的事，何老娘與沈氏特意問過何子衿。何子衿哪裡會為胡大太太瞞著，早一五一十與娘家人說了。何老娘和沈氏都說胡大太太是昏了頭，沈氏一向委婉，也就自家人跟前說一說，胡大太太親自到訪，她自然不會這樣說。

何老娘不一樣，何老娘與胡大太太是一個輩分，她又是個心裡存不住事的，一向有啥說啥，見胡大太太就忍不住了，何老娘道：「這話按理不當我說，可妳婆婆不在這兒，我就替她多說幾句。妳呀，往時見妳也精明伶俐，又是大家出身，如何這般眼皮子淺？我們這樣寒門出身的，阿洌他爹在外做官，俸祿不多，我也不敢收別人一錢銀子。妳收人家銀子，能不替人家辦事？妳家也不是缺錢的妳到底收了多少銀子啊？」何老娘好奇死了。

胡大太太窘得臉上通紅，連忙道：「大郎實是冤枉的，親家老太太哪裡聽得這些話，做不得準，做不得準的。」

「行啦，妳就別瞞著，誰不知道呀，大家都知道啦！」何老娘一副天下人盡知的神色，說胡大太太：「妳以後可別這樣了，要說阿文不是妳親生的，妳不疼他便也罷了。妳家大爺可是妳嫡嫡親的兒子，天下哪有妳這樣坑兒子的親娘啊？要不咱們是知根知底的老親家，我都不能信這是親娘做出來的事兒。妳說說，妳幹的這事，原本妳家大爺再熬些年，上了五品，妳也能有個誥命，如今就因著妳，妳家大爺前程也沒了。原本孩子們都是官宦門第，就因著妳，成了平民百姓。男孩子還略好些，只要會念書，總有一門好親事，可女孩子不行呀，眼下說親都講究門當戶對，妳家大爺罷了官，豈不耽擱女孩子們的前程？妳呀妳，要是我，就是有人給我一百萬兩，我也不能葬送兒子前程，妳糊塗呀！」

何老娘這一席話，把胡大太太說得眼眶都有些泛紅，一則是窘迫所致，二則就是縱然這罪名是長子頂下來了，可到底怎麼回事，胡大太太難道自己不曉得？

何老娘這一通話，別個還好，有一句話是直戳胡大太太的心肝，那就是「妳家大爺可是妳嫡嫡親的兒子，天下哪有妳這樣坑兒子的親娘啊」。胡大太太哪裡能不悔，就是因著後悔，方想著借幾家的勢，看能不能再為兒子謀個官職。

胡大太太到底有些年紀，很能憋著，硬是將眼淚憋了回去，重新恢復平靜。胡大奶奶不一樣，胡大奶奶的眼淚如斷線珠子一般滾了下來，既是心疼丈夫，又是心疼兒孫。

胡大太太一咬後槽牙，「看親家老太太說的，我同樣疼阿文，我疼阿文更勝大郎。」

何老娘將嘴一撇，把手一擺，手上三個金戒子閃閃發亮，「行啦，這謊話妳也就糊弄糊弄外人。咱們多少年的交情，就別說這些不實誠的了。妳以後可改改好吧，就妳辦的這事，妳婆婆慈悲，多半也就自個兒生氣，要換了我家，有妳這樣的媳婦，我早休了她！」說著，就誇起自家媳婦來，誇沈氏：「別看我家媳婦不比妳出身大家，生的是旺家旺夫旺子孫，我家阿恭還有他爹他爺爺都是單傳，到阿冽他們這一輩，小子有四個，閨女妳見過的，就是我家那丫頭，也是一身的福氣，旺得不行，把阿念旺成四品官！」

何老娘這說話，也就遇著胡大太太這窩裡橫的，拿何老娘沒法子，不然人家正倒楣，聽妳這臭顯擺的話，心胸狹窄的該報復社會了。

好在何老娘也不淨是顯擺自家，她雖看不上胡大太太這敗家婆娘，看胡大奶奶還不錯，與胡大奶奶道：「妳婆婆糊塗，妳就得多操心。這男人啊，忙外頭的事，女人就得管好家裡。日子還長呢，只要將心放正，教導好子孫，有是後福等著妳。」

胡大奶奶哽咽道：「我就盼著應了老太太的話才好。」

何老娘安慰她道：「妳可不能灰心，妳想想，就算官職沒有了，妳家大爺還是正經進士出身，妳家也是書香門第。我家以前多難啊，家裡往上數十輩人沒出過一個秀才老爺。祖上十輩子傳下來的田地不過百畝，這還得精打細算，一個月吃不了兩回肉，自從我嫁到老何家，好幾十年沒穿過綢，如今日子也好了。妳要是覺得難，就想想我家以前，再難也難不過我家了。何況，還有子孫呢。孩子就是家族的希望，妳婆婆幹的這昏頭的事兒，以後妳也要引以為鑒。咱們都是本分人家，寧可窮些，再不能收那昧心錢的。」

看別人家的長輩這般明事理，再想想自己這禍家婆婆，胡大奶奶深覺命苦。

何老娘正看胡大太太不順眼，可想而知胡大太太說請何家過去吃酒，會得到何老娘怎樣的答覆，何老娘說她道：「妳這還有心思吃酒呢？我都替妳愁得不得了，妳還是趕緊去廟裡念幾天去惡業的經文吧，我就不去吃酒了。」

胡大奶奶心中雖對這個婆婆怨念極深，不過，婆媳倆的利益是一致的。胡大奶奶也知道江何兩家如今過得不錯，何家官職還低些，江家卻已是正四品官階，再者，這兩家聯姻的都是帝都大戶人家，胡大奶奶也是想著，能不能借助兩家之力，給丈夫再謀新缺，就與婆婆一塊勸道：「家裡遭了這些事，全賴親戚們相助，我家大爺方得平安。如今誠心誠意地擺兩席薄酒，請親家老太太、太太、奶奶們過去坐坐。」

何老娘道：「有這個心就好，咱們又不是外人，哪裡還用妳家擺酒了？不必如此外道。」她平生最瞧不上胡大太太這樣的敗家媳婦，哪裡願意去她家吃酒？

胡大太太、胡大奶奶婆媳一意相邀，何老娘看不上胡大太太，再不肯去的。她老人家十分機靈，拿孫媳婦當擋箭牌，道：「阿冽媳婦身子笨了，興哥兒媳婦剛有了身孕，還有俊哥兒媳婦這剛出了月子，身子正虛著，我也得照看她們，家裡可是離不得人，實在去不得。」

胡家婆媳倆見何老娘是鐵了心不去，便邀沈氏過去。沈氏想著，畢竟姻親之家，家裡一個人都不去也不好，遂道：「家裡事多，母親離不得，要是親家太太不棄，我過去拜訪。」

胡家婆媳只請動一個沈氏，雖有些遺憾，但人家都給女眷尋了各種不便，胡家婆媳也只得作罷。胡大太太笑道：「咱們也有二十幾年不見了，正該好生親近一二。」

沈氏笑，「是啊！」

胡家一行又去沈家拜訪，江氏接了帖子，答應過去吃席。

何老娘特意問了自家丫頭一回，何子衿道：「沒見胡大太太那樣的，還在阿媛跟前擺起太婆婆的譜來，說話不陰不陽的，我刺了她幾句。」

「她那人早就瞧不起咱們家了，當初妳三姊姊嫁給阿文，可是沒得過她什麼好兒。」說一回舊怨，何老娘道：「要不是看在胡家老太太和胡老山長的面子上，我就得與妳說，不要理她家的事兒。」

「何嘗不是如此？」畢竟江念和何洌小時候都在芙蓉書院念過書的，多承胡山長照顧，且胡大爺不過是被胡大太太坑了，這是胡山長的嫡長孫，實在不忍胡大爺落得這般田地。

沈氏趁機教導三個媳婦與閨女，道：「胡大太太糊塗，把全家都坑慘了，可要我說，胡大奶奶也不過是個假明白。又不是新進門的媳婦，她也是做婆婆的人了，眼瞅著要娶孫媳婦，家裡的事，如何就這樣不留心？倘胡大奶奶略留心則個，不至於此。」

何子衿道：「胡大奶奶以前就是個柔和性子，哪裡像能管住胡大太太的？」

「所以才說她無能。誰家娶媳婦不是為了把家管好的，胡大太太討人嫌，胡大爺瞧著就像個愚孝的，我知不是胡大奶奶一人的緣故，可這人家過日子，婆媳之間便有些個不對付，這是自家的事。胡大太太在外收銀子，這就是關乎一大家子的事。眼下胡大爺只是丟了官，這還算是運道好的。性子軟不軟，得心性明白，不然男人丟官棄職，想東山再起就難了。」

何子衿道：「娘，您哪裡曉得，我聽說胡大太太有絕招，一旦胡大奶奶哪裡不合她的意，立刻就給胡大爺添通房丫頭。」

不得不說，何子衿這八卦性子，簡直與何老娘一脈相承，特別愛打聽。

何老娘一聽這事就瞪圓了眼，神祕兮兮道：「胡大爺真是胡大太太親生的嗎？這不是親娘吧？親娘哪裡有這樣害自己兒子的？」

沈氏哭笑不得，「母親莫說笑，血脈之事怎能有假？」

「不是說這個，要是親娘，怎麼能左一個通房右一個通房給兒子房裡塞啊？」何老娘驚奇道：「我可是聽說，那通房就是沒正名的姨娘。姨娘是啥？那就是小老婆。這胡大太太是不是腦子有病啊，我這沒什麼學問的都曉得不能叫孩子耽於美色。她這總給兒子塞小老婆，豈不是引著兒子學壞？」

何老娘感慨道：「要不是親眼所見，我都不能信世上有這樣的親娘。」

余幸道：「世上有多少人像祖母這樣明白呢？」

「是啊，祖母您是寫過好幾本書的人，您這樣的見識，可不是人人都能有的。」杜氏也拍太婆婆馬屁，主要是太婆婆這話，不論兒媳婦、孫媳婦，沒一個不愛聽的。不得不說，何冽這一輩能娶到好媳婦，與何家的家風也是習習相關的。真正疼閨女的人家，縱女婿家門第略低些，也願意閨女嫁過來過清靜痛快日子。

李三娘也說：「祖母那書我都讀了好幾遍，還在鋪子裡買好幾套給了我母親，讓她回去時帶著，給我娘家兄弟們讀一讀。」

何老娘呵呵直樂，與三孫媳婦道：「妳這孩子怎麼不早說？哪裡用買的，沈家小舅爺的書鋪子裡就有，拿幾套就是，省得花錢了。」

何老娘又道：「妳進門晚，不然原來我手上有幾套，這些年有人來求，就都送人啦。」那自豪得意的模樣，簡直叫人無可形容！

何子衿笑道：「說來這都多少年了，祖母您那書再版的次數比阿念那書都多。」

何老娘道：「阿念寫的東西，之乎者也，都是給有學問人看的。我的書通透易懂，誰都能看。妳想想，這世上還是學問淺的人多些。」

何子衿哄老太太高興，「主要是您老人家書寫得好。」

何老娘假假謙道：「一般一般啦，也就比阿念寫得稍微好那些三五分罷了。」

大家說說笑笑，十分愉快。

何子衿在娘家吃過午飯，下晌方回了家。

胡家雖然張羅著請客，最終也只擺了兩席酒，倒不是胡家小氣，捨不得宴席，實在是來的人少，無須大肆排場。女眷那裡，沈氏和何子衿母女，再者就是江氏帶著阿丹媳婦過來。官客那邊，江念、何恭、沈素倒是都到了，不過因胡家剛經官司，即便熱鬧也有限。要依沈素說，實無須設宴，大家都是同鄉，還沾著親，能幫的自然會幫。如今官司已了了，胡家還是想想接下來的日子比較好。

大家吃過酒，便也各回各家了。

至於胡大老爺和胡大太太想的胡大爺起復之事，官司剛了，沈江何三家雖然都在帝都為官，但官高不過正四品，哪有這樣的本事給胡大爺？三家未應承此事，胡家也只得作罷。

重陽回家都與妻子道：「真是羞死我了，祖父當真說得出口。大伯剛罷了官兒，怎麼起復啊？妳不曉得，祖父一說這話，我臉都覺得火辣辣的。」

宮媛跟著太婆婆忙了兩天，正坐妝臺前拆頭上釵環呢，聞言手一滯，慢慢地取下一支金釵，道：「還有這事？」

「是啊！」重陽道：「我想著，要不去勸勸大伯？」

宮媛把金釵放回妝匣，道：「要怎麼勸呢？我看大伯娘準備宴席時極是用心，想來也是一樣想讓大伯起復，你去勸，怕就要討人嫌了。只是大老爺和大爺也不想想，就是你去了大理寺，都是要考進去的，何況，幾位長輩多是翰林這上頭的官兒，又沒有在吏部當差。」

重陽見家族長輩見得比較少，再加上家族長輩與他三觀不合，他對長輩也有些個意見，覺得長輩這事做得不對。聽妻子這樣說，重陽又有些猶豫，擔心勸解不成反被長輩嫌棄。

宮媛道：「還是等一等父親和母親那裡的信兒，看看他們怎麼說吧。」

重陽只得如此。

重陽到底私下同阿曄念叨了一回，還說了些如果叫胡大太太知道包管要活剝了他的話。

重陽道：「這不是我說，別說沒這個能力，就大伯這剛革了職，要是轉眼再謀了缺，大太太還只當官是好當的，去了別處，還不一樣要收銀子。誰家也禁不住這樣，可千萬別叫姨丈管這事。大伯那裡也不只是大太太一人的事兒，就說大太太收錢，我就不信大太太能做得這般機密，難道就無人能查？無非就是都裝作不知道，反正好處是進了自家。如今出了事，大太太這收銀子的自然是眾矢之的，可那些先時察覺沒阻止的人，比大太太又強到哪去？」

就是因重陽看事情看得透，江念才願意指點他入仕。其實就重陽不說這話，江念也不可能為胡大爺的差使出力。倒是重陽這樣明白，江念很是欣慰。

去胡家吃過酒後，何子衿就沒再與胡家來往，重陽與宮媛是沒法子，正經孫子孫媳婦。何子衿不一樣，何子衿與胡家不過是有蔣三妞那些關聯，如今她忙得很，哪有空應酬胡家。

何子衿自宮裡教學歸來，蘇冰過去服侍，何子衿笑，「雖說進了八月，這帝都天兒熱，秋老虎也厲害著呢。以後不用過來，待涼快些再過來，咱們娘們兒說說話是一樣的。」

蘇冰笑道：「四時節氣各有不同，也不能總在屋裡養著。母親放心，我過來時有丫鬟撐著傘，咱們院子離得近，也不覺得熱。」看婆婆回家的時辰，想著婆婆定未用午膳，蘇冰先命人上了盞酸梅湯，何子衿一口飲盡，道：「好生痛快。」

蘇冰道：「這天兒就喝酸梅湯最開胃了。」命廚下端上飯菜，服侍婆婆吃飯。

何子衿從來不必兒媳婦服侍，蘇冰現在有身孕，飯也沒準兒，說不得哪會兒就想吃了，故而廚下一天十二個時辰有人當值。有一回蘇冰半宿餓得睡不著，阿曄還起來讓丫鬟給煮了杏仁茶。因著天熱，家裡做的多是素菜，就一道湯是冬瓜火腿湯算是葷的，何子衿見桌上青菜碧綠，茄瓜紫紅，蓮藕潔白，再加上一絲淡淡醋香，胃口大開。蘇冰聞著那絲醋味兒，也有些想吃了，索性讓丫鬟多擺副碗筷，陪著婆婆吃了半碗飯。

蘇冰還說：「我這午飯才吃了沒一會兒，怎麼又餓了？」

何子衿笑，「有身子就是這樣，說要吃立刻就得吃。我那會兒懷著阿曄阿曦時，一開始就是飯量大增，每天吃不飽似的。別人一天三頓，我得五頓。」

蘇冰道：「我也是，口味還變得厲害，先時像妹妹一樣，偏愛甜的，這兩天又喜酸。」

婆媳倆說著話，待吃過飯，何子衿打發了丫鬟，方與蘇冰道：「有件事原不當說，只是妳娘家與太后娘娘是至親，我既知道，也不好瞞著。」

蘇冰一聽，心就提起來了，生怕蘇太后是有什麼事。

何子衿見她臉色都變了，連忙道：「不是什麼大事，就是我以前進宮去慈恩宮請安，都能見著蘇太后，這回竟沒見著。聽大公主說，我才知道蘇太后身體不適。不過，我想著並不嚴重，不然大公主就該去侍疾了。要不，妳打發個人回家說一聲吧。」

蘇冰道：「是啊，母親與我都這般擔心娘娘的病情，要是叫伯娘知道，更不知如何記掛。雖不是大病，也當進宮請安探望。」

蘇冰打發陪嫁的嬤嬤回家說了一聲，祖母蘇夫人卻是個見多識廣的，私下忖度一番，去承恩公府找了侄媳婦承恩公夫人說話。

蘇夫人道：「我家那位親家太太，素來不是個多嘴的人，認識她這許久，從未聽她說過宮裡半個字，如今特意讓阿冰送信回來，想是娘娘那邊有事。要不，妳明兒就遞牌過去，進宮向娘娘請安。」

蘇承恩公夫人一聽說閨女病了，就有些坐不住，恨不得立刻進宮去。只是誥命進宮自然有規矩，得提前遞牌子申請。

蘇承恩公夫人道：「娘娘一向康健，千秋節見她還好著呢，如何突然病了？」

蘇夫人連忙安慰她道：「妳也莫要太急，倘真是急事，阿冰她婆婆沒有不直說的。想雖有事，卻也不是太要緊的事。她又是個好心的，就讓阿冰給咱們送個信兒。」

「是啊！」蘇承恩公夫人道：「我往昔進宮，娘娘也誇江太太為人好，正經書香門第的太太，頗有風骨。」只看江家與曹家不對盤，蘇承恩公夫人就看何子衿很順眼了，何況江蘇兩家亦是姻親。如今看蘇太后有事，還特意令蘇冰打發人來說一聲，要不說是正經姻親呢，不然換個冷心腸的，哪裡會多說一句？

蘇承恩公夫人與孀子蘇夫人商量，第二天遞牌子進宮了。

何子衿晚上方與江念說了宮裡的事，何子衿道：「蘇太后生病倒是小事，我看蘇太后不似病重，只是，蘇太后這一病，後宮之事就落到了曹太后手裡。」

江念道：「宮裡的事，難道不是太皇太后做主？」

何子衿道：「太皇太后每天要與內閣議事，宮中之事一向是蘇太后打理。」

江念尋思道：「按理，讓曹太后接手也是正常。」

「是啊！」何子衿道：「曹太后一向心大，蓋個屋子都要最大的，這人有野心。依我看，她早恨不得代掌後宮了。今兒我去慈恩宮請安，蘇太后不在，曹太后只差眉飛色舞了。」

江念聽這話不禁道：「就是心裡喜悅，也該憋著些，叫人人都瞧出來，可不是什麼好事。再者，蘇太后不過小恙，將來蘇太后大安，難道她還能繼續執掌後宮？」

「曹太后不見得是故意露出喜色，怕是心裡太過喜悅，反是藏不住。」何子衿道：「我只擔心這後宮大權，於蘇太后是好放不好收。」雖說宮中之事與江家無干，但畢竟江家與曹家不睦，與蘇家是姻親，何子衿於情於理，都希望看到蘇太后執掌後宮。

江念道：「這後宮的事，到底得是太皇太后說了算。」

翌日，蘇承恩公夫人進宮請安，就曉得這裡頭的緣故。

蘇承恩公夫人先安慰了閨女，回家後沒有不與孀子蘇夫人商議的。

蘇家更不願意看到曹太后掌後宮，真是寧可太妃太嬪代為執掌，畢竟待蘇太后大安，自太妃太嬪那裡取回後宮之權是順理成章之事，曹太后則不一樣，這是今上親娘，同樣也是太后。就如何子衿說的，這權是好放不好收啊。

蘇承恩公夫人說起曹太后就不痛快，道：「孀子是沒瞧見，那得色都寫臉上去了。一會兒打發人送參，一會兒打發人送燕窩。妳送是一起送啊，哪裡有這剛送一樣，病人才躺下，又打發人來送的。不曉得是顯擺她如今管著事兒，還是故意折騰咱們娘娘。咱們娘娘就是脾氣太好，要是有太皇太后一半的性子，怕也無人敢這般放肆！」

太皇太后當初怎麼管仁宗皇帝後宮的，一個個的在太皇太后面前貓兒一樣，就這樣，仁宗皇帝臨終前都要為髮妻除了先帝生母。

這樣一想，蘇承恩公夫人就覺得，閨女不若太皇太后有福氣。

蘇夫人道：「妳有沒有好生勸一勸娘娘，就那沒眼色的奴才，妳堂堂一品公爵夫人，也該訓斥了，哪有這樣送東西的？咱們娘娘才是陛下嫡母，那位再折騰，不過是個妃妾扶正。」

蘇承恩公夫人道：「內務司的人倒不是有意，送了東西並不叫打擾咱們娘娘，都是放下東西就走，只是我知道哪裡有不生氣的？如今不過是令她代掌後宮事，就這般張狂，以後還不知要如何呢。」

蘇夫人道：「必得想個法子才好。」

這事說是後宮內闈之事，可關係到的都是太后一級的人物了，要想個從曹太后手裡把後宮之權奪回來的法子，蘇夫人、蘇承恩公夫人還做不得主。

蘇夫人私下與丈夫商議：「不為別個，我只擔心咱們這裡一疏忽，真叫曹太后坐穩了後宮之權，不說娘娘將來，恐怕曹家真要成第二個胡家了。」

「不至於。」蘇不語垂眸思量半晌，說了這三個字。

「難不成就坐視曹太后這般得意？」蘇夫人出身國公府，娘家戚國公，家裡五弟娶的是謝太后的妹妹。這樣顯赫的出身，蘇夫人平日裡眼界便高。她並不是輕視寒門，不然也不能與江家聯姻，但蘇夫人是打心眼裡瞧不上曹家。

蘇不語道：「妳想想，以前都是咱們娘娘管著後宮，先時娘娘是先帝正宮皇后，管得是理所當然。先帝過身，娘娘是嫡母太后，繼續執掌後宮也是情理之中。如今娘娘有恙，曹太后好端端的，難道不讓曹太后代掌，反而讓妃嬪接手？天底下沒有這樣的道理。一旦如此，內閣必然發難。」

蘇夫人小聲道：「太皇太后她老人家怕也不喜歡曹氏。」

「妳還是不明白，喜不喜歡對於太皇太后並不重要，太皇太后平生只做正確的決斷，她是不會給內閣這個把柄的。」蘇不語與太皇太后少年相識，相交多年，彼此了解極深。

「我是說，太皇太后可暫代後宮之事。」

「要是太皇太后有這個意思，就不會讓曹太后接掌了。」

蘇夫人看丈夫這閉目養神的模樣就著急，推他一記，「這就沒法子了？」

「有。」蘇不語睜開眼睛，道：「那就是妳們婦人的法子。咱家娘娘雖有恙不能理事，端寧大長公主自幼養在太皇太后身邊，今上姑媽，兩位太后的小姑子，回娘家暫代宮務，誰也挑不出錯來。」

「我跟侄媳婦也是這樣商議的。」

「妳們啊，妳們能想到的事，太皇太后只可能比妳們更早想到。這法子不是不成，但太皇太后沒用。」

「我們商量的是，倘再有永福、長泰兩位大長公主，再加上端寧大長公主，幾人一塊理事，也是好的。」

「晚了，現在曹太后都接過後宮大權。」

「依你的意思，難不成太皇太后真心要用曹氏？」蘇夫人自己說著都不大信，太皇太后一向極有性情，她老人家並非沒有心胸，但依她老人家的性子，是斷不會喜歡曹氏的。

蘇不語道：「太皇太后的心思，不在大長公主這裡，更不在曹氏這裡。」

「那在哪兒？」

「在柳家。」蘇不語提醒妻子：「妳不要忘了，柳家姑娘是先帝金口玉言寫進遺旨裡定下的皇后人選，不過是因著今上與柳姑娘皆年少，未到大婚禮的年紀，這大婚禮方未舉行。柳姑娘這皇后的身分，是絕無可能更改的。除了諸位大長公主，未來的皇后亦是主持宮務的合適人選，不是嗎？」

蘇夫人道：「柳姑娘年紀尚小，她成嗎？」

「別人斷然不成，但想從曹太后那裡分權，必然只有柳姑娘才成。年紀小怕什麼，身分地位是有的。」

蘇夫人道：「柳姑娘的身分，自然無人敢說個『不』字。只是，你也想想，柳家也不是傻的，能讓自家閨女這個時候進宮，還不得叫曹太后記恨。以後柳姑娘進宮，豈不難做？」

「妳呀妳，難道曹太后就不想拉攏未來的皇后？」蘇不語淡淡道：「只有這位柳姑娘，曹太后會歡歡喜喜接受，畢竟這是將來鳳儀宮之主，也是曹太后以後的正經兒媳婦。何況，柳家顯赫，先帝臨終都不忘指柳氏女為后，曹太后便是不喜柳氏女，這會兒也不會表現出來，這可是千載難逢拉攏柳國公的機會。」

蘇夫人皺眉，「原本只是後宮小事，要是真叫曹氏拉攏了柳家，可是大大不妙。」

「這話妳也信？曹家要有這本事，早拉攏柳家了。柳國公要是這般容易被拉攏，也就不是柳國公了。」

蘇夫人鬆口氣，又覺得太皇太后的心思叫人揣摩不清，道：「老爺能猜到柳家不會這麼容易被拉攏，難道太皇太后看不透？那為什麼太皇太后要讓柳姑娘進宮呢？」

「太皇太后的心思，要是能叫人一眼看穿，韋相也就沒這諸多煩惱了。」蘇不語眼神晦暗不明，「便是韋相知道柳姑娘進宮，定會歡喜的。」

「依你的意思，這倒是皆大歡喜之事？」

蘇不語一嘆，「是啊，皆大歡喜。」

蘇夫人卻是覺得，她與太皇太后也算認識多年，怎麼想都認為太皇太后不是聖人。雖則太皇太后不是聖人，可太皇太后辦的事，真個聖人都不一定辦得這樣人人歡喜。當然，這是事後何子衿的個人看法。

蘇太后這一病，無形之中生出多少風雲暗湧。

蘇家這樣的家族，是絕不會眼睜睜看著後宮權柄落在曹太后手裡的。

如何子衿雖然也想到蘇家的處境，但何子衿做為旁觀者，很明顯有不一樣的思維，何子衿私下還與江念說：「於蘇家而言，就是咱家，不論咱們兩家的姻親關係，就是我自己個人喜好，我也更喜歡蘇太后。只是有一樣，曹太后再不招人待見，也是今上生母。」

江念顯然對於權勢另有自己的見解，江念道：「這事與身分無關，別說是今上生母，就是今上的祖宗太宗皇帝再生，想重掌朝政，也不是說掌就能掌的。如蘇家這樣的大家大族，不會輕易退一步的。」

何子衿好奇問道：「那你說，蘇家這一步，是退，還是不退？」

江念想了想，「蘇家眼下是絕不會退的，蘇尚書位在內閣，與太皇太后私交也好，各方面的交情關係，曹家現在沒得與蘇家比。再者，蘇太后位置正，她是先帝正經元配皇后，曹家在名分上就差一頭。這個時候，蘇家絕不會退。」

「那以後呢？」

「以後的話，除非朝中有變。」江念道：「蘇家世宦之家，曹家不過暴發戶，底蘊不同，何況，觀曹家行事，實在不甚聰明。曹家八成就是像著姊姊那句話，畢竟他們是陛下的血脈外家，才時有放肆的。只是，這句話還是待陛下親政之後再說才好。如今太皇太后與內閣共同執政，他家就這樣沒眼色，眼下曹太后還在，看在曹太后的面子上，他家尚無妨礙。之後實不敢說，如果一直這樣，沒落不過兩三代的事。」

其實後宮朝中這些大勢，根本無關江家，偏生夫妻倆私下特愛絮叨。

在家裡八卦過，何子衿再進宮時不自覺便會留意一二。

譬如蘇太后微恙的消息傳出，進宮請安的命婦多了不少，畢竟這是今上嫡母，當朝的太后。蘇太后性子溫和，於誥命中名聲極好，許多親戚故交，聽聞蘇太后有恙，能進宮的都遞牌子進宮問候。

這其中，就有溫慧郡主與其女柳悅柳姑娘。

柳悅母為郡主，父為伯爵，先帝遺旨親自為今上賜下的親事，這親事絕對鐵板釘釘的，柳悅就是將來的中宮皇后。故而，聽聞蘇太后有恙，溫慧郡主連忙帶女兒進宮請安。

太皇太后說起蘇太后來也很是關心，太皇太后道：「阿蘇待我一向孝順，前些天因著我的千秋節，她凡事都要親力親為，不肯有絲毫懈怠，勞累著了，幸而並無大礙。她昨兒還要起身過來，我叮囑她必要多休息幾日，不然我再不能放心的。」

溫慧郡主笑道：「嬸子待太后如親閨女一般，太后賢孝之名也是舉朝皆知。我聽說太后娘娘有恙心裡就很是擔憂，連忙帶著阿悅進宮來看望，知道太后並無大礙，我便放心了。」

溫慧郡主為仁宗皇帝兄長晉王嫡長女，論輩分，正是太皇太后的侄女。

太皇太后道：「妳們來得正好，我也有幾日不見阿悅了，就是阿蘇，也很想她呢。」便吩咐宮人帶著柳悅去永壽宮向蘇太后請安。

曹太后聞言起身道：「我正要去看望姊姊，母后，不如我帶阿悅過去吧。」

「也好。」太皇太后點頭允了。

待柳悅去了，太皇太后又問了溫慧郡主：「妳婆婆可好？」

溫慧郡主道：「我與阿悅出門前，婆婆還說讓我代她問候孀子大安。」

太皇太后笑，「我這裡都好，只要她們保重，我便放心了。」

何子衿哪怕是個旁聽的，聽到這話也知道太皇太后與柳家這不是一般的交情。

之後的事，何子衿就不曉得了，因為到了時辰她就去給大公主和嘉純郡主授課了。

沒幾日，何子衿再按著時間進宮授課時，太皇太后就與她說了：「端寧與我說，大公主與嘉純年紀大了，該學著管些事，以後也好分宮別居。我想著，也是這個理，端寧像她們這樣大的時候，已能幫我管些庶務了。如此，妳們幾位先生的課程不妨變一變。」給大公主和嘉純郡主減了些課程，如何子衿這樣一個月上課四次的，直接改成了兩次。

何子衿回家說起此事，蘇冰私下道：「我回娘家，聽我母親說，曹太后原是建議柳家姑娘一道跟著學習，太皇太后卻是未允。」

何子衿眉心一跳，「曹太后很喜歡柳姑娘啊？」

蘇冰道：「想來是的。柳姑娘畢竟是先帝親自賜婚給今上的，以後就是皇后娘娘，曹太后做婆婆的，這以後就是婆媳了。」

何子衿笑道：「與咱們一般。」

蘇冰皺皺鼻尖，悄聲道：「曹娘娘身分地位雖尊貴，可要媳婦說，曹娘娘的性子，可不是容易討好的。無非就是看柳家勢大，這會兒拉攏著柳家罷了。」

何子衿道：「原本先帝賜婚，柳伯爵就是陛下的國丈，柳國公便是太國丈，這樣的身分，還用拉攏？我雖來帝都日子淺些，也知道柳家最忠心不過。」

「哪裡是為國家拉攏，要是為國家為朝廷，柳家這樣的忠臣，就是不拉攏，也是戰戰兢兢為陛下當差，這不過是曹家拉攏柳家罷了。」蘇冰道：「柳姑娘雖是要嫁給陛下的，畢竟還未大婚，哪裡有未過門的媳婦就去婆家管事的道理呢？」

何子衿想了想，「就不知柳家如何想了。」

蘇冰道：「我以前聽父親說，柳國公當年就是仁宗皇帝麾下愛將，柳國公當初是學文的，那會兒仁宗皇帝還是藩王，藩地就在閩地，柳國公開始入閩王府做官，之所以轉為武事，還是太皇太后當年推薦。後來，果然柳國公一飛沖天，成為咱們東穆朝赫赫有名的戰神，也因此，得封公爵。」

何子衿聽聞過一些柳國公逸事，不過，何子衿知道的多是道聽塗說，沒蘇冰這般詳細。在慈恩宮時，何子衿就覺得太皇太后與柳家關係不一般，不想是這樣的老交情。何子衿微微頷首，看來，太皇太后此舉，定是好意無疑了。

何子衿真心覺得，太皇太后委實是個好人。

柳家剛送走過來說話的曹家人，柳伯爵柳昱笑得臉都僵了，待回了房，溫慧郡主問：「曹家人過來做什麼？」

柳昱道：「來與我說，曹太后想閨女早晚要嫁入宮中的，故而想早些教閨女熟悉宮務，不想太皇太后竟然未允，曹家人來勸我不要多想。」

「這叫什麼話？」溫慧郡主聽這話不高興，道：「孀子還不是好意？」

「原話不是這樣，原話委婉著呢，不過意思就是這意思了。」柳煜自己倒盞茶，道：

「這曹家把太皇太后想得也忒狹隘了些。宮務以往都是蘇太后執掌，蘇太后鳳體不適，方由曹太后接手。要不是端寧公主不喜曹太后，也不會提讓大公主、嘉純郡主一起學著分擔宮務。何況，蘇太后不過小恙，就沒好的那一日了？大公主、嘉純郡主皆是貴女，她們學習宮務，名正言順。咱們阿悅還未與陛下大婚，哪好這沒過門就去幫著管事的？再者，這會兒去宮裡，阿悅是夾在兩宮之間難做人。太皇太后知道咱家為難，才沒應這事，哪裡還用曹家特意過來與我再說一遍的？」

一句話，在帝都混的，誰傻呀？

溫慧郡主眉間有些憂色，道：「曹家眼下是亂鑽營，且不必理他。我倒是憂心一事，上遭我帶阿悅進宮向蘇娘娘請安，曹娘娘非要帶她一道過去。阿悅回來與我說，曹娘娘坐在蘇娘娘那裡說了一大通，阿悅也沒輪上說兩句，曹娘娘就帶她出來了。」

溫慧郡主出身藩王府，太宗皇帝是她親祖父，她也是經四代皇帝的人了，她道：「先帝未曾賜婚時，阿悅常跟我進宮向孀子和蘇娘娘請安。蘇娘娘為人和氣，性子溫柔，待阿悅非常好，阿悅也很喜歡蘇娘娘。先帝賜婚後，咱們先時守孝，阿悅好些日子沒進宮，這一進宮，曹娘娘喜歡阿悅，我自然高興。阿悅這裡，進宮就是兩個婆婆，我看曹娘娘的性子，可是有些好強的。」溫慧郡主就差直接說，曹太后怕是不能與蘇太后和平共處了。

原本兩宮太后之事與溫慧郡主不相干，可就因先帝賜婚，閨女以後要做皇后，溫慧郡主便擔心閨女擔心得不得了。

柳昱道：「眼下阿悅與陛下都小，哪裡就用擔心這些事？再者，兩宮太后還不是要聽太皇太后的？阿悅進宮，只要服侍好了太皇太后，就不必擔心。」
溫慧郡主再三道：「嬸子的心胸，當真無人能及。」
說來，溫慧郡主雖與太皇太后關係一直不錯，但她爹是晉王，晉王年輕時有些，怎麼說呢，反正那會兒大家都年輕，晉王這做大伯的，還與當年太皇太后這做小嬸子的拌過嘴。如今太皇太后如此照應柳悅，溫慧郡主怎能不心生感激？
柳家對太皇太后滿腔感激之情，蘇家則並非蘇冰說的那般簡單。
蘇冰已是出嫁的孫女，她是接觸不到家族核心的。
蘇夫人此時正與丈夫商量：「你不是說柳姑娘定能進宮主持宮務？如今怎麼沒成？」
「我原想著柳姑娘的事最好是由咱們或者哪位公主推動，誰知這事如何叫曹家先一步提了出來？」蘇不語皺眉，「妳查一查家裡的人。」
蘇夫人眼色微變，「老爺是說，有人將消息漏了出去？」
蘇不語冷哼一聲，繼而道：「太皇太后拒了此事，於咱們娘娘並無大礙。」
「我聽侄媳婦說，曹太后當著咱們娘娘的面就很是拉攏柳姑娘。」
「柳家要是好拉攏的，今上就不會賜婚他家姑娘了。」蘇不語道：「妳多留心，曹太后想拉攏柳家，接下來必然還會有動作。婦道人家，無非就是召柳姑娘進宮說話，或者是賞賜東西。娘娘一向沉得住氣，就讓娘娘好生把身子養好，我自有說法。」
蘇夫人連忙應了。
蘇家裡裡外外排查了一遭，蘇不語確定家中消息有所走漏，只是一時也查不出是誰走漏的，只得暫且按下此事不提。畢竟，這事承恩公府那邊也知曉，不能算十分機密，他自家好查，承恩公府那裡卻是不好查的。

接下來曹太后的舉動一如蘇不語所料，隔三差五就命人接柳悅進宮說話，還時有賞賜，做足了和善面孔。蘇家出一損招，曹家近來很願意與帝都豪族聯姻，如剛剛曹家嫡長孫就定下了永福大長公主的孫女。蘇家沒做啥，就是安排人時常在曹家人面前讚柳家兒郎出息。

曹家剛聯姻了永福大長公主府，家裡待嫁的女孩子也多，一尋思，柳家乃帝都名門，柳國公柳扶風這一支就有兩個爵位，一為伯爵一為公爵，這是何等的體面與顯赫。在帝都，能與柳家相比擬的，也就文康大長公主的夫家永安侯府，永安侯府李家是有兩個侯爵位的。

曹家先時也有與李家聯姻之意，奈何李家十分勢利眼，竟然看不起他家，拒絕了聯姻。曹家正憋一口氣，這會兒想到柳家，覺得簡直比李家更有前途，無他，柳悅將來是皇后，一旦柳悅正位中宮，按規矩，柳家必然再多一門爵位，歷來皇后之父必封承恩公。

曹家一尋思，柳家實在也是極好的聯姻對象。再加上近些日子曹太后待柳悅極為親近，親近得柳悅都打算裝病一段時間，她實在是吃不消進宮了。

曹家是一顆紅心想與柳家聯姻，尋了媒人，媒人一提，柳昱立刻道：「家父尚在孝中，我怎能這時候為兒子說親？莫提莫提！」要不是看曹家是陛下外家的面子上，柳昱就得把媒人趕出去，就這樣，也是臭著臉端茶送客。

溫慧郡主氣了個好歹，她乃宗室郡主，她的兒子以後是伯爵的繼承人，溫慧郡主就是尋兒媳婦也是往世族豪門中尋，哪怕曹家是陛下外家，溫慧郡主也從沒考慮過他家姑娘，何況溫慧郡主一向與太皇太后親近，情感上也是傾向太皇太后，平日間便不大喜歡曹太后為人。再者，曹家寒門出身，儘管人家現在也不寒了，先時曹伯爵也是正二品總督，但以溫慧郡主的眼界，仍不可能取中曹氏女。

故而，十分生氣。

媒人給曹家答覆，說了柳國公尚在孝中之事，曹家人還說：「柳國公雖在孝中，柳伯爵已是出孝了，何況是柳伯爵家的兒女，也是出孝的。」

媒人只恨自己高高興興攬這差使，卻是未料周全。

媒人一副苦逼臉，道：「柳國公正傷心呢，都要墳前結廬而居，柳家人出來應酬的時候都少，也怪我未慮周全，這時候提的確不大合適。」人家是當真為長輩過世傷心，守孝並不是擺個樣子的。總不能祖父守孝，這裡孫子議親，天下沒這樣的理啊。

曹家有些失望，只得待柳國公出孝後再議。

柳國公出孝倒是快，柳國公是為祖母守孝，一年的孝期。待柳國公守足孝期，重起復為兵部尚書，曹家尚未提姻親之事，溫慧郡主的動作十分迅速，請長泰大長公作媒，為長子求娶了大公主。

太皇太后笑，「妳與阿昱都是我看著長大的，我倒沒什麼不放心的。只是，大公主年紀尚小，我得留她在宮裡多住幾年，你們可不許急。」

溫慧郡主見太皇太后允了，十分喜悅，連忙道：「是，我就是看大公主實在好，我實在喜歡她，怕我這不先開口，叫人搶了她去，故而，就先託長泰姑媽跟嬸子提了。」

因是皇家的喜事，太皇太后與小皇帝說了，小皇帝亦認為，柳家門第堪配公主，便親自命內閣擬旨賜婚。

曹家盤算此事良久，結果曹家算盤落空，就是這面子上的羞辱，如何忍得？

曹夫人進宮時就沒忍住，同太后閨女絮叨了一通。娘家要與柳家聯姻之事，曹太后也是知道的，曹太后一樣沒料到柳家竟敢如此。曹太后氣得不得了，自此疏遠了柳悅。又很心疼娘家侄女，與母親道：「阿萱那孩子我看不是沒福的，娘有空，只管帶阿萱進宮來陪我說話。皇帝每天都要念書、聽政，我身邊沒個人，委實寂寞。」

曹夫人聽太后閨女這話，心中一喜，連忙應了。

曹家認為奇恥大辱的事，在別人眼中完全就是很正常的事，柳家這樣的豪門，又是平國伯與溫慧郡主的嫡長子，將來的爵位繼承人、國舅，當然有資格尚主，甚至在許多人看來，大公主下嫁柳家，方不算委屈。

至於曹家認為柳家反覆，欺騙自家啥的，真是天地良心，柳家完全沒有應下過曹家的親事啊。再者說，先時柳昱柳伯爵以父親尚在孝期為由拒絕了媒人，這就是不樂意了，誰曉得曹家還非要將聯姻進行到底呢。

反正，柳家心中無愧。

柳家自始至終就從沒考慮過曹家。

便是今上，也覺得這親事不錯。父皇過世，今上是長兄，在今上小小的心裡，弟妹們的親事就是自己的責任，如今是長泰姑祖母作媒，大妹妹下嫁的又是自己將來的大舅子，親上加親，今上很認可這段聯姻。至於他娶人家妹妹，自己妹妹嫁人家哥哥，是不是有換親之嫌，皇家哪裡講究這麼多，輩分上不出錯就成啦。

此事除了心中暗恨的曹家，稱得上皆大歡喜，便是大公主的生母張太美人在被太皇太后問及這樁親事時，也相當歡喜，認為閨女嫁得不錯。

餘者如蘇家、李家、唐家、崔家等其他帝都顯赫人家，皆紛紛表示了對柳家的祝賀。因大公主年紀尚小，還未正式過禮，故而，大家暫只是嘴上賀一賀，待得訂親成親之時，必然有重禮相賀的。

溫慧郡主的妹妹溫安郡主還私下同姊姊說：「先時都在傳大郎要與曹氏女聯姻，我心裡還一直為大郎可惜。如今大郎親事定了，我就放心了。」

溫慧郡主笑，「這話我也只與妹妹說，雖說是傳言，先頭的確有媒人提及過曹家，只是那會兒國公還在老夫人墳前守孝，再沒有祖父守著孝，孫子就議親的理。後來合了八字，兩人八字犯沖，這就是天生無緣。」

曹家到底是今上外家，縱不喜曹家，溫慧郡主也不願意過分得罪他家。

溫安郡主哪裡不明白姊姊的意思，笑道：「想來也是天意。」

柳家這親事，大家都說結得好。

蘇冰從祖父家回來，還與婆婆說：「柳尚書出孝，柳家本就要設宴，如今恰逢柳家大郎賜婚之喜，柳家宴會熱鬧得不得了。我沒慮到這個，回家誰都沒見著，就阿凝在家。」

阿凝說的是與永安侯府訂親的蘇凝，因親事定了，蘇凝近來在備嫁，便少出門了。

何子衿笑道：「咱們兩家離得不遠，待過幾日再回去也是一樣的。」

蘇冰點點頭，道：「母親，您說這事多奇怪啊，以前我聽父親說，但凡官員卸職守孝，其官缺便由其他官員頂替，這柳國公聽說守孝前是兵部尚書，如今甫一出孝，立刻官復原職，豈不稀奇？」蘇冰年輕，便是官宦之家出身，閱歷到底淺，她又是個愛問的，與婆婆關係也好，心有疑惑，就說了出來。

何子衿不是沒見識，奈何囿於出身，也只是粗粗明白這個年代的官員制度。何子衿想了想，道：「只有兩個可能，第一個是，柳尚書致仕後，的確有人補了尚書缺，如今先頭補尚書位的那人因故不能再當差，故而柳尚書官復原職。不過，這種可能性極小，因為這太巧了。第二種可能就是，柳尚書原是守的是祖母孝，祖母孝期一年，其實七個月就可出孝，柳尚書身分不同，非但是功勳重臣，還是將來的太國丈，讓他人暫代尚書職，柳尚書出孝便官復原職，也不算稀罕。」

蘇冰後來一打聽，當真如婆婆所言，蘇冰都與丈夫說：「倘我這胎是閨女，咱們閨女要是像母親就有福了。」

阿曄推斷一二，道：「一般閨女像父親的多，兒子像母親的多。咱閨女像我，我像娘，像娘的機率比較大吧。」

蘇冰想想，十分喜悅。

蘇冰還把這事與回娘家的小姑子阿曦說了，阿曦不禁有些擔憂，「那要是我生閨女，閨女豈不是要像我婆婆了？」

何子衿聽這話道：「像妳婆婆怎麼了，妳婆婆這樣的人，萬中無一。要是妳能生個像妳婆婆的閨女，真是妳的福分。」

阿曦道：「我婆婆性子是沒人能比，就是脾氣略大，我不是為未來的女婿擔心嗎？」

「胡說八道，閨女還沒影兒呢，就說到女婿了？」何子衿笑，「妳婆婆與妳公公難道不好嗎？他們多和氣呀！」

「娘，您就知道個面兒，我婆婆以前待公公是很和氣，近幾年不曉得怎麼了，性子不比以前，就因時常壓不住脾氣，婆婆先時來帝都，還特意找竇伯伯開了幾副湯藥。」阿曦道。

何子衿心中一動就明白了，合著紀夫人是更年期了。

何子衿便道：「這也不是什麼稀奇病，女人上了年紀，絕經前後，因身體發生變化，會影響心情，所以會有幾年脾氣變差，過了這幾年也就沒事了。」

阿曦道：「您打哪看來的，竇伯伯當初給我婆婆開方子時，說的也大致是這意思。」

何子衿笑道：「以前不知哪裡看來還是聽來的了，妳一說，我就想起來了。」

何子衿看閨女已是顯懷，問她近來休息得可好，會不會乏倦。

阿曦道：「就是吃多了，睡覺時覺得身子沉，肚子裡跟揣著皮球似的，孩子好像會動了。有時覺得肚子裡好像有人吹泡泡一樣，也不知道是我的錯覺，還是真是會動了。」

何子衿道：「妳頭一回有身孕，哪裡曉得，這就是在動了。」又與蘇冰道：「阿冰要是有這種感覺，也不要驚慌，這都是正常的。這會兒是覺得像吹泡泡一樣，待孩子再大些，還會覺得像小魚一樣動來動去呢。」

阿曦與蘇冰聽得都很是稀奇，大家說起阿曦肚裡是兩個，讓她注意身體，阿曦道：「我身子倒是沒事，竇伯伯也說我胎象穩固，我就是發愁，這生出來可怎麼帶啊？」

何子衿好笑，「這還值得發愁，別說現在家裡不缺人手，就是那貧寒人家，一人帶三五個孩子的都有。待生了就知道，可有意思了，睡覺時跟小豬仔似的，又圓又嫩，摸透了孩子的脾氣，就特別好帶了。」

蘇冰打聽：「竇伯伯有沒有說是男孩兒還是女孩兒？」

阿曦不自覺露出笑意，手放在鼓出來的肚子上，道：「現在診著像龍鳳胎，竇伯伯說，待下個月再診一診，就能確定了。」

蘇冰很替小姑子歡喜，直道：「這可真是好，待下個月定了，趕緊給妳公婆去封信，也叫老人家高興高興。」

阿曦應了，「阿珍哥原是這個月就想寫信說呢，我想著，還是真正確定了再說比較好，不然倘不是龍鳳胎，豈不讓公婆空歡喜嗎？」

「那也不會空歡喜，妹夫家裡什麼都不缺，就是缺孩子。妳這一次生倆，多旺夫啊！」

蘇冰道：「妳說，妳與相公是龍鳳胎，怎麼我就只懷了一個？」原本懷一個是正常現象，但家裡婆婆一生就是倆，小姑子也是如此，蘇冰就覺得，她怎麼肚子裡就只有一個啊？

阿曦道：「大哥又不能懷孕，要是大哥能懷孕，多半就能生兩個了。」

蘇冰被她這話逗得噴茶，何子衿也是笑，「又胡說。」

閨女雖然經常回娘家，何子衿還是覺得閨女回來的少，這既回來了，自然要叫廚下做些好吃的。當然，如今做了婆婆，何子衿也是一樣待媳婦，尤其如今正是重陽將近，吃蟹的好時節，何子衿少時就喜歡吃螃蟹，北昌府不產蟹，便吃得少了，如今回了帝都，何子衿自然不會落下這道時令美味。

不過，這蟹也就是何子衿自己吃。阿曦去年吃過，如今有了身孕不敢吃。蘇冰一樣好這口，不能吃的原因與小姑子一樣，姑嫂二人就看著婆婆一人幹掉了整整兩盤大螃蟹。

事後，阿曦與朝雲祖父道：「我娘特會饞人，一邊吃還一邊與我跟嫂子說，什麼『明年就能吃了』，還說『今年螃蟹是苦的，一點都不好吃』，然後自己足足吃了兩大盤！」

阿曦伸出兩根白生生的手指，表達氣憤之意。

朝雲道長笑得，手裡的棋子都抖到棋枰上去了，「妳娘這不是怕妳嘴饞想吃嗎？」

「我本來也沒那麼想吃，看我娘吃得那麼香，我才特想吃的。」

羅大儒笑著勸阿曦：「也就這一年。」

「不是一年兩年，羅爺爺，我是說這個事兒！」阿曦強調，她不是為沒吃螃蟹生氣，主要是她娘的行為，多氣人啊！

「可不是，這不是故意饞人嗎？」

朝雲道長笑道：「這哪裡算故意饞人，妳娘打小就愛吃螃蟹，她還小的時候，妳家還窮著呢，捨不得花錢買這個。到了重陽前後，妳娘就成天去我道觀，有時聞道他們買了這些時令東西來，每每廚下蒸了螃蟹，這一端上來，妳娘就說，蟹這個東西性寒，對身體不好，一本正經勸我少吃。我以前愛吃這個，我一邊吃，她就與我講，她看了什麼什麼書，書上說蟹在池塘裡啥都吃，什麼蟲子、魚蝦的屍體啊，餓極了還同類相殘。我聽得，完全沒了吃螃蟹的胃口，她就將一盤全都吃光，邊吃還邊說，這樣貴的東西，扔了多可惜啊。要是活螃蟹還能放生，這都蒸熟了，這會兒不吃，晚上也就不能吃了。待她走時，還問我要不要把廚房剩的螃蟹放生，她下山幫著放放生，也算積德啦。」

阿曦連忙道：「我娘這麼喜歡吃螃蟹，怎麼可能放生啊？」

「是啊，全放到她肚子裡去了。」

阿曦感慨道：「原來祖父也被我娘騙過啊！」又道：「我與祖父是同命相憐啊！」

朝雲道長哈哈一笑。

待阿曦走後，羅大儒還說：「看不出子衿小時候還有這般淘氣過。」

朝雲道長將眼一翻，「我隨口編來哄阿曦的，你也信？」然後，一副臭顯擺的模樣，「子衿小時候就很懂事，後來發了財，每年重陽都要送大螃蟹給我。說來，她今兒送的螃蟹還沒吃呢，晚上吃這個吧。」

羅大儒實在看不上朝雲道長那嘴臉，道：「你不是講究得不行嗎？這種吃蟲子吃魚蝦屍體的東西，你也吃得下？」

「怕什麼，吃這麼多年了。」朝雲道長有舊疾，對蟹這種東西是不敢多用的，這些年由竇太醫逐漸調理著，身體一直不錯，故而也敢吃幾個了。

羅大儒唇角一挑，惡意滿滿道：「說不定還吃屎呢。」

別說螃蟹，朝雲道長連當晚的飯都沒吃，至於何子衿送的大螃蟹，都進了羅大儒嘴裡。

朝雲道長氣得，三天沒理羅大儒。

兩老頭拌嘴，阿曦就要負責調解的工作，足調解了三天，兩人才勉勉強強和好。

其間阿曦還神祕兮兮地同阿珍哥道：「我跟娘說了，我覺得肚子裡有時像在吹泡泡一樣，娘說那就是在胎動，孩子會動了。」

紀珍大驚，問：「妳怎麼不告訴我啊？哎喲，我怎麼沒感覺出來啊？」

新手爸爸紀珍盼孩子胎動盼好幾個月了，每天晚上都要跟兒女打招呼並且要摸一摸妻子的肚子，感受一下兒女的動靜，雖然啥都感受不到。

阿曦道：「動靜又不大，我先時還以為是脹氣呢。」

紀珍忙又摸了摸，信誓旦旦地道：「是在動了啊！」

阿曦打開他的手，「那是我呼吸的動靜，根本不是孩子在動。」

「不是，一準兒是孩子在動。」紀珍堅持自己感受到了孩子們的胎動。

於是，當天背著阿曦，又給家裡寫了封家書。是的，阿曦說在沒確定肚子裡孩子性別一定是龍鳳胎的時候，還是暫不要給公婆寫信，免得長輩們白高興一場。紀珍面上是應了，可媳婦懷龍鳳胎的喜訊如何能憋得住，他憋著不與同僚們顯擺就憋得夠嗆了，父母那裡如何還能忍，紀珍早寫三封家書來炫耀他家龍鳳胎的事兒了。

由於紀珍頻繁往家寫信，與父母間的關係也親密不少。說來，因紀珍打小就寄住江家念書，略大些又被他爹送往帝都來繼續念書加表忠心，再因他生得好，小時候不是很得他爹待見。待紀珍長大了，紀容因上了年歲，許多心結也解開了，想與長子緩和一下關係吧，紀珍完全沒有跟他爹緩和的意思。是的，別看紀珍生得玉樹臨風，平日間瞧著也是副好性子，其實很有些強頭。

如今不同啦，媳婦懷龍鳳胎了，紀珍無處顯擺，就給家裡寫信，三天一封家書的頻率往家裡寄書信，虧得他家人手足，不然光這送信也送不起。

紀珍今天就又在信裡炫耀了一下孩子們胎動的事兒，還說得有鼻子有眼，譬如，平時不動，自己一摸就動。活潑愛動的是兒子，文靜靦腆的是閨女。好吧，就是親爹親娘看了紀珍這信都覺得兒子不靠譜，紀夫人就提出異議：「興許文靜的是孫子，活潑的是孫女呢。」

紀容自從知道媳婦懷的是龍鳳胎後，心情一直很複雜，這會兒聽到媳婦絮叨孫子孫女的事，紀容道：「都好。」

紀夫人把兒子的書信又從頭到尾看了一遍，方摺起來放回信封中，道：「阿珍與阿曦都是好相貌，生出來的孩子也差不了。你看阿曦他們兄妹，相貌多出眾啊！」然後，如紀夫人這樣強勢的女人也開始幻想自己做祖母的生活了，紀夫人道：「不知道以後咱們孫子孫女是不是也如阿曦他們兄妹生得這般相像？」

紀容道：「反正不論像爹還是像娘都不會醜。」

「這倒是。」紀夫人道：「阿珍說媳婦是明年春的日子，到時我得過去看一看。咱們這離得老遠，本就見得少，雖然有江親家守著不必擔心，我實在是想看孫子孫女什麼樣。」之後又誇起兒子的好眼光，間或讚了丈夫一句：「那會兒讓阿珍過去念書，還真是做對了，不然也遇不見阿曦。阿曦多旺家啊，人也乖巧，最要緊的是阿珍喜歡。阿珍自從成親後，來信比以前多十倍不止。以前好幾個月不知來一封信，這成了親，三天兩頭打發人送信過來。媳婦賢慧，阿珍也懂事了。」紀夫人堅信好媳婦會對兒子有好的影響，眼前兒子這不停打發人往家裡送的信就是證據。

紀容雖與兒子不親近，還是很了解長子的，紀容道：「說不定他只是想炫耀一下。」

紀夫人笑，「炫耀也是跟爹娘炫耀，又不會同別人炫耀。」

接著就與丈夫商量著給兒媳婦送些補品過去。

紀容裝作很隨意道：「前兒不是有陛下賞的錦緞綢棉，我看有幾匹棉布料子很是軟和，可以給孩子做貼身的小衣裳。還有幾匹緞子很鮮亮，給孫女以後做裙襖豈不好？」

紀夫人一拍手，「你不提醒我還真忘了，那幾匹棉布還不錯，紋理細密，貼身柔軟，小孩子嬌嫩，就得穿這個才好。」

紀容見自己的意見被妻子採納，故作矜持地微微頷首。

紀夫人打發人送東西，還在回信裡特意同兒子媳婦提了一筆丈夫的話，說這棉布還是你們父親挑了給孩子裁衣裳的云云。

阿曦與朝雲祖父說起話來，還說：「我公公那人瞧著威嚴無比，其實挺細心的。」

朝雲道長道：「這打仗的人，能成一代名將，就沒有粗心的。」

羅大儒道：「阿容性情堅毅，只是不善言辭，心裡重情重義。」

朝雲道長聽這話，強忍著才沒翻白眼。

阿曦抱怨阿珍哥：「我同他講了，待確定是龍鳳胎再叫他給公婆寫信，他就忍不住，背著我寫了十幾封信。公婆現在都認定我懷的是龍鳳胎，要生出來是雙胞胎，多不好意思！」

「這有什麼不好意思，一次生倆還不好意思，生一個的還活不活？」朝雲道長道：「妳這謹慎勁兒還真像阿念。竇太醫沒有七成把握，不會說的。他既說了，必是龍鳳胎無疑。」

陸之章 探花發威震朝堂

阿曦自有了身孕，每天除了安胎，就是往朝雲祖父這裡坐坐，或者回娘家看望父母，再有便是去外家了。這一回她還沒去外家呢，就聽了回李家的八卦，大嫂蘇冰過來說話時同她說的：「我一直說三娘性子急，她這有了身子都不知安穩著些，自己險把自己氣壞了。」

阿曦連忙打聽：「怎麼了？可是出什麼事了？我這幾天沒往外祖母那裡去。」

蘇冰道：「是外祖母來咱家時說的，不然我也不曉得呢。三娘有身孕後，一直好好的，李老夫人和李大太太都在帝都，三娘胎象安穩，時常去看望長輩，她家近來出了一件事，把三娘氣得不得了。」

「到底什麼事啊，妳別吊我胃口了。」阿曦催促道。

「我這不是得先理一理前因後果才好與妳說嗎？」蘇冰道：「先前不是壽宜大長公主和歐陽駙馬回帝都述職嗎？李老夫人與歐陽駙馬是嫡親的姊弟，就因為知道歐陽駙馬回朝，李老夫人都沒同李巡撫去晉中，而是留在帝都，便是為著同歐陽駙馬相見。」

「這我知道，我還聽三娘說過歐陽駙馬待她與大娘姊姊親近，壽宜大長公主也很好。」

「是啊！」蘇冰剝顆梅子糖含在嘴裡，道：「先時是挺好的，事就出在李二娘子身上。歐陽駙馬身子一直不大好，與大長公主結髮多年，只得一子。妳想想，壽宜大長公主得多寶貝自己兒子啊，這位歐陽公子也很出眾……」後頭的事，蘇冰就不好再說了。

阿曦瞪大眼睛，悄聲道：「不會是二娘子看中歐陽公子了吧？這輩分也不對啊，歐陽公子論輩分，她得叫表叔呢。」

「不是歐陽公子。」蘇冰道：「這事還得往前說，大長公主嫁給歐陽駙馬之前，曾有過一段婚姻，先頭的駙馬姓秦，秦駙馬看破紅塵，出家去了，後來因病亡故。大長公主經仁宗皇帝作媒，改嫁給歐陽駙馬。大長公主與先頭秦駙馬育有一子叫秦鳳，李二娘子是相中了秦公子，她寫了首詩，託歐陽公子轉呈。這事叫大長公主知道了，把大長公主氣壞了，也就是看在駙馬的面子上，未曾發作，但私下命身邊女官親自將這詩文轉呈給了李老夫人。李老夫人氣病了，這會兒還起不得身呢。大娘子與三娘子都是自小跟著李老夫人長大，能不急嗎？又惱恨二娘子做出這樣不體面的事，三娘氣得飯都吃不下。外祖母過來時說到這事，也很是氣惱，妳說，這二娘子可不就是前世的冤孽，闔家跟著她丟人現眼。」

阿曦都不能理解李二娘的想法，她道：「秦公子雖說生父已逝，到底是大長公主之子，那秦家能尚主，必也是顯赫人家。再者，公主之子皆有爵位。她就是相中秦公子，也該請家裡正經問親才是，這般私相授受，難道秦公子對她也有意思？」

「要是秦公子對她有意還罷，既出了這樣的事，少不得請歐陽駙馬代為轉圜，關鍵是，人家秦公子對她並無他意。」

「那她這是瘋啦？」

「誰知道呢？」蘇冰也是嘆氣，「我嫂子跟三娘都為這個生氣，又很是焦心李老夫人的身體。原本歐陽駙馬打發公主府的太醫過去為李老夫人診視，往常是無妨的，這是弟弟關心姊姊，可李老夫人因這事病得，見著公主府的太醫，豈不更覺顏面無光？外祖母特意過來跟母親說，想請竇太醫過去給李老夫人診一診，畢竟李老夫人上了年紀。咱們以往在北昌府時，她那樣的爽朗的人，別真氣出好歹來，也不值當。」

「是啊！」阿曦跟著感慨一回，道：「論理，咱們該去探望，可她老人家最要面子的人，這要是過去，又怕她老人家多心。只是，咱們倘是不去，豈不顯得冷清淒涼？」

蘇冰道：「就是這個理，我想著，要不，咱們送些補品，只是私下與李大太太說，不要與老夫人提起方好。」

「這也好。」阿曦點頭，姑嫂倆就商量起送什麼東西來。

這就是蘇冰過來的緣故，她擔心小姑子不知道李老夫人生病的事，特意過來說一聲，這樣兩家私下送些東西，不至於失禮。

李老夫人氣得不輕，用李老夫人的話說：「恨不得一口氣上不來，直接死了好。」

歐陽鏡勸大姊：「這樣的事，不值一提，姊姊還真放心上了？」

李老夫人因是長姊，歐陽鏡乃么弟，姊弟倆自幼感情就好，李老夫人長嘆，「我這輩子最重臉面，偏生就有這樣的不肖子孫。唉，終歸是沒把孩子教好。」

歐陽鏡已年過四旬，面白無鬚，清瘦文弱，只觀其相貌，任誰看都是一介書生文士，絕對無法將其與江南港的掌權人聯繫起來。歐陽鏡的手指纖瘦白皙，他不緊不慢剝了個紫葡萄送到姊姊嘴旁。李老夫人甭看一輩子剛強，最受不了這個，「都一把年紀，可別這樣。」

歐陽鏡手往前湊了湊，李老夫人只得張嘴吃了，面上很有些不好意思。

歐陽鏡道：「阿鳳的親事……」

弟弟剛起個頭，李老夫人忙道：「你可別提，你再提這個，我就要羞死了。」

「我又沒說讓阿鳳娶二娘子。」歐陽鏡完全沒考慮過李二娘，這是姊姊家的孫女，他與秦鳳雖無血親，這些年相處下來，關係很是不錯。歐陽鏡道：「原本在江南時，公主相看過幾家閨秀，我的意思，不若請太皇太后給阿鳳指親。」

李老夫人這把年紀，見識自然不差，李老夫人想了想，點頭道：「這主意好。你在江南，掌兩座海港，這兩座港口可是朝廷的金母雞，本就惹人眼紅。要是常人，在江南聯姻無礙，你的話，還是謹慎些好。就是二郎的親事，你也要多斟酌。」

歐陽鏡點頭，繼而道：「大娘子與三娘子的親事都不錯，怎麼二娘子的親事倒耽擱了？她雖是庶出，說門殷實人家也可以的。」

歐陽鏡為人處處分明，絕不會耽於情分。像李二娘，歐陽鏡給的定位就是嫁殷實人家，抑或與豪門庶子聯姻。兩相對比，還是嫁個殷實人家最實惠。

說到這個孫女，李老夫人就一肚子火，與弟弟訴說苦起來：「大娘子和三娘子都是自小跟在我身邊，到了年紀，我自然為她們張羅。後來，老大把二娘子送到我身邊，說是來孝順我的。她呀，自來心高，偏生因著庶出，就格外多思多想，總覺得我偏著大娘子三娘子。那會兒何家三郎已中了舉人，二娘子雖是庶出，配個舉人也還使得。她就不願意，覺得這親事辱沒了她。強扭的瓜不甜，我也不是那不講理的祖母。我是瞧著何家雖官職不高，家裡人口卻是簡單，門風也好，孩子們都是憑本事科舉晉身。她不樂意，三娘子卻是願意的。你說說，論身分，三娘子還是嫡出呢。那會兒何三郎就中了進士，你看，如今三娘子順順利利的，小倆口日子過得和和美美。大娘子的親事是蘇巡撫夫人相中了大娘子，當時都在北昌府為官，我們兩家處得不錯，蘇家又是蘇文忠公之後，蘇二郎也有功名，我與你姊夫看蘇二郎也好，兩家親事就定了下來。當時她就有些羨慕大娘子的親事，可這豈是羨慕有用的？蘇家沒相中她。後來我又給她說了幾門親事，她總不願意，我也不好耽擱了她，就打發她回她父母親身邊去了。這不，我隨你姊夫來帝都述職，另謀新缺，也順帶把大娘子和三娘子的親事辦了。大太太過來張羅兩個丫頭的親事，她跟著來了，怎料得又做出這等醜事。」

歐陽鏡道：「她這樣的性子，倒可在豪門中尋一位庶子結親。」

「要是以往只是與姊妹爭個高下則罷了，人蠢，教不明白是沒法子的事。她這樣的無法無天，就別怪我這做祖母的狠心。」

李老夫人直接把李二娘子與其生母從族譜上除名了，她親自去信與兒子說了，以後李家再沒有這樣丟人現眼的東西，至於李二娘子日後如何，大家便都不曉得了，因為不論是阿曦蘇冰這樣的親戚，還是李大娘子李三娘子這樣的姊妹，從此再未聽聞李二娘的消息。

壽宜大長公主自駙馬那裡聽聞此事，也不好再冷著李家，壽宜大長公主道：「都說百人百脾性，長輩又有什麼法子？依咱們說，都願意天下女孩兒如大娘子和三娘子一般才好。」

正常人的審美都差不多，壽宜大長公主對李家大娘子與三娘子的印象就不錯。想那李二娘不過是上不得檯面的庶女，無甚見識……既然李家已處置，壽宜大長公主便也罷了。

經此事，李老夫人身子安康後不再在帝都久留，辭了弟弟一家，去晉中與丈夫團聚了。

倘不是有李二娘一事，壽宜大長公主對大姑姊李老夫人的評價是不錯的。

李老夫人一走，壽宜大長公主還說：「大姊姊這樣的人，怎麼會嫁入寒門？」

倒不是對寒門有所偏見，但世族長久形成的家風，在子弟的教育上比寒門要強是有的。

壽宜大長公主看來，李巡撫如今官階雖不低，但在子弟教導上就很一般了。

歐陽鏡道：「母親生下大姊後，多年未曾生育，當時父親很寵愛一位姨娘，母親吃夠了姨娘的苦處，一心就要給大姊說一門家裡清靜的人家。大姊夫那會兒也是鄉里才俊，人品亦是端重，母親一意做主將大姊許了姊夫。大姊親事剛定下，母親突然有了身孕，後來生下我，母親生我時上了年紀，精神頭不足，小時候多是大姊照顧我。」

「有一利必有一弊。」壽宜大長公主感慨一回，與丈夫道：「還有一事，這該死的秦家，阿鳳親事還沒定呢，就有人找到阿鳳認祖歸宗！」壽宜大長公主前駙馬說是出家後圓寂了，不過，憑大長公主提及秦家的口氣，就曉得當初秦駙馬圓寂必有隱情。

歐陽鏡想了想，道：「阿鳳的親事一定，必然要入仕的。秦家找上門來也不稀奇，讓阿鳳自己做主吧。」

壽宜大長公主道：「他要是能拿定主意，就不會與我商議了。」

「既然一時拿不定主意，略放一放也無妨。」歐陽鏡道：「眼下秦家還不足為慮，他家倘是顯赫，也能不阿鳳剛到帝都就找上門來。阿鳳大了，該慢慢學著權衡決斷。」

壽宜大長公主道：「我一想到姓秦的就氣不打一處來，按理此事該我與阿鳳說，我就怕我這一開口壓不住火，還是你與他說，哼，秦家不過是想往上爬沒梯子，才找上阿鳳罷了。」

歐陽鏡因身體緣故，性情一向平和，勸道：「多少年的舊事了，怎麼還這樣想不開？」

壽宜大長公主憤恨道：「你以為我是氣秦家嗎？我是在氣我自己，當年天真，才蒙受了那等奇恥大辱！」

歐陽鏡笑，「這不是否極泰來嗎？」

壽宜大長公主與丈夫相視一笑，「這話倒也有理。」

能讓大長公主心氣平和，只有一個原因，歐陽駙馬較之前秦駙馬，不論相貌、人品或才幹，完全是輾壓的存在。哪怕歐陽駙馬身子一直不大結實，大長公主也願意嫁這樣的男人。再者說，這些年調理下來，歐陽駙馬身子也還平穩。

壽宜大長公主這樣的身分，歐陽鏡又是當朝重臣，兩人想要讓太皇太后給秦鳳選一樁親事，太皇太后自然會給大長公主與駙馬面子。

太皇太后也很喜歡秦鳳，笑與眾人道：「阿鳳還是在鳳儀宮生的，別的孩子剛出生時模樣尚未長開，待過些日子方能俊俏，阿鳳出生時就能看出是個俊俏孩子。壽宜讓我為孩子取名字，我想著，這孩子生得好，又是生在鳳儀宮，乾脆就單名一個鳳字。」

壽宜大長公主笑道：「皇嫂還都記著呢。」

「這如何不記得，阿鳳的洗三禮、滿月酒都是我張羅的。」太皇太后道：「滿宮裡這麼些孩子，我親自取名的就是端寧、阿熠，還有阿鳳、思安的名字是我取的。」

壽宜大長公主道：「在江南，人人都說阿鳳這名字取得好。」

「人如其名，自然是好的。」太皇太后哈哈一笑，很是歡喜。

雖然應承了壽宜大長公主給秦鳳尋親事一事，太皇太后還是要問一問壽宜大長公主的意思，因是私下說話，壽宜大長公主道：「我在江南也給阿鳳看過幾樁親事，有些是不大合我心意，有的則是駙馬謹慎，聯姻上不願意聯姻江南官宦之家，也是避嫌了。」

太皇太后道：「歐陽向來嚴謹。」

「本身江南港之事，也是謹慎些好。」壽宜大長公主道：「我是想著，給阿鳳在帝都尋親事，可是我們這些年多在江南，帝都相熟的，就是幾位皇姐皇妹家，孩子們的品行也不大了解，故而就想著，還是得麻煩皇嫂給阿鳳定下親事，也是皇嫂疼他了。」

太皇太后道：「妳也得跟我說想尋什麼樣的閨秀，不然帝都閨秀多了。」

「皇嫂看著好的，我必然看著好。」

太皇太后笑，「妳倒是會說，畢竟是妳娶兒媳婦，還是要挑個合意的，不然婆媳相處不和睦也不好。」

壽宜大長公主給親兒子挑媳婦，哪裡能沒想法，先時是不好說，太皇太后這樣問，壽宜大長公主就說了，道：「別的都好，我也看透了，相貌什麼的都在其次，要緊的是品格好。阿鳳這裡呢，親爹那樣，秦家現在就有人找他，嫂子妳說多煩人。我護他能護到幾時，我想著他以後事情多，必得尋個能幹的才好。」

總而言之一句話，壽宜大長公主就要給兒子尋一位品行好還能幹的閨秀，當然，壽宜大長公主有些小心機沒說出口，那就是，只要是太皇太后相中的，首要條件就是，太皇太后見過這位姑娘，而能得太皇太后召見的，出身自然差不了。

秦鳳是太皇太后看著出生的，還是生在了鳳儀宮，壽宜大長公主與歐陽鏡的親事，是仁宗皇帝做的媒，歐陽鏡亦是朝中重臣。太皇太后便受了壽宜大長公主的請託，還很快將人選確定下來，說的便是當朝禮部葛尚書的女兒葛氏。

禮部尚書的嫡女，這出身再不能說差了的。

壽宜大長公主也十分滿意。

很快就有兩家訂親的消息，畢竟給長子定下親事，壽宜大長公主與丈夫還要趕回江南。

這消息傳到何子衿這裡，也就是聽說而已，她家也不夠吃酒送禮的資格。倒是蘇冰回娘家聽了些八卦回來，說葛姑娘也是帝都城有名的閨秀，這回定了大長公主的嫡長子，亦是一樁美好姻緣。

再者，因是太皇太后做的媒，在訂親的日子，太皇太后還命女官賞賜了新人兩斛珍珠和一對玉璧，取珠聯璧合的美意。

壽宜大長公主帶著對太皇太后滿腔的感激走了，因秦鳳年歲漸長，太皇太后連秦鳳大婚禮都包下了，說是讓秦鳳在宮裡成親，太皇太后親自瞧著，省得壽宜大長公主不放心。

壽宜大長公主回來日子雖短，直待辭了太皇太后再隨駙馬往江南去時，對太皇太后都是滿嘴的感激之辭。

壽宜大長公主因著駙馬的公務耽擱不得，故而得先往江南去了。端寧大長公主則是要多住些日子，等著參加兩位太后的千秋節。

說到兩位太后的千秋節，那可就熱鬧了。

因兩位太后的壽辰都是在臘月，兩人差不了幾天，太皇太后就說了，乾脆妳倆一起過。兩宮太后想了想，既是婆婆提議，均歡喜應了。

只是，忙壞了禮部和內務司。

離兩宮太后千秋節還有日子，內務司與禮部吵架吵得連江念這個在翰林院的都知道了。江念知道，就等於江家一家子都曉得了。何子衿又是個愛打聽的，道：「內務司與禮部，一個是皇家的大總管，一個是考吉、嘉、軍、賓、凶五禮，管著科舉考試及藩屬和外國之往來事的衙門，他們兩個衙門有什麼好吵的？」

「吵，凶得不得了，小唐總管與葛尚書都要吵成仇家了。」

「總得為點什麼事吵吧？」

「說起來這事也是難辦。」江念道：「兩宮不是一塊過千秋節嗎？蘇太后為先帝髮妻，曹太后為今上生母，兩宮一起過千秋節，這怎麼預備就是個事兒。」

何子衿道：「這有什麼難的，我記得曹太后被尊為太后時，不是定了兩宮禮制，還是要以蘇太后為尊的嗎？」

江念唇角一翹，「這道理是誰都明白，只是誰願意做這出頭鳥，得罪陛下親娘呢？」

「我說這話別不愛聽，就是陛下也該按著規矩來，有時覺得規矩刻板繁瑣，可正因為有規矩，這世道才不會亂。你想想，那亂世都是因失了規矩方亂起來的。蘇太后到底是嫡母，一向有賢德之名，何況，蘇家在朝，忠心耿耿的，不看僧面看佛面，這個時候，曹太后肯主動退一步，就是在朝大臣知道禮應如此，心裡誰不說曹太后賢明呢？」

何子衿自己說著都覺得，法子是好法子，就是曹太后性子不大靠譜。

何子衿道：「我雖這樣說，可曹太后那掐尖要強的性子，就不知是如何想的了。再者，這居高位之人，想法也與咱們尋常百姓不一樣。」

江念道：「倘她是個明白的，肯主動讓一步，禮部與內務司便不會如此為難了。」

何子衿也是無奈。

好在事不關己，聽聽八卦就好。

倒是雙胞胎休沐日要請朋友來家裡玩的事更為要緊，因為雙胞胎跟他們娘點了菜，務必請他們娘去外頭買些大螃蟹，如果外頭沒鮮螃蟹賣，家裡的醬蟹拿出來招待朋友也是可以，再者就是，多叫廚下做些魚的菜。

何子衿說：「你們朋友是從海裡來的啊，不是魚就是蟹的，這麼愛吃？」

雙胞胎道：「不是海裡來的，就是阿然，娘，您見過他的。」

何子衿這才想起來，是江行雲江侯爵的次子，宋然宋小朋友。

何子衿還說：「宋同窗愛吃魚啊，以前倒沒注意。」

「他可愛吃了，還愛吃螃蟹，整個重陽節他也沒撈到吃兩隻，饞壞了。」

「是不是宋同窗身子不好，小孩子不好吃太多蟹，這東西性寒。」

「哪兒啊，阿然身子好著呢，吃飯比我們都多。因他娘最不愛吃蝦蟹，故此他家裡少見這個。以前我們都不曉得，要不，早請他來家裡了。娘，您也很愛吃魚吃螃蟹啊，您跟阿然絕對能吃到一起去。」雙胞胎囉嗦一堆，讓他們娘幫著準備菜單，他們要宴請小同窗。

宋然來了江家，與雙胞胎嘀咕一會兒，待中午用飯時還裝模作樣地道：「這會兒還有螃蟹啊？可真難得。嬸嬸隨便讓廚下燒幾樣菜招待我就成，我什麼都吃，一點都不挑食。」

何子衿幾乎要笑場，看孩子們一本正經的模樣，溫聲道：「哪裡，我每年都要吃到市面上再沒有一隻螃蟹為止。這也不是獨為你準備的，我們也要吃呢。」

雙胞胎道：「就是，每逢從重陽開始，隔三差五我家都有螃蟹吃的，娘還會買一大堆做醬蟹，我家做了一缸。」

宋然聽得江家有一大缸的醬蟹，甭提多羨慕了，宋然道：「以前我們在江南的時候，那裡每年有人醉蟹，我嘗過，味兒也不錯。」

雙胞胎連忙顯擺：「醉蟹也有一缸啊，隔壁舅爺爺最好這一口。」

宋然強力克制才避免了過分激動，他真誠道：「早就聽阿昀和阿晏說嬸嬸廚藝出眾，您家也是好庖廚，如今眼見，才知阿昀阿晏委實是太謙虛了。」

為著以後時常過來吃螃蟹，宋同窗極力給江家長輩留下好印象。孩子們都鬼精鬼精的，知道家長都樂意自家孩子同優秀的孩子來往。

大家說著話，品嘗著秋天裡最後一場鮮螃蟹的蟹宴，還真就是何子衿與宋然吃的最多。這兩人對螃蟹絕對是真愛，其間還就螃蟹的做法展開了一系列的討論。要不是江家沒第二個閨女，宋然多半都想毛遂自薦來江家做女婿了。

待雙胞胎招待過小朋友，轉眼深秋已過，便迎來了帝都的冬天。

帝都的冬天對於曾在北昌府住過二十年的江何兩家完全不是問題，譬如龍鳳胎、雙胞胎這樣的，對於帝都城一入冬就裹上大毛衣裳的原住民來講，四人根本不覺得帝都冬天冷。

阿曦這樣的孕婦，穿大毛衣裳總是嫌熱。

紀珍就擔心曦妹妹會冷，阿曦穿多了渾身浮躁，兩人還為這個拌嘴哩。

何子衿道：「去歲還不這樣呢，這多是有身孕的緣故。不必擔心，要是冷，自然就會穿。阿曦不覺得冷，也不要穿太多，不然心情不好影響孩子。」

紀珍連忙反省自己，道：「是啊，這幾天我摸著，孩子們動彈的次數都少了。」

「就是被你用大毛衣裳悶的。」阿曦道。

紀珍有些尷尬，「我這不是怕妳凍著嗎？我都要穿大毛衣裳才能出門，妳就披了個小毛披風，這如何叫人放心？」

新手父母對於稀奇古怪的孕期反應，都是處在學習的階段。

倒是剛一入冬，二郎便侍奉著曾祖父曾祖母來了帝都。

重陽也沒提前得信兒，他在大理寺有了差使後，對工作很是勤勉，每天當差都很認真，皆是一大早出門，傍晚落衙方回家的。

二郎帶著老人家來的時候，何子衿聽聞此事，連忙帶著阿曄、宮媛接了出來。蘇冰月份大了，讓她在屋裡備些茶水。胡老太太與胡太爺這把年紀，趕了遠路，定是極乏倦的。

兩位老人家精神是有些短了，氣色也不大好，不過也還撐著住。

胡老太太接了何子衿遞的茶，連忙叫何子衿坐了，望著這室內水仙盛開，紅梅喜慶，雖無甚金玉之器，但一些擺設掛件盆景都妝點得恰到好處。再看江家一家子，身上並無奢侈之氣，皆是半新的家常衣裳，但一言一行都透出舒心與平和來。蘇冰本是見過的，因是今年新近門，又見了一次。胡老太太還準備了見面禮，袖子裡摸出塊玉給了蘇冰。蘇冰見婆婆點頭，方客氣地收下。

胡老太太笑道：「二郎中了舉人，我們想著，與他一起過來，也看看阿媛生的小囡囡。也沒什麼事，就沒打發人送信兒。」

何子衿其實猜到兩位老人家因何故這麼大冬天就千里奔波來帝都，只是，兩位老人家不說破，她自然不會提。

何子衿笑道：「我心裡早就算著呢，二郎中了舉，又有阿媛生了小囡囡的喜事，我料著您二老定得過來看玄孫女。屋子我早預備好了，入冬就燒了炭，如今暖烘烘的正好入住。」

看何子衿這樣的會做人，胡老太太也很高興，笑道：「以後咱們在一處的日子長著呢，住就不必了，老大他們來了帝都，我們也這些年沒見了，正好過去，一家子團聚。」又說起胡大爺的事，「虧得帝都有你們，經了刑部也只落個革職。阿文接到信，怕我們擔心還不敢說，待二郎中了舉，有這喜事沖著，才敢慢慢說與我與太爺曉得。其實我們都這把年紀，還有什麼看不透的？重陽他大伯的事啊，僥倖中的。只是想著，他到底年輕，經此革職之事，怕一時懵懂，還想不通這裡頭的情理。這做長輩的，活一日操一日的心。二郎中了舉，也要來帝都繼續攻讀，我們就跟著一道過來，也是給他們拿個主意。」

見胡老太太說了，何子衿想了想，道：「好在官司了了，再者，大爺功名尚在，待這事冷上幾年，再謀職司，亦有起復之望。」

一直未說話的胡太爺道：「阿宇不是做官的料子，眼下能保住功名已是大幸。既如此，倒不若回鄉治學，為家鄉教導出幾個有為學子，亦是他的功德。」

胡老太太道：「是啊，家裡田地都是有的，守著田地，一家過太平日子也是福氣。」

兩位老人都這般說，畢竟是胡家私事，何子衿也不好再說什麼。

胡老太太與胡太爺在江家略坐了坐，問清楚胡大老爺一家住的地方，二老就過去了。

胡太爺不曉得用的什麼法子，三五日就將胡大老爺一房打發回鄉去了，年都沒叫在帝都過。胡太爺有許多話教導，胡太爺看得透，與胡大爺說了：「你要是心有不甘，便是尚未想明白。都說齊家治國平天下，你娘是糊塗，可你身為一家之主，怎麼就沒防備著她些？還有你媳婦，她嫁給你不是一年兩年，你們都是做祖父祖母的人了，你娘收受賄賂之事，她是真不知道，還是故作不知？倘是第一種，便是她無能，內闈管理不力。倘是第二種，你想一想，家裡還有誰與你同心？這樣的大事，你先時竟未聞一絲風聲。我不是不願意你高官厚祿，阿宇啊，此次有親戚相助，功名尚可保全，倘再有下一次，難道叫曾祖父一把年紀，白髮人送黑髮人嗎？」胡太爺說著，滾下淚來。

胡大爺到底只是笨，當初能為親娘頂缸，眼下自然不忍見曾祖父這樣的傷感。何況，家中事叫祖父點破，胡大爺汗顏，「都是孫兒無能。」

「你呀，你就是心軟，當初我不允你父母與你一同到任上，你為何不聽？」胡太爺嘆了口氣道：「事已至此，不若回鄉。芙蓉書院是我所建，你有進士功名，總有你一席之地。」

接著，胡太爺問了問孫子內闈，與孫子商議妥當，將未生育的姬妾皆賞銀打發了去，有生育的便留下來。如此，幫著孫子肅清內闈，胡太爺寫了封信給族裡的族長族老，讓孫子到家後交給族裡。

至於胡老太太，難免念叨胡大奶奶一遭，丈夫的官做得好好的，硬是因內闈女人收人銀錢丟了官兒。讓胡大奶奶權衡其間輕重，為何說出嫁從夫，丈夫倒了楣，與妻子又有什麼好處。夫妻一體的道理，胡大奶奶從丈夫被罷官的一刻起便感同身受了。

兩位老人家安排了長房一房回鄉，又帶著胡大爺往何江蘇三家辭了一回。待胡家長房回老家那日，三家人都帶著孩子們過去相送，胡太爺不是不欣慰。

之後胡太爺胡老太太就在先時胡大老爺一家住的宅子住了下來，長輩們都來了，重陽小夫妻也就搬了過去，既是一家子住著熱鬧，也是就近服侍長輩。有宮媛帶著小囡囡每天陪胡老太太說話，再者，二郎已是舉人，在家裡攻讀，胡太爺也是做了一輩子學問的人。何況，重陽也有了大理寺的差使，曾祖父在身邊，重陽可是沒少請教。兩位老人家雖傷感嫡長孫胡宇一脈沒落，但看到胡文一脈如此興旺，心裡也是歡喜的。一樣是自己的子孫，不是嗎？

江念對於胡太爺這麼有效率處置胡大老爺一房的事頗為感慨，江念道：「不愧是老山長，這話咱們私下說，要是胡大老爺有老山長一半的明白，胡大爺的官也不能丟了。」

何子衿道：「他要有這等明白，當年自己的官都不會丟。」

江念深以為然，繼續感慨道：「胡大爺也是倒楣，遇到這種父母，真是一坑坑四代。」

胡大爺也是有孫子的人，突然沒了官職，整個自己一支都會受影響。

對比胡大老爺與胡大太太的人品，江念都覺得，自己生母當初把自己扔給義父，自己進而很有運道遇到岳家一家子，生母當年所為當真是一種積德的行為。

余幸與何冽的長女就生在臘月初八，正是吃臘八粥的日子。

何老娘直念叨：「這孩子生得好啊，有福分，生下來就有粥喝。」

這也是何家重孫輩的第一個孫女，何家現在重孫有四個，重孫女還是第一個，家裡從上到下皆極是喜慶，辦的洗三禮完全不比重孫時的差。

何子衿也誇這孩子生得好，道：「這麼瞧著，眉眼那裡的，怎麼與我有幾分像？」

沈氏笑，「都說有女隨姑，寶兒是跟妳有點像。」

何老娘道：「要不她咋這麼誇哩？其實就是誇自己。」逗得大家一樂。

余家也很是歡喜，這年頭大部分家族都是重視男孩子，何余兩家其實都是如此，可有了男孩，就盼女孩，余老太太道：「這個好字，可不就是得有兒有女方為好嗎？」

余母笑，「是啊，要不怎麼都說兒女雙全呢。」

杜氏笑道：「叫大太太說得，我越發眼饞了，明兒就把侄女偷我屋裡去養著。」

余母道：「我這話才說一半，二奶奶莫急，你們小夫妻年輕，以後兒女多著。杜親家說，是不是這個理？」

杜太太眉眼彎彎，「這過日子都是有了兒子就盼閨女，有了閨女就盼兒子。」她閨女現在有兩子傍身，與女婿情分亦好，杜太太是啥都不擔心的。何家的洗三酒，她過來湊個熱鬧，也沾沾喜氣。

大家說說笑笑，十分喜悅。

因兩宮太后的千秋都在臘月，大家都是五品及五品以前，都是夠資格給兩宮上壽禮的，難免說了一回這兩宮的千秋禮如何預備。

其實有了太皇太后的千秋節對比，兩宮的千秋禮反是好預備了，再如何也不能逾越了太皇太后的。先時曹太后修建宮室，就因逾制，非但自己沒臉，連累得家裡爵位連降六等，現今這事在權貴圈裡說起來都是笑話。如今兩宮的千秋禮，便是有人再想巴結曹太后，也得想一想兩宮禮制。

大家說到這事，沈氏道：「聽說都是在太皇太后的壽禮上減三成。」

余老太太道：「太皇太后年高德劭，輩長位尊，這減三成，既顯出兩宮對太皇太后的恭敬謙遜，也是咱們這些誥命應有的禮數。不然就是咱們民間，婆婆跟兒媳婦一同過壽，上壽禮也是有差別的。」

「這個自是應當的，就是有一事，許多人家還拿不定主意。」洗三禮請的都是親近的人家，何況，這事現今在帝都算個熱鬧，沈氏就直說了，道：「蘇太后是嫡母，曹太后為生母，給兩宮上壽的壽禮是一樣，還是不一樣呢？」

何子衿道：「我出門也聽到有人家議論。」

這事余老太太就不好說了，余家算是太皇太后一系的，與兩宮太后的關係很一般，他家隨大流就是。

沈氏問閨女：「妳是怎麼預備的？」

何子衿道：「我與相公商量，兩宮雖都為太后，當初曹太后晉位時，禮部對兩宮太后的禮制就有了說法，蘇娘娘畢竟是先帝元配髮妻，禮法上，皆是以蘇娘娘為尊，所以，曹太后那裡，我們是要減一等的。」

杜太太點頭，「是這個理，我也這樣想，自來嫡妻為大。」

余老太太回家與丈夫道：「看來，這世道人心還是在的。」

余太爺道：「是啊，並不因曹氏為陛下生母而諂媚。」

余太爺還特意叫了兒子到跟前問了問此事，余侍郎正是一副苦大仇深，道：「兩宮太后一起過千秋，內務司這群奸鬼，讓我們禮部出兩位太后千秋節的規格，他們照著辦。要說唐總管也是北嶺先生的徒孫，這吵起架來，完全沒有半點讀書人的斯文，葛尚書愁得不行。兩宮總要做些區分，我們商量好幾日，還要是以蘇太后為先，曹太后略遜一二，不然御史臺怕是要有話說的。」

余太爺道：「本也該如此。」

余侍郎道：「這道理誰都懂，大家所擔心的，無非就是曹家成了下一個胡家。胡家眼下已是沒落，可當年顯赫之時，誰人敢掠其鋒芒？」

余太爺道：「眼下的事就說眼下，不然眼下都過不去，更不必談以後了。」

余侍郎應是，既然家裡老爺子都這樣看，余侍郎格外有底了。

兩宮太后的千秋節，如何子衿要忙著給兩宮太后備禮，江念這翰林院當差的也是不得清閒，得寫賀詞。

何子衿還與江念打聽：「我們這壽禮要做區分，你們這賀詞是不是也得有所不同？」

「自然。」江念盤腿坐火盆前拿著火鉗子翻烤烤架上的乾芋艿，「蘇太后為先帝髮妻，便要在禮法品行上加以歌頌，曹太后主要是生育之功，這兩者自是不同的。」

江念頓了頓，低聲道：「也就是在皇家了，陛下定要給生母臉面。要是放在尋常百姓家，難道嫡妻無子就能將側室扶正？算了，皇家的事皇家說了算，只是我等清流，不能不爭個禮字，不然皆因曹氏為陛下生母便加以奉承，那朝廷豈不成了阿諛之地？」

何子衿問：「是不是奉承曹太后的人挺多的？」

「嗯，這也是人之常情吧，大家都想著曹家富貴後也好跟著搏一場富貴呢。」江念說著理解的話，卻是冷笑兩聲，夾了個烤得香噴噴的芋艿給子衿姊姊，不再提這事了。

何子衿都覺得江念是不是有些憤世嫉俗了，她還私下同朝雲道長說：「以前我可沒覺得阿念這麼有正義感。」

朝雲道長糾正：「這是讀書人的良心道義。」

何子衿道：「阿念長大了。」

朝雲道長一時無語，半晌方道：「阿念這都要做祖父的人了……」

「我是說，以前都是我說什麼是什麼，現在阿念在大是大非上可有立場了。」

「一些個小事，自然是妳說了算。這樣的禮制大事，阿念自當有主張，不然就枉費讀了這些年的聖賢書。」朝雲道長對江念有立場之事還是持讚賞態度的。

「我曉得，我就是感慨一下。就是不知不覺，突然發現我家阿念這樣頂天立地。」

朝雲道長：這話咋這樣肉麻呢？

何子衿自己認為，自己是不太具備正直的品質，所以覺得阿念的正直格外可貴。尤其江念做了這二十來年的官，還有這樣的品行，多麼難得。

何子衿自己完全沒有意識到，江念在做了二十年官之後還能正直，很大一部分原因是出自江家的家境一直不錯。江念本身不缺銀子，不必為五斗米折腰，兒女雙全，家庭和睦，孩子們還都不錯。江念又不是先天的反社會份子，有道義上的堅持與追求太正常了，而給江念這種無後顧之憂的家庭，何子衿當居首功。

只不過，何子衿剛讚美過她家阿念正直的，繼而發現長子阿曄的精神不大好，一向俊俏的臉龐上竟然掛著兩大黑眼圈。何子衿問：「是不是晚上沒睡好？」

阿曄含含糊糊道：「沒事兒，就是近來晚上念書遲了。」

何子衿這腦洞一下子就展開了，想著媳婦這有了身孕，小倆口房事上自然要有所節制。何子衿就琢磨著，是不是兒子因節慾，晚上睡不著就加倍用功，進而沒休息好。

何子衿這一想就想得多了，待過兩天才曉得，兒子這麼點燈熬油的用功，完全是為了代江念給兩宮太后寫賀詞。

江念還振振有辭：「我近年不是在修史嗎？文風比較冷肅，寫賀詞不大拿手。阿曄文筆一向華美，正適合這個。」

何子衿問：「是不是很難寫啊，看阿曄精神都不大好了。」

「他這頭一遭寫，肯定有不大合適的地方，怎麼也要改兩遍的。」江念輕描淡寫，完全不說他叫兒子改了二十遍。

何子衿瞧著江念一副老油條的嘴臉，心說，這傢伙有個屁的正義！

江念完全不知道他家子衿姊姊的心理活動如此豐富，摸摸自己的小鬍子，想著今早照鏡子時覺得鬍型不大好，拉著子衿姊姊給自己修小鬍子去了。

至於賀詞啥的，反正有兒子呢。

兒子用來幹啥的，不就是用來分憂的嗎？

總之，兩宮太后的千秋節，阿曄也跟著忙活了一把。

對於父親交代下來的事，阿曄乍然入手，的確有些不適應，他不曉得寫賀詞還有這諸多講究。譬如有些詞只能用在蘇太后身上，卻不能用在曹太后那裡。

阿曄改了二十幾遍後，總算看他爹點了點頭，最後他爹與他道：「知道嗎？我看你寫這麼多遍，比我自己寫都耗神。也就是親兒子啊，要不，我才不指點你。」

阿曄：當我沒看到你成天拉著娘給你設計新髮型嗎？

江念與兒子道：「按我的筆跡再抄一遍，明兒我就能交差啦。」

後來江念因交上的賀詞寫得好，還得了掌院大人的推薦，成為翰林院的範文之一，代表翰林院遞了上去。江念得掌院大人的誇讚，回家也讚了兒子一回，覺得生兒子還是有用的。

待得兩宮千秋節的正日子，就沒阿曄的事兒了。爹娘都穿上朝服誥命的正裝，坐車往宮裡去給兩宮賀壽。其實依江家的官階，也就是在人堆裡隨大流磕個頭，但在這樣的日子，磕頭也是極有講究的。

得先賀蘇太后，再賀曹太后。

故而，一場千秋節下來，曹太后就病了。這一病，太醫院的忙碌不提，蘇太后順順當當地拿回了後宮權柄。

雖然曹太后就病了一天，可就這一天，足以完成後宮權力的交接。

當蘇太后微恙時，曹太后代管宮務，蘇曹兩家幾番暗地裡較量，為的不過是後宮權柄。如今卻是未料到，這後宮的權力，不過是太皇太后的一句話。

真的就是一句話，太皇太后聽聞曹太后身子不適，先是安排太醫院右院判過去診治，繼而與在自己身邊服侍的蘇太后道：「阿曹這些天也勞累了。先時妳病了，都是她替妳分擔。她一向是個單薄人，時常病痛，如今她身子不適，這後宮的事，還是得妳來擔。」

蘇太后起身應是，道：「前幾天我就看曹妹妹面有倦色，還勸她多保養一二，不想這就病了。母后，我過去看一看曹妹妹。正有內務司貢上的上等血燕，母后有什麼賞賜，我一併給曹妹妹帶去。」

太皇太后指了幾樣東西，蘇太后帶了過去。

其間當真是姊妹和氣，婆媳情深，一派和樂融融之態。

何子衿是不曉得這當中內情的，聽聞蘇太后繼續接掌後宮，何子衿很為蘇太后高興。雖然曹太后是陛下生母，可如果蘇太后再不能執掌後宮，蘇太后以後只會越發邊緣化。

蘇太后為人和善，蘇家與江家又有通家之好，何子衿在情感上自然是偏向蘇太后的。

後宮風雲變換，轉眼新年已到。

諸官員誥命要進宮吃年酒，各家裡也要吃團圓酒。今年朝雲道長最威風，大年初一中午把江紀兩家都召到自己這裡吃午飯。阿曦與蘇冰的椅子都是墊了厚皮子的太師椅，尤其是阿曦，她原是不大顯懷的身條，因懷的是龍鳳胎，肚子都圓鼓鼓的了，龍鳳胎每天要動幾次，阿曦開始都怕未到月份就把孩子生出來，後來曉得這種動靜是正常的。

阿曦算是知道了，孕婦是怎麼著都累，坐久了累，站起來走幾步還是累。躺下吧，不一會兒腰就會酸。這要不是夫妻恩愛，誰願意為男人受這種罪啊？

阿曦私下都這樣跟她娘說。

何子衿笑道：「等生出來，妳就知道孩子多好了。」

反正現階段阿曦是沒感覺的。

阿曦提醒雙胞胎：「明年就做舅舅啦，你倆別只顧著收壓歲錢，明年就得往外撒了。」

雙胞胎都晉身為小地主了，雖然依舊有點摳門，但因身家日漸豐厚，如今也是長輩了，很有些長輩樣兒。雙胞胎大聲道：「我們早準備好啦，今年大姊跟大嫂子還沒生，我們就準備好金子了。待妳們生了，小侄兒小外甥小外甥女，一人一個大金鎖。」

阿曦眉眼開笑，「這還差不多。鎖也不必太大，有二斤就夠啦。」

大年初一的，雙胞胎險些噴了血，雙胞胎道：「二斤？二斤誰戴得動啊！」因著他們大姊獅子大開口，雙胞胎道：「大姊，妳算錯了，不是明年做舅舅，今年春天就做舅舅了。大姊，怎麼妳這一有身孕，算數都算不明白了。」

阿曦道：「我就隨口一說。」

「娘說，這叫一孕傻三年。」雙胞胎笑嘻嘻的。

何子衿忙道：「我那是開玩笑的，你倆怎麼當真啦？」

雙胞胎可不覺得這是玩笑，他倆道：「娘，您跟姊夫說的，我們都聽到了。」

阿曦鬱悶：這還是她親娘嗎？

何子衿笑咪咪地道：「這有什麼，我懷著你們時也是一樣呀！」

阿曦可能是第一次懷孕，又沒有她娘那一生兩世的閱歷，何子衿當初懷龍鳳胎時心理調節得非常好，孕期時的心情很平和。阿曦則不同，阿曦年輕，懷龍鳳胎與懷一個的感覺是不一樣的，格外勞累也是真的。隨著月份越來越大，阿曦就有些小脾氣，為著穿衣裳都能跟阿珍拌嘴，何子衿就得多寬慰女婿「一孕傻三年」這種話。

蘇冰直笑。

阿曄都說：「傻也不是這會兒就傻的，胖曦早就笨笨的。」

紀珍不愛聽這話，道：「曦妹妹那是心眼好。」

阿曄險叫酒給嗆著，哭笑不得，「我這做大舅子的心眼就不好了？」

紀珍笑著夾了塊清蒸魚給阿曦妹妹，道：「不這麼愛挑理就更好了。」

阿曦美滋滋地朝她哥哼哼兩聲。

朝雲道長笑道：「阿曄阿曦小時候啊，阿曦學坐學爬學站都比阿曄快。阿曦學站的時候，阿曄完全沒有要學的意思。人家阿曦扶著我的膝蓋站起來，阿曄過去，兩手一拽阿曦的腿，阿曦就一屁股摔毯子上了，阿曦翻身就要打架。一直到沙河縣，阿珍你過去念書，阿曦就改了方法，凡事都喊『阿珍哥，我哥怎麼怎麼啦』。」

何子衿也說：「是，那會兒阿曄氣得不行，還悄悄與我說，怎麼阿珍哥這麼偏心眼，總護著阿曦啊！」

阿曄道：「不止，有一回忘了是怎麼回事，阿曦哭起來。阿珍哥後來知道，還拿拳頭威脅我，說我再欺負阿曦就揍我。其實我哪裡有欺負她，就是在一起玩不小心撞到的。」

大家說到童年趣事，越發歡笑連連。

在朝雲道長這裡吃過中午飯，從大年初二起，江家就開始各處拜年。雙胞胎別看年紀不大，特有心眼，他倆現在過年出門都在身上揣好小紅包，待去了外祖母家，阿燦阿烽那一撥都比他們小，他倆就一人一個紅包發一發，哄得何老娘和沈氏還有三個舅媽都是眉開眼笑，直誇雙胞胎懂事。

雙胞胎很是得了一回好名聲，何老娘都說：「以前小時候雙胞胎還有些摳門，如今真有個大人樣兒了。」

沈氏笑，「孩子小時候都是這樣，自己的玩具不能讓第二個人玩，大了便好了。」

何老娘還與雙胞胎打聽了一回小莊子上出產如何，雙胞胎很謙虛地表示：「頭一年還成，去了各項稅賦和佃戶們的分成，還能落一百多兩。原想著這銀子也不必收回來，不如交給莊頭拿來置地的好。不過，現在的地不好買，帝都郊外的田地特別熱，有時咱們不知道信兒，被人先買走了。今年我們跟娘商量了，種莊稼收成每年都差不多，倒不如改種花，娘的胭脂鋪子也用得上。」

何老娘對著雙胞胎這叫一個誇，與眾人道：「我就說，誰以後要嫁雙胞胎，這都得是上輩子修來的福分。」

雙胞胎哈哈笑，兩人私下還嘀咕過，據說他們大舅和他們爹曾許下過婚姻，雙胞胎就問曾外祖母：「老祖宗，小表妹以後嫁我們之中的誰啊？」

大家都忘記這事了。

江念與何洌當初是曾約定過，不過……雙胞胎你倆都這把年紀了，表妹才剛剛出生好不好？杜氏先笑，「還有這事？」

沈氏也笑，「阿念與阿洌是提過，要是同齡般配就做親。」可這年紀相差太大啦。

何子衿與雙胞胎道：「你倆今年都十三了，待表妹長大，你倆都是老白菜幫子了。行啦，都甭做這夢了！」何子衿本就不願意兩家做親，血緣離得太近，想著當初自己還卜過一卦，阿洌明明瞧著沒閨女命的，看來她這卦是不大準啊。

雙胞胎眼看定下的媳婦飛了，很是有些失落，還與他們大舅說：「不能給大舅做女婿，真真是遺憾啊！」

何洌從袖子裡摸出兩個大紅包，逗雙胞胎：「好些沒？」

雙胞胎收了紅包表示：「更遺憾啦！」大舅多大方啊，做岳父多好啊！

一家子被他倆逗得大笑。

年節是天下人都極為重視的節日，江家拜年就拜到了初五，然後自家的年酒，還有初八時何洌長女的滿月酒，足足熱鬧到了上元節。江念與何子衿夫妻是每個上元節都要出去看燈的，今年蘇冰阿曦皆有身孕，阿曄紀珍不放心各自媳婦出去看燈，人多怕擠著，故而，小夫妻們都是在家吃元宵過節。於是，江念與何子衿夫妻兩人帶著雙胞胎出門看燈。

雙胞胎最愛的就是猜燈謎贏獎品，雖然獎品多是花燈、元宵一類節日禮品，其實也不值什麼錢，但這是免費贏的呀，雙胞胎對一切免費的事情都充滿興趣，他倆可愛幹這事了，每年都要贏許多東西回去。這一次猶是如此，一晚上雙胞胎贏了一條街，他們都是一個攤位上贏一個彩頭就走，絕不會站一個攤位上給人家一掃光，畢竟多是小攤小販出來做生意的。這些燈謎多是攤主請些相近的秀才們幫著想的，並不難，雙胞胎主要是贏東西回去顯擺。

這不，贏一車東西回去，第二天雙胞胎就開始給親戚朋友的送燈了，送燈時還特意說一句，是他們昨兒賞燈時猜燈謎贏來的。何老娘也收到雙胞胎孝敬的長壽燈，雙胞胎還說是特意給曾外祖母贏來的。何老娘叫人掛屋裡最顯眼的地方，誇雙胞胎：「真是好樣兒的，明年我就不買燈了，等著你們贏給我。」

雙胞胎拍胸脯保證：「老祖宗，您今年就不該買，能省下不少燈籠錢。」

「是啊！」何老娘與沈氏道：「雙胞胎最像我了，會過日子。」

雙胞胎還特意送了有緣無分的小表妹一個兔子燈，余幸也笑，說雙胞胎越發懂事。要不是因著年紀相差實在大了些，畢竟差十三歲，她閨女十七歲能嫁人時，雙胞胎都三十了。年歲上委實不大合適，余幸私下都與丈夫道：「要是咱們寶兒早生幾年，不論阿昀阿晏哪個做女婿，我都樂意。這倆孩子，一看就會過日子。」

何洌笑道：「是啊，雙胞胎打小就有條理，會安排自己的東西。」

余幸道：「阿燦阿烽常跟雙胞胎一處，這才多久，也學會打理自己的私房錢了。我聽丫鬟說，兩人還開始記帳了。」

何洌一樂，「他倆年紀也不小了，男孩子雖不能耽於庶務，卻也不能一竅不通，不然出門容易被人糊弄。」

夫妻倆說一回孩子們的趣事，再瞅瞅小閨女，越發覺得日子有奔頭。

其實上元節就這麼一天，過了上元節，也就是過了年。

正月十七，官學便開學了。

孩子們整理好書包，開始上學了。

大家過年過得喜慶，唯獨一人，這年過得甭提多堵心了。

堵心的曹太后在宮裡遇見如何子衿這等先時與曹家有過節，一直親近蘇太后的誥命向她行禮，臉色都有些淡淡的。

她不過是累了，略歇一日，太皇太后便說她病了，將後宮的事悉數交與了蘇太后。

其實後宮權柄之事，已過去一個月，曹太后卻依舊放不開，每每想起就要咬牙，連親娘曹夫人都受了她一通埋怨，曹太后是這樣說的：「當初千秋節禮的事，母親就勸我讓一步，禮法上以永壽宮為先。我讓了，結果如何？人家趁勢將後宮之權搶到了手。我就說，這世道不能讓，半步都不能讓。母親不聽，一意勸我，卻是如何？人善被人欺啊！」

曹夫人於此事也頗為氣憤，只是氣憤又如何，誰執掌後宮，都是太皇太后的主意。於曹家，於曹太后，現在最不敢得罪的就是太皇太后了。

不得不說，去歲太皇太后一怒之下降爵曹家之事，給足了曹家教訓。

曹太后正在堵心，不想，更堵心的事還等著她呢。

過了龍抬頭，端寧大長公主回了西寧關與駙馬團聚。柳家為柳悅舉辦了盛大的及笄禮，太皇太后親自賞賜了東西不說，還召柳悅進宮，就住在慈恩宮，面上說是太皇太后喜歡女孩子，召柳悅進宮陪伴，實際上柳悅除了隨大公主、嘉純郡主一道念書外，大部分時間也是三個姑娘與蘇太后一處，跟著蘇太后熟悉宮務。此事，於大公主、嘉純郡主是年紀大了學著理事，於柳悅，便是為柳悅大婚後做準備了。

一想到不識時務的柳家，曹太后對厭屋及烏的柳悅是越發心煩。

不過，曹太后忽然有一絕好主意，當初柳家不是不願意與她娘家聯姻嗎？曹太后乾脆將侄女曹萱召進宮，伴在自己左右。

這事太皇太后沒說什麼，曹太后這樣的位分，今上親娘，想召娘家侄女進宮陪伴，並不是大事，太皇太后沒有不允的。倒是蘇太后，很有些厭惡。

何子衿也有些看不上曹太后此舉，先不說曹太后的私心，何子衿也是做親娘的，有親兒子，何子衿向來只盼兒子媳婦和睦，哪能兒子親事已定，又在兒子身邊放花容月貌的少女？這可不是宮人侍婢，這是正經舅家表妹。何子衿回家都說：「這事沒這麼幹的。便是有私心，也該想想，陛下才多大，男孩子總得十六歲以後再成親的好。何況，柳姑娘是先帝指婚，以後是正宮皇后。就是陛下納妾，妃嬪無數，皇后可是只有一個。」

「蠢啊！」江念對曹太后評價向來一般，不想曹太后又刷新下限，江念直接給了個「蠢」字的評語，又嘆：「陛下分得清輕重方好。不說柳家是先帝指婚，想一想柳家的家勢，也不能怠慢柳姑娘。」看著老丈人也不能輕慢媳婦啊！

何子衿其實不大看好曹太后這番算計，她是從自身眼光出發，何子衿道：「我看柳姑娘比曹姑娘好，柳姑娘嬌憨活潑，人也美貌。曹姑娘雖生得也不錯，卻不比柳姑娘大方，說話柔聲細氣，看人都是羞答答的，任誰都得比較喜歡柳姑娘吧。」

何子衿這話到了端午，就再不好提了。

因為宮中出了一件讓何子衿這個外命婦都知道的事。那就是，元寧帝給曹萱畫眉了。

何子衿看來不比柳悅招人喜歡的曹萱，實際上，很招元寧帝的喜歡。

何子衿看走眼了。

說來，蘇太后性子雖柔和，治理宮闈一向嚴謹，宮人向來不敢多言主子們的事，這事之所以鬧得何子衿都曉得，完全是柳悅自己說出去的。因為柳悅親口說：「看曹姑娘沒好黛，眉毛都畫不好，還勞陛下親自幫著畫眉，我便送了曹姑娘一匣。」

柳悅隨後就出宮回家去了，這事也就人盡皆知了。

不過，柳悅前腳出宮，後腳太皇太后就打發人送了曹萱出宮。

要知道，柳悅回家是打著給家裡弟弟過生辰的名義。曹萱這個，沒有任何說法，就是太皇太后打發人送她回家了。

讓何子衿說，何子衿哪怕是個一生兩世的，但這樣的事，在哪一世，也是極丟臉的事。要是何子衿，她再沒臉進宮的，曹家不一樣，隔了沒兩個月，曹伯爵夫人又帶著曹萱進宮。

這還無妨，只是八月間，剛過了太皇太后千秋節，太皇太后親自下旨，曹家除爵，曹氏女永世不得入宮。

這道旨意來得驚天動地，人們尚來不及深思這道旨意之下，曹家會是個什麼走向。這個時候，權貴圈裡根本沒多少人關心曹家，人們更關心的是，這道旨意背後的含義。

要知道，先帝遺旨是太皇太后與內閣共理國事。

因元寧帝尚未親政，所以每道聖旨都要加蓋太皇太后的印璽與內閣的藍批，之後再加蓋元寧帝的玉璽方能生效。故而，每道聖旨的背後，會有一個簡單的邏輯，那就是，這道旨意是太皇太后與內閣共同認可的。

那麼，究竟是什麼事，會讓太皇太后與內閣達到空前的一致，聯手處置陛下母族？

其實哪怕朝廷沒有具體解釋，就一句「失德失儀」已足夠讓朝臣猜度一二了，而緊接著陛下便被太皇太后禁足，曹家那位被送出宮的姑娘，直接送到了靜心庵落髮為尼。

那麼，其間事已是不言而喻。

還有一個勁爆消息，就不知是真是假了。

據說就在慈恩宮，太皇太后發雷霆之怒，一巴掌將曹太后抽到了地上去。

何子衿把這事與江念說時，江念的聲音是從牙縫裡擠出來了。江念咬牙切齒，磨著牙，陰惻惻地道：「太皇太后怎麼沒一巴掌抽死她？」

這一年，是風雲震盪的一年。

江念的想法，代表了很多朝臣的想法，元寧帝固然有錯，當然，事情的因果大部分人都不甚清楚，皇室也不可能透露，但能把曹家女送廟裡去的事，能有什麼事呢？

想想也知道。

先時不少人還想著，曹家以後大概是第二個胡家，如今看來，曹家哪裡比得上胡家？胡太皇貴太妃當年，可是待兒子太宗皇帝親政後方胡天胡地的，而太宗皇帝英明睿智，縱生母糊塗，太宗皇帝縱有納胡氏女入宮，也是選秀的正道。哪裡有這樣不明不白的事兒啊？不要說皇家，便是在尋常百姓家，這樣的事也令人不恥。

就曹氏女這品行，合該去廟裡。

還有曹家，削爵去職都不能解朝臣之恨。

要不是太皇太后與內閣直接處置了曹家，江念當真能上本參曹家一本。

何子衿看江念很為此事生氣，抱了孫子阿平來給江念看。蘇冰六月產下一子，是阿曄的嫡長子，江家的嫡長孫，江念親自……好吧，江念沒來得及給孫子取名，朝雲道長就送了玉牌來，玉牌上是兩個字，江平。

平字也很好，有平安吉祥之意。

又是朝雲道長親自取的，便給孩子用了。

江念一見孫子果然開懷許多，抱著孫子教孫子說話，計畫著家庭聚會，道：「明兒正好休沐，叫阿曦阿珍過來一起吃飯。」

何子衿應了。

然後，第二天阿曦阿珍來了……

江念就見他倆，伸長脖子沒瞧見外孫子外孫女，不禁問：「龍鳳胎呢？」

是的，阿曦於四月底產下龍鳳胎，原本是五月的日子，四月底便發動了。當時何子衿這做親娘的先不行了，原本她該進產房安慰閨女的，可關鍵時刻雙腿發軟，起不得身。虧得紀夫人在，紀夫人一看親家這心理素質，只管讓何子衿在外坐著等信兒，她進屋去，幫著產婆給兒媳婦做生產準備。阿曦頭一胎生得並不艱難，早上開始發動，中午孩子就平安落地，一兒一女，果然是龍鳳胎。

紀夫人待孫子孫女辦了滿月酒方回了北地，龍鳳胎也是朝雲道長給取的名兒，叫做紀韶和紀華。不過，紀大將軍強勢給孫女取了小名，叫英姐兒。而且，雖然沒見過孫子，但每次紀大將軍的信裡，都是「英姐兒」長「英姐兒」短的，明顯只認自己給孫女取的小名。

對於紀大將軍取小名的事，朝雲道長不予評價，反正他只管叫阿韶阿華的。

江念近期正尋思著給外孫子也取個小名呢，結果沒見著外孫子外孫女過來，不得問嗎？

阿曦道：「朝雲祖父看著玩呢，這剛會翻身，就愛遍地打滾，我看半天打滾就頭暈。」

見她爹不大樂，忙端果子奉給她爹。

江念拿了個石榴掰來吃，道：「下回記得把孩子帶過來，妳娘主要是想看孩子。」

阿曦連忙應了。

紀珍一副傻爸爸的自豪模樣，「現在翻身翻得可熟練了，開始翻一個身就得歇一會兒，這會兒都會連環翻了。本來想抱過來給岳父岳母看，我們出來時，兩人正翻得帶勁兒，一抱離毯子就哭，只得讓他們繼續翻了。」

何子衿笑道：「孩子就這樣，這才幾天不見，就這麼會翻身了。」

紀珍只差給兒女豎大拇指了，道：「翻得特俐落。」

阿曦道：「就是翻身的時候總得叫人看，不光看，他倆翻個身，咱們還得鼓掌，也不知他們是懂事還是不懂事。」

「當然是懂事了，不懂事能看到拍手就高興嗎？」紀珍道：「孩子也知道，這是大人在鼓勵他們呢。」

「是這樣。」育兒專家何大仙說：「小孩子特別敏感，大人高不高興，喜不喜歡，他們雖不會說，卻都能感覺得到，所以我說，孩子小時候，當著孩子的面，都要歡歡喜喜的，萬不能拌嘴生氣，免得嚇著孩子。」

紀珍與丈母娘交流育兒心得，阿曦已經抱著阿平逗著玩了。阿曦看孩子耐心不大，但特別會逗孩子，阿平被她逗得眉開眼笑，然後就不肯從姑姑懷裡下來了。

阿曦直道：「哎喲哎喲，我這好不容易歇會兒，你趕緊叫你爹抱吧。」

阿平就要姑姑抱，阿曄幸災樂禍，「叫妳逗我們，妳就抱著吧。」還誇阿曦力氣大，「阿平生得胖，妳嫂子抱一會兒就手痠，妳力氣大。」

蘇冰笑嗔丈夫：「這叫什麼話？」

阿曦幫阿平擦擦口水，道：「阿平胖一點也不重。平時我帶阿韶阿華時，抱阿華，阿韶叫喚。抱阿韶，阿華叫喚，一個個都不要丫鬟抱，我就一手一個抱他倆。阿平這個，跟羽毛似的，哪裡沉了，別總說我們阿平胖。」

蘇冰道：「就妳說他輕，平日裡抱他的丫鬟都得兩個人。」

「阿平並不是胖，主要是骨架大。比阿韶阿華還小一個多月呢，個子跟他們倆差不多。阿平這身形骨架，有點像蘇二哥。」

蘇冰笑，「妳沒見過我大哥，阿平生得與我大哥更像。」

大家說著話，因著曹家那事鬧得太大，難免八卦一兩句，阿曦剛一提，何子衿朝閨女使了個眼色，阿曦就曉得她爹可能為這事不大痛快，便不再提了。

待吃過飯，女人們說私房話時，何子衿方道：「可別當著妳爹的面說，妳爹現在可是聽不得一個曹字。」

阿曦慢慢吃著茶，道：「曹家的事又不與咱家相干。要我說，他家倒楣才好呢，就他家的孩子，以前還欺負過雙胞胎，是不是？」

何子衿道：「妳爹主要是恨曹家不檢點，連累了陛下。」

蘇冰道：「我祖父也極惱恨曹家，聽祖母說，在家罵曹家罵半宿。」

何子衿道：「這畢竟事關皇室，咱們在家說說也就罷了，切莫外頭說去，不然被些個小人聽去便是把柄。」

兩人都應了。

宮闈中事傳到外頭來，皆是影影綽綽，不過，如何子衿這種極有規律進宮的誥命，還是能嗅到一些與眾不同的氣息，譬如曹家削爵的旨意之後，何子衿再未在慈恩宮見過曹太后。便是偶爾有壽康宮的人到慈恩宮回話，也絕不是以往常伴在曹太后身邊的女官，而是極生疏的面孔。太皇太后的心情亦不好，召何子衿進宮說話，道：「聽說妳家近來有添丁之喜？」

何子衿恭謹答道：「閨女在四月中生了一對龍鳳胎，媳婦六月初生了長子。」

太皇太后問：「孩子們都好嗎？」

「都很好。」何子衿一說到自家孩子就沒完沒了，先是說外孫子外孫女：「他倆四月中出生，早產了大半個月。我當時懷龍鳳胎時，也是早產了些日子。好在孩子們都很健康，就是生下來比尋常孩子要小些，不過，這會兒都長大了，瞧著跟同齡孩子一樣。特別活潑，這會兒剛學會翻身，特別愛翻身，都不敢擱床上，不然翻啊滾的，只怕他們掉下去。」又說自家孫子：「濃眉大眼的，骨架比龍鳳胎的表哥表姊都要大些，吃相特別好，一點都不淘氣。」

何子衿說到這些家常事，是極有家常氣氛的。

太皇太后面色緩和，「紀將軍膝下僅兩子，紀玉樹得了龍鳳胎，紀將軍想來是欣慰。」

何子衿眼中露出喜悅，雖然拿孩子來衡量女人的價值是一件可悲的事，但這說的是自己的外孫外孫女，何子衿根本沒多想，她只要一想到小傢伙們就情不自禁露出笑意，不過，因近來宮中氣氛緊張，何子衿是使勁兒憋著，不敢忘形。

就聽太皇太后又道：「記得阿曦是十七歲方出嫁，聽說紀家當時是想兩個孩子早些成親，卻屢被何恭人婉拒，這是何故？」

何子衿道：「我聽聞過早成親於身子不利。當時議親的時候，我就與親家商量好的，阿曦要到十七歲方好過門。好在阿珍年歲也不是很大，他也願意多等兩年。」

太皇太后頷首，「是這個理，所以當年秦王幾個娶妻都是過了十六歲生辰。端寧當年與忠勇伯成親，亦是在十七歲的時候。我雖只是他們的嫡母，在這上面自問沒有任何私心，幾位太皇太妃也能明白我的心意。」

太皇太后問：「江翰林在家提過凌氏嗎？」

何子衿很驚訝，看向太皇太后，太皇太后的眼神無悲無喜，何子衿道：「外子提的不多，但曾說過，現在回想起來，他很感激凌夫人將他送到我舅舅家寄養，未將他棄於荒野。」

太皇太后溫聲道：「凌氏是個有野心的人，也是個狠心的人。當年她生下六郎，故意生而不養，我便明白她野心之深遠，常人所不能及。即便如她，在當年仁宗皇帝於儲位上猶豫時，也當機立斷請求仁宗皇帝百年後隨侍地下，仁宗皇帝就是因此而立六郎為儲。」

坊間雖有各種傳聞，但由太皇太后親口道出，何子衿仍聽得心驚肉跳。

太皇太后嘆道：「如凌氏這樣自私的母親，能在拋棄親子時將其交到可靠人家撫養。她私心再重，為了六郎的大位仍會請殉。我不喜歡凌氏，但如今想來，她亦有可取之處。」

之後太皇太后什麼都沒說，便打發何子衿出宮了。

此事何子衿自然不會瞞著江念，江念嘆道：「看來太皇太后的確是被今上傷了心。」

何子衿道：「如今你這話卻是說出了別人不敢說的，雖然說都是說曹氏女不檢點，可如果陛下不動心，曹氏女想來也不敢強迫陛下，終歸到底，是陛下自己動了心。」

「我豈能不知這個理，只是到底不好說陛下的不是。何況，陛下還年少，親娘放個狐狸精在身邊，把持不住也在情理之中。」

何子衿道：「那可不一定，曹太后糊塗是舉朝公認的，不止糊塗，還愚蠢。可你想想，不要說皇家，就是咱們這樣小戶人家，阿曄小時候也有丫鬟在身邊。咱家雖沒有那些過於嬌豔的侍女，丫鬟算得上眉目清秀。阿曄自小就正經，因為我就教過他，妻、妾、丫鬟是怎麼一回事，你也注意教導他，故而他一向潔身自好。咱們這些小見識，興許在皇家看來不值一提。只是，在女色上把持不住還是小事，你想想柳家，那是什麼樣的人家。先帝就是擔心陛下少年登基，才指了柳姑娘給他為后。」

江念沉默半晌，道：「還有叫人擔心的事妳不知道呢。」

「什麼事？」

「前年冬天，柳尚書的祖母過世，柳尚書按制辭官守孝，陛下就想把兵部尚書之位給他的外祖父曹斌兼了，聽說這事被太皇太后攔了下來。祖母孝期滿打滿算不過一年，常人七個月便可出孝。太皇太后讓兵部左侍郎暫代尚書職，去歲柳尚書出孝，直接就讓柳尚書官復原職了。」江念嘆道：「這件事我也是聽說的。妳說，我這外來官都曉得，柳家會不知曉？」

夫妻倆對視一眼，都有種不大好的預感。

哪怕夫妻倆有了不好的預感，也做不得什麼。

江念其實挺擔心皇帝的，還說：「得有個明白人勸一勸陛下方好。」

元寧帝如今被禁足，大臣們也不必上朝了，反正國之大事有太皇太后與內閣做主。說起來，未親政的皇帝，當真就是個擺設，有他沒他，國家機構一樣運轉，半點不耽誤正事。

正因如此，江念才越發擔心。

這種擔心，不知是清流對元寧帝的擔心，還是受先帝所託，來自血脈的擔心。只是江念擔心也是白擔心，他這樣的品階，半點法子都沒有，好在朝中多的是忠臣。

過了一個月，聽聞皇帝親自去慈恩宮認錯，據說祖孫二人相視落淚，感人至深，反正自此祖孫融洽，皇帝又重新開始上朝了，闔朝心安。

至於曹太后、曹家，滿朝中哪怕是曹家的狗腿子，這時候都不敢出來為曹家說話。

轉眼過了中元節，皇室祭過皇陵，百姓們也都祭過宗祠，八月初迎來了太皇太后的千秋節。或許是先時皇帝有愧在心，此次是為太皇太后大辦千秋節。不過太皇太后一向有規矩，再如何隆重也就三天。

先時太皇太后翻臉，皇帝都能被禁足，如曹家這太后母族直接削爵降官，可見太皇太后的雷霆手段。如今適逢太皇太后千秋，眾人更是挖空心思給太皇太后獻上壽禮。如秦王等藩王紛紛上書，想親來帝都親自為嫡母賀壽，太皇太后道：「秦王、周王、肅王、韓王、趙王都是我看著長大，我很是想念他們，只是國家有國家的法度，宗室有宗室的規矩，藩王三年一來朝，怎能因我的千秋節就壞朝廷法度呢？」到底未允。

太皇太后未允秦王等來朝，不少朝臣都鬆了口氣，皆讚太皇太后心胸寬闊。

聽江念說起這事，何子衿還沒明白呢，隨口問道：「這有什麼擔心的，不過是藩王來朝為太皇太后賀壽，我聽聞藩王就三千兵馬，何況是給太皇太后上壽，又不是有別的心思。」

江念道：「姊姊不曉得，太皇太后雖無親子，但對先帝的撫育之恩，便是待秦王幾人，少時亦多有指點，很是關照。幾位藩王也極敬重太皇太后這位嫡母，先前曹家削爵降職之事是經邸報的。秦王等人不見得把曹家放在眼裡，但陛下為一外臣女惹怒太皇太后，倘哪個藩王提起來，陛下豈不有失顏面，畢竟秦王等人都是叔伯輩。」

「再有不好說的事便是，藩王皆有世子在帝都。這幾位藩王世子，算來也是太皇太后的孫子，有空便進宮向太皇太后請安，其中不是沒有聰明伶俐討得太皇太后歡心的。先帝皆因由太皇太后撫育長大而立儲，可說句誅心的話，秦王等人的藩王世子的血緣，相較陛下，與太皇太后是一樣的。」都不是親孫子，江念擺擺手，「興許是我多想，只是不論依公心還是依私意，我也樂見藩王莫要來朝好。」

何子衿感慨道：「原來藩王一道奏章就有這諸多含義。」

「是啊！」

何子衿摸摸江念的頭，問他：「當官很費腦子吧？」

江念見子衿姊姊這樣問，條件反射道：「我可不吃燉豬腦。」

何子衿笑道：「什麼燉豬腦啊，如今入秋了，天氣漸涼，我燒荷葉雞給你吃吧。」

江念道：「再加個冬瓜湯。」

「好。」

此次太皇太后的千秋節，盛大自不必說。

一大早，何子衿就穿戴好誥命服，江念騎馬她坐車，先來了外祖母與舅媽這裡，再去娘家接了何老娘和沈氏。之後男人們去早朝，女人們去後宮給太皇太后賀千秋佳節。

實際上，就按江何沈三家的誥命品階，何子衿、沈老太太、江氏是四品恭人，何老娘、沈氏是五品宜人，都見不著太皇太后的面，就是在誥命群裡磕個頭，然後按座次等宮宴。

就這樣，一行人也倍覺榮幸，這裡頭也包括何子衿。與別的誥命坐一桌時，何子衿還覺得，這要擱前世，她就相當於參加國宴了。

接著，她見識到了太皇太后的對後宮的施恩，先是先帝的太妃太嬪太貴人太美人等，集體升職。原是太妃位的升貴太妃，原是太嬪的升太妃，總之是人人升職。

太妃太嬪升過之後，太皇太后親自為蘇太后上了尊號「孝安」二字。以孝為尊號，這是非常不得了的讚美了，可見太皇太后對蘇太后的滿意。相對的，消失眾人視線許久的曹太后，今天並未出現在慈恩宮，而給蘇太后上尊號時，太皇太后更是提都未提曹太后。

這個時候，有誰會提曹太后呢？大家極默契地完全忘了世間還有個曹字。

何子衿不曉得慈恩宮正殿內是個怎樣的歡樂景象，但在誥命堆裡，有些是太妃太嬪的家人的，聞知此訊，都喜得雙手合掌念佛，滿口皆是對太皇太后的讚譽。最有趣的是何老娘，她見別人念佛，也裝模作樣跟著念了幾句，回家還說：「看人啊，就要看這人人緣如何。瞧今天太皇太后的壽宴，這麼些人都為她老人家念佛，可見她老人家是個神佛一樣的好人。」

反正依何老娘的意思，能做到太皇太后的位置，那地位與神佛的差別也不大了。

太皇太后千秋節後，蘇冰的堂妹蘇凝婚期在即，蘇冰過去幫著堂妹忙活幾日。紀珍則是幫自家龍鳳胎接了個差使，與阿曦道：「李小世子與我說，他要大婚，大婚得童男童女壓床，就是找個小男娃、小女娃在床上提前坐一坐以示福氣，他想找咱家龍鳳胎。」

阿曦並無意見，只是有些擔心孩子，「龍鳳胎會不會小了點兒？」

「不小不小，要是李家嫌小，李小世子還能跟我提啊？」

阿曦便應了，笑道：「我與大哥自小就幹這差使，直到十歲還有人找我們去壓床呢，這回又輪到咱家龍鳳胎了。不過，這是個好差使，做壓床童子壓床童女都有銀錁子拿的。」

紀珍剛要再說什麼，龍鳳胎見著爹回來，已是咿咿呀呀伸著小手臂喊了起來，紀珍只得先去看兒子閨女，哄著小傢伙玩，問道：「怎麼一天沒見，阿韶和阿華又長大了？」

阿曦道：「孩子正是長得快的時候，上個月的衣裳這會兒拿來穿就短了。你說說，這得長得多快？等再做衣裳，給他們略放長些才是，不然衣裳都跟不上他們的個頭。」

紀珍一左一右把兩個孩子放膝上坐著，笑道：「是啊，剛下生那會兒，我從衙門回來，見他倆跟貓兒似的裹了包被躺妳身邊，我就心疼得說不出話來。別人家孩子都肥肥壯壯的，咱家寶貝這麼小，這才幾個月，就長得與同月份的孩子一樣健壯了。」

阿曦笑，「我還以為你心疼我呢，合著光顧著心疼孩子了。」

「我主要是心疼妳，受多大罪啊，好幾個月睡也睡不好，受這麼大罪生了龍鳳胎。」紀珍唇角翹啊翹的，「看，阿平生得一點都不像阿曄，咱們阿韶和阿華都像我。」

「我以前還聽娘說，一般兒子像母親的多，他倆怎麼都朝你長啊？」

「其實咱倆就長得像，沒聽說過夫妻相嗎？夫妻都是越長越像，像誰不都一樣？」紀珍還叮囑阿曦一番，給李家做壓床吉祥物時，把孩子打扮得漂亮些。

夫妻倆說些口水話，正滿心歡喜準備送兒子做壓床童子兼童女呢，朝中就傳來一大事，說是皇陵附近一座山腳塌出個大洞來，洞裡有塊碑，碑上刻著天書，天書是誰都看不懂的，請天祈寺的高僧一算，不得了，國有危難。好在危難可解，需一貴重之人，去清靜之地為國祈福，然後預備役皇后柳姑娘就去庵裡為國祈福了。

原本柳姑娘去庵裡為國祈福與紀家沒關係，但隨之而來的是，江念在來帝都三年之後，上了當朝第一疏，請陛下誅妖女曹氏。

曹氏是誰啊？

對，就是先前被太皇太后從宮裡送到庵裡的那個曹氏女。

先時送庵裡去，這又接回了宮去，據說是曹氏女有了今上的骨肉。

非但接了曹氏女回去，這不，正經正宮柳姑娘反去了庵裡。

江念簡直是忍曹家這噁心東西忍得太久，一時沒忍住，他就當廷上疏了。江念本就是探花出身，文采自不必說，此時罵起人來，直接拿曹氏女比作禍亂後宮的蘇妲己。那說得，簡直是不除曹氏，東穆就要亡國了。

江念還說了句名言：「國有災禍，不在於外，而在於內。今曹氏禍國，焉要柳氏清修？以邪亂正，便是災禍！」

曹家因曹氏懷有龍嗣，不少狗腿子重囂張起來，當時便有人道：「江翰林出此狂言，莫不是懷疑天祈寺方丈的天機推演？」

江念冷笑道：「臣還善道家占卜呢，已卜出曹氏邪祟，有礙帝室，有礙帝星。陛下得此妖女，先帝於九泉下，斷難心安。」

元寧帝明年就要親政，原本他是個性情溫和之人，江念又做過自己的史學先生，元寧帝對他還是有幾分尊重的。只是今天江念總往元寧帝心尖上捅刀，元寧帝也氣壞了，怒道：「江翰林這麼精通占卜，不如去欽天監任職！」

「臣不必去欽天監任職，臣今日就辭官回鄉，也恥與此等小人為伍！」江念是放開了，反正官也不想做了，啥都敢說，「陛下只以為臣話難聽，故而厭惡於臣。陛下想一想，什麼樣的母親會在陛下十五歲的時候在陛下身邊放個狐媚子勾引陛下？臣妻不過一尋常婦人，都知道不能讓丫鬟近臣子之身。一個真正愛惜兒子的母親，會放縱兒子先與舅家表妹有私，置陛下聲名於羞恥之地嗎？臣告訴陛下，這樣的把戲，不過是為她曹家的一己之私。這樣愚蠢狠毒的婦人，更不配做一國之母！」

接著，江念走到曹斌面前，劈頭一記大耳光，然後還惡狠狠詛咒了一句：「汝等害陛下至此境地，將來闔族必死無葬身之地！」

江念差一點就回不來了，元寧帝誓不甘休，還是蘇不語幫著說情道：「江翰林一介狂生，陛下天子雅量，何必與其一般見識？容他去罷了。」

之後許多人為江念求情，就這樣，元寧帝還咬牙切齒必要罷了江念的官，革其功名。

說來，江念一個早朝，去的時候四品大員的服飾去的，回家時就成了白板。

江翰林其實在朝算是個小透明，除了剛來帝都時被先帝指為陛下史學先生時引人注意了一段時間外，後來江翰林因故辭了史學先生一職，轉而改修史書，就在帝都挺不起眼了。

畢竟四品翰林在帝都委實算不得高官。

當然，江翰林兒子聯姻皆是不錯的家族，為此，江翰林其實還常被人暗裡說幾句會鑽營的酸話，而今此酸話到此為止。

誰也未料到，江翰林這種低調的小透明突然當朝大發威風，主動罷官不說，澎湃之處還抽了今上外祖父一記耳光，罵今上生母不配為太后，簡直是……道盡了半朝人的心聲啊！

不少清流都覺得，自己以前看錯了江翰林。

這哪裡是會鑽營的小官僚，明明是錚錚鐵骨大丈夫！

江翰林罷官罷得霸氣，雖然險些就交代在朝上了。

好在他有個好姻親，蘇尚書一力維護於他，翰林掌院也出面為江翰林求情，其他清流亦為其說話，最重要的是，元寧帝計畫明年親政，但是尚未親政。想宰了江翰林，確切地說，不在元寧帝的權力範圍之內。就這麼鬧哄哄的，韋相道：「江翰林，你退下。」

沈素與何恭一聽這話，立刻推著江念出了昭德殿，又請陛下看在江翰林曾做了史學先生的面子上，不要與其計較。

江翰林先一步回家，他在早朝暢所欲言後就被攆出了宮，也沒處去，便騎馬回家了。

十月的小涼風一吹，江念發熱的大腦方漸漸平靜下來，雖是平靜了，江念依舊是滿肚子火氣，他早就看那蠢貨小皇帝不爽了。別看江念平日裡說起來都是「陛下到底年少」、「錯都在別人，陛下清白無辜」的口吻，可實際上，今日江念回家是這樣同子衿姊姊說的：「這要是咱家孩子誰敢蠢到這地步，我一巴掌抽死他！」

何子衿端茶給他喝水順氣，又勸他道：「你這發洩出來也好，省得總要為陛下找各種理由開脫。你也盡力了，老話都說蒼蠅不叮無縫的蛋，陛下這一步步的，雖有曹太后與曹家可惡可恨，可說到底，他登基時也十二歲了。當年太宗皇帝登基時才六歲，一樣是少年天子，今上身邊，摸句良心說，忠貞大臣總比太宗皇帝時多吧？要我說，這不是人教的。要是明白的，早就明白了。就是一時不明白，有人點撥也當明白了。咱們不過來帝都三年，朝中大臣比咱們官顯位尊且忠心的有的是，那些大臣不見得沒勸過，陛下猶是如此，也是沒法子的事。」

江念長嘆，「人心盡喪啊！」

何子衿明白江念話中真意，先帝臨終前，因今上年少，遂令太皇太后與內閣代掌國事，此外，為了保證今上帝位，先帝還為陛下賜婚柳家。柳家自是名門，可說來柳悅的出身，在名門之外還大有不同。那就是，柳悅的的母親是太宗皇帝長子、仁宗皇帝的長兄，晉王殿下的嫡長女溫慧郡主。

晉王是仁宗皇帝那一輩藩王中的老大哥，仁宗皇帝在位時，都對這位兄長很是尊重，而晉王妃便是出身帝都永定侯府。如今的永定侯夫人，便是溫慧郡主嫡親的妹妹溫安郡主，也就是溫安郡主正是柳悅的嫡嫡親姨媽，永定侯是柳悅的姨丈。

就在去歲，溫慧郡主剛為嫡長子求尚大公主。

所以，一個柳家，聯姻的既有仁宗皇帝那一輩的老牌藩王，更有公門侯府，還有今上這一輩的公主。先時說風水不好，柳姑娘去了庵中清修，為國祈福，今上卻將有身孕的曹氏女接到身邊，珍之重之。

江念知道這事就壓不住火氣，簡直是氣得半死。當初先帝為什麼要在太皇太后與內閣之外再為今上指婚柳氏女，就是因為柳家與宗室、與帝都權貴關係密切，有柳家的支持，今上帝位固若金湯。

結果呢？這蠢才不會以為他只要娶柳氏女，柳家就會傾全力支持他吧？

蠢啊，真是蠢啊！

柳家這樣的人家，會滿足於自家女孩兒只有一個空空的后位名分嗎？

柳悅的外祖父晉王殿下、姨媽溫安郡主的婆家永定侯府，還有柳扶風，這位東穆朝的軍神，兵部尚書，難道不會因皇帝對曹氏女的私寵而心寒嗎？

便是大公主的生母，剛升為趙太昭儀的前趙太美人，私下都要說一句：「我出身尋常，進宮時也是正經選秀，先有名分，後事先帝。」很不恥曹氏女所為。

江念從來不是這種烈士的性格，他也不憤青，今日突然爆發，完全是……

江念道：「原本我以為柳氏女為國祈福不過是謠言，沒想到竟然是真的。妳是沒見今晨陛下那蠢樣，還一臉感慨地歌頌柳家女賢明大德，當時我那火真是壓都壓不住，真不知道先帝當時怎麼瞎了眼，幸了姓曹的妖女！」

江念突然爆發，完全是被陛下蠢的。

何子衿道：「不是說韋相十分忠誠嗎？韋相就沒攔一攔柳姑娘祈福這事？」

要她說，也沒得叫一國皇后去庵裡為國祈福的理。

「哼，韋相？韋相一樣有自己的私心！看他是怎麼教導陛下的，連個明白都沒教會，一腦袋的漿糊，要他這帝師有個屁用？」江念說起韋相也是一肚子的火。

江念經過早朝的爆發，回家又同子衿姊姊抱怨了一通，心中那團火總算發出來了。

江念感慨道：「今上真是跟不上先帝的十之一二。」

雖然對先帝了解的也不多，但僅憑先帝臨終前的安排，就知這位皇帝是何等睿智謀斷之人。如今這位，真是不提也罷。

「這也不是人力能強求，算了。俗話說的好，財白兒女爭不得氣，這話雖俗，道理卻是什麼地方都適用的。」晉武帝英明神武還生出個「何不食肉糜」的傻太子呢。

江念嘆道：「我為人臣的本分也算盡到了。」

此時此刻，何子衿方深切地意識到，阿念真的是與淩氏和徐禎完全不同的人。阿念的確繼承了親生父母遠超眾人的資質，但阿念此生有自己的信念，這種信念不為權勢所動，不因情勢而變。正是這種信念，讓阿念成為了與他那對追逐富貴權勢的父母完全不同的人。

江念早朝霸氣罷官，眼下這官是沒得做了。

江念道：「收拾收拾回老家，眼不見為淨。」

何子衿想了想，道：「回老家也好，孩子們這麼大了，還沒去過老家呢。」

她把阿曄夫妻叫來商量回老家的事，主要是得叫兒媳婦有個心理準備，畢竟兒媳婦父母在北昌府、祖父母在帝都，這一去蜀中，就不知什麼時候能回來了。

蘇冰有些訝異，卻還穩得住。阿曄得問個究竟啊，今早他爹去早朝了呢，怎麼這一回來就要回老家了。江念道：「恥與小人同朝。」

阿曄問：「可是有誰氣著爹了？」

何子衿直接道：「你爹早朝給曹斌一個大耳光，還說了實話，說曹太后不配做太后。」

阿曄大為嘆服，「爹，您可是把半朝人想說卻不敢說的話給說出來了。」又道：「那我爹這官是做不成了，咱們就收拾回老家吧。一直聽娘說老家山明水秀的，我還沒去過呢。」

「是啊！」何子衿道：「先收拾行李，你看老親家那裡什麼時候有空，陪阿冰過去說一說咱們回老家的事兒。我接阿曦過來，也得跟她說一聲。朝雲師傅上了年紀，不知要不要一道回去。朝雲觀修得可好了，那裡半座山都是師傅的產業。還有你外祖母家、曾外祖母家，都得去說一聲呢。」要回鄉，親戚自然都要知會一聲。

江家是當真準備回老家了，不想，江念卻是一罷成名。

是的，江翰林徹底出名啦！

他簡直是說人不敢說，言人不敢言，揍人不敢揍啊！

下朝之後許多大臣就悄悄說：「江翰林說得某心裡痛快。」

「是啊，那話多少人都想說呢。」

還有人道：「江翰林真乃我輩楷模啊！」

「是啊是啊！」

還有不少人表示落衙後要去看望江翰林，以表示對江翰林骨氣的敬仰。於是，江翰林雖然罷了官，但江家這座小小府邸，那簡直是比江朝林罷官前還要熱鬧。

連雙胞胎都跟著受益，因為有些大人實在太過仰慕江前翰林的風骨，見江前翰林，今江白板家裡還有兩個兒子沒訂親，決定把閨女嫁給江前翰林的兒子，招雙胞胎做女婿。

雙胞胎：不知不覺就成了婚姻市場的熱門選手啦！

江念這事，別看一戰成名，家裡長輩真是擔心他擔心得不得了。

沈老太太聽說後，還特意過來問了問，知道江念只是罷了官，沈老太太這才放下心來。

沈老太太素來柔和，與江念道：「這當官的事我也不大懂，只是有一樣，官位大小還在其次，凡事先想想家裡妻兒老小。咱也不圖什麼光宗耀祖，平安就好。」

她想著約上何老娘給阿念燒幾灶平安香才好。

江氏也深以為然，江氏私下還與丈夫說：「阿念這孩子，平日裡瞧著挺穩妥，這怎麼突然就把陛下的外祖父給打了？」

沈素道：「就曹家那德行，帝都唾棄他們的人多了。他要不是陛下外祖，我都恨不得去給那老小子兩拳。什麼東西呀，簡直是禍害，阿念是做了我想做而沒有做的事。」

江氏忙道：「有阿念一個就罷了，你可別這樣啊。那曹家畢竟是陛下的外祖父，豈是咱們這樣的人家招惹得起的？」

沈素起身，「行了，我去阿念那裡看看，晚上就不回家吃了。」

沈素沒有何子衿時常進宮帶出來的消息，他就是看不慣曹家行事這樣的不講究。陛下一日大似一日，有私心倒也正常，尤其曹家，可能想仗著與陛下的血緣關係，把自家女孩兒送進宮為妃，但誰家女孩兒做妃子似曹家這樣啊？便是尋常人家這麼幹也叫人唾棄呢，特別沈素這樣在內闈上十分明白的，更是死也看不上曹家所為。

沈素過去，沈玄也跟著他爹一道去了，沈玄還悄悄同他爹嘀咕小道消息：「外頭很多人都說，柳姑娘去庵裡的事兒，就是曹家人推波助瀾辦的，不然帝都貴人多了，怎麼單叫柳姑娘去啊，無非就是不想看到柳姑娘正位中宮。」

沈素嘆道：「真是不成體統。」

沈素與沈玄到的時候，何家父子也到了，何恭一臉欣慰，與沈素道：「阿念雖是丟了官，但這事並沒有做錯。曹家這事，但凡有點道義的，都曉得是目無禮法。」

「是啊！」沈素道：「阿念你說出了多少人都想說的話，有男子氣概，給咱們清流長臉。只是，翰林院你不好再回，接下來有什麼打算？」

江念顯然是想好了，「自從來了帝都，就一直在外做官，有許多年沒回老家了。我想著，回家修宗祠，族譜也要立起來。到時我與阿曄就在芙蓉書院教書，不出來做這鳥官了。」

沈素想了想，道：「依我說，教書哪裡都教得，倒不必急著回鄉。我不擔心別個，柳姑娘祈福之事，定有曹家的推波助瀾，眼下你剛打了曹斌個沒臉，這一路上，我就不放心。」

「是啊！」何恭道：「不若緩一緩再回鄉，曹家這等小人，我看是不能長久的。柳姑娘的正宮遲遲不能正位，聽說先帝遺旨，原是陛下大婚後再親政。今柳姑娘祈福，歸來無期，可聽聞太皇太后已與內閣決定了，提前讓陛下親政。我卻是想著，別看現在曹家蹦躂得歡，柳家難道是能吃這樣悶虧的？皇家的事兒咱雖不懂，將心比心，當年姑丈外頭養個外室，姑媽回家哭訴，我都不能甘休的，何況柳家這樣的人家，誰能叫自家姑娘吃這樣的虧啊？」

沈素亦道：「那曹氏女先時在宮裡就沒名沒分，彼時還好說，如今已懷龍嗣。按常理，為臉面計，為皇嗣將來計，也該給個名分，結果直到現在也沒聽說曹氏女有什麼身分。就是曹太后，誥命們進宮請安，這些日子也沒見著曹太后的面了，可見宮裡的事並不由陛下做主，曹家不見得就能得了意。咱們都在帝都，彼此能有照應，你一旦回鄉，也不知如今鄉縣府衙是個什麼情勢。你也是做祖父的人了，得為家裡考慮一二。」

江念道：「我倒沒想這許多。」又道：「當時我就是憋不住一股火氣，就爆了。」

一時，紀珍與阿曦夫妻過來，紀珍來書房說話，阿曦去了她娘那裡。

阿曦還跟她娘說：「我到祖父那裡跟祖父說了說這事，問祖父曹家會不會報復咱家，祖父說不必將曹家放在心上。」

何子衿道：「跟老人家說這個做什麼，沒得讓妳祖父跟著擔心。」

「出這樣的大事，怎麼能瞞著祖父呢？祖父的眼界，他連曹家是哪個都得想想才能想到呢。我看祖父根本看不起曹家這樣的人家。」阿曦又道：「我爹就是太正義了。」

「可不是嗎？」何子衿道：「妳爹這性子，能過的事就過了，實在是忍不住，這才說的。他真是一派好心，就曹太后幹的事兒，哪裡是親娘做得出來的？不盼陛下與皇后和睦，反是想方設法給陛下身邊安排娘家女孩兒。妳就是有私心，也得先過明路吧？不要說妳爹讀聖賢書的人，就是咱們內宅女眷，知道誰家母親做這樣的事，也只有鄙薄的，這叫什麼娘啊？」

「就是。」阿曦說：「要是阿韶以後敢跟個狐狸精在一處，看我不揍死他。」

蘇冰道：「狐狸精也只有在曹太后這裡才有立足之地，正常人誰能叫狐狸精進門，盼著兒子媳婦融洽還不夠呢。」

柒之章　奸佞橫行種禍根

江念是想回鄉，又擔心返鄉後為曹家所害，一時便踟躕起來。

何子衿也想回老家看看，這帝都也就這樣了。江家正猶豫不定，宮裡來了內侍，倒不是為江白板來的，是為著何恭人。

內閣傳太皇太后的口諭，問何恭人怎麼沒進宮給大公主、嘉純郡主上課。

何恭人目瞪口呆，有些結巴道：「那個，這個，我家，哦，是這樣的，外子已罷官，我的誥命還在嗎？」

內侍多精明伶俐的人，太皇太后打發他出來問，就是還得讓何恭人繼續入宮給大公主、嘉純郡主上課的意思。何況，這位何恭人深得太皇太后歡心，內侍態度就很好，笑道：「朝廷的事兒咱家不清楚，太皇太后她老人家的口諭，可是叫咱家來問何恭人的。恭人這誥命，太皇太后沒說革去，誰敢革去呢？恭人實在太過小心了，太皇太后她老人家念著您呢。您下回可別忘了，朝廷的事兒自有大臣們做主，再說，眼下就是大臣們也得問太皇太后的意思。咱家多嘴，給恭人提個醒兒，您要不明兒就遞牌子，後兒個先進宮向太皇太后請個安，解釋一下您這誤課的事兒。」

何子衿連忙應了，謝過內侍提醒。何子衿也是常出入慈恩宮的人，知道這位張公公就是常幹出宮傳話的差使，請張公公吃過茶，給了紅包，張公公微不可見地一掂這荷包重量，笑嘻嘻告辭而去。

原本江家就在回不回鄉的事情上猶豫，太皇太后這麼一表態，徹底不能回了。

蘇冰回祖父家時都說：「虧得宮裡有太皇太后，還有個禮法規矩，是非對錯。」

蘇冰其實不大願意公婆回鄉的，她從沒去過蜀地，而且祖父母在帝都，但要是公婆決定回鄉，她自然也要跟丈夫一處的。

蘇夫人道：「是啊！」又道：「妳公婆就是太實誠，姓曹的還人模狗樣在朝堂上站著呢，他們幹嘛回鄉去？這樣有風骨的人回了鄉，越發如了小人的意。」

「我公公是對朝局有些傷心。」蘇冰道：「要不，我公公那樣好性子的人，平日裡都沒沉過臉，怎麼突然就在朝上發作了？還不是被曹家那無恥的事兒氣的。」

「略講究的人家，誰看得上曹家？眼下也就是宮裡有太皇太后與咱們娘娘，不然要是那位，進宮向這種無恥之人行禮請安，我得少活二十年。」蘇夫人娘家姓戚，宮裡戚貴太妃是她娘家表侄女，她道：「老公爺已是準備讓爵了，前兒回家，老公爺還說呢，妳舅公襲爵，家裡怎麼也要擺兩席酒。他是極仰慕讀書人的，只是先時與妳公公不大相熟，屆時倒是想請妳公公去吃酒。到時妳舅公家派了帖子，只管收著，過去熱鬧一二，也是無妨的。」

這說的是蘇夫人的娘家戚國公府，讓爵的是蘇夫人的父親戚國公，襲爵的是戚夫人的大哥戚世子。

蘇冰道：「要是往日，家裡高興還來不及。只是家裡出了這樣的事，來我家的人不少。公公除了幾家親戚，卻是少與同僚們走動，說是眼下福禍難料，親戚是沒法子，有血緣在。同僚間還是暫且少些來往，不然連累了朋友，我公公心中難安。」

「妳公公這就想多了，孰是孰非，大家心裡都有數的。」

「還是看我公公的意思吧，我們與舅公家本也不是外處，以後來往的日子多著呢。家裡婆婆常說，有時在宮裡遇著貴太妃，貴太妃待她極是和氣。」

蘇夫人道：「貴太妃跟誰都好，尤其心懷坦蕩，不似那些鬼祟小人。」

蘇冰以為祖母是看曹太后不順眼而這般說，卻不曉得其間卻是又有一樁機密之事。

於是，太皇太后的旨意之下，何子衿繼續給大公主、嘉純郡主上課，江家自然也將回鄉之事暫且擱下。何老娘聞知此事，歡天喜地約了沈老太太去帝都最有名的西山寺燒香，燒的還是高香，一炷香是給阿念保平安的，另一炷就是感謝太皇太后她老人家的，請太皇太后長命百歲，好壓一壓曹邪祟。

曹邪祟，這是何老娘給曹家起的外號。

何老娘簡直是被這家人氣得不輕，當然，她老人家也沒少為阿念擔心。在何老娘眼裡，人家皇帝陛下都有正宮皇后了，還是先帝臨死前定的親事，這親事再不能變的。其他的，你曹家再把閨女往宮裡塞，這不就是小老婆嗎？

何老娘不愧是何恭親娘，母子倆都心有靈犀拿陳姑丈做了類比，何老娘與兒子說：「曹家這還是陛下外家呢，做的事還不如你姑丈當年。」

陳姑丈當年把小女兒嫁到寧家守望門寡，何老娘就很鄙視陳姑丈所為，不過，便是望門寡，那也是正室的望門寡。哪裡像曹家，直接讓閨女做小老婆。

何老娘這一輩子，最看不上的生物就是小老婆了。

要擱個何家惹得起的人家，何老娘早不知唾棄多少回了。可曹家是陛下的外家，何老娘也知道，自家怕是惹不起人家，卻是沒想到，脾氣最好的阿念卻是把曹家的當家人，陛下他外公給揍了。
何老娘直道：「這孩子咋這麼正義呢？」
她親自帶著沈氏過去問了，曉得暫且無妨礙，這才稍稍心安。直待太皇太后依舊讓她家丫頭進宮給尊貴的公主與郡主上課，何老娘方是徹底放下心來，還道：「上遭進宮向太皇太后祝壽時，我就說，她老人家最是個大好人。如今怎麼著，我說的沒錯吧，咱丫頭的誥命就保住了。」又道：「自來錦上添花易，雪中送炭難，這時候人家是拉了咱一把啊！」
何老娘總結：「家有一老如有一寶，正因有太皇太后這樣的人，才能鎮住曹邪崇。」
何老娘反正是對曹家的印象差極了，她還悄悄同自家丫頭道：「妳祕密給那曹邪崇卜卜，看他家能蹦躂到幾時。我就沒見過做小老婆能有好下場的，待他家倒楣，阿念這官兒興許還能重新做哩。」
何子衿道：「我許久未卜，都不準了。」
何老娘鬱悶，絮叨：「關鍵時刻就這樣不頂用。」
何子衿：這老太太……
何子衿進宮，太皇太后待她一如從前，蘇太后與她也很是親近，連戚貴太妃一向低調的人也會與她說幾句話。倘不是身處宮內，何子衿說不得都會想，真是人間處處真情在。
何子衿一向冷靜，她當然明白這種親近不可能是無緣無故的。太皇太后這裡，何子衿知道是何緣故，況且，太皇太后可不是看曹家臉色的人，相反，恐怕曹家最懼怕之人便是太皇太后了。至於蘇太后與戚貴太妃，這兩位娘娘能在這種時刻表示出友善的姿態，不必說，自然是太皇太后的緣故，可見宮裡人心皆在太皇太后這邊。

就如那位去江家傳話的張內侍所言，江念的官位是沒了，但何子衿的誥命，太皇太后不說革，還真沒人敢動，何子衿便依舊頂著恭人的誥命出入宮闈。

許多先時眼紅何子衿得太皇太后另眼相待的誥命，只要三觀略可的，都會說：「太皇太后維護何恭人，就是維護如今這世道的凜凜正氣。」

當然也有偏向曹家的，如今更是要酸上百倍，嘴上不敢說，私下也要說一聲太皇太后糊塗的，「不說江前翰林對陛下與曹娘娘的不敬，便是朝堂之上掌摑大臣，這樣的失儀重罪，只是罷官已是恩典，卻不想，如今倒成了功勳。也不知太皇太后護著何恭人是個什麼意思，成心給陛下難堪嗎？」

這種話不是沒有，恐怕說到皇帝耳邊去的，也不是沒有。

江家已是表明了政治立場，斷不會與曹家這等人為伍。曹家狗腿子的話，江家不在意。更何況，江白板罷官之後，很快找了新差使。當然，不是做官，而是教書，去聞道堂教書。

聞道堂的歷史，說來不算久遠，卻也有幾十年了。這聞道堂還是太宗皇帝之時，國朝大儒江北嶺所建，江北嶺原是有感於帝都居大不易，許多貧寒讀書人來帝都科舉，一朝落榜，便會落入衣食無著落之地，豈不可憐。江北嶺建聞道堂，就是令貧寒讀書人在帝都能有個落腳的地方。因江北嶺名聲卓著，慕江大儒之人極多，就越來越多的讀書人來聞道堂，聽江大儒講學。一來二去的，聞道堂便成了讀書人心中的一塊聖地。另外插一句，沈素的進士堂便在聞道堂一旁，離得很近。因聞道堂有朝廷撥款，屬半公益組織，而沈素的進士堂，是給來帝都的舉子補習衝刺以備春闈的補習班，那補習價位，嗯，是帝都舉人補習班中的第一高。再有聞道堂這半公益課堂對比，沈素在帝都便有個「死要錢」的名聲。

後來，江大儒過身，聞道堂便是江大儒的弟子主持，如今都有許多學問淵博的先生在聞道堂講課。話說江念能去聞道堂教書，還是小唐大人牽線搭橋。

聞道堂本是江大儒籌建，小唐大人是江大儒徒孫，與聞道堂的一幫人多少年的交情。江念罷官後，小唐大人還過來看望過江念。至於江念說什麼現在還是遠著些以免受牽連的話，小唐大人將眼一翻，道：「我與那曹婆子早就有嫌隙，我怕她？哈！」

小唐大人就對江念說了：「你正當壯年，雖是罷了官，也不好這麼清閒著，家裡媳婦孩子總要養的，沒了俸祿，難道吃媳婦的嫁妝？」

江念剛要說，他家裡吃飯還是不愁的，小唐大人已道：「阿素與我說過，你回鄉也是想著教書的。你聽我的，現在別急著回鄉，得罪曹家的人多了，難道個個都要回鄉？你要是願意教書，帝都也有好些地方能教。阿素那裡你不好去，他那進士堂名聲不行。你覺得，聞道堂如何？現在主持聞道堂的是我師伯，你要是願意，我與他說一聲，他是極肅穆的性子，就愛你這種敢說敢為之人。」

看到沒，這就是出身世宦大族的小唐大人的見識。

他雖然並非清流，但他十分明白清流要走的路。

像江念如今的處境，小唐大人就說了，你不能閒著，雖然小唐大人說的是你得賺錢養家啊，卻不建議江念去沈素的進士堂，也不要回鄉，而是建議江念去帝都最有名的讀書人眼中的聖地聞道堂。

江念其實對於接下來要走的路一直有些懵懂，他在早朝爆發，絕對是忍無可忍所為，並非惺惺作態。這在罷官之後，江念便打算回鄉就可看出，江念是真的翻臉之後就不想在帝都待了，省得瞧著生氣。

沈素與何恭勸江念留在帝都，主要是對江念一家子回鄉不放心，怕曹家使又什麼鬼祟手段，害了孩子們。

小唐大人便很清楚，江念名聲已得，此時既是身在險境，亦是千載良機。他便給江念指了一條路，沒官職不要緊，你得繼續經營你的名聲。

小唐大人簡直是一語點醒夢中人，給江念這迷霧重重的未來送來一盞明燈。

江念突然想起小唐大人的師祖江北嶺江大儒了，江大儒自是一代鴻儒，便是過世後，朝廷都追謚文貞二字。可說來，江大儒並未在今朝為官。江大儒原是前朝名臣，當初太祖皇帝開國，前朝許多舊臣便改事新朝，唯獨江大儒不改初衷，不肯身事二朝。聽聞當年太祖皇帝三次駕臨江家，請江大儒入朝為官。後來，江大儒趁著月黑風高夜，偷偷跑出帝都回老家，自此著書立說，教書育人，遂成一代博學鴻儒。

之後太宗皇帝時建築書樓，請江大儒代為主持，江大儒由此留在帝都，又籌建聞道堂，經他直接或間接教導之人不知凡幾，如小唐大人的師傅吏部尚書李九江，如壽宜大長公主駙馬歐陽鏡，這都是江大儒正式收到門下的弟子。聽聞秦王幾人少時也得過江大儒指點，正因江大儒這樣的學問，這樣的聲名，在他過身之後，先帝親賜文貞二字以為褒獎。

江念雖然覺得自己怕是難有江大儒這樣的成就，但而今於他，仕途已是無望，效仿江大儒當年教書育人之路，未嘗不是一條好路。

這條路，江念於心底稱之為名望之路。

江念去聞道堂教書之事，取得了全家人的支持。

既然要去聞道堂，聞道堂又在郊外，江念就想著，乾脆一家人都搬去。子衿姊姊去宮裡上課也就是一個月兩次，屆時他可以送子衿姊姊去。

這麼商量著，何子衿道：「咱們在郊外沒宅子，不如這樣，眼瞅著重陽節就到了，大節下的不好搬家，先收拾著。也得跟爹娘和外祖父外祖母說一聲，我這邊再著人去打聽郊外的宅子。待得了宅子，咱們再搬過去。還有一樣，雙胞胎要不要退學？」

江念大手一揮，「聞道堂附近也有學堂，我現在無事，平時就能教導雙胞胎，我不比官學的夫子強？」江念一副信心滿滿的模樣。

於是，雙胞胎眼瞅就要成了失學兒童。

江念這一罷官，就閒了下來，他這一閒，沒事就是琢磨幾個兒女。經江念這探花腦袋一分析，長子長女都不大需要他操心，主要是雙胞胎，很令江念不滿意。雙胞胎如今也不小了，他們探花爹在他們這年歲已是案首在手，解元在望了。就雙胞胎這磨磨唧唧念書的勁兒，江念都替他們著急，想著長子考運不佳，次子三子皆憊賴，唉，真是子不肖父啊！

要不說，優秀的父親也是有很多煩惱的。

江念是一顆紅心打算親自調教雙胞胎功課，不料雙胞胎回家一聽這事，臉立刻垮了，雙胞胎道：「再有三個月就是年下考試了，去年我們就得了前三名，官學裡獎了一百兩銀子，今年都讀九個月了，就還差三個月，這麼退學，豈不是功虧一簣？」

江念道：「行啦，一百兩補給你們。」什麼前三名，分明就是第三。江念小時候從沒得過第一以外的名次，最差的是春闈，考了個探花。哪似雙胞胎，考個第三還自得。

雙胞胎道：「我們還沒說完，爹，銀子是小，名聲是大啊！我們也不是為那一百兩銀子，主要是這是在官學考出的獎勵，說出去也有面子啊！」

「官學念書慢慢騰騰的，得什麼時候考出秀才來？你們大哥像你們這個年紀，都在準備考秀才了，看你們這沒上進心的樣兒，有本事考個案首出來，什麼面子沒有啊！」江念還很有這年頭大家長的獨裁風範，直接道：「就這麼定了。」

要是小時候，雙胞胎還是很聽父母話的，如今不成了，雙胞胎有些自己的小主意。他倆一合計，拿私房銀子去帝都最有名的點心鋪八方齋買了四樣上好的點心就往外祖家去了，送禮兼告狀。控訴爹不讓他們念書，他們馬上就是失學兒童了。這兩人心眼多，這事還不跟曾外祖母說。曾外祖母肯定聽他們娘的，老人家其實沒主意，太好說話。外祖父也不行，外祖父耳根子軟，也是聽他們娘的。這事吧，雙胞胎分析著，得跟外祖母說。兩人私下同外祖母一說爹不叫他們上學的事，可是把外祖母給驚著了。沈氏特意到閨女家問了一回，何子衿哭笑不得，遂與母親說了江念要去聞道堂教書的事兒。

沈氏一喜，笑道：「聞道堂可是極有名聲的，我時常聽人說起。阿念原就是探花，學問自是沒得說，去聞道堂教書也好。就是雙胞胎這樣想在官學念書，何必非要讓孩子退學呢？

進官學多不容易啊，雙胞胎成績又很不錯。」也沒忘了外孫子託自己的事兒。

何子衿道：「還不是不放心這兩個小東西，我們都去了，不能只放雙胞胎在家啊？」

沈氏道：「怎麼這樣死心眼了？讓雙胞胎去我那裡住，有的是空屋子，他們現在也是每天與阿燦阿烽一道上學啊！」

何子衿笑笑，「我都習慣了，就想著自己去哪兒就把孩子們帶到哪兒。」

沈氏道：「做娘的都這樣。我給妳提個醒兒，妳是一心要帶著孩子們，只是要我說，阿曄已是成親的人了，妳該問一問小夫妻的意思。妳要是一大家子搬家，可是有得收拾。要是阿曄他們小夫妻願意在城裡住著，就隨他們的意。這做娘的，都是把孩子放在手心的，一千一萬個不放心。要我說，適當放開手些也不錯。」

何子衿自問思想超越時代上千年，竟被她娘開解了一回。關鍵是，她認為她娘開解的都對，不由笑道：「娘，您不提醒我，我真沒想到這兒。娘，您現在怎麼想得這麼開了？」

「不然白比妳多吃十幾二十年的鹽啊？」沈氏道：「當初阿冽帶著阿幸阿燦來帝都做官，我記掛得心裡直睡不著覺，半宿半宿的失眠，就怕他們小夫妻過不好日子。如今看看，他們小夫妻在帝都也過得不錯。我們奉妳祖母回帝都時，阿幸是宅子也置下了，屋子都收拾好了的。以往剛與阿冽成親時什麼樣，那會兒我都不敢想能有今天。現在家裡除非她不便，不然再不必我操心的。長媳可不就得這樣嗎？不怕媳婦能幹，就怕媳婦不能幹。再者，我也是做媳婦過來的。我年輕時可不似妳同阿念，妳上頭沒婆婆，成親後又是咱們一大家一起住，阿念性子也好，家裡什麼事還不是妳說了算。我剛跟妳爹成親時，老太太可不似今天這樣好說話。我知道做媳婦的滋味，妳一向厚道，待阿冰自然好，只是，妳凡事不能只自己說了算，這娶了媳婦，以後有事就得聽一聽阿冰他們的意見。」

何子衿想了想，嘆道：「我打小就把孩子們帶在身邊，真是帶慣了，也沒想一想，阿曄眼下也是做父親的人了。」

沈氏笑，「是啊，就是雙胞胎，在官學裡學得好好的，你們也不好說退學就叫雙胞胎退學的。人雙胞胎在學裡好著，有同窗有朋友的，哪時就願意換學堂啊？」

何子衿私下與江念說起來，也是道：「咱們啊，還是做父母的老一套，就想把孩子拴在身邊，我尋思著，娘說的有理。阿曄眼下成家了，雙胞胎也不是沒主見的孩子，是得聽一聽孩子們的意思。」

「要是去就一大家子去，要是雙胞胎不願意去，那也別讓阿曄他們去了。」江念心中一動，有個絕好主意，立刻道：「就讓阿曄夫妻留在帝都順便照顧雙胞胎。姊姊妳與我咱們去郊外，聞道堂那裡有給教書的先生提供院子，只是院子不大，就是個十來間屋子的小院兒。一大家子去住不開。咱倆去，清清靜靜地過咱倆的日子多好。」

江念很想過兩人世界，何子衿雖然有些不放心孩子們，可是該學著放手了。

何子衿道：「那成，明兒我與阿曄和阿冰商量一下。」

與兒子媳婦商量此事時，何子衿就曉得這決定是對的，至少兒子媳婦是不反對的，這就是樂意了。何子衿其實有些酸酸的，還是笑道：「原想一家人過去，雙胞胎難捨學校，他們在官學都熟了，不願意換，便也罷了。你們就在家，順便照顧雙胞胎，我陪你們父親過去，省得再置宅子。聞道堂給教書先生們提供的院子，足夠我與你們父親住了。」

阿曄道：「我們要是不過去，您和爹若是有什麼事，豈不是連個跑腿的人都沒有？」

「能有什麼事？我們也會帶丫鬟小廝。放心吧，你們只管在家住著，家裡的事就都交給你們了，還有雙胞胎，讓他們老實上學，莫要貪玩。」何子衿習慣性叮囑長子長媳，待雙胞胎回家又與雙胞胎說：「既然你們想在官學念書，就與大哥大嫂好生在城裡過日子。」

雙胞胎沒想到竟不用失學了，深覺得沒白給外祖母送點心。雙胞胎歡呼一聲，甜言蜜語許下不少好話，還問起爹娘在郊外住哪兒，很有孝心地表示要同大哥一道過去幫著爹娘收拾郊外的住處。

聞道堂的住處，是一家人一塊過去看的，連阿曦和紀珍夫妻都來了。就像江念說的，小院兒不大，但也整潔乾淨，院中還有一棵有年頭的柿子樹。這會兒柿子紅彤彤的掛一樹，已是熟了。雙胞胎一進院子就說：「這柿子長得可真好！」

「是啊！」何子衿笑道：「這樹的方位也好，不論誰家來住，都利子嗣。雙胞胎要是考秀才，明年可下場一試。」

雙胞胎一聽，連忙道：「娘，那一會兒咱們摘兩籃柿子回去。這樹這麼吉利，結的果子定也是吉利的。」

阿曦道：「想吃柿子就直說。」

江念問雙胞胎：「果子都這麼吉利，你倆要不要搬來一起住？」

雙胞胎腦袋搖得跟撥浪鼓似的，連聲道：「我們就在城裡念書就好。」

雙胞胎出生時，他們爹那縣尊位置就坐得穩穩的，兩人一出生就是沙河縣小衙內，故而別看雙胞胎是個小摳門，其實很有些好逸惡勞的癖好。

江念白他們一眼，早看出來啦！

一行人在院裡說會兒話，又往屋裡看，屋子打掃過，只是畢竟是舊屋，略素簡了些，得自家添置幾件家具。阿曦道：「還是找兩個工匠來，將屋子糊裱一下，也亮堂些。」

蘇冰亦道：「是啊，家具還是換了咱們家裡的，爹娘也用得慣。」

何子衿笑道：「不必，找兩個匠人刷個大白就是，不必糊裱了。家具添幾件，搬些行李過來就可住人了。當年咱們在沙河縣的縣衙，剛去時還不如這院子呢，都是你們父親和你們阿仁叔帶人現收拾的。」

江家寒門出身，何子衿與江念都非奢侈人，略收拾一二就搬了過來。不過，江念在搬到郊區前恐嚇了雙胞胎：「去年是第三，今年考不了第一，你倆乾脆明年就跟我同你們娘到郊外住，知道不？」

雙胞胎才不願意去住爹娘的農家小院，他倆就喜歡大宅子，於是，兩人簡直是玩命兒念書，生怕他們爹把他倆召到郊區生活。

對於何子衿與江念夫婦搬到聞道堂的事兒，朝雲道長很大方地表示：去吧去吧，只管放心，孩子們這裡有我！

重陽節後，何子衿與江念就過上了兩人世界，雖然兒女會時不時過來看望，但這種兩人過日子的感覺，實在太好，尤其江念還說了句這樣的話：「要不，人家都說，孩子就是累贅。就這椒麻雞，阿曄阿曦吃不了麻椒，我都多少年沒盡情吃一回了。」

何子衿先給他夾了一筷子，笑道：「那是孩子小時候，桌上有什麼都愛嘗，吃一口又受不了，這才做得少了。」

「他們那口味，這個不吃麻，那個不吃酸的，還是咱倆能吃一桌上去。」江念完全不介意孩子們不在身邊，又不是離多遠，反正隔三差五孩子們就會過來。江念發現，這樣偶爾見一見挺好，帝都瑣事有長子打理，平日間子衿姊姊完全只要考慮他一個就夠啦。

他們早上天明即起，然後在附近帶著晨露的道路上散步。聽聞哪裡有好風好景，兩人便攜手去賞景。江念平時去聞道堂與學子們講學，何子衿就與附近的先生家的女眷話家常。何子衿就有這個好處，她寒門出身，逐漸富貴，與官宦家的女眷相處得來，與教書先生們家的女眷也相處得來。關鍵是接地氣，說起過日子的事兒也是頭頭是道，就是有人打聽她家的事兒，她也沒什麼不好說的，便道：「我們老爺就是太正直。妳們不曉得，他就是那種路見不平一聲吼的人。這樣的性子，可不就容易得罪人嗎？不當官也好，教書才最是清靜。」

女人們在一處，無非就是家事、丈夫、兒女這三樣了，江家人口簡單，家裡孩子們也很能拿得出手，何子衿就是針線平平，但她做活快，還說得有鼻子有眼的：「小時候我家裡三個弟弟，就我一個女孩兒，略大些就跟著祖母和我娘做針線。幾個弟弟長得快，那時就覺得，今兒做件衣裳，明兒就穿不得了，成天做衣裳，我這速度就練出來了。」

何子衿還經常表現出很接地氣做家務的模樣，說：「這眼瞅就是做酸菜、曬蘿蔔乾、醃蘿蔔的時候了。嫂子，妳們都是什麼時候醃？」

說到後來，她就用蘿蔔和白菜展開了外交。這個是雙胞胎莊子上種的，種了好幾畝，算是自家土產，而且也不貴重，又是家常要吃用的，何子衿順勢各家送了一車。何子衿這樣好交往，主持聞道堂的徐山長的妻子都與徐山長道：「先時你還說讓我好生與江太太來往，我還以為江太太嬌貴不好相與呢，原來是這樣的和氣人，一點官太太的架子都沒有。」

徐山長道：「那就好。」

徐太太還問：「江大人，不，江先生性子可好？」

「還成，就是這講課還能再好些。」徐山長道：「江先生也是探花出身，底子自是好的，只是他為官這些年，又是外任官，忙於庶務，學問上就鬆散了。」

徐太太揶揄：「得你句『還成』就不錯啦。」

徐山長的么女徐瑤道：「江嬸嬸醃酸菜，用的是北昌府的法子。這種法子，我也只在書上看到過，具體怎麼醃還不曉得。江嬸嬸說到時她家醃的時候讓我過去，她教我來著。咱家也掩一罈北昌府的酸菜，嘗一嘗什麼味兒。」

徐山長笑道：「到人家去，可得懂禮。」

「我曉得的，我跟吳姊姊一道去，她也要跟江嬸嬸學呢。」徐瑤去的時候帶了一小罐蜜漬青梅做禮物，吳靜則是帶了兩塊自己繡的帕子，何子衿都笑咪咪收下了，教兩位姑娘醃酸菜。何子衿是真的會醃，她懂這個，也愛做這些事，一邊教，還一邊說北昌府的風俗：「在帝都，少見人們做酸菜。在北昌府我們是常吃的，尤其是冬天，下了雪，家裡燒個酸菜鍋子，又暖和又開胃，好吃得不得了。」

徐瑤道：「我在書上看到過，說是這酸菜鍋子，配魚還是配肉丸、肉片都極鮮香。」

「是啊，做酸菜魚鍋的話，必要肥厚大魚才好，這樣好出魚片。魚要買活的，買回家先在清水中養兩日，去一去土腥味，就好做魚鍋了。做肉鍋的話就簡單了，在北昌府的時候，那裡入秋便極冷了，就經常提前做許多肉丸出來，掛到不生火的屋裡，便凍得牢牢的。吃的時候，直接取出來做菜就好。酸菜呢，提鮮解膩，要單獨吃它，我覺得有些味道重，但做配菜是極好的。」何子衿喜歡這兩個小姑娘，十四五歲的年紀，都是聰明伶俐的。

徐瑤是徐山長的么女，吳靜則是聞道堂吳夫子的長女。

聽江念說，吳夫子學問極佳，只是科舉上運道欠佳，屢試不第，故而有些狂狷。吳靜相貌極美，徐瑤則多些嬌憨。何子衿是個沒什麼架子的長輩，對小姑娘一向有耐心，很能與她們說到一處去。

徐太太都說：「還是妳有耐心，我們阿瑤聒噪得不得了。」

何子衿笑道：「我家兒子多，就一個閨女，我就喜歡女孩子，乖巧貼心。這世道，沒兒子在外人看來彷彿以後老了沒倚仗似的，可說起來，要論體貼，還是閨女好。」

吳太太是個嫻靜的婦人，頭上插一支玉簪，身上衣裳也只是普通，氣質卻是極佳，一望便知是大家出身。據聞道堂的八卦說，吳太太娘家如今也是官宦人家，當初把吳太太嫁給吳夫子，就是因著吳夫子於鄉里向有才名，覺得吳夫子日後定能顯貴。結果，吳夫子多年不第，家業逐漸凋零，因性子也比較獨特，與岳家關係平平。徐山長與他是舊交，知他在鄉也是賦閒，就請他來聞道堂講學，也賺個束脩養家。

吳太太很認同何子衿的話，笑道：「是這個理。我頭一胎生得阿靜，不瞞妳們說，當時年輕，生了閨女，我這心裡還不是滋味呢，覺得頭一胎沒給我們老爺生個兒子。可這日子過著過著，就知道閨女的好了，當真是處處都能幫著我。這要頭一胎是兒子，家裡都得我一人忙，哪裡忙得過來。」

吳太太家是一女二子，家裡兩個男孩兒，一個十一歲，一個十歲，正是淘氣的年紀。

說到各自的閨女，徐吳兩家交好，徐太太就打聽起吳靜的及笄禮來，問吳太太打算怎麼過。吳太太道：「要是在老家，必得請五服以內的族人過來家裡吃酒的。如今在咱們這裡，我與老爺商量了，請咱們相近的幾家來家裡熱鬧一二。」親自與何子衿道：「江姊姊妳也過來，切不要外道。」

何子衿笑道：「不請我我都要過去的。」又問吳太太打算怎麼設席面，可需要幫忙，她家丫鬟廚娘都有，可以借幾個的。因及笄禮是女孩兒最重要的日子，只要是過得去的人家，都會給孩子大辦，吳家一看就是疼閨女的人家。何子衿也是有閨女的人，自然曉得。

吳太太道：「離阿靜的及笄禮還有一個月，我心裡已有些籌畫，待定好了，必然得麻煩妳們的。」這個時候，也不是客氣的時候。

何子衿覺得，在聞道堂完全是另一番天地，彷彿回到了家鄉的舊時歲月，每天就是鄰里家的家長裡短，簡單又自然。江念也是，每天不用去衙門點卯，成天跟一群學子們在一處，雖然有些鬱鬱不得志的學子，但能來聞道堂再搏一搏的，總還是有幾分雄心的。江念瞧著他們，自己也多了幾分灑脫，閒時還能約上學裡的夫子們外出釣魚爬山。這個時候，江念都會提議家庭行，就是大家把媳婦孩子都帶上。

阿曄私下都與媳婦道：「罷官的我見了不少，許多人嘴上不說，其實罷了官心裡是不好受的。咱爹也是，所以當初咱爹說要回老家，我覺得也好，離了帝都，興許咱爹能看開些，散一散心裡的鬱氣。如今都不用回鄉，看咱爹在聞道堂比做官時氣色還要好。」

「母親何嘗不是如此？待咱們下回再去，得提前打發人給爹娘送信了，不然爹娘出遊，咱們容易撲個空。」蘇冰說著直覺有趣，回娘家同祖母也說：「我就沒見過比我公公婆婆更恩愛的夫妻了，他們倆現在出門還手牽手呢。」

蘇夫人當作趣事與丈夫說起，第二天蘇不語出門，蘇夫人照舊送他到二門，蘇不語忽然朝蘇夫人伸出手來，蘇夫人有些莫名其妙。

蘇不語輕咳一聲，「手。」老妻昨兒特意說，肯定也是想跟他手牽手啊！

蘇夫人拍掉丈夫的手，嗔道：「趕緊趕緊，別磨唧了。」邊上還有丫鬟呢！

蘇不語一把撈起老妻的手放在掌中，「別人都是越活臉皮越厚，妳怎麼倒相反啊？」

蘇夫人很有些不好意思，看丫鬟都在笑了，連忙道：「老東西，一把年紀了，咋這麼輕狂呢？孫子孫女都要過來了。」

「過來過來唄。」蘇不語就這麼決定以後也跟老妻手牽手了。

蘇冰得知此事，很是覺得有趣，與婆婆說起時，何子衿哈哈直樂，道：「看不出蘇老親家這樣的風趣。」

蘇冰道：「聽我爹說，我祖父年輕時特別溺愛孩子，家裡的事都是祖父唱白臉，祖母唱黑臉。有時我祖母想起來，就氣得不行，說祖父淨會做老好人。」

婆媳倆說著話，蘇冰就問中午的飯菜，好提前讓廚下準備。

何子衿道：「中午就咱倆，做些簡單的就行。」

蘇冰道：「父親、相公、二弟和三弟不回來嗎？」

何子衿道：「阿曄他們頭一回去徐山長那裡，徐山長為人熱絡，必要留客。還有吳夫子，最是好酒，今兒他們帶去好酒，一會兒吳夫子也得過去，有得熱鬧。」果然，何子衿這話不錯，一時就有徐家下人過來說，都留在徐家吃飯，他們太太請何子衿婆媳也過去。

何子衿便讓丫鬟帶上自家養著的兩尾大鯉魚，帶著媳婦去了徐家。

聞道堂乃學子聚集之地，聞道堂的夫子不好與國子祭的官員相比，卻也都是在野名士。江念與他們處得熟悉了，自然會帶著兒子們一道跟著談詩作文，增長見識。

阿曄年長，與長輩相處起來很有分寸，態度拿捏得也恰到好處，尤其阿曄才學不錯，吳夫子都說：「賢侄這樣的才氣，上科怎會落第？」

阿曄道：「興許是文風不得考官喜歡。」

吳夫子擺擺手，「我說這話就俗，我自己也落第好幾十年，說來，我自問學問也倒能拿出手去，要我說，考官都是瞎子。」

江念道：「吳老弟，你是學問太深，阿曄呢，則是有些淺了。」

徐山長道：「阿念這話，深得我意。」

男人們說些科舉文學的話不足為奇，奇的是，雙胞胎一向是屁股上生彈簧的性子，這兩人今天咋這樣坐得筆直，一副正襟聆聽的乖巧樣啊？

何子衿很是欣慰雙胞胎長大了，出門原來這樣穩重，當然，如果不是一會兒見了人家吳徐兩位姑娘，然後一口一個徐姊姊、吳姊姊的，就更好啦。

就是叫姊姊也無妨，雙胞胎論年紀的確略小些，只是，雙胞胎你倆耳尖怎麼紅了？

何子衿發現，雙胞胎春心萌動了。

這種判斷，當然不是僅憑雙胞胎見著女孩子就耳尖泛紅。耳尖泛紅，也有可能是雙胞胎害羞嘛。雖然何子衿一直覺得雙胞胎臉皮奇厚，不存在害羞這種東西。不過，以此來判斷雙胞胎發春也是有些草率的。

何子衿的判斷依據充分的多，那就是，自從見了人徐吳兩家的兩位姑娘後，雙胞胎這最不願意來郊外鄉下的人，竟然一有空就過來，而且只要來，肯定會帶禮物。還是三份，東西都一樣，但一份是普通包裝孝敬父母的，還有兩份精包裝的，必然是一份送去徐家，一份送去吳家。開始還要他們娘與他們一起過去，後來處得熟了，就不用娘陪著了，雙胞胎自己開展外交。阿晏是與吳家兩個小弟成了朋友，阿昀呢，只要過來，放著他爹這麼個大探花不請教學問，必然要往徐山長家請教的。這種捨近求遠的行為，只要不瞎，都瞧出了點門道。

江念頗生氣，私下拍著普裝的點心包，與子衿姊姊道：「養兒子有什麼用，都是白眼狼，以前也沒想過給老子送東西，這送，怎麼還兩樣待遇？」

何子衿笑道：「都一樣的點心，就是包裝不大一樣。再者，就是一包不給你，你也是親爹啊。倒是別人家，不勤快著些，老丈人可能就換別人的了。」

江念很不恥雙胞胎這種行為，評價道：「完全沒有我當年半點風範。」

何子衿：你有個啥風範？

何子衿挺看好雙胞胎的，很懂得表現，就憑這主動勁兒，以後也絕打不了光棍。

雙胞胎這般殷勤，徐太太與吳太太都挺喜歡這兩個半大小子，主要是，雙胞胎殷勤得不討人厭，大人們與他們倆說話，還覺得兩人很有意思。

徐太太就頗喜歡阿昀，常與丈夫誇阿昀：「江夫子家裡也是書香人家，孩子們自小念書不稀奇，難得的是，阿昀這樣用功念書，還知道庶務，會過日子。」

徐山長道：「要我說，江夫子不該讓孩子小小年紀接觸庶務，容易分了孩子的心。」

徐太太很鄙視丈夫這種想法，道：「光會念書算什麼本事，念得明白還好，就怕念不明白反成個呆子。你不是還誇阿昀書念得不錯嗎？我聽阿昀說，去歲在官學，他們考得班裡第三名。瞧瞧，念書念得多出息啊！」

徐山長見老妻瞪眼，忙道：「太太說的是，阿昀是挺好的。」

「這還差不多。」徐太太比較滿意了：「我還聽阿昀說，明年就準備考秀才的。」

徐山長想了想，道：「阿昀的文章啊，考秀才有些勉強，在兩可之間吧。明年考怕是秀才有望，廩生就比較難了。」

徐太太道：「我看阿昀常過來跟你請教學問，孩子這樣誠心，咱們與江夫子家與投緣，你就該指點一二。」

徐山長道：「江夫子也是探花出身，能對家裡孩子前程沒個籌畫？」

「阿昀說江夫子講東西不如你講的好。」人家早在丈母娘跟前拍老丈人的馬屁了。

徐山長笑，「這是孩子謙虛，哪裡能當真？」

「哎喲，別囉嗦了！我告訴你，阿昀誠心來請教，你可不許藏私！」徐太太叮囑道：「我看阿昀這孩子挺好，又體貼又會過日子，會念書還不書呆。」

徐太太是吾家有女初長成，最喜歡雙胞胎這種半大少年，如今看阿昀就很順眼，只是與江家來往時間還太短，她還是想再仔細看看，要是個好女婿，徐太太可是不會錯過的。

於是，在阿昀還不知道的時候，他就被徐太太列入了女婿的考慮範疇之內。

阿晏則主要是拍吳夫子的馬屁，吳夫子這樣的性情，與岳家關係都平平，在聞道堂能入他眼的也沒幾個，當然，好幾個夫子也瞧不上吳夫子那狂狷勁兒，可想而知吳夫子的人緣。這麼個性情獨特之人，竟能叫阿晏拍得身心舒泰，這也是阿晏的本領啦。

阿昀與阿晏這麼頻繁往郊外跑，連招待同窗兼好友的宋然都沒空了，好在宋然主要是過來吃螃蟹的。要何子衿說，雙胞胎小心眼，跟人家宋然這麼好，帶人家來，就是出門拜訪，也不好留宋然一人在自己家。

何子衿明白雙胞胎的小心眼，要說宋然這孩子，哪兒都好，尤其那長得，要是他年長幾歲，恐怕現在就不是帝都雙玉，得是帝都三玉了。宋然的母親江行雲江侯爵，年輕時便有帝都第一美人之稱，宋然肖母，自然生得貌美。就因人家生得好看，雙胞胎這多半是怕徐吳兩家姑娘相中宋然，故而，堅決不肯把宋然帶到徐吳兩家去。

何子衿只好在家裡招待宋然，宋然一副安之若素的模樣，他也很喜歡跟江嬸嬸聊天，尤其是在美食上，江嬸嬸的口味與他相似。雙胞胎中午都沒回來吃飯，何子衿與宋然便烤螃蟹吃。宋然特別喜歡燒烤，不論是烤螃蟹烤魚還是烤肉，宋然是來者不拒。

何子衿怕他吃得上火，煮一壺金銀花茶兩人喝。

宋然跟何子衿打聽：「嬸嬸，雙胞胎的親事不是定了嗎？他倆這是又看上誰啦？」

何子衿一驚，連忙闢謠：「誰說雙胞胎親事定了？沒有的事。」

「雙胞胎說的，說有一位極好的大人，要把閨女許配給他們。」

何子衿對於雙胞胎這種臭顯擺的性子簡直無語，笑道：「那是雙胞胎的玩笑話，議親向來是兩家長輩說了算，誰會與他們說啊？再說，雙胞胎這是去拜訪長輩，你可不要亂說。」

宋然一副自己啥都明白的精明樣，道：「要是拜訪長輩，雙胞胎肯定得叫我一塊去，看他倆這鬼祟勁兒，就知道是相中誰家姑娘了。」又寬慰江嬸嬸道：「這也沒啥，我哥以前有個朋友，就是心儀一戶人家的姑娘，這會兒也不是前朝那男女不能見面兒的朝代，他那朋友硬要帶我哥一起去看，我哥說不去，他非要我哥去。結果，我哥去了，那位姑娘一眼就相中我哥了，把他朋友氣壞了。我哥也很冤啊，他的親事早定下了。」

何子衿忍不住噗哧笑出聲來，「你們兄弟都生得好。」

「阿曄哥也生得好。」

「是啊，雙胞胎還小的時候，每回跟著他們大哥出門就很高興，回家都與我說收到了很多東西。待大些，他們就不樂意跟著他們大哥出門了。」

「因為那些女娘的東西都是給阿曄哥的，是不是？」

何子衿一笑，「那倒不是，雙胞胎說，東西不是給他們的還罷了，關鍵是，都是些巾帕香袋啥的不值錢的東西。」

宋然與雙胞胎認識兩年多了，深知雙胞胎有些摳門，雖然雙胞胎解釋為他們那是有條理地過日子，不過，聽江嬸嬸這麼說，宋然還是覺得好笑。

愛吃水產與燒烤的宋然，與江嬸嬸越聊越投機，宋同學認為，江嬸嬸才是他的知音。

事後何子衿就雙胞胎這種吹牛行為進行了批評，何子衿說他倆：「人家誰說把閨女嫁你們啊，你們就瞎說，這不是壞人家女孩兒名節嗎？」

阿昀道：「不就是爹的同僚，姓易的翰林嗎？雖然爹沒同意，卻也有這事吧？」

阿晏道：「肯定是阿然跟您說的。娘，您還說我們吹牛，阿然那傢伙還說他以後會娶公主呢，您說，這不是更吹牛？我們班上的阿明，說自己以後要娶月亮上的嫦娥。」

何子衿：……

何子衿哭笑不得，「你們在學裡怎麼淨說這種沒邊的事兒啊？」

阿昀道：「上回我們就是太實誠，說有人要把閨女嫁給我們，結果排個最末。還有個姓董的同窗，自稱董永轉世，以後要娶織女生一兒一女。下回我們就說，我們是二郎神轉世。」

阿晏提醒他：「不成，二郎神是光棍。」

阿昀一揚下巴，道：「光棍怕啥，官大，還怕沒好媳婦？」

阿晏給阿昀鼓掌，「這個主意好。」

何子衿表示，她是不大懂少年們的世界了。說他們不懂事吧，雙胞胎已知慕少艾了，說他們懂事吧，又常說這種二百五的話。何子衿道：「行啦，吹吹牛就算了。」

雙胞胎的少年世界很快受到了打擊，確切地說，不是雙胞胎，是雙胞胎之一的阿晏。

阿晏近來往吳家去得勤，上到吳夫子下到吳小弟都處得很好。就在阿晏覺得，他與吳姊姊也能說得上話的時候，吳姊姊的及笄禮到了，要不是他娘說沒有男孩子給女孩子及笄禮送東西的事兒，他還想用私房錢給吳姊姊備點禮呢，好在他娘代表家裡送了禮。

吳家是在休沐日辦的及笄宴，請的人並不多，卻也都是相熟之家。江家一家子都過來參加，然後參加完吳姑娘的及笄宴，阿宴就受到了一萬噸的打擊。

因為吳姑娘的未婚夫也來了。

人家未婚夫還不是外人，正是舅家表兄曹公子。

親上加親且不說，關鍵是，曹公子年不過十八，已是舉人功名。少年舉人已是難得，更難得的是，此人還有一副爹媽給的好相貌。十八歲的少年，已是長身玉立。因自小生於富貴鄉，便天生多了一股精緻貴氣。較之十三歲還在長個子，臉型尚有些圓潤的雙胞胎，肯定更招丈母娘與女孩子喜歡，而且人家是名正言順的未婚夫。

阿晏回家晚飯都沒吃，何子衿去安慰小兒子。阿晏絕對是動了真情，還在嬤嬤的懷裡哭了，抽噎道：「這回只好去娶易家姑娘了，我看易翰林有點醜，希望他家閨女不像他。」

何子衿哭笑不得，「以後娘給你說個更好的，幹嘛非得易翰林家的閨女啊？」

「可是，要是阿昀都有心上人，就我沒有，我不是很沒面子嗎？」阿晏傷心欲絕之際，還要考慮自己的面子問題，也夠操心的。

「你沒聽過一句老話嗎？好飯不怕晚。阿昀也沒譜呢，徐山長家的兒子都是進士出身，他現在連個秀才都不是，徐家根本不會考慮他。」
「可是，起碼他有了努力的方向呀！」
「要不，你先努力，娘幫你尋個方向。」
「那，您可得給我尋個好的。」
「成。」
「娘，您跟我約定個時間，可不能騙我。」
「就明年春吧，春天節氣好，春暖花開，適合尋親。」
「好吧，那我就再忍幾個月。」阿晏勉勉強強答應了。
阿晏被他娘安慰好後，足足吃了兩碗飯來治療失戀的心靈。
阿晏原本想著，自己這樣優秀的少年，再怎麼也不能缺老丈人。跟吳姊姊，這是有緣無分，君生他未生，他生君已訂親去。但阿晏一向認為，就是同吳姊姊無緣，起碼他還有個易姑娘兜底。誰知年後在阿晏十四歲的時候，他忽然明白了世態炎涼的含義，因為一向見了他就笑咪咪把他當半個女婿的易翰林，突然就不來他家了。不來他家倒沒啥，可能是人家差使忙呢。可在大街上見著，他過去打招呼，易翰林一副咱倆根本不熟的樣子是怎麼回事？之前什麼兩家的親事，更是提都不提了。非但如此，學裡好些同窗，以前跟他倆挺好的，現在也遠著他們。更有些曹家的狗腿子，原來早被雙胞胎「折服」了的，如今重又掛上欠捶的嘴臉。雙胞胎哪怕年紀小，不知朝政，也敏銳察覺到，這是仇家要發達的跡象啊。

雙胞胎都能察覺到世態炎涼的時候，已是世態炎涼到一定程度了。因為今年初，元寧帝甫一親政，便幹了三件大事，第一件是放生母曹太后出壽康宮，第二件是給生母上尊號，第三件是給外家復公爵位，當然，第三件沒幹成，不然雙胞胎體會到的就不止是世態炎涼了。

江念早知道朝中的事兒了，小舅子過來時與他說的，江念倒是尋常，道：「天要下雨，娘要嫁人。陛下要如何，誰也沒有辦法，咱們做好自己的本分也就夠了。」

何洌道：「真不知道陛下這是不是孝。要說孝，難道只孝順生母，置太皇太后於何地？陛下初登基時那幾年，可都是太皇太后與內閣主持朝政，咱們縱是官小職微，可總讀過幾本史書，若無太皇太后與內閣制衡，陛下親政焉能如此順遂？論對皇室的功績和在皇家的地位，太皇太后哪樣不強於曹太后？陛下如此不顧及太皇太后，只論血緣親近，當真令人心冷。」

要說以前許多人還只是對曹家不滿，如今朝中許多人，似何洌這樣官職不高的人，卻是因元寧帝親政以來對母族的所作所為不滿了。聽何洌這話，江念頓時明白，往昔元寧帝未親政，政務皆由太皇太后與內閣處置，故而但凡有事，大家習慣性會看慈恩宮與內閣的應對，故而，元寧帝年輕疏狂，於女色上未有節制，可還是江念經常說的那句話，畢竟是年輕人，何況元寧帝與曹氏女之事，還有個最大的始作俑者曹太后，這一切都令人對未親政的元寧帝有了無數開脫的理由。如今卻是不同了，元寧帝已親政，一應政令，皆出自元寧帝之口，但凡政令有所不妥，自然便是元寧帝的責任。

蠢才不管事還罷，這一管事，簡直是暴露智商啊！

江念早對元寧帝死心了，要說江念對親情的認知，簡直是與元寧帝完全相反的兩極端。

元寧帝對親娘剖心剖肝，眼瞅著江山不知什麼時候都得被這對蠢母子禍禍得倒了灶。江念完全不同，江念對生父生母冷酷到比路人甲還不如的地步，至於與元寧帝的親緣，江念能與這元寧帝有什麼親緣？江念看的是先帝的面子，還有就是他身為人臣，身為讀書人的良心。

人欲作死，神仙難救。

早在柳氏女去庵裡祈福，元寧帝一意將曹氏女留在身邊時，江念就徹底對他死心了。

如今聽何洌這般說，江念道：「陛下這樣親近外家，雖則曹家復爵沒能成，可韋相攔一次怕攔不了第二次、第三次，曹家必然要猖狂一段時間的。你們都小心些，就曹家這等小人，長久不了的。」

先帝臨終前給大兒子安排的三座依仗，元寧帝如此維護生母，違逆太皇太后，太皇太后又不是只有他一個孫子？至於柳家，柳氏女都去庵裡了，柳家卻一直沒動靜，這可不是什麼好的信號。別看元寧帝親政，江念半點不看好帝黨。便是韋相，與慈恩宮共掌朝政時，都能被慈恩宮壓上一頭，縱如今慈恩宮退居後宮，元寧帝親政，內閣權力無所動搖，只是難道這就意味著內閣能掌控朝局嗎？實際上，韋相一介首輔，不是連區區曹家都無計可施嗎？

江念雖不在朝中，可不知為什麼，或者就因他不在朝中，反而比任何時候都旁觀者清。

江念非但讓阿洌小心著些，便是子衿姊姊進宮教導大公主與嘉純郡主功課，江念除了親自相送外，也是千叮嚀萬囑咐。何子衿道：「放心吧，宮裡有太皇太后呢。」

何子衿一向心寬，結果卻是不幸被江念言中了。

何子衿是教導完大公主與嘉純郡主當日的課程，出宮時遇著一位宮人帶著兩位內侍半路相攔，請她去壽康宮，說是曹太后宣她過去說話。

何子衿哪裡肯去，她道：「我現在要去慈恩宮，容後再去壽康宮吧。」

那宮人笑道：「太皇太后這個時辰正在用膳，恭人不如先與我去壽康宮。」

何子衿道：「慈恩宮的差使，實在是不敢耽擱。」

那宮人冷了臉，喝道：「何恭人是要違逆太后娘娘的懿旨嗎？」

何子衿也冷了臉，「少拿雞毛當令箭，妳既說懿旨就拿出來給我瞧瞧！我不認得妳，更不曉得妳是不是壽康宮人，誰曉得妳是不是細作，故意敗壞壽康宮的名聲！」

那宮人能被派出來做事，也是個伶俐之人，只是在宮裡再如何伶俐，也是規矩之內的伶俐。何子衿又不傻，她家阿念抽了曹太后她爹一記大耳光，曹太后把她找去，萬一給她兩巴掌，她也是白挨著。她反正咬定主意，就是不去。

那宮人對兩個內侍一使眼色，「請何恭人去壽康宮坐坐。」就要用強！

要何子衿說，這宮人也是腦子有坑，她是什麼人，當然，她是四品恭人，這是誰都曉得的，但何子衿同樣也是被太皇太后指給大公主與嘉純郡主的武先生。或者有人覺得，她這位武先生的水分很大，可實際上，何子衿是真的會武功，而且何恭人的武功雖遠不及江侯爵可一劍斬殺敵方大將的水準，但放倒一位宮人與兩個內侍是綽綽有餘。

何子衿卻沒動手，她擔心動手給人留下把柄，索性一提裙子，撒腿就跑。何子衿是長年鍛煉身體的人，打五歲起就每早練拳，風雨不輟。現在更是與江念兩人在晨間漫步，偶爾爬山，那身體練得極好，宮人自不必說，剛沒跑幾步就被甩得老遠。兩個小內侍倒是在宮裡鍛煉多年，只是他們鍛煉多是鍛煉著怎麼服侍人，這種長距離快速奔跑，四條腿加起來都追不上何子衿。要是這時候有個八百公尺的跑步項目，何子衿定能拿滿分。她一口氣跑到了慈恩宮，兩個小內侍追到慈恩宮附近，沒敢再追。

何子衿經常出入慈恩宮，她進去很容易，太皇太后在用午膳，宮人沒讓她立刻進去，而是引她到偏殿，還給她上了四菜一湯的午餐，何子衿連忙起身謝過。慈恩宮的宮人，都有一種與眾不同的沉靜，這位宮人姓紀，聽說是以前服侍紀嬤嬤的人，後來紀嬤嬤出宮，紀宮人就留在了宮裡。紀宮人道：「恭人先用飯，倘太皇太后有宣召，我過來與恭人說一聲。」

何子衿道：「麻煩姊姊了。」

紀宮人笑道：「恭人客氣了，嬤嬤待我如同母女。」便未再多言，轉身去了。

紀宮人待尋了機會將何子衿之事的龍去脈都說與了太皇太后身邊的女官紫藤姑姑聽，紫藤說與太皇太后知道。太皇太后聽說何恭人是一溜煙甩脫了壽康宮的人跑到慈恩宮來的，微微一笑，道：「何恭人跑得倒是快。」

紫藤笑道：「江侯爵說過何恭人神氣完足，雖不是一等武功，卻也是摸到門檻的人。」

太皇太后翻過一頁書，問：「何恭人用過午膳沒？」

紫藤道：「小紀取了一份例飯給何恭人，這會兒已是用好了。」

「那宣她過來說話吧。」太皇太后待人寬和，當然，這也得是能入太皇太后眼的人。何子衿福身一禮，太皇太后指了指手邊的一把椅子，道：「坐下說話。」

何子衿過去坐下，正思量如何開口，太皇太后已道：「外頭人看皇室，多覺得迷霧重重，高不可攀，其實皇室與百姓家差別也不大。外頭有智者，有賢者，也有愚者。妳看皇室也是一樣，蠢的接觸權力，只會更蠢。」

何子衿險些笑出來，「幸而有太皇太后，要不，我們這樣的人真是不知如何是好了。」

太皇太后道：「妳這樣機靈就很好，那幾個手長腳長的，慎刑司已去處置了。以後再有妳的課程，就來我這宮殿後頭的小校場上吧。那裡雖略小些，也是樣樣齊全，我早上晚上用，平日都是不用的。」

何子衿很是感激，道：「皆是因為我的緣故，令娘娘這樣操心。」

太皇太后正色糾正：「是因為妳這個人值得我操心。」

何子衿真心認為，許多剖心之言，其實並非豪言壯語，雖然她依舊覺得是沾了江念身世的光，卻是對太皇太后充滿感激。

何子衿出宮後，江念就在外頭車旁等著呢，一見子衿姊姊，連忙幾步快走地去，拉著子衿姊姊的手問：「不是說晌午就出來，怎麼到了這會兒，可是出事了？」

「沒有，我好著呢。」待兩人到了車上，何子衿方與江念說曹太后著人攔截她的事，何子衿道：「我又不傻，曹太后定是沒安好心，我趕緊跑太皇太后那裡去了。」又把太皇太后處置曹太后宮人內侍的事也說了。

江念咬牙切齒，「這殺千刀的婆娘！」已是將曹太后恨得不行。要不是江家沒啥權勢，江念都想親自上陣弄死曹太后。

何子衿寬慰道：「何必生這樣的氣？太皇太后說了，以後就在慈恩宮教大公主和嘉純郡主武功，我看太皇太后與曹太后是徹底撕破臉了。不過，曹太后再張狂，宮裡的事皆是太皇太后說了算的，就是曹太后身邊的人，太皇太后一句話便處置了。」

江念感嘆，「虧得還有太皇太后。」

好在接下來雙胞胎的秀才試頗有斬獲，讓江念暫時放下如何悄無聲息弄死一國太后的課題。如徐山長所言，秀才有望，廩生就比較難了。

雙胞胎便是如此，秀才考是考上了，只可惜沒能排上廩生。

江念有些遺憾，何子衿完全不在乎什麼廩生不廩生的，廩生主要是每個月能得六斗米，現在家裡又不缺米吃。雙胞胎如今是小秀才了，多光彩啊，才十四歲。要知道雙胞胎是冬天的生辰，說是十四歲，其實還差半年才十四歲整。哎呀，因為阿念基因出眾，三個兒子都是文科小神童啊！

何子衿很是喜悅，阿曦過來時，還與阿曦說：「妳上學那會兒，在班裡也成績很好。」

何家擺了一日酒，宴請親戚。親戚間亦覺榮耀，很為雙胞胎高興，都說雙胞胎有出息。消息傳到聞道堂，雖然在聞道堂，秀才實在是多的爛大街了，要在聞道堂見一讀書人都沒有秀才功名，那都是聞道堂的恥辱。可雙胞胎這樣的年紀，還是頭一次考秀才，就考上了，雖不是廩生，但說一聲「少年才子」啥的，也不算誇張。

尤其徐太太，看阿昀的目光那叫一個柔和。

吳夫子也很是誇了雙胞胎一回，還有阿晏，非但有考運，還接著迎來了戀愛的曙光。這事得自吳家說起，先時說過，吳家姑娘自小定了曹家表哥的親事，這位曹表兄說來也是才貌雙全之人，聽聞家中父親亦在外地任著州官，家裡也是當地大族。曹表兄為人八面玲瓏，比姑丈兼岳父的吳夫子強百倍，說句實在的，翁婿倆的性情不是很相合。

但怎麼說呢，畢竟是定了親事的，吳夫子縱不怎麼待見女婿，索性眼不見為淨，少與女婿來往罷了，反正曹女婿在聞道堂附近置了豪宅，又不住在吳家。

吳夫子完全是為了閨女，才能忍著曹女婿些。

卻不想，曹公子辦了一件讓吳夫子忍無可忍的事，倒不是曹公子吃花酒對未婚妻不忠誠啥的，曹公子早就有通房在身邊服侍。吳夫子一直對此很有些意見，卻也不至於因通房就同女婿翻臉。吳夫子翻臉是因為，有一日，曹公子來到姑媽家，一臉得瑟地同姑媽姑丈說起與帝都曹家連宗之事。

是的，帝都曹家就是大家想的那個曹家，曹太后的娘家曹家。

曹公子眉飛色舞說起兩家淵源，道：「說來祖上原是一支，後來因著我們這邊的老祖宗遷去了冀州，曹太爺這一支去了陝地，就此斷了聯繫，其實說來祖上原是一家人。我與曹家長房嫡長孫相識，說著說著，說到祖上，論起親緣來，委實不是外人。我已給父親去信，父親今年正因任期將滿，要來帝都述職，倘能與陝地曹家重續宗親，也是一樁喜事。」

曹公子滿面歡喜，唇角微翹，玉般的臉龐神采飛揚，吳夫子聽得已是勃然大怒，啪一聲摔了手裡的酒盞，指著曹公子就是一通罵，怒道：「好個沒見識的小子，你家原也算清白的人家，焉何要攀附那種裙帶阿諛之族，只嫌家裡祖宗名聲好是不是？」

這吳夫子的性子也是不招人待見，你有事說事，女婿兼內侄兒哪裡做得不好，你是細細與他分說便是，翻什麼臉啊？

曹公子涵養算不錯了，敬著這是長輩，因有姑媽親自解勸，也只是臉色難看地告辭了，吳夫子還放了狠話：「你家要是與那種無恥之家聯宗，咱們兩家一刀兩斷，恩斷義絕，再不來往，你與阿靜的親事也到此為止，我絕不會將閨女嫁給攀附權勢的小人！」

曹公子氣得臉都青了，回家發了通脾氣，把姑丈罵了大半個時辰才算消氣，心說，你算老幾呀？他身邊美姬通房都有，又自恃才學。雖表妹貌美，也不是非表妹不可。曹公子把吳夫子的話再添油加醋寫了信著僕人送回家去，吳夫子也給大舅子寫了信，直接就說了，你家要是跟帝都曹太后娘家聯姻，咱兩家一刀兩斷，親事也不必再提。反正怎麼罵曹公子的，吳夫子就怎麼寫給曹大舅的。

可想而知曹家接到這兩封信的反應，吳夫子因科舉蹉跎，曹家不是沒意見，覺得當初嫁閨女真是嫁虧了。就是因兩家實在親戚，有吳太太的面子，曹大舅心疼外甥女，這才想著繼續親事。其實因吳家越發沒落，曹大太太早不樂意這樁親事了。今有此良機，曹大舅也很是氣惱，曹大太太豈有不趁機挑撥的。

曹大太太在曹大舅耳朵邊使勁，阿晏也沒放過這等千載良機。雙胞胎中秀才後，就算從官學畢業了。他們中秀才的年紀小，名次一般，官學還是給了一人五十兩銀子獎勵。雙胞胎得了銀子，今有功名在身，便很是榮耀地搬到父母這邊住了，方便就近努力搏媳婦歡心。

原本這是吳家內務，尋常人哪裡能知曉，偏生阿晏中秀才後沒事，賊心不死，又時常往吳家去。吳夫子好酒，吃了酒，嘴上便沒個把門的，啥都說。阿晏乍聽得此事，頓時心中大喜，假惺惺勸吳夫子：「吳叔叔，您就是跟我爹一樣，太正直啦。現在這世道，正直的人不吃香了。您是好心好意，別人只當您擋人青雲呢。」

吳夫子雖有些狂狷，又不是傻子，相對的，吳夫子才氣縱橫，在這上頭，江念都自認不及。吳夫子一眼就看穿阿晏的那點賊心，自斟一盞美酒，斜睨阿晏道：「我還不曉得這個？你小子也少說些假模假樣的話，肚子裡指不定偷著樂吧？」

以為他沒看出來嗎？這小子也沒啥好心眼。

阿晏臉皮多厚啊，他非但沒有半點不好意思，還趁機推銷自己，湊過去給吳夫子打扇，殷勤道：「我偷著樂什麼呀，我是怕吳叔叔您氣壞了身子。我爹就跟您似的，我爹為什麼罷的官啊，您知道不？就是因為我爹實在看不過曹家辦的那些事兒，當朝給了那誰，就是以前做過承恩公的，姓曹的，叫曹斌的那人，我爹不恥他家做的事，當朝抽他一記耳光。我爹是為這個罷的官，所以我才說，您倆真像啊！」

吳夫子頓時愣了，慢慢抿口盞中酒，道：「你爹可不像有這種氣性的人。」

「那看著有氣性的，不一定做得出我爹這樣暢快的事兒。」阿晏道：「我爹平日裡瞧著好說話，性子也好，可要是遇著看不過眼的事，他就是拚著官不做，也要直言的。」

吳夫子一拍大腿，仰頭將酒吃盡，道：「原本我不大喜歡你小子這滑頭勁兒，不想你爹是這樣的一個人物，如此我倒是能仔細考慮一二了。」

阿晏心中一喜，卻是無師自通以退為進，道：「您現在也不用急，我家是把曹家得罪狠了的，我爹現在跟以前的同僚都少了許多來往，就是怕萬一我家出什麼事連累了朋友。我跟阿昀眼下也不訂親事，得等我家安穩下來再說，不然真出了事，不是說親家怕被連累，都是一大家子人，真連累了親家，我們心裡過意不去。」

「這是什麼狗屁話？我要怕連累，乾脆與你父親絕交了！」

當然，吳夫子不會輕率立刻把閨女許給阿晏，畢竟閨女現在與大舅子家的親事還在，但吳夫子絕非善變小人，他以往不知曉江念罷官緣故時就與江念關係不錯，如今知道了，更是經常去江家蹭酒喝，半點不怕江家會出事連累到他。

吳夫子還說：「我不過一狂士，江兄卻可稱名士，我不如江兄多矣。」

以前都直呼江念名字，現在稱兄了。

阿晏就差補一句：「要不，咱們談一談親事吧，岳父？」

雖知現在不是談親事的好時機，但見刷爹很有用，阿晏現在是卯足了勁兒來巴結他爹。最明顯的表現就是，給他爹買的點心，已經由普通包裝換成精品包裝。

雙胞胎忙著孔雀開屏，就吳夫子與內侄兒翻臉的事，何子衿與江念道：「這也不是咱們見不得人家好，吳太太娘家雖非大富貴，也是官宦之家，當地望族，何必非要攀附帝都曹家？便是要攀附，又何須連宗，這可是宗族大事。」

這年頭宗族不是做假的，一旦連宗，怕是族譜都要另立。再者，這年代什麼誅連九族、滿門抄斬啥的，這些刑罰都是依照族譜殺頭的。

何子衿都覺得，別看小皇帝已然親政，曹太后在宮裡也如瘋狗一般，可想一想，曹太后的人連慈恩宮的門邊都不敢摸，朝廷裡多是仁宗皇帝與先帝時留下的舊臣，小皇帝不過剛剛親政，他有自己的親信嗎？他有自己的人手嗎？便是一向自詡最忠心的韋相，小皇帝要給外祖父復爵，就是被韋相駁回去的。哪怕帝都曹家以後能顯赫，何子衿認為，那也不是現在。

現在說來，曹家倒是很有倒灶的風險。

當然，這是江家的看法，不是吳太太娘家的看法。

因著阿晏一門心思朝吳家開屏，何子衿也同吳太太說起過帝都曹家之事，吳太太正為此事擔心，侄子已是不肯再來她家，丈夫又一意厭惡帝都曹家，早放下狠話，曹大舅要是跟帝都曹家連宗，兩家親事立刻一拍兩散。

何子衿道：「因我家與曹家有些嫌隙，這麼說，好似是有所偏見，只是我想著，咱們認識的時間雖不長，卻是極好的。況且，我既聽說了，只當不知道，我心裡又很過意不過。」

吳太太連忙道：「我豈能不知道嫂子的好意？那帝都曹家，就是我也時常隱隱約約聽到一些不大好的消息。」

何子衿道：「要只是不大好的名聲，暫且還罷。我家老爺未罷官前，一直在朝廷當差。不說別的事，就說曹太后的父親曹斌的爵位，這是太皇太后與內閣商量後下旨革除的。陛下親政後要給曹斌復爵，內閣首輔韋相是先帝的老師，韋相堅決反對，故曹斌的爵位未能恢復。要是一個人說這人不好，可能是謠言。兩個人說這人不好，也可能是偏見。當然，世上還有眾口鑠金、積毀銷骨的話。只是曹家做出來的事，就是放在咱們尋常人家尚且不恥呢。」

因著連宗實在是大事，何子衿方多嘴與吳太太說了說帝都曹家的事。

要依吳太太的意思，娘家不與曹家連宗，不改其富貴，與曹家連宗，雖可能得到更大的富貴，卻也擔著諸多風險，何必要去擔這樣的風險與名聲呢？

無奈，娘家的事焉能由她一介外嫁女做主？

曹家事到底如何，江家也沒空處處關注。雙胞胎倒是有一事，他們在世態炎涼下僅存不多的朋友，如今還有一位要隨母親前往江南了，沒錯，就是宋然同學。

宋然過來跟自己的忘年知音江嬸嬸過辭別，他道：「原本我可以留在帝都的，我娘說大哥得回來準備大婚的事，我得過去服侍父母。」十四歲的男孩子已經不那麼依戀父母，當然，宋然對父母還是很孝順的。他這要去江南，還給江嬸嬸送來了江南的大魚乾、對蝦、海參等許多海貨特產。

何子衿道：「這東西在帝都可是難得的，你也喜歡吃，要留些在路上吃才好。」

宋然道：「不行，我娘聞不得海味，吃一點她就聞得出來。」

何子衿：……

何子衿請宋然又吃了一回烤魚，宋然此方心滿意足地告辭。

何子衿還與江念說：「不是說江侯爵任侍衛大臣，江侯爵這一走，侍衛大臣誰接任？」

江念一時也不曉得，還是打聽後才知道，接任侍衛大臣的是柳伯爵，就是柳悅柳姑娘的父親，當朝兵部柳尚書嫡長子柳煜。

江行雲剛離開帝都城，遠嫁西蠻二十幾年的和順大長公主回朝，帝都城又是一番熱鬧，這事何子衿是聽兒媳婦說的。

「和順大長公主剛回帝都城，太皇太后親命二殿下來為大長公主督建公主府。說來，就建公主府的事兒，曹娘娘還鬧了個笑話。和順大長公主遠嫁西蠻二十年，這樣的功勞，太皇太后讓二殿下建公主府，一則是對大長公主的看重，二則也是大長公主位尊。曹娘娘卻似不大樂意，讓陛下為大長公主賜下府邸。這帝都城的公主府，有哪一處是沒人住的？曹娘娘說話，簡直吹口氣兒似的，難道還能隨便賜別院給大長公主住，這豈不是委屈了大長公主？聽說近來曹娘娘屢屢插手宮務，前兒還要升宮裡先帝時許多無子妃嬪的位分，真是想起一齣是一齣。這麼些有子的太妃太嬪不升，非要升那些無子的，她們是有功還是有勞？如今人人慶幸宮裡有太皇太后做主，不然不知道要出多少笑話呢。」

何子衿嘆道：「曹娘娘要升那些無子妃嬪的位分，無非是收買人心罷了。有兒女的，她怕還防著人家還來不及，哪裡肯升人家的位分？」

蘇冰悄聲道：「聽說二殿下的生母戚貴太妃，當初原是與曹娘娘一起做先帝的側室，後來二人前後腳，一個生了長子，一個生了次子。及至先帝登基，二人同在妃位，餘者先帝後宮皆不及她們。如今戚貴太妃已是貴太妃的尊位，要是再升，就是皇貴太妃的位置了。曹娘娘一向忌憚貴太妃，哪裡還肯再升貴太妃的位分？」

何子衿想了想，道：「怕不止於貴太妃，先時韋太昭儀升了德太妃，德太妃系出名門，膝下亦有一位小殿下。曹娘娘一向心胸狹隘，手握得這樣緊，一絲一毫好處都捨不得給人，還想拉攏人心，難怪當初柳家不肯與曹家聯姻，這腦袋就是問題。」

何子衿鮮少說話這般辛辣，蘇冰聽得有趣，唇角上翹。

何子衿道：「這給兒子娶媳婦，切不能只看門第。老話說得好，賢妻旺三代。咱們娘倆私下說，曹娘娘難道不拿陛下當命根子？可妳看她做的這些事，唉，不說皇室中人，誰家娶這樣的媳婦也吃不消。」

蘇冰每次過來都會給婆婆帶來帝都消息，這些多是八卦，但接下來的事，於江家沈家何家，就是切身的壞消息了。今年春，各衙門官員考核之後，江念是已經罷官的了，如今真是清靜，考核也與他無干，但何家沈家兩家男人們的考評，今年都只得了中等。還有大寶，也受了牽連，一樣是個中評。中評的意思是，起碼會影響三年的升遷。

江念心裡就有些不好過，道：「恐皆是因我之過。」

何子衿寬慰道：「既是親戚，如何能說這樣的話？再者，曹家這樣的睚眥必報，他家既能操縱考評，想來倒楣的不止咱家，得利的肯定就是曹家那一幫人了。」

江念特意進城打聽了一回，沈素與何恭怕他心裡想不開，還安慰他道：「今次考核，親曹家的皆是上等，與曹家有過節的，不是中等，就是中下。這樣的情勢，就是給咱們評上等，也不能要，咱們雖不是名門，卻也不能與曹家這樣的人家為伍。」

大寶也道：「是啊，往年人人都以上評為榮。如今有幾位不理俗務的老大人，大概是曹家也不願意把人都得罪個遍，那些老大人的考評依舊是上等。那幾位老大人都去吏部說，寧得一中評，也不要今年的上評。」

江念道：「三品以下官員考核向來是吏部的事，吏部尚書李九江也是積年老臣，如何會與曹家狼狽為奸？」李九江可是仁宗皇帝的心腹之臣，這位大人是自仁宗皇帝藩王府長史司做起，隨還是藩王的仁宗皇帝轉戰天下之人。這樣的人，如何肯與曹家合作？

這事不要說江念想不通，沈素也想不通。

沈素道：「是啊，李大人素來高潔，我找小唐大人打聽一二，一時還沒消息。」

很快就有消息了，小唐大人與恩師李九江大吵一架，割袍斷義了。

是真的割袍斷義，據傳小唐大人揣著刀去的，硬是砍下李尚書半截袖子。這知道是割袍斷義，不知道的還以為斷袖之癖呢。

終之章 雷霆一擊復揚帆

吏部尚書李九江簡直是謎一般的人物。

這位大人論資歷論功績，滿朝大員，怕只一個兵部尚書柳扶風柳國公可與其相提並論，便是當朝首輔韋相，較之李九江怕也要略遜一二的。

這位大人，功高、位高，且權重。

李九江一路走來，完全是一個正常權臣與能臣的晉身之路，但與尋常權臣不同的是，李九江一生不婚不嗣，與家族永安侯府一直是不遠不近、不冷不熱的狀態，尤其是與生父老永安侯，那真是……不是傳聞中的不睦，而是確確實實的不睦。

李九江升任吏部尚書之時，因有父子不能同為六部尚書的規矩，老永安侯便自兵部尚書之位退了下來，之後老永安侯讓爵給嫡子李宣，便是現任禁衛大將軍李大將軍，自此老永安侯正式退出歷史的舞臺。

要知道，如李家父子這樣的情形並不罕見，如蘇不語，包括蘇不語的兩位兄長，都是在相對年輕的年紀就有不錯的官位，但因當時其父先蘇文忠公為首輔，蘇不語的兩位兄長一直做了封疆大吏一地總督，也未能入中樞為官。至於蘇不語，他的官場之路更是曲折，先是避嫌，其父為首輔時，他是刑部侍郎，不能再進一步。其父過身，蘇不語辭官守孝，待孝滿起復。當時如果朝中有合適的位置，蘇不語會更早的升任一部尚書，可事實上，蘇不語出孝後謀求差使時，直接是謀的外缺，便是因朝中沒有空缺之故。其後蘇不語六年外任，方重任刑部侍郎，隨後再升任一部尚書，位在中樞。

蘇家三兄弟為避父親嫌，於官位上，只有年紀最輕的蘇不語在父親過世後得以入閣。

若李九江當年肯避父嫌，老永安侯應該不會那麼早讓爵辭官養老，但李九江沒有讓，他直接升任吏部尚書，把他爹從兵部尚書之位上擠兌了下去。

李九江對家中三個弟弟，唯有現永安侯兼禁衛大將軍的李宣親近一二，其他兩個弟弟就很尋常。當然，這也可能與李九江是庶出有關。

事實上，李九江少時還曾有不孝的名聲傳出，雖是老皇曆，卻也是事實。可由此推測，起碼李九江少時在家中並不得意。更不必提李九江官高位顯之後，一直闢府獨居，而非住在自家永安侯府。聽聞當年仁宗皇帝親自作媒，李九江都婉拒，至今無妻無子，孤身一人。

這樣的人似乎也在暗示，他這種獨特的性情，絕不是可用常理來揣測的。

便如小唐大人，這是李九江唯二愛徒，小唐大人都割袖斷義了，李九江也沒睬他。要說小唐大人還只是師生之名，可李九江唯一還親近的家族弟弟禁衛大將軍李宣，據聞也十分不能理解其兄所為，親自上門相勸，把嘴都說腫了，李九江仍是一意孤行。

然後，李九江還辦了一件震驚整個帝都城的事，他請示了族長，也就是他爹老永安侯，打算另立族譜。整個帝都官場譁然，這年頭不要說另立宗族，就是父母活著，都不能允許分家的，分家就是大不孝，違法的。更不必說，父母活著，另立宗族了。

御史臺先炸了，左都御史鍾御史帶著御史臺大大小小的御史險些用吐沫星子把吏部給淹了，據悉，參奏李尚書的奏章便有半屋子之多，內閣都看不過來。

禮部亦說此事不妥，不想，能生出李九江的老永安侯也不是個尋常人，這位已退出歷史舞臺的大長公主駙馬兼老侯爺，直接准了李九江另立宗族之事，誰來說來勸都沒用。李家尋了個日子，李九江便自宗族遷了出去，如今李尚書已是自成一族。

雖然這麼多人參奏李九江，陛下都以「此乃永安侯府家事」為由，隨人怎麼說去吧。倒是李九江，御史臺敢參他，完蛋了，御史臺今年三品以下的官員考核可想而知。左都鍾御史為此大怒，當朝就與李九江撕打起來。兩個六十幾歲的老頭，打得年輕人都拉扯不開。鍾御史大怒，指著李九江大罵：「無恥之尤！恥於爾等為伍！」

李九江淡淡一句：「有本事辭官我才服你！」

鍾御史當時腦子一熱，險些真辭了官。不過，鍾御史也是多少年的老人了，他道：「老子便是辭官，也不會便宜爾等小人！」就是不辭官，氣死姓李的！

李九江回以鄙視眼神，理理衣袍，雖鬢髮略凌亂，卻仍不減風度翩翩。要知道，李九江兩個弟子，一個是文官小唐大人，另一個是武官忠勇伯，所以，李大人其實文武雙修，要不是鍾御史與大寺理卿杜寺卿交好學過兩手防身術，他怕要在打架中吃虧的。

韋相出列，以李九江和鍾御史當朝打架，御前失儀之事，罰二人各半年俸祿。鍾御史氣哼哼沒說話，李九江道：「鍾御史先動手，我不過防禦。首輔大人評判偏頗，臣不服。」把韋相噎得，險些翻白眼。

最後皇帝調停，李九江罰三個月薪俸，鍾御史罰半年。這種決斷，真叫鍾御史吐血，要不是有同僚死拉著鍾御史，鍾御史怕真要一怒之下當朝辭官了。

就這麼著，李九江還道：「陛下偏幫恩師，臣就給韋相這個面子。」

韋相道：「那我就謝謝李尚書給我這個面子。」

李九江道：「不必謝下官，首輔謝陛下就是。」

總之，李尚書簡直是成了朝廷的公敵。跟他比起來，曹家都顯得可愛了。偏生皇帝現在視李九江如心腹，誰參奏李九江都無用，一時竟是誰都拿李九江沒法子。

何老娘特意到郊外同自家丫頭道：「今年咱們幾家運勢不好，我約了妳外祖母、舅媽，還有妳娘及阿幸、阿媛，咱們一起去西山寺燒燒青雲香。」保佑家裡男人們青雲直上。

結果這香還沒燒呢，馮姑媽一家來帝都述職。

馮姑丈如今已是位在從三品參政，任期滿後按規矩來帝都陛見，也要謀一新缺才好。不得不說，馮姑丈來得很不是時候。不過，這也擋不住一家子團聚的高興。馮姑媽見面禮就備了兩車，見到弟弟家這樣的興旺，如何能不歡喜？何家宴席就擺了兩日，何子衿和江念這住郊外的也回城住了些日子。

馮姑媽見著阿曦生的龍鳳胎格外歡喜，還說：「當初就是離得太遠，音訊不便，不然哪裡輪得到阿念，我原是想子衿來我家裡做媳婦的。」

沈氏笑道：「別說，阿翼與子衿小時候真是合得來，阿翼每次一去就給子衿買好吃的，還有送給子衿小木馬，子衿存了多少年。」

何子衿道：「阿曄阿曦小時候，我給他們玩過，待他們大些不玩，我才收起來了。」

大家說些舊事，極是歡喜。主要是，馮姑媽家的日子也一直很好，馮姑丈這些年做官順順利利的，只是，此時來帝都，卻不是最佳時機。

如今帝都的情勢，何恭和江念先與馮姑丈說了，江念道：「虧得姑丈如今已是從三品，謀缺之事不經吏部，主要看內閣的意思，不然如今來帝都謀缺的人，但凡走了曹家門路，吏部那裡便極好安排。倘是不走曹家門路，便要公事公辦，再者有運道不好的，就更難說了。」

馮姑丈略有不解，「往常來帝都，李尚書一向公道。」

何恭道：「今日李尚書已非往日李尚書，現在怕就是去曹家送禮，好缺也不多了。聽說前些日子安排了一批曹姓人，或是與曹家沾親帶故的。說來可恨，各軍中都在安排曹家親信，曹家所謀非小啊！」

馮姑丈原是尋思著能再往上走一步的，聽小舅子這般說，馮姑丈道：「那我不如先試試，看能否連任。我們這些外任官，久不來帝都，竟不知帝都這般情勢。」

「如今的稀奇事兒多著呢，因曹家做了陛下外家，自陛下親政以來，曹家雖仍未復爵，但陛下親近外家，曹家又與李尚書交好，現在不少人都在走曹家的門路。還有可笑的，外地來的官，也是姓曹，立刻巴結上去，因巴結得到位，還與帝都曹家連了宗，成了一家人。」

何恭道：「如今的人為了官位，什麼事都做得出來，也不管祖宗願不願意。」

馮姑丈奇怪道：「那為什麼不直接走李尚書的門路？」

「李尚書為人，不可以常人揣度。」江念道：「有人給李尚書送禮，李尚書轉天就把送禮的人給參了。再者，李尚書於朝中結怨頗多，現在御史臺和吏部是死敵，御史臺早盯著他。我看都有人恨不得給李尚書送銀子，然後做個局把他弄下去。李尚書這麼些年的吏部尚書，坐得穩穩當當，他斷不能給人留下這種把柄。」要是李尚書好收拾，鍾御史能生吃了他。

江念給馮姑丈出一主意，道：「內閣如今與吏部不睦，李尚書大有要力壓內閣之勢。姑丈倘去內閣那裡走動，要是遇著韋相，只管罵吏部罵曹家便對了。要是遇著蘇相，就不要罵吏部，只罵曹家。」

馮姑丈聽得一樂，「不是說吏部與曹家狼狽為奸，蘇相出身名門，焉會與他們為伍？」

「蘇相與曹家不睦，不過，蘇相與李尚書是多年交情，縱李尚書今助紂為虐，蘇相仍是不願聽人說李尚書的不是。」何恭解釋道。

有小舅子在帝都為官，馮姑丈此來，雖帝都形勢不佳，但他想謀連任卻著實心裡有底，省去了許多打聽，尤其江念給出的損招，馮姑丈有幸見著韋相，話語間表示了對吏部與曹家的滿，韋相果然看他順眼，馮姑丈的連任文書很快下來。

馮姑丈這裡順利，闔家皆為馮姑丈歡喜。

馮姑丈就是不放心小舅子家裡，想著江念與曹家是徹底翻臉了，小舅子家怕也要有幾年苦熬，馮姑丈道：「眼下外放怕無好缺，要依我說，待形勢好些，不若謀外任官。」

何恭道：「是啊，帝都雖好，事情也多，倒不若外任時清靜，能一心一意做事。」

馮姑丈既來帝都，各方面的關係也要打點，他尚未赴任，就親眼見到了如今帝都權力鬥爭的嚴酷。曹家嫡支，據說剛剛就任禁衛軍副將的曹氏子弟曹廷，便被人發現馬上風死在了青樓的床上。

這樣的醜聞，御史臺沒有不發聲的，事情尚未查出個結果，宮裡曹氏女生了皇長子。

然後，永福大長公主的孫女嫁了曹太后的侄子，兩家聯姻。

馮姑丈辦下連任的手續，準備去任上連任時，曹家又爆出一驚天大案，竟是這對聯姻的小夫妻，曹太后侄子曹廷失手殺了新婚妻子吳氏。永福大長公主一怒之下告到陛下面前，陛下命三司嚴查此案。

馮姑丈也是多年為官，卻被帝都城幾番狂風暴雨驚得有些心率失調。馮姑丈都想著，要不要帶妻子馬上赴任，只是又想著，與岳家這些年不見，馮姑丈還想在帝都城多留幾日。江念與何恭卻都是勸馮姑丈立刻上任，何恭道：「姊夫趕緊帶著姊姊去吧，如今這帝都城委實亂得不行。咱們再見面有的是機會，我們在帝都如今去留兩難，姊姊、姊夫莫要久留了。」

「是啊，姑丈此去，切莫與曹系官員來往太密切。永福大長公主是太宗皇帝的嫡長女，仁宗皇帝的長姊，她定不能甘休。曹家此時卻是有皇長子在手，又是陛下外家，出事的是曹家嫡長孫，他家定要保全嫡長孫。這事怕是要釀成宗室與外戚之間的大案，曹系根基太淺，不得人心，雖有吏部李尚書為援，李尚書的嫡母文康大長公主是永福大長公主嫡親的姑媽，這回曹家定要倒楣。」江念解釋道。

馮姑丈很是欣慰，拍拍江念的肩，道：「放心，你的話姑丈記住了。咱們雖是要做官，也想往上走一走，卻也不能做小人。」

江念笑，「姑丈自然心裡有數，我也不過白嘮叨幾句。」像吳夫子岳家曹家，那真是攔都攔不住，已與帝都曹家連宗。彼曹家不過外人，馮姑丈卻是實在親戚，江念難免擔心。

馮姑丈家走後未久，江侯爵與丈夫江南海軍統率馮飛羽馮大將軍，奉陛下之命前來帝都參加長子馮烈與嘉純郡主的大婚禮。這一對東穆朝權勢赫赫的夫妻，同時帶回帝都的還有請陛下親閱的三千海兵。

何子衿比江念更早接收到一個訊號：江侯爵與馮將軍是帶著三千海軍來朝的。

何子衿說：「不是說江侯爵夫妻是奉旨回帝都給長子辦大婚禮的嗎？怎麼還帶了海軍回朝？」大概是上輩子電視劇看多了，她的第一反應就是，這對夫妻怎麼帶兵回來了。

江念卻是未甚在意，道：「聽說是陛下想檢閱海軍，頭一年親政嘛，陛下興致很高。只是陛下身在帝都，一時半會兒不會去江南，便令馮將軍帶了些海兵回來，陛下準備親閱。」

何子衿總覺得古怪，卻又說不出來，畢竟是陛下親允的，何子衿也就沒再多言。

她與江念在郊外，江念每天都有課，隔壁吳太太病了，何子衿得去探望。

何子衿看吳太太消瘦了許多，也聽雙胞胎說了吳家的事。吳太太娘家一意要與帝都曹家連宗，吳夫子這性子向來說一不二，又是天生不會說好話，當下就與大舅子退了兒女親事，兩家也不復往來，吳太太心裡怎能好過？

吳太太倚在床間，臉色臘黃，何子衿忙問吃了什麼藥，請的哪位大夫。吳靜就在母親身邊侍疾，輕聲答了。何子衿聽說是請聞道堂附近的竇家藥堂的大夫，便也放下心來。

何子衿勸吳太太道：「竇家藥堂的大夫醫術還是好的，我看妳就是心思太重。」

吳太太嘆道：「我恨不得一身劈作兩半。」

何子衿寬慰道：「妳這樣想就鑽牛角尖了，吳夫子什麼性子別人不了解，妹妹還不了解？說話是硬，只是要我說，越是說話硬的人，心地就越軟。那不過一時氣話，妹妹想一想，吳夫子只是話難聽，其實是好意。他呀，是盼著岳家平安，方如此激烈。倘是不相干的人，或是吳夫子不在意的人，他哪裡會去多這個嘴？就是曹舅爺那裡，曹舅爺無非是想於官場上更進一步，也是為子孫前程考慮。姑舅親，打斷骨頭還連著筋。他說不來往就不來往了？男人一時的氣話，哪裡能信？大郎與二郎過去喊舅舅，曹舅爺能不應？曹公子過來喊姑姑，妹妹妳能不答嗎？要我說，這些男人也是好笑，一時鬥氣得話竟也能當真。說到底，都是好心，卻是沒把話說好，也沒將事做好。妹妹妳是個細緻人，一個是夫家，一個是娘家，最難做的可不就是妹妹嗎？可妹妹這裡雖難做，調解兩家的關係，還不得靠妹妹嗎？如今妹妹妳先躺下了，吳夫子正在氣頭上，豈不得多想？定是岳家不聽他勸，方把妳氣壞了？曹大舅更得心疼妹妹，怕是得說，定是吳夫子不體貼，方致妹妹病倒，如此一來，他們郎舅二人更得多些不滿呢。倒不如妹妹養好了身子，找個中人，兩相勸上一勸，說開也就好了。」

何子衿寬解人絕對是一把好手，吳靜也道：「是啊，娘，江伯娘說的在理，阿舅最是疼我們，爹也不是不通情理的，只是兩人都在氣頭上，一時誰都拉不下臉來，這才僵住了。」

吳太太原本好些了，一看到閨女，想到閨女退掉的親事，又傷感起來，一邊拭淚，一邊點頭，「娘曉得，放心吧。」

何子衿見狀，焉能不知道吳太太的心事，給吳靜遞個眼神，吳靜便道：「我去外頭看看娘的藥，麻煩伯娘陪我娘說說話，我娘就是心裡難受，病才一直不見好。」

吳靜出去，何子衿方與吳太太道：「論理，我不該說這話，只是我也是有閨女的人。做娘的，哪個能不為閨女著想呢？我看妹妹的心病，一半在阿靜的親事上。」

吳太太嘆道：「我們阿靜也不知怎地這般命苦……」

何子衿道：「我看阿靜神色倒比妹妹還要好些。」

「她是怕我擔心，不肯說罷了。」吳太太道：「嫂子也是有女兒的人，我家阿靜沒有半點不好，如今這退了親事……其實退親之事，並不與阿靜相關，可以後再議親，倘男方知曉女方是退過親的，必然要看低的。」

何子衿還以為吳太太是不捨曹家侄兒呢，原來吳太太是擔心閨女以後議親的事，何子衿便明白，吳太太也非一條道走到黑的人。何子衿道：「要是那樣的淺薄人家，咱們根本不把阿靜嫁給他，他還想跟咱們議親，那不是做夢嗎？」

何子衿又道：「阿靜這樣的好閨女，難道還愁親事？閨女的親事，原就與兒子不同，兒子這裡，是咱們往家裡娶進媳婦，閨女是嫁出去的，故而更得慎重。我這也是老生常談了，不論貧富，先看門風人品。我說這話並非他意，我也不是單單這樣要求女婿家，就是我娘家幾個弟弟議親，我舅家表弟們議親，再有我家阿曄議親，我也都與親家說過的，我們家的男孩子，再不會納小，就是小夫妻兩個過日子。我家是寒門出身，少時也見過大戶人家多妻妾，反正我是過不了那樣的日子，我們家的孩子也不是那樣的人。就是我們阿曦議親時，我也與親家提了這事，親家願意，阿曦與阿珍的親事方才定下。咱們閨女在家雖不是穿金戴銀或僕婢成群，可也是咱們放在心尖上呵護著長大的。阿靜原本的親事，你們是姑舅親上加親，以往我不好說，如今這親事既然取消了，我就多說兩句，曹公子誠然出眾，才幹沒得說，文章也作得好，為人更是圓融，相貌亦生得好。可要我說，曹公子卻不若吳夫子，吳夫子與妹妹夫妻恩愛，家無姬妾，一心一意，縱是性子有些執拗，可說來人無完人，誰就樣樣都好呢？曹公子這樣的人品，以後前程自是沒話說，可我聽說他現在身邊已有通房。雖則說妻妾有別，我總覺得看著丈夫去別的女人屋裡睡，看著他與別個女人生孩子，哪個女人心裡能好過？便是那些史書上標榜的賢良人，難道就真的從無生怨？更不必說，有些內宅瞧著一團和氣，實際上刀光暗影，一個個恨不得你吃了我，我吃了你。倘是這樣過一輩子，又有什麼意思呢？都說塞翁失馬，焉知非福。阿靜的親事，未嘗不是如此？」

吳太太撐著精神請教道：「這要是跟男方說，不准女婿納小，不是顯著嫉妒嗎？」

何子衿笑道：「要是男方真的願意，這算什麼嫉妒呢？我也有兒子，妹妹也有兒子，做親娘的，有幾個不是盼著兒子媳婦好生過日子的，難道今兒給兒子納個小妾，明兒送兒子兩個通房，要是這樣的母親，我不知是個什麼意思了？不說別個，男孩子過分縱慾對身子就不好。何況，做娘要真是心疼兒子，該盼著兒子的日子過好，什麼是好？有些人可能認為兒子姬妾成群是好，人家非要那麼想，咱們也沒法子，可我不是那樣想，我認為兒子功業暫且不提，都說一屋不掃，何以掃天下。這說的是內闈家事，難道夫妻恩愛，兒女雙全，家裡太太平平，就不是好了？這是大好。男人無後顧之憂，方好進取功業，不然成天家裡雞飛狗跳的，這樣的人家，我反是沒見過有幾家太平到底的。」

何子衿陪著吳太太說了許久的話，方告辭而去。

何子衿又讓江念勸一勸吳夫子，道：「沒他這樣辦事的，怎麼就好端端話不會說，張嘴就要噎死人呢？他斬釘截鐵跟岳家斷絕關係，有沒有問過吳妹妹的意思？就是吳妹妹性子好，把他給慣壞了，要擱我，我早把他那臭嘴給縫上了。」

江念道：「吳老弟就是嘴上不饒人，心真是好心，心思也正真。」答應勸說吳夫子。

吳夫子要是好勸，那也不能得個狂狷的名聲。江念這麼會說話的人，沒勸動吳夫子。吳夫子堅決就認為自己是對的，還舉例：「你看曹外戚家，那是什麼樣的人品，剛成親就能打死新媳婦。舅兄要與這樣的人家連宗，我能不攔著？他不聽我的，可見與我非同道中人，不來往就不來往，我還怕他怎地？」完全不想想家中妻子的感受。

江念道：「你怎麼會怕他呢？咱們是一樣的人，我勸你難道是為了別人？唉，你總得為弟妹想一想。還有侄女兒，剛退了親事，心中必是不好過的。咱們男子漢大丈夫，就得多疼妻兒，你說是不是？」

吳夫子道：「內子一向賢慧，定能想得明白。我家阿靜性子也聰慧，定能明白我的苦心。我早看那小子不順眼，還沒娶親呢，就弄一屋子丫頭，我能把閨女嫁給他？」

吳夫子總算說了實話，反正江念雖未勸動吳夫子，但吳夫子彆彆扭扭的，也與吳太太說了句：「我一片好心，舅兄只以為我擋他官路，叫誰，誰不生氣。」

吳太太又有兒女解勸著，還有阿晏這上門自薦做女婿的，總算吳太太覺得，雖沒了娘家侄兒的親事，閨女的行情也是不錯的，心胸開解了，病情也慢慢有了起色。

何子衿讓阿晏繼續努力，何子衿隔三差五也要回城看望父母、祖母還有外祖父外祖母一家，再有，就是朝雲道長那裡。

何老娘因閨女隨女婿赴任之事，心情有些低落，何子衿就想著把老太太接到自家住些日子，何老娘還不樂意，何老娘道：「我也就看著重孫兒重孫女們還能樂呵些。」

何子衿笑道：「是，祖母嘗嘗我給您帶來的栗子糕，您聞聞這味兒。」

何老娘嗅嗅，想了想，尋思片刻，道：「怎麼這麼熟哩？」之後，一拍大腿，「這好像是咱們老家飄香坊的味兒啊！」

何子衿道：「都二十年沒回老家了，祖母還沒忘了呢。」

「這哪能忘，妳小時候成天訛我銀子叫我給妳買糕，還就得要飄香坊的，差了第二家不吃。我的天，光那會兒給妳買糕不知花了多少銀錢。」何老娘絮叨著，拿一塊掰開來咬了一口，不停點頭，「就是這個味兒，一點都沒變。」讓沈氏還有孫媳婦們也嘗嘗，又道：「阿余也嘗嘗，非咱們老家的飄香坊，做不出這麼香濃的栗子糕啊！」

余嬤嬤點頭，「是，還是這麼軟嫩香甜。」

沈氏問閨女：「這是打哪兒得的？我嘗著是新鮮的糕。」

何子衿道：「妳們都不曉得，飄香坊老東家的孫子如今也是舉人了，來帝都準備明年的春闈，就住在聞道堂附近。有一回阿念遇著他，聽他口音像蜀中人，就多問了幾句，才知道是同鄉。這也是天緣湊巧，既是同鄉，阿念難免多關照他一些。這是他家祖傳的做糕的手藝，讓廚娘做了幾樣打發人給我送來，我想著祖母愛這口，就全都給祖母帶來了。」

何老娘聽得高興，道：「就這栗子糕，八方齋的都不如他家做得好。」

「那是。」何子衿道：「飄香坊在咱們縣多少年了，數他家的糕最好。」

吃人嘴短，吃了人家的糕，何老娘道：「跟阿念說，多關照些，到底是咱們同鄉。」

「放心吧，我曉得。」

吃到了老家的糕，何老娘心情大好，又說起家鄉事，與自家丫頭道：「前兒妳姑祖母託人帶信來說，阿志的長子讀書極有靈性，準備考秀才了。」
何子衿笑道：「要是那孩子中了秀才，可得繼續攻讀，倘能中舉人，也能給姑祖母家光耀門楣。待中了舉人，只管讓他來帝都，咱們可不是外人。咱家讀書人最多，也能指點著表侄兒些。姑祖母家富裕，就是功名上略不如咱家。姑祖母的心啊，也就在這上頭了。」
何老娘得意道：「這念書也得看有沒有這根筋。不是我說，你們老何家和他們老陳家祖上都是種田的，土裡刨食。還是我們祖上，前朝就有名的官宦人家，有讀書的血脈。」
「可不是嗎？祖母，您說，別的不服，我就服祖父的眼光啊！這世間千千萬萬人，他咋一眼就看中您了呢？」
「他眼光好唄。」何老娘撇嘴，又拿了塊糕，「要是沒我，你們老何家能這般興旺？」
何子衿道：「看看，又是你們老何家你們老何家的，您不是我們老何家的人啊？」
何老娘點點頭，「嗯，我是，妳不是了。」
何子衿哭笑不得，道：「這還吃我的糕呢，就說這樣的話？趕緊把剩下的包起來，一會兒我再帶回去。」
何老娘連忙道：「哪裡有送來的東西再帶回去的？」
大家聽著這祖孫倆你一言我一句說相聲似的，皆忍俊不禁。
何老娘道：「那鄉下地方有什麼好住的，一住住老遠，回娘家都不方便了。」
她老人家現在住的是四進大宅，哪裡要去住鄉下小院兒？
在娘家用過午飯，何子衿下午去了朝雲道長那裡。

不想，朝雲道長有客人到訪，何子衿便去園中逛了逛，還尋思著朝雲道長少有交際，這是誰來了？不一會兒，朝雲道長讓何子衿過去說話。

何子衿幫朝雲道長和羅大儒做了兩身衣裳。

朝雲道長道：「妳一向不得閒，做一身便得了。」

收到禮物的羅大儒道：「是啊，我不挑剔，不似某人，露個線頭還要囉嗦半日。」

何子衿笑咪咪地道：「現在我做衣裳可細緻了，足足兩天才做了一身。」

何子衿說些在聞道堂那裡的事，她的嘴巴伶俐，朝雲道長聽得嚮往，道：「要不是放心不下孩子們，我也樂意去郊外住。」

何子衿道：「師傅過去住一段時間唄，一早一晚的出去散步，可舒服了。」

朝雲道長搖一搖手中白孔雀毛的羽扇，「眼下還不成。」

何子衿道：「我倒覺得帝都城越發亂哄哄了。」

「怎麼，妳在郊外住著的，還挺關心帝都的事兒啊！」

「我正想著曹家什麼時候倒灶呢。」何子衿道：「這回曹家惹上了大長公主，真希望大長公主好好教訓他家一番。看他家幹的那些事，烏煙瘴氣。」

何子衿心中忽地一動，放低聲音同朝雲道長和羅大儒道：「前兒我還聽說江侯爵和馮將軍帶了三千海軍回朝，不知道為什麼，總有些說不出的感覺。師傅，您要是與羅叔叔沒有什麼事，不如就去郊外住些時日。」

朝雲道長問：「什麼叫說不出的感覺啊？」

「我也說不好。」何子衿道：「就是一種感覺。我已經跟家裡人說了，叫家裡注意門戶，讓下人每天固定時間出去採買，其他時候少出門。」

何子衿又道：「師傅，您這裡也小心些。我近來進宮，發現曹太后越發不成體統，以前她惹得太皇太后不悅，自己便戰戰兢兢的，如今她是完全不要臉面了，既不往慈恩宮去，又在壽康宮稱王稱霸。天欲令其亡，必先令其狂，這可不是好兆頭。」

朝雲道長笑，「看不出來，妳還挺會分析的。」

「我也是隨便瞎猜的。」何子衿假假謙道。

朝雲道長問：「妳知道剛剛是誰過來嗎？」

「這我怎能知道？」朝雲道長的人嘴巴都很緊，她自己也不是會多嘴打聽的人。

朝雲道長自問自答：「是文康公主。」

何子衿想了一時方想到了這位老牌的大長公主。如今的皇室，論輩分，最高的並不是太皇太后，而是這位太宗皇帝的嫡親妹妹文康大長公主。因為年邁，文康大長公主並不經常出門，進宮的次數也極少，起碼何子衿並未在慈恩宮見過這位大長公主。不過，文康大長公主的媳婦長泰大長公主是慈恩宮的紅人。

何子衿會知道文康大長公主，是因為朝雲道長回帝都後，只與兩家有所往來，一家是太皇太后，另一家就是文康大長公主府了。

朝雲道長主動提起，何子衿不得不接下言，道：「大長公主是來看望師傅的嗎？」

「我有何好看的？也沒到需要文康親自上門看望的地步。」

「那公主是來做什麼的？」

朝雲道長露出一種千年老狐狸才有的微笑，「妳猜！」

何子衿……

朝雲道長一副很想讓她猜的模樣，何子衿便隨口道：「這有什麼好猜的，總不會是過來敘舊的吧？」要敘舊早敘了，忽然靈光一閃，合掌一擊道：「啊，肯定是來敘舊的！」

何子衿根本不必人問，就滔滔不絕說開了：「自師傅您回了帝都，也沒見您跟大長公主來往過。你們這麼多年沒見面，見面能說什麼，肯定得說些舊事啊！」眼角餘光瞟向朝雲道長露出絲絲鄙夷，連忙改口道：「當然啦，這麼俗氣的見面方式，別人可能會用，師傅您是不可能的。既是見故人，又非敘舊，那必是說新鮮事的。如今朝廷的新鮮事，能與公主有關的，自然是曹家的事了。」

見朝雲道長雖未曾開口，眼中卻是閃過一抹訝異，繼而露出笑意來，何子衿就知道自己說的摸著了邊兒，她皺眉思量道：「師傅，您素來不理俗務，何況小小的曹家更不入師傅您的眼。師傅您的性情，大長公主不會不曉得，既知您看不上曹家，那大長公主為何過來呢？難道是找您向太皇太后說項？」

見朝雲道長唇角一抿，何子衿立刻道：「但是，論身分，大長公主一樣是皇室長輩，而且她自己的輩分暫且不論，其夫族顯赫，想辦一個曹家，於這位大長公主不過小事一樁，難道還為這等小人來麻煩師傅您？這想來也不是大長公主的風範。」

朝雲道長微抿的唇角稍稍向上一翹，何子衿道：「既不是為曹家，卻又與曹家相關……

要依我說，大長公主此番前來，我雖猜不出是為什麼的事，可顯然這件事是一件大長公主拿不準，需要看一看師傅您態度的大事。」

朝雲道長合掌輕擊，對羅大儒道：「如何？」

羅大儒笑，「子衿真不愧大仙之名，察言觀色的本事不是尋常人能有的。」

何子衿見自己被看穿，也不惱，厚臉皮地拱手笑道：「客氣，我也就班門弄斧。」

朝雲道長哈哈一笑，「行了，妳去吧。」

何子衿現在已是好奇得不得了，湊近了問：「師傅，您不打算跟我說一說？」

朝雲道長完全沒有半點要同她說的意思，就把人打發走了。

待何子衿走後，羅大儒方道：「子衿資質當真不錯。」

「那是，也不說是誰看中的人。」朝雲道長道：「她打小就聰明，只是胸無大志，就愛溫溫吞吞地傻過日子。」

胸無大志的何子衿臨回郊外前還去看了回外孫子外孫女，再叮囑了閨女一番小心門戶的話，便回家去了。何子衿非但心無大志，還特存不住事兒，晚上在被窩裡就把在朝雲道長那裡的事同江念說了。江念想半日，也想不明白文康大長公主到朝雲道長那裡去做什麼。

最後，江念道：「興許大長公主是想弄死曹家一家子，沒什麼把握，想藉朝雲道長這裡，也算給太皇太后通個氣兒。」

「不知道，反正我看曹家好日子到頭了。」何子衿很為曹家即將到來的倒楣而高興。

只是，何子衿這心心念念就盼著死對頭曹家倒楣呢，結果蘇冰與阿曦帶來的消息當真是嚇了何子衿一跳，倒不是曹家倒楣，是曹氏子曹廷殺妻之事，三司判決下來了，判斬監候。元寧帝不同意，非要改成二十年流刑，三司堅持不能改判。正當皇帝與三司僵持之時，刑部右侍郎跳出來造反說是三司判得重了，立刻自懷裡掏出一本奏章參三司的老大徇私。也就是說，刑部右侍郎把刑部尚書蘇不語、大理寺卿杜執，還有御史臺左都御史都給參了，三人按規矩放下寫摺子自辯。元寧帝見三司不合自己心意，便令這位很有「眼力」的刑部右侍郎重審此案，最後右侍郎以吳氏女不賢，曹氏子誤傷，判殺妻的曹廷閉門自省三個月。

何子衿聽完，震驚得久久無法言語，覺得曹家這不是倒臺，是分分鐘要上天啊！

正好趕上何子衿得去宮裡給大公主授課，嘉純郡主婚期將近，便不再學武功了，如今何子衿教大公主一人便可。

何子衿先到慈恩宮請安，正遇著一屋子的大長公主們憤憤不平找太皇太后告狀呢，太皇太后突然道：「皇家事難斷，何恭人說一說，要是遇此事，宮外都是怎麼斷的。」

這樣的人命官司，何子衿自然是秉心而言，她起身回道：「臣婦一介婦人，並不懂斷案。只是，臣婦生於民間，也聽過一句『殺人償命，欠債還錢』的俗語，不知對是不對？」

長泰大長公主道：「以前我就聽說江大人是最有風骨的人，果然如此，良臣配賢妻。何恭人說的是正理，只是如今這樣簡單的道理，遇到一個『曹』字，也是難上加難了。」

壽陽大長公主道：「便是當年父皇在位，胡家因外戚之家顯赫當朝，也未聽聞有這等荒唐不公之事。我們這些公主後嗣，竟被人這樣作踐，每每想起，怎能不令人心寒？今兒是打殺公主後嗣，明兒還不殺個把公主，後兒說不定就殺到昭德殿去了。我等一意維護皇室尊嚴，陛下卻如此偏頗曹氏，實不知置我等於何地。」
壽婉大長公主連忙勸道：「哪就到這等地步，壽陽妹妹切莫這樣說，豈不傷情分？」
壽陽大長公主道：「我不似壽婉姊姊已與曹氏聯姻，我便是自此再不進宮，也不會與那等禽獸之族結親。姊姊也小心一二，曹氏張狂，說不得什麼時候就要了姊姊的兒孫。」
壽嫁大長公主面上很有些不好看，「我還不是好意勸妹妹，看妹妹說的都是什麼話。」
「行了。」太皇太后道：「這有什麼好爭的？壽陽妳做什麼不來宮裡，我還在一日，妳就該來，妳不來，白叫人看笑話。我在一日，也必會給妳們個公道。」
壽陽大長公主道：「虧得有皇嫂，不然我們公主在皇室當真是連個站的地兒都沒了。」
何子衿今日上完課，是心肝狂跳地回的家。
江念知曉慈恩宮之事後道：「要是曹家聰明，這個時候就應該殺了曹廷。」
何子衿小心臟撲通一跳，「這可是親生的兒子親生的孫子，如何捨得？」
「這不是捨得不捨得的事，誰讓曹廷誤殺大長公主的孫女呢？」江念道：「瞧見沒，大長公主們都不會甘休的。公主雖貴，卻是生來與帝位無緣，宗室藩王沒哪個人會願意得罪公主們。不論陛下還是曹家，要是明白，立刻殺了曹廷，平息公主們的憤怒。」
「要是有一個明白的人，事情也到不了這個地步。」何子衿道：「你說，有這樣糟心的事兒，今年太皇太后還過千秋節嗎？」
「怎能不過？這是陛下親政以來，太皇太后第一個千秋節。太皇太后先時代陛下執掌朝政，這樣的功勞，陛下必然要為太皇太后大辦千秋節的。」

何子衿道：「那得準備獻給娘娘的壽禮了。我在宮裡，可沒少得娘娘庇護。」

江念由衷道：「是啊，便是不從私心論，有太皇太后這樣的長輩，真是朝廷的福氣。」

何子衿沒想到的是，這個千秋節竟會是如此這樣一個令人終身難忘千秋節。

江念因無官無職，並不能再進宮赴宴，他與子衿姊姊提前一天回城休息的，第二天一大早，讓長子送了子衿姊姊去宮裡。依舊與往年那般，江何沈三家的女眷是一道去的。三家的女眷們的誥命品階不高，雖有幸赴宮宴也是排在偏殿的偏殿了。給太皇太后拜過壽後，宮宴剛剛開始，何子衿夾了一塊鮮蘑，就見外面疾步跑來一隊黑甲侍衛。何子衿心中一驚，這並不是大內侍衛。那隊黑甲衛如鐵塔般駐守門外，行止間的種種肅殺，令人心悸。

許多誥命皆是臉色發白，何子衿放下筷子，拍拍沈老太太的手輕聲安慰幾句，再看向何老娘和沈氏，給二人一個安撫的眼神。何子衿一雙眼睛緊盯著門口，有一個著黑甲將領服的男子過來點了幾個人名，皆是姓曹的。雖未叫到自家人的名兒，何子衿也是一顆心恨不得提到喉嚨來，因為點完名後，跟著進來幾個如狼似虎的侍衛，將那幾位曹氏誥命堵嘴拉拽了出去。整個過程，曹氏誥命沒來得及發出半點聲響，便被不知拖到了哪裡去。

如果親自經歷這種情境就會明白，劇中那等鬼哭狼嚎的橋段並不嚇人，最令人恐懼的是這種無聲的處置。何子衿直覺就知道，那幾個被拖走的誥命，可能再也回不來了。

誥命們哪裡經過這個，尤其許多上年紀的，都嚇得不輕。

何子衿自己也嚇到不行，再看沈老太太，都哆嗦了。何老娘兩眼就知道看著自家丫頭，江氏與沈氏也好不到哪兒去，都拿何子衿當個主心骨。其他誥命，有膽小的嚶嚶哭泣起來。

何子衿怕兩個老太太嚇出毛病來，她起身道：「大家不要擔心，今天是太皇太后的千秋壽宴。那幾位誥命，我細想了想，大家肯定也注意到了，剛剛點的名兒，都是曹家的誥命。或者是前頭出了什麼事，可咱們各家只要與罪臣無干，只管放下心來，更不必擔心各自家人。大家想一想，自來夫妻同體，咱們做女眷的都沒事，男人們更不會有事。」

多數人其實是一時嚇懵了，何子衿姿態鎮定地提醒，諸多嚇懵的腦子重新運轉起來，許多人面色稍稍好轉。便是何老娘也大大鬆了口氣，腰板重新挺直了：她家非但與曹家沒有關連，還被曹家害得不輕。便是何老娘不大懂朝廷的事，這會兒也知道自家是平安了。

許多誥命竊竊私語，何子衿坐下來，安慰了沈老太太幾句，沈老太太還悄聲問：「妳舅不會有事吧？」江氏也看向何子衿。何子衿輕聲道：「舅舅今年官員考評，因曹家作梗，得了中評。外祖母放心，咱們幾家都是與曹家不睦的，舅舅絕不會有事。」

自家兒子平安，沈老太太便也放心了。眼下誰也沒了吃飯的心思，沈老太太雙手合十，開始念經。何老娘見沈親家念起經來，也有樣學樣，嘴裡絮絮有詞。

及至下晌，諸誥命方得了吩咐，可以回家了。

一家人出宮之後才曉得，就在當天，曹太后欲毒殺太皇太后，曹氏夷三族。

何子衿一家子都沒睡覺的心了，江念晚飯都沒吃，倒不是惦記著曹太后，曹太后幹出毒殺太皇太后的事，是生是死江念並不關心，江念關心的是，元寧帝現在如何了？

親娘做出這樣的事，皇帝當真一無所知嗎？

江念想出去打聽，無奈全城戒嚴。

何子衿勸他：「不急在這一時一刻，你先坐下來。眼下還只是皇家自己的事，再怎麼說，能把皇帝怎麼著啊？」眼下太平年景，再怎麼也不可能把皇帝殺了。

江念在屋裡轉圈就轉了半宿，阿曄過去把他爹按到椅子上坐下，何子衿端盞蜜水給江念喝，道：「補充糖分，腦子轉得快。」

江念嘆道：「我只怕有負先帝所託。」

阿曄兩隻耳朵都豎了起來，何子衿朝他使了個眼色，想著江念真是心神大亂，不然也不能不留心地說出這件事來。

阿曄閉緊嘴巴只當沒聽到，想著這時候問他爹還不如事後問他娘呢。

何子衿道：「你真是關心則亂，要是此事與陛下相干，該早有風聲傳出來了。再者，陛下雖偏頗母族，到底還是姓穆的。還有，當初你抽了曹斌一記耳光，陛下再偏著外祖父，也不過是將你罷官。陛下不是那等狠心之人，曹太后做得出這樣的事，陛下斷做不出。」

江念嘆道：「我就盼著陛下一路軟弱到底才好。」要是皇帝真有參與此事，那就完了。太皇太后縱是個活菩薩，也不可能容下一位想毒殺自己的帝王。

夜漸深，何子衿讓阿曄回自己院裡歇了。阿曄提著燈籠回房，蘇冰早命丫鬟備下熱水，服侍著他洗漱過，待二人上床歇下，屋裡阿平也早睡熟了，蘇冰方問：「如何了？」

阿曄道：「只知道曹太后毒殺太皇太后，再多就不曉得了，曹家算是完了。」

蘇冰縱是已聽聞曹太后毒殺太皇太后之事，此時再聽丈夫說起，仍是不寒而慄，「你說，這姓曹的是不是瘋了？」

「不瘋也幹不出這等喪心病狂之事。」阿曄感慨道：「真真個喪心病狂！明兒看看還戒不戒嚴，倘不戒嚴了，妳回去問問，看祖母怎麼說？太皇太后可還平安？」

蘇冰應了，「只盼太皇太后沒被那毒婦所害才好。」

接下來的事，對於江家並不是祕密，因為第二天就有內侍過來，第一道口諭是給江翰林官復原職，第二道口諭便是讓江翰林進宮議事。

江念立刻換衣裳，阿曄道：「我送爹過去吧。」

何子衿點頭，「也好。」對阿曄道：「你也去換身衣裳。」打發阿曄去了，何子衿去屋裡開了箱子，打箱子拿出個紅漆匣子，取出那封先帝託給江念的信，交給江念，叮囑道：「你要覺得是時候，就把這信給太皇太后，也不枉先帝託咱們一回。」

江念神色有些暗淡，「也好。」

江念與阿曄父子出門後，何子衿往朝雲道長那裡走了一趟，生怕朝雲道長記掛著太皇太后，同朝雲道長道：「阿念官復原職了，可見太皇太后並無大礙。」

朝雲道長面色倒還好，問何子衿：「昨天妳也去赴宮宴了，到底怎麼個情況？」

羅大儒在一旁旁聽。

何子衿照實說了，她道：「當時在宮裡的，不是大內侍衛。那些人穿黑甲，一看便知訓練有素，絕不是那種擺擺樣子的兵士，當時就把曹家的好幾個誥命逮了出去。」

朝雲道長喟嘆一聲，沒說什麼。

何子衿道：「不管怎麼說，太皇太后無事就好。」

「是啊！」朝雲道長興致不高，讓何子衿回家去了。

江念進宮的速度很快，慈恩宮內，內閣悉數到齊，另則還有過來準備閨女嘉純郡主大婚禮的趙王，餘者便是左都御史鍾御史、大理寺卿杜執，以及江念了。

翰林宋掌院見江念一身四品官服，便知他已官復原職，對他微微頷首。江念過去，站在宋掌院下首。宋掌院悄聲道：「太后太后命你來的？」

江念點頭，宋掌院便再未多言。

一時，以長泰大長公主為首的，壽陽大長公主、壽婉大長公主、宜安公主都到了。太皇太后扶著蘇太后的手，最後過來。二位娘娘一到，眾人俯身行禮。

太皇太后道：「平身，坐。」

太皇太后的眼睛往下逡巡片刻，道：「內閣都到了？御史臺、大理寺也齊了。藩王都在封地，趙王趕了個巧，你就代表諸藩王聽一聽吧。公主們亦是皇家之人，壽宜、端寧不在帝都沒法子，妳們既在，咱們皇家之事，自然有妳們的一席之地。文康姑媽上了年紀，長泰皇姊就代文康姑媽一起聽聽我東穆開國以來，第一樁太后毒殺太皇太后千載難逢之奇事。」然後指了指江念，道：「給江翰林放一案，備文房四寶。江翰林曾修過先帝時的史書，你就代筆記下今日之事，以後也可對後世子孫有個交代。」

大家的臉色都不好，儘管曹家是活不了了，但太后毒殺太皇太后的醜聞，不論發生在何朝何代，都是醜聞中的醜聞，而今慈恩宮眾人，無疑是要被載入史冊的一頁，尤其是諸位大臣，能到慈恩宮來的，無不是當朝重臣。到了這樣的身分地位，大家所求的便不只是權勢地位，最重要的，還有聲名，史書中的聲名。

韋相是首輔，自然當第一個表明態度，他的神色黯淡至極，筆直的身子微微佝僂，他起身道：「曹氏所行所為，倒行逆施，天理不容。只是，臣請兩位娘娘詳查，此事與陛下斷無半分干係。陛下偏頗外家是真，但對太皇太后的孝心也是真。」

雖然江念私心一直不大喜歡韋相，認為韋相私心太重，但不得不說，韋相雖有私心，卻也有忠心。這位老首輔的忠心很對得起先帝所託，此時此刻都願意站出來為皇帝說句話。早在太皇太后與蘇太后過來，沒有看到今年剛剛親政的小皇帝時，江念便有了不好的預感。

韋相這樣一說，蘇不語當即跟進，道：「曹氏罪責當誅，臣亦不信陛下會行此大逆不道之事，還請娘娘明察。」

之後是禮部葛尚書表示了自己對陛下人品的信任。

第四位是掌院宋學士道：「此事必得有個分明。曹氏糊塗，舉朝皆知，只是臣等未料其喪心病狂至此境地。陛下那裡，倘陛下真有不孝這心，斷不會召江侯爵帶海兵回朝。」

昨日掌控宮闈的就是這位對太皇太后忠心耿耿的江侯爵。雖則是曹氏找死，宋學士對江侯爵也沒有半點好感，暗道真是世風日下，牝雞司晨，怎麼就有這樣的狠人？

待大臣們表達過對此事的看法，趙王突然道：「當初先帝過身前，將朝政與陛下託付於母后，母后這些年為朝政何等辛勞，為國事何等操心？母后與父皇結髮夫妻，更是養育大了先帝，如今這樣的一位老人家，被這等不孝毒婦藉壽宴之日毒殺，你們可問過母后一句平安，便先為陛下開脫？恕本王直言，清者自清，濁者自濁，陛下是不是清白，日後自有分說。他若清白，母后難道會冤枉他？你們不過是外臣，陛下是母后的皇孫，母后心痛，勝於爾等百倍，便是我做王伯的，皆痛心皇家竟出此等人倫慘事。汝等心腸，何其冷酷？」

江念第一次見識到上一代藩王的本領，趙王在以秦王為長兄的一代藩王中居第五，如今不過不惑之年，一雙漂亮的桃花眼極是出眾，望之彷彿三十許人。趙王甫一開口，便給這幾位重臣一個下馬威。

如蘇不語這樣與太皇太后有幾分交情的重臣，聽趙王此言，明顯就有些慚愧。

蘇不語道：「殿下說的是，我等乍經此事，六神無主。只想著，還是得太皇太后拿主意才好，卻是未能多體貼娘娘如今的心情，更比我們失望傷心百倍。」

餘者大臣也紛紛表示，太皇太后您老人家可得保重身體，如今這等局勢都得您拿主意。

長泰大長公主拭淚道：「老穆家不知上輩子做了什麼孽，修來這等不賢不孝的惡婦！」

壽陽大長公主亦道：「當初曹氏子殺妻之事，我就說曹家所謀非小，你們這些大臣當時便磨磨蹭蹭沒個說法。現下如何？曹氏子當初敢殺公主後嗣，如今曹家女就敢毒殺太皇太后。幸而祖宗保佑，不然怕明兒昭德殿都得叫姓曹的坐了。」

壽婉大長公主更是彷彿完全忘了曾與曹家聯姻之事，她咬牙道：「曹氏以媳婦的身分毒殺婆母，此等毒婦，斷不能留！」

太皇太后平靜的臉上終於出現了一絲動容，她問：「依壽婉所言，當如何處置？」

壽婉大長公主起身，一雙眼睛冰冷深沉，她道：「便是在民間，媳婦謀殺長輩亦是死罪。何況，曹氏以下犯上，大逆不道。依臣妹看，當賜死！」

太皇太后繼續問：「曹家呢？」

壽婉大長公主額角沁出一滴冷汗，她家與曹家有聯姻，此時此刻，壽婉大長公主哪裡顧得上曹家，只恨不得立刻除了曹家以證清白。

壽婉大長公主道：「曹氏所為，必與曹家相干，若查屬實，便是謀逆大罪！」

太皇太后看向殿中眾人，道：「你們認為，曹氏當如何處置？」

這事大家實在不好說。

壽婉大長公主是公主身分，她是皇室的老姑太太，太皇太后的小姑子，有這樣的事，她暢所欲言無妨，但朝臣必然要慎重。還是首輔先開口，韋相道：「曹氏毒婦，辱沒先帝，更辱沒了今上，如何處置都不為過。只是，臣以為，適逢娘娘千秋，此時殺人於娘娘清名有礙，不若囚於冷宮，永世不得而出。」

若太皇太后答應留曹氏一命，便能說明，太皇太后對陛下仍是留有一絲情面的。一旦太皇太后鴆殺曹氏，這畢竟是陛下生母，可見太皇太后對陛下的情分便也到此為止了。

韋相的心思，在這滿宮人精看來並非祕密。此時此刻，沒人再說什麼，包括趙王。

誰都不敢揣測太皇太后的心思，倘太皇太后要與今上翻臉，於大家並無損失。倘太皇太后仍願意給今上機會，那麼這便也意味著，今上有重掌大權的機會。今日在此殿中建議賜死今上生母的人，哪怕曹氏幹的這事就是凌遲處死也不為過，但誰知道今上會怎麼想呢？

太皇太后道：「年輕時我尚天真，認為善因必然得善果，如今看來，並非如此。」

「皇家的事，你們又知道多少呢？」太皇太后嘆道：「昭明七年，曹氏與戚氏一同入宮，服侍先帝。當年秋，她二人先後有孕。我與仁宗皇帝十分歡喜，就想著先帝大婚後無子，如今兩位側室有孕，也是先帝的喜事。當時我問過太醫院竇院使，竇院使說她二人的產期約莫在五月的樣子。後來曹氏四月中產下長子，便是今上。戚氏在端午產下次子，就是如今的二殿下。」說著看向蘇太后，「太后還記得當年的事嗎？」

蘇太后道：「兒媳記得，兒媳當時聽到宮人回稟，說曹氏發動了，兒媳不放心，特意守在曹氏的宮室，待她生產後方到鳳儀宮，親自向母親報喜。母親還問兒媳，本是五月的日子，曹氏如何提前生了。兒媳想著，曹氏當年柔弱，提前生產，或者與其身子有關。」

「不，那是因為，當時曹氏服用催生的藥物。」太皇太后此話一出，便是趙王都露出震驚之色，更遑論他人。太皇太后道：「民間都說五月是惡月，生出的孩子於父母不利。再者，曹氏與戚氏同時有孕，誰先生產，誰就有可能生出先帝的長子。當時我看她生子艱難，仁宗皇帝與先帝又因這個孩子歡喜非常，故而，當時我雖對她早產這事有所懷疑，並未多言。後來此事雖查了出來，可那時今上洗三禮已過，將要準備滿月禮了，我猶豫良久，不忍這孩子剛下生就有不名譽的母親，最終還是瞞了下去。現下看來，就因我當年的一念之仁，便有今日毒殺之報啊！」說著，命人取出當年太醫院院使專用的祕檔，傳閱眾人看。傳到江念這裡時，江念的手都不由自主有些顫抖，他的眼睛落在那祕檔上，有太醫院院使的簽名與印鑒，還有就是加印的鳳璽，證明此事是當時的皇后如今的太皇太后知道的。

太皇太后把這等舊帳都翻了出來，曹氏是絕對活不成了的。

曹氏一死，接下來要面對的，就是陛下的事，陛下於曹氏之事到底知不知情？

太皇太后道：「陛下身體不大好，此事還是待諸藩王來朝，容後再議吧。」說完便起身離去。趙王連忙跟了上去，扶著太皇太后，一路隨太皇太后離去。

江念原本還在猶豫要不要把先帝的信交給太皇太后，此時見著趙王如此殷勤，江念頓時明悟，此時此刻，陛下顧不顧得，非能由他做主，但先帝可不止陛下一個兒子。

江念當機立斷，抄起今日記錄就追了上去，急呼道：「娘娘，今日所錄，臣已是寫好了，請娘娘閱覽！」

太皇太后駐足，卻是未曾回頭，嘆道：「不必了，我信得過江翰林。」

江念道：「娘娘，臣有事想單獨回稟。」

太皇太后此方道：「五郎先去吧，明日再進宮陪我說說話。先帝去得早，也唯有你們是我的主心骨了。」

趙王自責道：「兒臣遠在封地，路遠不知帝都事，倘知母後受此怠慢，兒臣與兄長們早來帝都為母后討要一個說法了。皆是兒臣們疏失，致使母后受此苦楚。」

太皇太后拍拍趙王的手，趙王那雙漂亮的桃花眼淡淡掃了江念一眼，方向太皇太后施一禮，出宮而去。

江念隨太皇太后到偏殿說話，江念請太皇太后打發了無關宮人，才沉聲道：「當年先帝召臣回帝都，曾吩咐過臣，倘有皇位震盪之事，便讓臣將此信交予太皇太后。」

話畢，江念上前一步，將這封他珍藏了足有四年的密信雙手呈上。

別看江念保存這封信長達四年的時間，實際上，他對這封信完全沒有半分好奇，也從沒有過打開來瞧上一眼的衝動與欲望。

因此事是先帝叮囑過，江念一直把此信當作燙手山芋。送上信，便欲告退。

太皇太后卻道：「你不同於別人，不必如此避諱。」

太皇太后身邊僅留了一位貼身的女官，那位女官瞧著年紀與太皇太后相仿，想也知必是太皇太后心腹中的心腹。女官驗過封漆，方打開信取了出來，恭恭敬敬奉予太皇太后。

信寫得不算長，太皇太后看過後卻是難掩傷感，這種傷感，比先時處置曹太后與商議今上的時候真誠的多。太皇太后良久方道：「你也看一看吧。」

女官將信送到江念面前，江念此時卻真正有些好奇了。他本是外臣，負責保管此信，他先時還猶豫要不要把信交給太皇太后，卻未想到自己竟也能一觀此信。他想像不出，先帝寫的是什麼樣的內容。太皇太后如此不避諱的令他同閱此書，難道先帝信中還提他了？江念想想就覺得不大可能，他與先帝君臣之義更甚於兄弟之情。

江念修過先帝年間的史書，曾有幸看過先帝的一些手書，認得出這是先帝的字跡。這字跡雖不算清透有力，卻也字跡飄逸，可見先帝在書寫此信時身體尚可。

先帝的信並沒有什麼客套話，開信便是：

兒思量許久，方決定留下此書，以防萬一。

皇后有孕，兒一喜一憂。倘皇后能誕下皇子，則此子為嫡子，縱兒一朝離去，有母后輔佐，皇后賢慧，只要此子資質尚可，縱日後守成，兒亦無可憂心之處。倘皇后誕下皇女，則為公主。兒曾笑言，倘有公主，必要與行雲姨媽做一回親家。行雲姨媽曾隨兒遠赴蜀地，對兒悉心輔導，兒以嫡公主相許，料得必是一樁上好姻緣。

兒今有七子，長子煊年方十一，尚是年少。倘無嫡子，儲君之位如何定奪？諸子尚小，資質難辨。皇子尚幼，諸臣必以長幼而論，母后胸襟，亦會傾向立長之說。依兒私心私意，長子煊並無過失，其他諸子亦難辯賢愚，不立長子，日後長子如何自處？立長子，煊年幼，其母曹氏卻非明慧之人。

兒欲效仿父皇當年所為，惜煊與曹氏母子情深，兒若令曹氏隨侍兒於九泉之下，煊將來難免受小人挑撥，反誤會母后與皇后，但有此意，必為大禍。倘留曹氏，煊心綿意軟，憂之為曹氏所誤。

兒，左右為難。

兒深思多日，此時兒心中之為難，他人不知，母后必知。

兒與煊父子之情，血脈之恩，倘煊為後繼之君，兒望其英明仁和，做一有為之君。兒時日無多，未料將來。倘其不堪帝位，又當如何？

萬里江山，乃父祖先人血汗所成，兒於帝位十載，戰戰兢兢。父於帝位十載，亦傾盡心力。母后輔佐兒與父兩代帝王，於江山所用心血，更勝兒百倍。兒縱有私心，亦不能不慮祖宗基業。母后看到此信，定是煊鑄就大錯之時。

煊少年登基，兒已有所安排，內有母后內閣共同輔政，外有柳家為援，待來日親政，理當順遂。若煊不堪造就，上有母后教導，下有韋相忠心，外有靖南公所攝萬軍，皆不能安穩帝位。可知此子非帝王之材，母后倘有明君人選，可令他子取而代之。

倘母后一時難決廢立之事，兒有一議，不知可否。

母后輔佐父皇數十載，輔佐兒十載，母后之才，決斷天下，更甚帝王。母后可暫時攝朝政，令煊病退後宮，以此，則外安朝政國事，內全煊之性命，亦是兒為父者之私心。

其他諸子，祈母后細度其才，倘有可堪教導之人，請母后不吝教導，以備為後世之君。

兒今不過而立之年，一朝故去，帝室衰落，在所難免。諸藩王非兒之兄長，便為兒之叔伯，倘藩王之子有天縱之才，兒無話可言。倘無此驚才絕豔之輩，望後嗣之君，仍取自兒之血脈。不然兒之血脈，斷難保存。

父皇臨終，將兒與江山託付母后。今兒不孝，先行離去，無可託付，唯付母后。

願母后千秋萬年。

落款是，兒穆梵親筆。

江念看完，落下淚來。

這種感覺，不知是因與先帝的兄弟關係，還是君臣之義。江念就是覺得，心中一陣又一陣的酸楚與傷感令他淚濕衣襟。江念輕輕拭淚，抬眼時見太皇太后依舊是那樣筆直坐在玉榻之上，這位至尊有一雙洞悉世事的眼睛，此時這雙眼睛一樣難掩悲傷。

江念哽咽道：「還請娘娘節哀。」

「江翰林，你官位尋常，才幹亦不過中上，但你是個很有運道的人。」太皇太后道：

「我這一生的心血，三去其二。」

太皇太后這樣的地位，其實與江念當真沒有什麼共同語言，太皇太后也不過是傷感之下方有此感嘆罷了。接著，擺擺手，令江念退下了。

江念回家的時間並不晚，他的精神也不錯，較之宮裡剛出事時六神無主的焦急樣，江念重新恢復了往日風采。

何子衿看他這氣色，就知道那信定是已交予太皇太后，不然斷不能這般輕鬆。

江念換了衣裳，打發了下人，方與子衿姊姊道：「先帝之深謀遠慮，常人所不能及啊！」然後與子衿姊姊細說了慈恩宮之事，包括先帝信中所寫內容。江念道：「先帝能得帝位，以往不少人都說，是因先帝為太皇太后所養育的緣故。這樣說也沒差，可先帝能有這樣的才幹，可見太皇太后在先帝身上花費了多大的心血。」

「這樣的心血，便是親生母子，怕也多有不及之處。」江念感慨道：「當初我還以小人之心，擔心太皇太后謀權。我的眼界還是太窄，虧得先帝臨終前提點於我，讓我只管跟著太皇太后走。先帝目光長遠，心胸豁達，不愧一代明君。」

何子衿遞了溫水予江念，道：「正因太皇太后對先帝悉心教導，方有今日先帝託付江山。一還一報，大抵如此。」

江念正在喝水，聽到「一還一報」四字，險些嗆著，擺擺手道：「快別說這一還一報。」悄悄將曹氏當年幹的事說與子衿姊姊知道，江念道：「這蠢笨婦人，就一門心思鑽營。當初能用催產的藥物，如今做出這種滅絕人倫之事也不稀奇了。」

何子衿有些不解，道：「太皇太后可不像那樣心軟的人。」

一碼歸一碼，太皇太后心胸才幹世間少有，像這種替曹氏瞞下催產之事，要是別個人一時不忍心瞞下來有可能，太皇太后從不是這樣的人。」

江念略一思量就明白了，道：「姊姊妳沒留意，當初曹氏產子之時是昭和八年，彼時先帝身分尚只是皇子。我聽說當初仁宗皇帝是病重之時方擇定皇儲，曹氏產子時先帝並非儲君。先帝只是么子，秦王是長子，倘先帝內闈爆出催產之事，這是有傷顏面之事，更有甚者，說先帝內闈不謹都是輕的。倘有心人拿此事做文章，先帝風評必然下降。」

何子衿恍然大悟，「想來當年太皇太后為著先帝的儲位，方將此事瞞下的。」

「我猜這是第一原因，」江念道：「太皇太后的城府深不可測。她雖將此事瞞下，太醫院院使的祕檔中，卻是有當時竇院使的畫押，還有太皇太后親自用了印的。這件事倘當年太皇太后全為私心，何必要用鳳印，畢竟這就坐實了太皇太后瞞下此事的事實，可反過來，又讓人覺得，太皇太后此舉也不算不光明正大了，起碼沒讓太醫院背鍋。我猜當時是為了先帝，先帝是太皇太后一手撫養長大，先帝才幹出眾，太皇太后希望能推他一把，故而瞞下此事。這些年，先帝在時，曹氏還算乖巧，太皇太后也就沒再提這事，沒想到先帝因病過世，諸皇子年少，最終立皇長子為新君。機緣所在，這件事就成了太皇太后手中的一個把柄。」

江念道：「太皇太后說一還一報，當初她一時心軟，為曹氏隱下催產之事，遂有今時曹氏毒殺之事，但何嘗不是太皇太后知催產之事，故而防範曹氏甚深。說真的，叫誰想，誰能想到太平盛世，敢有太后毒殺太皇太后這樣的事呢？」

何子衿道：「還是咱們小百姓家太平些。」

曹家伏誅後，緊跟著就是一批官員落馬，朝中空出好缺無數，江念都想著是不是再謀個外放。不過，通政司通政出缺，吏部直接調了江念到通政司做了四品通政。雖然與先時做翰林一樣是四品，但通政司何其要緊部門，簡直是直接從冷板凳到了熱炕頭。因有了新的職司，江念只得息了外放之心，三家卻是不想放過這等機會，湊到一處商議，江念道：「機會難得，現在但凡曹家一黨，最輕的都是丟官，先時曹家夥同李尚書安排的那一批都是好缺。如今空出來，搶的人可不少。想外放，現在是絕佳機會。」

沈素道：「是啊，阿玄和阿朱都有意謀一外任，我想著，全在帝都待著，帝都職司有限，我熬這些年，還算有些運道，如今在正四品上。他們願意外出看看，做些實務，倒也好。」

何恭想了想，道：「這話說的是，我看俊哥兒、興哥兒的心也活了。」

江念道：「重陽在大理寺兩年，也算有些經驗了，我瞧瞧有沒有知縣，縱是個小縣，能做正印官也好。」

沈江何三家能看到的機會，帝都大部分人都看得到，好在三家謀的都不是低品官缺，陸續都有了消息。重陽那裡謀了北昌府下頭的一地知縣，就是地方有些窮，比當年沙河縣還要差些。不過，重陽在北昌府多年，父母也都在那裡，重陽是極願意去的，尤其這可是做知縣，正經一地父母官。

三家人既高興所謀職司都有了著落，卻又要面臨著又一次子孫兄弟的分離。

何老娘約了女眷們一道去西山寺上香，給即將外放的孩子們燒幾炷平安香，何老娘還去地藏王那裡燒了香，悄悄與自家丫頭道：「聽說曹家三族都殺完了。妳說，我以前來西山寺燒香時，心裡詛咒過他家，還求菩薩讓他家倒楣，如今他家算是倒大楣了，是不是我詛咒的緣故啊？唉，主要是他家先時太可惡了，咱家這些人做著官，他家使絆子，評的都不是好評，多可恨啊。可我也沒想到這麼靈，他家這都死完了。」

何子衿立刻道：「祖母，您可真會想。曹家做的壞事多了，難道就您一人咒過他家嗎？再者，他家幹的事兒，不是誰咒出來的。兒媳婦毒殺婆婆，尋常人能做得出來？這事是您燒幾炷香給燒出來的？」

何老娘道：「要不老話說，天作孽，猶可為，自作孽，不可活。要天底下媳婦都跟前太后似的，這做婆婆的早死絕了。」

「可不是嗎？」何子衿順著老太太的話安慰了一番，老太太心中寬敞不少，起碼不會認為曹家倒楣是她老人家當初燒香燒的。

下山時，何老娘坐的是滑竿，秋風送爽，何老娘解了心事，精神很是不錯，又與沈老太太道：「為著孩子們的前程，咱們也不能攔著不叫外放，可這心裡到底記掛。」

沈老太太笑，「是啊，只得多添幾兩香油錢，請菩薩好生保佑他們。」

何老娘很是認同老親家這種說法。

沈氏與江氏在後頭說起孩子們各自放外的情形，要怎麼收拾行李，幾年一任，何時便可歸來。總之，孩子們還沒走，做父母的已開始掐著手指計算歸期了。

分離的日子來得很快，何沈兩家再加上重陽，五人都要外放。如今朝廷是抓了人立刻就得有官員補上，故而，就職文書辦得飛快，當然，你赴任的日子也得抓緊。

好在家裡在謀外放時，就提早就開始收拾東西，聘請師爺，安排忠心的下人，隨著孩子們一同外任。何子衿也忙著準備給弟弟和表弟、表外甥路上用的東西。

阿晏急吼吼回家，滿面春風地跟他娘道：「娘，岳父答應把吳姊姊許配給我了。娘，您趕緊去跟岳母商量我跟吳姊姊訂親的事吧。」

何子衿正看著單子，「我跟你說，多往外祖家、舅祖父家去，你這又往吳家去了？」

阿晏道：「外祖母、舅祖父知道我在籌畫娶媳婦的事兒，都叫我抓緊。」

看小兒子一副急得不得了的模樣，何子衿只得放下禮單，先說小兒子的事，「吳夫子真的答應了？不會是哄你吧？」

「怎麼是哄我？當著曹家的面，岳父親自說了，把吳姊姊許配於我。」阿晏口齒伶俐，接著就把事俐俐落落說明白了，道：「娘，您不曉得，吳嬸嬸的娘家曹家不是跟帝都曹家連了宗嗎？這回帝都曹家夷三族，他家真是險之又險，好在沒牽連上他家，不然真不知要怎麼著。就這樣，曹老爺的官也丟了，曹公子的功名也革了，他家就又往吳姊姊家去，說天說地賠禮道歉，想重續姻緣。岳父不大樂意，正趕上我在呢，岳父就說已是把吳姊姊許配與我了。娘，您先去把這親事定下來，不然岳家的面子不大好看，畢竟岳父把這話都說出去了，咱家可不能不接著呀。」

何子衿聽曹家這事都覺得稀罕，有什麼臉再去吳家求姻緣呢？

何子衿早相中了吳靜，見吳夫子都主動說了，阿晏又這樣喜歡她，何子衿笑道：「成，咱們這就過去。」立叫丸子備了四樣禮，一樣首飾、一樣衣料、一樣茶和一樣酒。

何子衿攜著小兒子往吳家去了，到地頭時，曹家人還沒走。何子衿一來，曹家人原本不大好的面色就更難看了，只是如今江家徹底翻身，曹家則是丟官的丟官，丟功名的丟功名，兩家已不可同日而語。

吳太太見著何子衿，連忙出來相迎，面上很有幾分尷尬，笑道：「嫂子來了。」

吳靜隨著母親出來，忍不住羞窘。

何子衿笑道：「還叫什麼嫂子，該叫親家了。」

吳家其實有些不好意思，吳家這樣的人家，當真是人品正直，要是江家正倒楣的時候許下兒女親事，如今江家重興旺起來，倒也沒什麼，吳家只有替江家高興的。但江家興旺後，又是吳家主動提的親事，吳家心裡便有些過意不去。

何子衿並不在乎這個，當初江念得罪了曹家剛來聞道堂時，其實肯與江念親近的人家，也就是徐吳兩家。倘吳家當真是勢利人，當初就不會親近失勢的江家。

於是，百忙之中，何子衿先與吳家交換了信物，給小兒子定下親事。待擇吉日，再行大定之禮。至於曹家如何，只聽說是回了家鄉，後來便不知其音訊了。

何冽俊哥兒沈玄沈朱重陽等人外放之後，何子衿又給阿昀定下了徐家姑娘。此時，江家因江念為四品通政，雙胞胎又是小秀才，倒有不少人家打聽雙胞胎親事，更有趣的是先時在大街上裝不認識阿晏的易翰林，竟重提兩家親事，把江念氣得說道：「竟不知還有此落網之魚？」有人這般三番兩次侮辱他兒子，這不就是侮辱他嗎？江念風頭正盛，家裡親近的都是翰林這一塊的，江念走了走關係，把易翰林發配到了冷衙門去了。

至於這其間的朝中之事，以江念在朝中地位，完全充當了一位看客。

今上因病於後宮修養，至於病癒的時間，或者是遙遙無期。

韋相辭去首輔之位後，兵部柳尚書升任首輔。

有趣的是，小唐大人當朝寫了封奏章，那奏章倒不是用來參人的，而是用來讚人的，讚美的還不是別人，正是小唐大人的師傅，吏部尚書李九江大人。小唐大人從他師傅如何絕親棄友打入逆黨身邊以調查曹家的逆謀大案說起，那溢美之詞，真是滔滔不絕，用小唐大人的話說，這是何等的品行，何等的犧牲，何等的無私，何等的偉大。

小唐大人歌頌了他師傅大半個時辰，把新任首輔柳首輔鬧得都有些懷疑，朝中有李尚書這樣偉大的存在，他是不是要把首輔之位讓賢啊？

被歌頌的李尚書聽不下去，對小唐道：「行了，先說正事，你這個以後再說。」

小唐大人肅容道：「難道還李尚書一個清白之身不是正事？李尚書犧牲名節，忠心為國的大義，這是大事中的大事。」

小唐大人堅持把歌頌他師傅的文章讀完，主要是，坐在上首的太皇太后沒有表示反對，之後太皇太后重賞了李九江，明明白白表示了對這位當朝重臣的看重。

當然，李九江先時都能師徒反目、自立門戶來取信於曹家，進而調查曹家謀逆之事，便是太皇太后不賞賜，人們心裡也明白，李九江定是太皇太后第一心腹之臣無疑。

轉眼又是一年冬來到，這一年有好大的雪。

瑞雪兆豐年。

西山萬梅行宮的梅花開得極俊，太皇太后興致更佳，於萬梅宮開了賞梅宴，帝都新貴雲集。何子衿有幸與江念同往，夫妻二人漫步在這梅花林中，何子衿笑，「這景致真好。」

江念悄聲道：「第一次來時，沒顧得上看，這回好生賞一賞。」

何子衿看江念如此輕鬆說起與生母第一次相見之事，便知他心中舊事全消，再無芥蒂，何子衿一笑，「好。」

夫妻二人攜手看景，遇著今年新襲爵的戚國公夫婦。戚國公夫人與何子衿說話，眉眼間格外和悅。戚國公則與江念寒暄，大家說幾句場面話，戚國公便道：「二殿下的經學先生年邁致仕，正想尋一位學識淵博的經學先生。」

江念笑道：「講學之事何其要緊，下官剛到通政司，難以分心，怕誤了殿下功課。」

戚國公微微一笑，想再勸幾句，見江念意已定，也只得作罷。

戚國公夫婦去後，工部右侍郎韋侍郎過來，說起韋德太妃所出六皇子的史學師傅辭官，問江念的意思，江念依舊是婉拒了。

何子衿尋思著，朝中這些人精，定是尋蹤覓跡各有各的猜測吧。

只是，江念再不願介入皇家之事。

江念道：「咱們家有咱們家的日子要過。」

何子衿點頭，「好。」

何子衿望向行宮重樓，那裡琉璃瓦鋪就的金頂，飛簷佇立著仙人騎鳳的脊獸，陽光白雪之下，是巍峨的皇家氣派。何子衿甚至可以遠遠看到，那重樓之上的一抹穠紫。

如今天下貴紫，由何人起，沒人不清楚。

穠紫之旁，有一青衣之人。

那抹玉青之色，讓何子衿隱隱覺得眼熟。

實際上，此時此刻，與太皇太后同在這瓊樓最高層的，就是何子衿的熟人朝雲道長。

自瓊樓向下，萬株梅林盛放，林間漫步之人，莫不是朝中顯貴，朝雲道長神色間頗多感慨道：「自少年離開帝都，一晃幾十年未曾登上瓊樓了。」

太皇太后道：「先時聽人回稟，舅舅有來過這裡賞景。既來了，為何不到瓊樓看看？」

「這裡是至尊所在，我少時也不過是隨著母親過來，而今是隨娘娘來。」朝雲道長道：「當年我的母親一朝離開，就再未來過。娘娘，不要走她的老路。」

太皇太后有一些冰雪樣的眼睛，帶著天然的清透與洞悉。儘管豔陽明媚，但冬季的風挾裹著雪粒席捲而來，在這高高在上的瓊樓之頂，似乎更見風雪冷厲。

太皇太后的回答融於風雪之中，送到朝雲道長的耳畔，她說：「好。」

朝雲道長退後一步，躬身輕施一禮，扶著內侍緩緩離去。

朝雲道長自瓊樓下來，心情難免有些沉重，但一出瓊樓便看到自家女弟子正在站在不遠處的一棵梅樹下朝他揮手，笑得陽光燦爛。朝雲道長立刻不用人扶了，老手臂老腿嗖嗖幾步就過去，與女弟子有說有笑起來。

冬日豔陽之下，北風挾帶碎雪，又一個風華絕代的年代來臨了。

（全文完）

番外篇

之一：師徒和好記

小唐大人近來很是煩惱，他入仕多年，沒經過如此驚天大逆轉，不怪他誤會了他師傅。這叫誰能看出他師傅當初是去做臥底的啊？

是的，小唐大人煩惱的就是跟他師傅絕交斷義之事。

真是愁死他了，本來在第一時間知道他師傅是做臥底時，小唐大人立刻就飛奔過去賠禮道歉了，結果沒見著他師傅。他師傅太忙，現在忙著收拾逆黨，根本不在家。

打聽出他師傅就在刑部，小唐大人立刻打包好暖心暖胃的好湯好水過去探望。小唐大人一向大手筆，知道現在三司都在刑部忙，他叫了帝都太平居的席面過去給大家加餐。到他師傅這裡，更是做了自家的私房小菜，大家吃小唐大人的席面，自然要說小唐大人的好話，蘇不語都打趣：「九江，你有小唐這樣的徒弟，比我家三個兒子都體貼。」

小唐大人一邊給他師傅擺飯菜，一邊道：「那是。不是我說，自從我爹過世，在我心裡，我師傅就是我爹啊！」這年頭師傅如父子的話不假，小唐大人也重情義，不然先時不能因為他師傅跟曹家攪和在一起，就氣成那樣。故而，小唐大人這話雖有些肉麻兮兮，但師徒二人在決裂前的確很親近。

小唐大人那一臉諂媚，李九江有些看不下去，擺擺手，「行了，我自己吃！」

「師傅，您上知天文下知地理，啥不會啊？這不是您這些天正忙，弟子我想盡一盡孝心嗎？」小唐大人不愧是管內務司的，那種種周到甭提了。

蘇不語揶揄：「小唐，我也算是你師叔，你也過來孝敬我一下呀！」

小唐大人義正辭嚴：「今天有我師傅在，我可不能離了我師傅。」

小唐大人看左都御史鍾大人都只吃飯不說話，還道：「鍾大人，如今誤會都解開了。當初我師傅那也是為了探一探逆黨的底細，不得已的，你們現在和好了吧？要是還覺得彆扭，我來擺酒，我給你們說和說和。」

鍾御史吃著太平居的席面覺得不錯，但人家生就一副鐵面孔，「不勞唐大人費心。」

「不費心不費心，我這主要是為了我師傅，順帶捎上你。」

杜寺卿險噴了飯，別開臉道：「小唐大人莫要說笑，我等上了年歲，怕嗆著。」

小唐大人道：「別人說上了年歲怎麼著的我信，杜大人我可不信。您是誰啊，您是北少林的外門弟子。當初我真慶幸我師傅是與鍾大人幹架，要是跟你，還不得被你打趴下啊！」

杜寺卿這回是真的搶著了，小唐大人趕緊著人給杜寺卿敲背順氣。

杜寺卿被小唐大人鬧得氣不是惱不是，李九江道：「食不言，寢不語。」

小唐大人只好不說話了。

接下來，小唐大人日日這般殷勤妥貼。

人人都說，李尚書有小唐大人這麼個徒弟，真是比兒子還強百倍啊。

當然，這只是說法之一。

說法之二是：「小唐大人可真會趁熱灶，李尚書名聲掃地時，小唐大人便過去割袖斷交，今李尚書大紅，小唐大人立刻獻殷勤。論鑽營，小唐大人居第二，誰敢說自己是第一？」

當然，這種酸話小唐大人才不會放在心上，可他都送湯送飯大半個月了，他師傅好像沒有揭過前事的意思。他真不是有意的，那會兒誰能看到他師傅是裝的，他是真的以為他師傅與曹家沆瀣一氣了。勸半天也不管用，他一氣之下，才說要絕交的。如今既知是誤會，他當然要把絕交的話收回來了。

至於覆水難收啥的，在小唐大人這裡完全不是問題。

但好像在他師傅那裡，挺是個問題的。

小唐大人殷勤許久，他師傅還是冷冷淡淡的，把小唐大人鬱悶得不行。

好在小唐大人主意多，除了給他師傅送湯送飯，小唐大人還給他師傅送了十套新袍子。當初他不是把他師傅的一件袍子割壞了嗎？這個……這個算是賠的。

他師傅把袍子收下了，依舊是那副冷淡模樣。

小唐大人還真找到了蘇不語師叔，雖然這個師叔沒在他們師門的門牆內，但蘇師叔的生母與他師傅的生母是親姊妹，兩人算是兩姨表兄弟，故而蘇不語常自稱師叔。

小唐大人道：「您說，我師傅怎麼這麼難哄啊？」

「他現在性子好多了，年輕那會兒更彆扭。」蘇不語煮好茶，給小唐倒一盞。小唐慢呷一口，苦得險些吐出來，他倒吸口氣，「蓮芯茶？」

蘇不語道：「是啊，符合你現在的心境。」

「哪有這麼誇張？師傅看著不像在生我氣的樣子，但也總是不樂。師叔，您聰明，您說說這是什麼緣故啊？」

蘇不語道：「這個啊，說不得是他在考驗你。」
「考驗我什麼，我還用考驗？」
「考驗你的眼神。當初我有沒有勸過你，讓你等等看，你就急吼吼過去割袍斷交了。」
「那會兒哪裡等得，外頭人都說他跟曹家攪在一起，別人能看熱鬧，咱們能看嗎？我是去勸他，他不聽勸，一來二去，我也是一時衝動，就把他袖子給那啥了。」
「你當時怎麼割的啊？」蘇不語好奇得緊。
小唐大人沒明白，「割什麼呀？」
「不是說你帶刀過去，把你師傅的袖子割了半截嗎？」坊間都傳你師徒倆斷袖啦！
「沒有的事兒，我去勸師傅，帶刀做什麼呀，又不是尋仇。」小唐大人道：「是我一直勸他，他不聽勸，又要走，我不叫他走，他非要走，我一急就拽住了他袖子。也不知是我力氣大，還是他衣裳不結實，嗤啦一下子，一隻袖子就被我給拽下來了。」小唐強調：「我可是賠了十件新的給我師傅。」
看蘇師叔問來問去的，小唐大人道：「師叔，您到底有沒有主意啊？」
蘇不語憋笑，「有個主意，就不知你能不能用了。」
「啥主意，只要有用，我一定用。」
蘇不語神祕兮兮在小唐大人耳際低語幾句，小唐大人連連點頭，深覺蘇師叔是好人。
離了蘇師叔家，小唐大人開始動腦筋，熬了半宿，寫了封厚達三公分的奏章，當朝歌頌他師傅犧牲名節做臥底的高尚品質。對，就是那封肉麻了半朝人的奏章。

結果證明，果然人人都愛聽好話，他這奏章一上，他師傅看他的眼神彷彿欲言又止。小唐大人當下認為，蘇師叔出的這法子還是很管用的。

奏章是面對朝廷百官的，小唐大人索性一不做二不休，他準備寫本書，面對百姓來歌頌他師傅。待小唐大人這書寫成了，還特意拿過去給他師傅先看一遍，讓他師傅過目後，他再去印。要是師傅哪裡不滿意，他還能當時改一改，修一修啥的。

李九江看過小唐大人這書，深覺大開眼界。

小唐大人還跟師傅說自己的計畫：「先印他三萬本，好叫世人知道師傅您品行高潔。」

李九江誠心誠意道：「這就不必了。」

「必須的！」

「真不必了！」

「一定得要！」小唐大人堅持，他還有後續計畫，道：「我跟國子監的老沈說好了，屆時我親自去國子監講學，就像當年師祖在國子監講學一樣。我沒師祖那學識，我就專門講講我這書，也宣傳一下師傅您。」

李九江連聲道：「不許印！」

「師傅，您就是太謙虛了。」

「行了，你只要不印這破書，以前那事就算了。」

「真的？」小唐一喜，又道：「不會不理我了吧？」

李九江頭疼道：「我哪裡有不理你？」

「那我向您賠禮道歉送飯送菜，您怎麼對我那樣冷淡？」

李九江輕咳一聲，「我這不是怕你一激動再拽掉我袖子嗎？」

這算是諷刺嗎？反正小唐大人不管是不是諷刺，他還得寸進尺了抱怨了師傅一通：「我那是著急，又不是故意的。師傅，您當初就應該告訴我實情，這樣我就不會誤會了，而且，我還能夠幫您呢。」

李九江道：「你已經幫我了。」

「真的？」

李九江很真誠地點頭。

是啊，小唐大人明明只是扯掉了師傅的一隻袖子，卻演變為拿刀砍掉了師傅一隻袖子。當時明明只有師徒二人的行為。那麼，這件事怎麼傳出去的，結果不是顯而易見嗎？

至於小唐大人取得師傅原諒後，三司那裡也跟著恢復了往日的食堂餐，蘇不語還說：「小唐怎麼不來送飯了。」

李九江心說：還不是你給出的餿主意！

李大人原本的計畫是，起碼把曹家這案子了結後，再恢復師徒情義的。

之二：雙胞胎

雙胞胎是訂親後才知道自己重新成了婚姻市場的香餑餑，那個曾在大街上裝作不認識他們的易翰林突然跑過來重提親事，然後被他們爹給收拾到冷衙門去了。

當然，易翰林調任的事不提，但從易翰林此人的舉止，便可知如今帝都的風向球。

何子衿特意囑咐了雙胞胎幾句，大意就是，徐吳兩家都是咱家落魄時候的貧寒之交，當初多少有交情的人家都遠著咱家，徐吳兩家待咱家反是親近，可見兩家的門風。她擔心雙胞胎他們看家境好了，會改變主意，更願意親近那些家世好的姑娘。

雙胞胎並不如他們娘想的那般嫌貧愛富，他倆現在忙著戀愛還來不及，哪裡會在意岳家的家境？再者，用雙胞胎的話說，君子愛財，取之有道。他倆自詡為小君子，就是愛財，也是愛自己攢。雙胞胎其實很有些大男人主意，媳婦嫁妝什麼的，兩人要說沒考慮過是假，但依兩人的心眼，與徐吳兩家來往這麼久，早知道兩家的家境。倘是在意貧富，就不會總三天兩頭往岳家跑了。

雙胞胎道：「媳婦有沒有錢都不要緊，反正我們有錢。」

隨著漸漸長大，雙胞胎做人很有一套。他倆去岳家，鮮少空著手的，常帶莊子裡的出產或他們娘胭脂鋪的胭脂膏，還時常去街上買些小禮物送未婚妻。

兩家丈母娘都說：「又不是多少時日不來，帶些東西倒罷了，你們這隔三差五就過來，不要總帶東西了，家裡都有。」

雙胞胎道：「都是家裡土物，並不貴重，家裡都用得到。」

貴重的就是他們娘胭脂鋪裡的胭脂膏，雙胞胎過去，還不用花錢。

別說雙胞胎這樣熱心，雖然時常被老丈人拉著問功課寫文章，老丈人們覺得，女婿應該把心放在讀書上，這秀才只是科舉路上的開始，後頭還有秋闈春闈要考。這成天來老丈人家算是怎麼回事，擔心耽擱了女婿前程。

兩位丈母娘倒是很歡喜，誰不喜歡這樣的女婿啊，一看就體貼。再者，因江家官復原職不說，還調到了更有前途的實權部門通政司，所以，老丈人們普遍心寬，因這年頭親事一定，就鮮有更改的。像吳曹兩家，倘不是曹家非得與帝都曹家連宗，吳夫子不恥其所為，不然縱曹公子婚前有姬妾通房，吳家也不會退親的。

丈母娘們心細，因著江家現在更加興旺，丈母娘就擔心江家會不會覺得自家現在不夠顯赫。縱不會悔親，可做親娘的，不能不擔心閨女以後的日子好壞。

女婿這樣的殷勤，倒是叫丈母娘們打消了心裡的擔憂，格外熨貼起來。

雙胞胎過來，也不全是看望未婚妻談戀愛，他們還要到舅舅家的舉人堂聽課。是的，沈素因進士堂的生意好，早在數年前就又開了舉人堂，是幫助秀才們考舉人的補習班，堪稱秀才們的指路明燈。雙胞胎聽課免費，他倆已是秀才，就常過來聽課，中午在岳家吃飯。

上課戀愛兩不誤，雙胞胎非但岳家跑得勤，他們正式的訂親禮還沒舉行，就先到朝雲祖父那裡打了招呼，以後有了兒女，還得請朝雲祖父幫著取名字。

朝雲道長大悅，讚揚雙胞胎有品味有見識。

雙胞胎道：「祖父，將來那名兒，可得刻在玉牌上。」

朝雲道長道：「那是，我給你們用上等玉做玉牌，好不好？」

雙胞胎頓時覺得，朝雲祖父就是他們的知音啊！

至於他們的爹是不是也有給孫子的賦名權，雙胞胎表示：爹給取名兒，頂多就是把名字寫紙上，祖父給取名兒，卻是把名字刻玉牌上，當然是讓祖父取好啦！

江念：老子明天就去進一噸好玉！

雙胞胎這勢利眼，其實是看人的。

雙胞胎對未婚妻就一點都不勢利，因為三家人先時只是交換了信物，算是小定，大定的日子還沒定。大定就是正式換名帖擇吉日寫婚書的訂親禮。何子衿卜了吉日，請兩家親家挑選過吉日後，她就得開始準備給雙胞胎的訂親禮。

雙胞胎的聘禮要怎麼準備，一樁樁的皆不能馬虎。

好在有長媳蘇冰幫忙，阿曦也常過來看看。

相對於世宦之家的蘇家，徐吳兩家都是尋常的書香之家，不過，雖然徐山長和吳夫子都未出仕，但在這個年代，書香之家皆是清貴人家，很受人尊敬。何況，徐山長是江北嶺的弟子，而吳夫子雖然無功名，才學上卻是很受坊間認可。

就是兩家嫁妝不算多，徐家徐瑤是么女，哥哥姊姊雖然做官的做官，出嫁的出嫁，但知道妹妹訂親，都著人捎了東西和銀子回來。徐家的嫁妝在一千五百兩左右，吳家就要少些，吳夫子這個性子，學問是有，卻不是能發財的料，吳靜的嫁妝在五百兩左右。

好在雙胞胎卜了吉日，兩人的吉日沒有一天是相同的，故而並不在同一日訂親。

何子衿並不嫌媳婦嫁妝少，何子衿道：「當初三姊姊和阿文哥成親，嫁妝也就這些，如今日子多麼紅火。這日子啊，哪裡在成親時有多少聘禮多少嫁妝，日子都是自己過的。」

江念道：「是啊！」倘先時想給兒子尋富貴人家，就不會給兒子定下兩家的親事了。江念看中的，原也不是兩家的富庶。

江家這些年有何子衿經營，江念也不是只知做官的呆子，攢下的家當卻是不少。何子衿尋思著要不要多給些聘禮，又怕親家為難，因為時下規矩，聘禮和嫁妝基本上是相當的。

江念道：「這卻不必，兩位親家都是清肅人，咱家出太多聘禮，反叫親家為難。當初阿曄聘禮約莫在萬兩左右，雙胞胎這裡，除去下聘的銀錢，把剩下的銀子等他們成親給他們，然後就隨他們怎麼過日子吧。」因近來帝都落馬的人家不少，不少宅院田地出售，江念還在就近置了兩處四進大宅，江念道：「待雙胞胎成親後，咱們就分家。」

分家啥的，江念這位原裝古人比何子衿這穿越來的還想得開，江念是認為，分家有助於鍛煉小兒兩家單獨過日子的能力。

何子衿卻是不想這麼早把孩子們分出去，她家裡人又不多，何子衿道：「再說吧，訂親還沒定呢，成親的日子更遠。」

待何子衿把聘禮單子禮好，雙胞胎還要求看了看。因雙胞胎漸漸長大，家裡的事，何子衿都會與他們說明白，就說了以後再補他們銀子的事兒。

雙胞胎道：「娘，眼下帝都可是有不少好地出手，要不，您現在就把銀子給我們，我們趁這個時機置些田地。田地雖不能發財，卻是個穩當進項。」

何子衿想了想，就把剩下的銀子算好，待雙胞胎要置地時再跟她要。

雙胞胎為了買地，跟他們娘舉債了，一個借了一千五百兩，一個借了五百兩，兩人一人置了十頃地。這裡頭的銀錢用項，何子衿也與長子夫婦交代了一聲，至於雙胞胎借的銀子，江念說了，明年要能全都還清，就不算利息。要是還不了，就按銀莊的利息算。

雙胞胎一聽一年還不上就要算利息，那是拍著胸脯保證，定能把爹娘的銀子還上的。

至於雙胞胎過日子的本領，真是還未成親就名揚岳家了。

兩家丈母娘都打內心感到欣慰：自己嫁的是不通庶務的書呆子，到閨女這裡，總算是比自己有福啊！

至於雙胞胎成親後的日子，用何老娘的話說，誰要嫁了雙胞胎，想過不好日子都難。便是徐瑤和吳靜，過門後雖有些不大適應官宦人家的應酬，但在婆婆與大嫂的指點下，她們二人都是聰明伶俐的女兒家，便也漸漸上手了。

不過，這樣順遂的日子也不是沒有煩惱，雙胞胎最大的煩惱是，他們爹總想著分家。

倒不是爹分家偏心眼，父母一向公道，就是分家也說會分四份，父母一份，餘下的三個兒子平分。他們爹還一副很理解年輕人的口吻道：「我聽說現在的年輕人都愛自己過日子，自己當家做主，這樣也自在。」

反正不管爹怎麼說，雙胞胎是死都不分家的。

幹嘛要分家啊？雙胞胎真是想不通。他們就想吃家裡住家裡，省錢又熱鬧。

雙胞胎找來東穆律例給他們爹看，上面清楚寫著：父母在，不分產。

雙胞胎：不能讓爹您知法犯法！

或許是因分家翻刑律的影響，阿昀竟找到了人生方向，後來在刑部做得很不錯，至於阿晏，這小子是天生的理財好手，江念道：「小摳門也能成才啊！」深覺不可思議。

何子衿笑咪咪地說：「這就叫天生我才必有用。」

江念笑，「下一句切不可與雙胞胎說。」

因為啊，雙胞胎最不喜歡的詩句便是李太白的這句「千金散盡還復來」。用雙胞胎的話來說，怪道李太白晚年落魄，便是觀念所致。

好吧，雙胞胎無甚詩才也是真的。

之三：大仙

曹家夷三族之後，江家跟著鹹魚翻身，江念也有了更好的去處，他去通政司當差。

因著江念在太皇太后處置謀反的一干人等時，對江念絕對的另眼相待，不少人對江念有了許多猜測。這些猜測五花八門，但有一個猜測在江家還沒有留意時，已是甚囂塵上。

那就是江念江通政是不是真的精通占卜之術啊？

當年江通政當朝痛斥曹太后、抽曹斌一記耳光時，曾說過「曹氏邪祟，有礙帝室，有礙帝星」，更是詛咒曹家「將來闔族必死無葬身之地」，如今看來，可不就應驗了嗎？

如今許多大臣想到江通政當時所言，不由都懷疑江通政是不是真的精通占卜術。

不少人多方打聽才曉得，原來善占卜的不是江通政，而是江太太。

江太太的占卜術如何了得，北昌府至今還有江太太的傳說呢。

不過，北昌府離帝都太遠，一時間，江太太的名聲還得不到證實。直至後來發生了一件不得了的事，落第多年的吳夫子，與江家結親，在吳夫子打算再下場一試時，女婿江晏拿了一塊自家母親做的改運金牌給吳岳父，讓吳岳父帶著，並說帶著這金牌，考試必中。

吳岳父不以為然，吳太太道：「親家母特意花心思費精力做的，你若不佩在身上，豈不是枉費了親家的一番好意？」

吳夫子只好帶著。

這麼一塊平凡的金牌，看不出有任何出奇之處，上面只有神人看不懂的玄奧花紋，但就是這塊金牌，落第多年的吳夫子，春闈之後竟然金榜題名，高居榜眼，順利入了翰林。

要說先時還是傳說，這可就是真真確確的事情了。

吳家為此送了份厚禮給江親家，何子衿笑道：「這哪是我做的，怕是阿晏隨便哪裡得的。親家幾番落第，阿晏是擔心親家心緒不寧，這才弄來個小金牌吧。」

雖然江太太不承認是自己做的，但有事實為證。事實就是，江太太娘家弟弟和兒子科舉都會佩這金牌，果不其然，人家家裡文風多旺啊！

眾人認為江太太是謙虛，為善不欲人知。

無奈江太太不肯承認，許多想替兒孫求金牌的，遂也不好開這個口。

江太太的大仙名聲，便只是個傳聞。

何子衿在家裡興旺之後，是真的很少再行占卜之事了。給吳夫子的金牌，到底是何大仙做的，還是阿晏自己弄的，這就成了大仙傳說生涯中的一個謎。

但有一事是真的記入了野史。

那時，何子衿已上了年紀，太皇太后突然遣內侍送了一套占卜器具來。何子衿看後，倍覺眼熟，想了想，這才想到，這不是她少時自朝雲師傅那裡得到，後來又歸還到朝雲觀的龜殼與金錢嗎？

太皇太后是請何子衿過去興國侯府，為興國侯江行雲江侯爵占卜。

江侯爵病久矣。

太皇太后親自吩咐，何子衿不好不去。

江侯爵臥在精緻繡榻上，年輕時的絕代容顏已老去，但在江侯爵眼睛輕睜的那一瞬，那樣強大的氣勢瞬間迸發開來。見到是何子衿，江侯爵眼中精光斂去，「江夫人怎麼來？」

何子衿說明來意，江侯爵道：「我這樁心事已有許多年了，多年前我便不再查了，不想，娘娘卻是一直記在了心裡。」示意何子衿坐下說話。

到江侯爵的地位，這樣的年紀，似也沒什麼話是不好說的。江侯爵要問的是一樁如今說來也頗令人不可思議之事，江侯爵道：「我少時有一個同胞弟弟，有一年，西蠻出兵西寧關，父親出去打仗，弟弟於亂軍中走失了。後來我在江南隨仁宗皇帝征戰，靖江逆王曾著人帶了一塊弟弟當年失蹤時隨身所戴的玉佩給我，我怎麼肯受此要脅，當時就把送玉佩的人殺了。自此之後，再沒有弟弟的消息。聽說妳善占卜，要說我此生還有什麼牽掛，就是這事。」

何子衿道：「我多年未曾占卜了，今日勉力一試。」

江侯爵微微頷首。

若非太皇太后令何子衿過來，依江侯爵的性子，怕不會再提此事，更不會問什麼大仙。

何子衿儘管多年未曾占卜，但她當真不負曾經小仙、大仙之名，手法依舊流暢，帶著一點骨黃色的龜殼與澄黃的金錢在何子衿手中翻飛出無數奧妙。待金錢落地，何子衿看一看卦相，道：「侯爵想問什麼？」

「我的弟弟還在世嗎？」

何子衿搖頭，「不在了，但這卦尚有一息之氣，可見其後嗣仍在世間。」

饒是江侯爵這樣的傳奇人物在聽到此話時，都不禁心緒震盪。

江侯爵直盯著何子衿問：「可能算出他的後嗣在何處？」

何子衿搖頭，「卦相只是一點指引，具體的地點是算不出的。自卦相看，其後嗣並非福薄之人，但你們兩脈後人會有重逢之日。彼時令弟後人中會有一位……啊！」忽然低呼。

江侯爵道：「可是有何不妥？」

何子衿望一眼江侯爵，道：「自卦相看，你們兩脈之人相逢之時，令弟後人中會有一位姑娘有鳳凰之兆。」

「鳳凰之兆？什麼意思？」江侯爵與算命師打交道，這還是頭一遭。

「有鳳儀之相。」

鳳儀宮唯中宮皇后可居。

江侯爵問：「能算出何時方能重逢嗎？」

何子衿道：「卦有雙生，侯爵的後人中出現雙生子時，三十年內他們便能相逢。」

江侯爵眼睛不知看向何方，或者是回憶起曾經的往昔，或者只是靜靜出了一時的神，良久江侯爵道：「這樣也是好的。」又對何子衿道：「有勞了。」

何子衿起身施一禮，告辭離去。

百年之後，當鳳儀宮宋皇后偶爾翻閱一本藏書時，見此記錄，問道：「這是真的嗎？」皇帝過去看了一眼，道：「前興國侯府的確是起家於江行雲江侯爵。江侯爵本姓宋，出身西寧將軍府宋家，因少時多病，請高僧算了，命中缺水，非得改姓江不得平安，遂改姓江。後來果真建功立業，女子封侯，本朝唯此一人。江侯爵也確有一位弟弟少時遺失，至於這則占卜的故事是不是真的，就不曉得了。」

宋皇后倒是很有興致，道：「興國侯府既然是自江侯爵興起，皇帝怎麼忘了，吳雙和吳玉便是雙生子。」

皇帝並不願意提起這對逆賊兄弟，當然，吳雙和吳玉是後來這對逆賊改的名字，這對逆賊原該姓馮的，而江侯爵當年所嫁丈夫馮飛羽，亦是史書名人，所以，興國侯府這一支，初時姓江，後來都是姓馮的。皇帝道：「倘這麼說，嘉言妳現在是朕的皇后，難不成妳家祖上與江侯爵的祖上同出於宋家？」

宋皇后笑道：「倘此事為真，也說不定，聽聞宋家人生就美貌，我爹當年便因貌美，險自狀元跌落到探花去，可惜我這相貌不肖父親。」

皇帝知道宋皇后的心事，便因出身寒門，宋皇后當年入主鳳儀宮，很受了些阻礙。聽皇后自陳不甚貌美，皇帝連忙道：「哪裡，嘉言妳於朕心中，無人能及。」

宋皇后微微一笑，那上挑的眼尾飛揚出一絲颯爽氣，對於文官家族出身的女子，有這樣的英氣格外難得。宋皇后道：「縱非真話，我也愛聽，陛下可時常說來討我開心。」

皇帝大笑。

之四：朝雲道長

在這青山碧水之地，我遇到了我的親人。

朝雲道長第一次見何子衿時，當然不會覺得小子衿像他的姊姊。儘管彼時朝雲道長比所有人的認知中都更早得知了姊姊過世的消息，但何子衿真的與姊姊長得完全不像。

何子衿是杏眼桃腮的相貌，有蜀女獨有的雪白皮膚。這樣的好相貌，本就能討得大人的歡心。但他的姊姊是那種特有的鳳眼飛揚的模樣。不過，朝雲道長依舊很喜歡小子衿，儘管名字著實是土了些。

子衿，就是衣領的意思，這名字簡直是土得掉了渣。

不過，當朝雲道長知道何子衿的爹就一秀才時，就不覺奇怪了，一般秀才就愛取這種酸不拉唧的名字。所幸小姑娘委實聰明，不像她的父親，更像她的舅舅。

難得的是，小小年紀就愛下廚做吃食，什麼糕啊什麼餅的，還特愛給朝雲道長送一份。朝雲道長彼時龜毛得很，經常挑剔，但下一次再送來時，絕對比上一次的味道有進步。

山上的生活並不清苦，卻是寂寞，尤其是對於身世複雜的朝雲道長，能有這麼位小姑娘三不五時過來獻殷勤，朝雲道長嘴不說，心裡還是很受用的。

讓朝雲道長對小子衿另眼相待的原因是，這孩子有一種難得的通透。

這種通透並不是少年人意氣時的視金錢如糞土，相反的，小子衿一點不視金錢為糞土，她還挺愛錢，不過也僅限於愛自己的錢。那綠菊是朝雲道長閒來無事的消遣，後來朝雲道長沒了興致，沈素覺得稀奇討了去，轉手送給小子衿，討外甥女開心。小子衿初時想必就是當隨便花草養著，其後朝雲道長告訴小子衿，這是珍品中的珍品，小子衿問：「值錢？」

朝雲道長當時就被這丫頭俗了一臉，不過，朝雲道長看人家姑娘一臉認真，大眼睛眨啊眨的模樣，只得點點頭，說出平生第一句大俗話：「老值錢了。」

然後，小姑娘就對那綠菊格外寶貝起來。綠菊能養起來，不是一天兩天的心思，小子衿足足伺候了五六年，方養出了純正的綠菊。然後，人家就憑這綠菊發了財。

用小子衿的話說：「發大財了！」

朝雲道長打聽，以為賣多少銀子，結果不過幾千兩。

好在朝雲道長這幾年深受小子衿影響，很知道幾千兩銀子對於普通人家是了不得的，尤其是何家，這並不是個富裕的家庭，但這個家庭也很不錯，尤其不錯的是，賣花的銀子是小子衿賺的，何家並未貪女孩兒的銀子，而是給她置地存了起來，依小子衿的精明，地契上當然是寫得她的名字。是的，這樣精明的女孩兒也很罕見。

不過，精明的同時，小子衿還是個罕見的大方人。

據朝雲道長所知，小子衿跟父親商量後，父女倆私下託人給遠在帝都的沈素捎了一千兩銀子過去，擔心沈素在帝都做官，要養活一家老小，日子不好過。

這件事是小子衿的提議。

這是個仁義的孩子，朝雲道長想。

小子衿非但仁義，還是個傻大方，自從賣花得了銀子，小子衿自覺成了富戶，時常買東西送朝雲道長。那牛氣哄哄的大方勁兒，彷彿自己腰纏萬貫。尤其小子衿現在還有了小小的追求者，就是除了子衿姊姊去茅房不跟，其他時候都要跟的小阿念。

朝雲道長第一回覺得這個孩子與長姊相似，是第一次請小子衿吃螃蟹的時候。知道小子衿喜歡吃螃蟹，朝雲道長這裡每年都有最大最好的螃蟹。

小子衿不但自己過來吃，她因是家裡大姊，後頭時常跟著小阿念與小阿冽。吃螃蟹時，朝雲道長慣常老生常談：「螃蟹性寒，都不要多吃。」

一人給一個，當然，這螃蟹大，一個就有半斤多。

小子衿最是熟練，年紀雖小，蟹八件卻用得叫你眼花繚亂，三下五除二就把螃蟹入肚，剩下的蟹殼她還能完整再拚出一個螃蟹來。之後，小子衿就開始教導弟弟們吃螃蟹了。

小阿念略大一歲，手上還算熟練，可以自己慢慢吃。

小阿冽就不成了，小子衿便道：「來，姊姊幫你剝吧。」

可憐的小阿冽，自己的大螃蟹沒吃一口，讓他姊姊一幫，大半個入姊姊肚裡，小阿冽吃不吃得到一口得看運氣。這直接造成阿冽自小就不愛吃螃蟹，他覺得這玩意兒太難剝了。

小阿念不同，小阿念心眼多些，看子衿姊姊非但幫著剝，還幫著吃。而且，與小阿冽不喜歡螃蟹不一樣，小阿念喜歡吃螃蟹。小阿念看子衿姊姊在「幫」阿冽，自己埋頭吃半隻，剩下半隻等子衿姊姊「幫」完阿冽，小阿念就乖乖表示：「子衿姊姊也來幫我吧。」

子衿姊姊欣然應允，一邊幫忙，一邊還學著朝雲道長老氣橫秋的口吻道：「你們小，這東西性寒，不要多吃。」

小阿念便從善如流地點頭，「好。」

不過，這孩子一向有自己的要求，他道：「姊姊，妳像餵阿冽一樣餵我。」

「跟你說要少吃了，乖，聽話。」

「我就再吃一口。」

「好吧。」子衿姊姊餵一口，剩下的小阿念就看著子衿姊姊迅速解決了，小阿念很有邏輯地問：「姊姊，妳也只比我大兩歲，吃這麼多，會不會也對身體不好？」

「我這不是怕浪費嗎？浪費是罪，為了不讓你們犯罪，我只好勉為其難幫你們吃啦。」子衿姊姊裝模作樣教導兩個弟弟。

朝雲道長坐在不遠處，忍俊不禁，眼中似有一抹流光閃過。

在那個少年時代，他同樣有著一位喜歡吃螃蟹的姊姊。每到食蟹的季節，公主府的蟹自然是最好的，但父親重養生，一向不許姊姊多吃。每到這時，姊姊吃完自己那份，就會過去一副關懷模樣地問他：「阿弟，你是不是不會剝啊？笨！來，姊姊教你！」

小昭雲一直不明白，為什麼姊姊一幫忙，螃蟹就只剩殼了呢？

秋天柔軟的風拂過，朝雲道長似乎又聽到了那個聲音：「笨！來，姊姊教你！」

朝雲道長想，如果真的有來世，那麼姊姊肯定更喜歡現在的生活吧。

之五：老鬼

許多年後，已經成為老鬼的江念，在寄居小阿念身體的歲月裡，都會無數次想起，他與自己那個世界裡的何皇后相識的時光。

那是什麼時候呢？

彼時老鬼還只是一位去帝都準備春闈的少年，如他與小阿念所說的那般，他寄居在西山寺專門預備給舉子們的客院，一個客院六間屋子，住了三位如江念一般的貧寒舉子。

他是如何認得何皇后的呢？

那時的何皇后還不是何皇后，她的名字也不叫何子衿，彼時她姓羅，單名一個緣字。羅緣是來廟裡布施的，寄居在寺院的貧寒之人很多，羅姑娘布施的對象便是這些人。以往都是炊餅鹹菜的飯食，因羅緣過來布施，便添了些油炸果子的吃食，讓一幫生活得捉襟見肘的舉子們吃得頗是香甜。又因羅緣生得嬌俏，男人對於漂亮女人天生就有好奇心，與江念同院的一位傅舉人便同寺中的小沙彌打聽。小沙彌顯然對羅緣很了解，小沙彌道：「羅施主啊，那真是一等一的善心，非但心腸好，聽說她人亦是極為能幹的。」

傅舉人縱是已婚身分，也是極有興致，忙拿了個油炸果子給小沙彌，「這話怎麼說？」

小沙彌還未正式出家，凡心也是有些的，接了油果子咬一口，方道：「羅家是有名的大商家，他家是做花木生意的，聽說宮裡多少花木都是他家供的。生意做得很大，不過，聽說以前可不這樣，羅家也不是帝都人，而是從外地搬來的。他家能有今日，都虧得這位羅姑娘打理。羅姑娘什麼都好，就是命不好。」

「這樣能幹，家裡也有錢，心且善，這樣的好姑娘，如何會命不好？」傅舉人問。

「唉，說的是呢。這位羅姑娘不是羅家親生的，說來都是因果啊！」小沙彌還拽上了些佛家事來說，道：「聽說羅家是個小地主的人家，他家一獨子，少時生病，看了多少大夫，開方子配藥都不見好，終於求到了老家的香門，說是一老道給算的，這病到這地步，得尋個八字旺的給沖一沖，羅家就買了羅姑娘來。說來，羅姑娘算是羅家的童養媳，這命數如何，豈是能沖好的？老話都說，閻王叫你三更死，如何留你到五更呢。羅姑娘被買去了羅家，偏那羅少爺也沒保住，就這麼沒了。羅家老兩口心地不差，想著羅姑娘與他家也是有緣，便留羅姑娘在身邊當個閨女養。這位羅姑娘聽聞自小便聰明伶俐，還通詩書。她性子亦是極好，只是羅家一直沒兒子，羅老爺羅太太上了年歲，就過繼了個侄子。這位繼少爺，簡直叫人一言難盡。如今打理生意沒聽說過有什麼大本事，倒是聽說年前喝花酒就花了上千兩銀子，叫羅姑娘打了個動彈不得。」

傅舉人唏噓道：「這位姑娘難不成還要嫁這羅家過繼之子不成？」

另一位方舉人是個有些迂腐的人，道：「羅家這位姑娘也太潑辣了些，她本是童養媳，羅家對她有養育大恩。便羅少爺有不是，她好生勸說就是，如何能對未來的丈夫動手呢？」

傅舉人道：「方兄這話就偏頗了，這等不成器之人，原也配不得羅姑娘。」

江念沒說話。

小沙彌明顯更認同傅舉人的話，道：「可不是嗎？這羅姑娘，要人才有人才，要相貌有相貌，羅家原不過家裡三五百畝地，今兒何等富貴，多賴羅姑娘之才幹。」

江念終於道：「只是，她在羅家一日，這親事要怎麼辦呢？」

小沙彌道：「這誰曉得呢。」說著雙手合十，喃喃道：「只求老天保佑，讓羅姑娘平平安安的才好。」

江念第二次見到羅姑娘，是羅姑娘來西山寺燒香，西山上有帝都最有名的萬梅宮，冬日梅景之盛，享譽天下。萬梅宮是皇家園林，江念自然沒有去萬梅宮賞景的機會，但自西山寺的觀景臺，是可以看到萬梅宮外的梅林美景。

江念就在觀景臺，見羅姑娘帶著一個丫鬟過來，連忙打招呼。

羅緣笑，「你認得我？」

也不知是何緣故，那一笑落在江念眼中竟如冬陽破曉般明麗。江念耳朵有些發燙道：「我是寄居寺中的舉子，前幾天姑娘過來布施，我曾遠遠見姑娘一面。當時看姑娘忙碌，未曾親自致謝，今日得見姑娘，必得向姑娘說一聲謝才好。」說著，正色一揖。

羅緣明顯是極有見識的人，起碼她見到陌生男子不避亦不羞，她從從容容還了一禮，笑道：「這也沒什麼，朝廷每年冬天都會施粥的，我這不過是東施效顰罷了。這位舉人老爺是有學問的人，人這一輩子，誰還沒遇到過點難事，原不值一謝，以後你遇到落難之人，倘是值得幫的，幫上一把也就是了。」

江念聽羅緣聲音若珠若玉盤，這才想到自己還沒自我介紹的，江念連忙道：「學生姓江，單名一個念字。」

羅緣一笑，「江舉人。」

江念耳朵紅得發燙了，努力裝灑脫，「羅姑娘。」

羅緣過來賞景，並未與江念多言。江念覺得自己該避嫌，畢竟人家是姑娘家，而他是個大小夥子，但鬼使神差的，硬是往自己臉上加貼三層面皮，厚著臉皮也在觀景臺賞景。

兩人第三次見面是在上元節。

帝都的上元節，熱鬧自不消停。

江念與傅舉人受一位與義父很有些交情的孫御史相邀，上元節一道去帝都城過，晚上可以歇在孫御史家裡。孫御史是位熱心的人，其實在江念初來帝都城時想江念住在他家裡，可江念還是以苦讀為名，住去了西山寺。不過，上元節孫御史相邀，江念亦不是孤拐人，便同傅舉人一道去了。

晚飯都沒吃，三人帶著小廝就去了朱雀大街。彼時朱雀大街已是熱鬧起來，多少商家都擺出花燈來，他們專為了去夜市吃湯圓去的。

上元節沒有宵禁，帝都全城人泰半都要出來湊一湊熱鬧的，三個男人走啊走的，江念就給走得不見了孫御史和傅舉人。

江念在想，這大約就是天生的緣分。

江念實在被人潮擠得受不了，到了一處僻靜巷子，就聽到一惡狠狠的聲音：「羅緣我告訴妳，老子還就娶妳娶定了！」

江念一聽「羅緣」二字，立刻就住了腳，豎起了耳朵，接著就是羅緣的聲音，她道：

「要我嫁你這樣的東西，我寧可出家做姑子！」

「我倒要看看妳嫁不嫁我！」然後就是撕打的聲音。江念這可是忍不住了，他也是跟著老家道長學過一些拳腳的，當下衝了出去，先打個沒防備，然後擒賊先擒王，一拳將那惡少揍倒，趁著那些狗腿子救惡少，他提起羅姑娘就是一通跑。

羅緣顯然體力也不錯，兩人這一通跑，江念都不知是跑到哪兒去了，因為他是住在廟裡的，對帝都城逛的可當真不多。

羅緣也沒領他情，道：「你拽我瞎跑什麼，羅繼祖那傢伙不過是個草包，他手底下的小廝每個月拿著我的銀子，不敢對我怎麼樣的。」

江念一時不知說什麼好了，有些結巴地道：「我……我就是一時擔心。」

羅緣請他吃湯圓，江念雖然先時吃過了，但羅姑娘請他，他立刻又餓了，人家問他要什麼餡的，江念道：「芝麻白糖的。」

羅緣笑，「我也喜歡這個餡兒。」

江念覺得跟羅姑娘一個喜好，心裡暗喜。

兩人開始吃湯圓，雖然跟羅姑娘一道吃湯圓，湯圓也變得更好吃了，但江念還是為羅姑娘擔心，道：「妳都不擔心嗎？」

「提心有什麼用？擔心是一天，不擔心也是一天。同樣的，開心是一天，不開心也是一天。」羅緣舀個湯圓，「我呀，活一天就得樂一天。」

江念看羅姑娘依舊是眉宇輕鬆，彷彿無所愁事。

江念內心深處覺得，自己也得調整一下自己的生活態度才行。

羅緣樂觀，不是傻樂觀窮開心，羅緣的樂觀是因為有智慧。吃過湯圓，兩人就去逛逛，忽見一人快跑過來，就朝一位正在看花燈的老爺撞了過去。江念是讀書人，頗為熱心，喊了一聲：「小偷！」這是小偷常用手法，有那種悄不聲偷你東西的，也有釀造事故撞你一下，然後撈走你荷包的，這就是第二種。

羅緣道：「放心，偷不了的。」

話音剛落，那位老爺身畔一位家人，已是將小偷一腳踹了出去。

自有人去收拾那未曾得手的小偷，倒是那位老爺看向羅緣，笑道：「姑娘好眼力。」

羅緣笑，「您身邊這幾位，一看就是高手。不是我眼力好，長眼的都能看出來。」

江念：原來他是沒長眼的。

那位老爺嘉許地看江念一眼，道：「這位公子有俠義心腸。」

江念自發幽默了一回，「就是沒長眼。」讓二人一笑。羅緣道：「你本來就是看事不細，就沒注意。這位老爺的幾位家人，都是隱隱把他拱於當中，哪裡會叫這位老爺吃虧去？有俠義心腸沒用，得長腦子才行。」

江念真是被傷了自尊，倒是這位老爺來了興致，與他們說起話來。

江念以為是偶遇，當天與羅緣分別，找回郝家時，孫御史還笑言：「江念，你再不回來，我就要去帝都府報案了。」

自此之後，江念再見羅緣已是多年以後，那時羅姑娘已不是羅姑娘，而是何皇后。

春闈還遠，江念繼續在寺中苦讀，只是放下書本閒暇時，總不會經意想起那位羅姑娘，那個惡聲惡氣的惡少也來過寺中幾回，不知怎麼打聽的，來尋江念麻煩。

西山寺是帝都名寺，何況，惡少當真打不過江念，就指著來勸架的年輕僧人罵：「以後羅家再不來你們西山寺布施了！」

身為一個名寺的僧人，也是極有底氣的，僧人雙手合十，道聲佛號：「羅施主有請。」

羅家少爺這話何其不自量力，西山寺身為帝都名寺，又有名僧文休法師坐鎮，多少世家大族都極是信奉西山寺的，便是宮裡都時有宣召。羅家再有錢，也不過商賈之家罷了。他家不來布施，於西山寺還真不見得就放在眼裡。也是因此，西山寺在對著來尋釁的羅少爺時，可以占在公理的一方，並不因江念貧寒就將人交出去，或者因不欲惹事將人逐出去。

羅少爺被西山寺請了出去，那年輕僧人嘆道：「阿彌陀佛，如此心性，禍不遠矣。」轉身與江念說，讓他只管安心念書。

江念鄭重謝過。

羅少爺離開後，江念有些擔心羅姑娘會不會被這惡少欺負。

再一次聽到羅姑娘的消息，正是一個秋風初起的季節。

帝都城逢立后盛典，這些事，江念這等潛心苦讀的舉子是不大關心的，但西山寺卻是得了極厚的賞賜，連江念等人的伙食都大有改善。那位活潑的小沙彌這些日子也是喜笑顏開，與他們道：「都說咱們西山寺的香火最靈，這是再沒差的，羅姑娘做皇后娘娘了。」

這消息當真石破開驚，江念一時愣住了。

傅舉人有些驚訝的同時不禁問小沙彌：「話從何說起呢？」

傅舉人險些說，羅姑娘不是童養媳嗎？他將此話嚥回去，聽小沙彌的話。

小沙彌知道的不多，一個勁兒道：「咱們寺得的這些賞賜，就是皇后娘娘賞下來的。」

方舉人道：「羅姑娘商家出身，怎麼……」

士農工商，商為末等。

皇后何等尊貴，立一商賈之女，便是方舉人這等小小舉人都覺不妥了。

小沙彌連忙道：「不是這樣，我不是說過嗎？羅姑娘原是被羅家買去的，想來皇后娘娘是尋到本家了，聽聞皇后娘娘原是姓何的。」

方舉人此方點點頭，不再說什麼。

傅舉人恭維了小沙彌幾句，言說西山寺香火果然是極靈的，把小沙彌哄得樂呵樂呵的，又說近來寺裡果子多，要多給他們帶些來吃。

只有江念一顆心說不出來的空落落，他想到曾與羅緣的三次相遇……江念以為自己是蘇才子話本裡的男主角，突然間才明白，他完全是個路人乙，就是這種感覺。

空落落之後，江念越發發憤，只是他的春闈很是倒楣，他與傅舉人在路上被人敲悶棍，便誤了一科。醒來時，孫御史很是安慰了他們一回，說以他們的才學，再待下科就是，又問他們平時可有什麼仇家。

他們都是來帝都準備春闈的舉子，一心念書尚且不夠，又哪裡會有仇家？

傅舉人是個心細的，想起羅少爺來，江念瞠目結舌，「那才多大點事兒？」

傅舉人到底年長些，道：「你覺得事情不大，於那等人，卻是天大的事了。」孫御史連忙問起，傅舉人便將一年前羅少爺去廟裡尋釁的事與孫御史說了。孫御史豈是會吃虧的，連忙著家裡管事去查。查到此事，先捏住證據，再狠狠參了一本。傅舉人還有些擔憂，說羅家乃何皇后的養父母之家，孫御史不以為然，「只是養父母，又不是親生父母，一無爵位，二無官職，敢襲擊趕考舉子，真是跟天借膽！」

後來這位羅少爺被判二十年苦役，聽說還是何皇后親自交代的，該如何判就如何判，不准帝都府看她情面。另外，何皇后還著內侍帶了藥材與銀錢過來探望江念與傅舉人，言語間很是客氣。江念越發悵然，傅舉人則是受寵若驚。

既有了銀錢，他二人決定繼續在帝都苦讀。

春闈後便有皇帝南巡的消息，但六月中時，皇帝崩逝。

江念與傅舉人都換上了素色袍子，他二人與皇帝沒交情，不說笑也就是了，不過，傅舉人私下告訴江念一個消息：「陛下駕崩，新君登基，明年必開恩科，咱們不算沒有運道。」

江念點頭，心裡卻為何皇后感到難過，年紀輕輕就守了寡。雖然嫁給先帝比嫁給那個惡少強一千倍，但這樣的年輕……

江念第二年的春闈極其順利，他名列一甲，被點為探花。

功成名就的生活隨之而來，江念還遇到了一位最喜歡為人保媒的君王。昭明帝看江念順眼，為他保媒壽宜長公主。

江念並不知自己哪裡入了壽宜長公主的眼，後來江念才知道，他偶然一次去西山寺，遇到一位亂跑的娃娃，江念是個熱心人，把娃娃交給急惶惶找來的乳母，這個娃娃就是壽宜長公主之子。關於壽宜長公主，江念所知不多，只知長公主駙馬在先帝喪期內不謹，後來出了家，壽宜長公主當然是可以再嫁的。長公主這樣高貴的身分，江念沒有不答應的道理。

壽宜長公主是個溫柔的女子，她年紀比江念還要大上幾歲，既不拘泥亦不矯揉，第一天成親時就與江念說明白了自己的規矩，駙馬當守的本分。讓江念覺得，這樁親事，當真是有些一言難盡。不過，江念與長公主之子阿鳳倒是投緣的，每次江念抱著阿鳳教他說話念書的時候，長公主的神色便是溫和的。

然而，江念的出身註定了他與長公主之間的差距，長公主穿的衣裙，那衣料他只看得出華貴，可華貴在哪兒，他是說不上來的。長公主賞鑒的珍玩，他能看出貴來，再多的，他就不曉得了。更不必說，衣食住行樣樣不同。門第出身的差距，不是一時能彌補的。

江念也慢慢知道了一些何皇后的事，這位皇后，不，現在是太后了，用壽宜長公主的話來說：「本事是極高明的，當初父皇在邊州多虧了她。我們也敬重她，當年還以為她不是個明事理的，後來才知道，我們都誤會了她。」

江念道：「這話從何說起？」

壽宜長公主道：「當初父皇不知怎地認識了她，那會兒父皇年事已高，非要立她為后。朝中多少人勸不下來，終是立了她為后。皇祖母為此大是不悅，父皇當年巡江南，原是要帶著她一道的，皇祖母不答應，父皇便自己去了。在邊州出事，多虧她穩住朝局，親去邊州救了父皇回來。唉，天不假年，父皇去得太早。好在皇兄皇嫂都尊她敬她，就是我們，也感念她當年之功，她如今也是極好的。」

壽宜長公主笑笑，「我倒忘了，駙馬與太后頗有些淵源。」

江念是個聰明人，亦不相瞞，「我第一次春闈，還被羅家公子敲了悶棍，沒考成。」

壽宜長公主來了興致，道：「駙馬是與羅家那人有仇嗎？」

「說不上有仇，在我看來只是一些小事。我寄居西山寺時，羅姑娘，哦，現在該說太后娘娘，太后娘娘去西山寺布施，我們這些貧寒舉子很得些實惠，曾遠遠見過一面。有一回上元節，遇見太后娘娘被人為難，我以為是遇著登徒子了，就幫了太后娘娘。後來才知道，那人不是登徒子，而是羅家的公子。就這麼點事兒，我沒放在心上，羅公子卻頗是記仇，那回連傅兄都被連累了，他也被敲暈，沒能趕上那年春闈，我們都是參加的第二年的恩科。」

江念自認為內心坦蕩，但女人的直覺就是這般靈敏到不可思議。

江念也不知壽宜長公主是何時察覺的，他們沒有子女，生活上也只是彼此客氣，夫妻情分委實談不上。江念其實在內心深處隱隱覺得，長公主並不喜歡自己，但長公主有長公主的政治地位，壽宜長公主當然更在意自己與兒子，這無可厚非，只是長公主從此連阿鳳都不讓江念親近，這讓江念有些遺憾，他還挺喜歡小孩的。

江念只得將滿心精力用在差使上，倒是得了昭明帝幾句誇讚。

江念終是與長公主漸行漸遠，或者他們本就從來沒有試圖走近過對方。

老鬼很久以後才憶起自己是如何死的，那是在一次秋狩時，驚懼的馬匹，咆哮的猛虎，江念追一隻黃羊，誤入何太后的獵區。他也不知自己有沒有救下何太后，但當他有意識時，已到了小阿念的身體裡。

小阿念與他少時一模一樣，只是他是被養在江家，而小阿念為什麼會到了何家？還有，何家那位精神百倍的子衿姊姊，很快發現他不是小阿念，天天想法子要把小阿念找回來。

老鬼發現兩世的自己都是認了沈素做義父，但兩世的不同就在於，上一世，他去的是江家，這一世的小阿念，來的是何家。

老鬼記得前世聽江家人說過何家的事，說何家原是有一女，不曉得如何被人販子拐去，再無下落。老鬼不論如何仔細打量子衿姊姊的相貌，也看不出她以後是不是會出落成那個女子的模樣。很悲催的是，老鬼以為他與小阿念是同一人，但顯然他有他的意識，小阿念有小阿念的意識，那小子終於奪回了身體的掌控權，還時不時跟何子衿那丫頭說他壞話。

老鬼第一次覺得，這一世的自己小時候可真夠討厭的。

尤其是當子衿姊姊漸漸長大，出落得那般嬌俏又熟悉的眉眼。

尤其是當小阿念這樣心心念念地念著子衿姊姊時。

老鬼不會承認，他心中是有那麼一絲隱隱的嫉妒。

而且，這一世的子衿姊姊，完全沒有半點要進宮的意思。

當趙李兩家以權勢相逼時，子衿姊姊沒有答應。

當如命運般再度與帝王相遇時，子衿姊姊也沒有答應。

她這般忠貞守護著與小阿念的親事，滔天富貴放於眼前猶不動分毫。讓老鬼情不自禁地想，如果自己那世早些向她表明心意，她會不會也像子衿姊姊這般守著與自己的誓約？

然而，人生哪有如果。

當子衿姊姊與小阿念成親時，老鬼突然憶起，他死去的那一刻，有個聲音問他，你的心願是什麼。心願？他是怎麼說的？他說的是，如果有來世，請讓我與心愛的人自幼相逢。

他真的與相愛之人自幼相逢了，可惜他不是小阿念，小阿念不是他。

老鬼多麼嫉妒這一世的自己，他又是多麼的不願意離去。

於是，他硬生生做了小阿念與子衿姊姊的第三者，整整三年時間。他還開始給這一世的自己找麻煩，小阿念簡直是鍥而不捨的典範，他又見到了那一世無緣相見的父母。

其實見與不見，不若不見。

當他聽到小阿念說「永生都不會做父母這樣的人」時，老鬼終於釋然，小阿念就是他，他就是小阿念，哪怕是不同的世界，但能有一個世界的自己可以與子衿姊姊這般青梅竹馬地生活，他亦是可以瞑目的。

見子衿姊姊含笑向小阿念走來，老鬼終於離開小阿念，先一步給心中的姑娘一個擁抱。

上一世妳過得很好，但我想，肯定是這一世更快活吧？

老鬼化作一道風飄然而去，他也不知自己會去哪裡。

他的眼皮彷彿有千斤重，想睜也睜不開，身體上的劇痛難以形容，無數喊「江駙馬」的聲音傳來，老鬼卻是陷入了沉沉的黑暗之中。

後記

如果說有一篇小說是笑著開始到笑著完結的，非《美人記》莫屬。

種田文的特點就是家長裡短，完全不必考慮陰謀詭計、人生抱負，種田文只要把自己的小日子過好就好了，《美人記》就是這樣的一篇小說。

這也是唯一一篇讓我在碼字過程中會笑出聲的小說。現在想起，都歡樂無比。又摳又可愛的何老娘，美貌會過日子的沈氏，無甚壯志的何恭，身分複雜的江念，還有我們的主角何子衿，每一個人物都超級喜歡。有時我都覺得不可思議，怎麼寫出這麼有趣的人物來，尤其何老娘，其風采之過人，完全直逼我們的主角——教育小能手．何．小仙．子衿姊姊啊。

《美人記》感覺沒什麼要說的，不過，小編讓我寫一點後記。哈哈，感覺這篇小說就是完結後很久，每當回憶，便要歡樂的小說。不論是創作時的喜悅，還是完結後的今天，想到《美人記》，整個人的心情都會飛揚起來，陽光似乎都格外燦爛，就是現下寫後記時，唇角都會不自覺地翹啊翹。

我是如此的喜歡這篇小說，它不是講述宮廷侯爵，也不是權謀江山，更非神仙志怪，它就是一篇極生活化的種田小說。裡面的人沒有絕世武功，亦不具罕世美貌，更非精靈神仙，都是我們身邊常見的平常人物，所以，它更貼近於我們的生活，貼近於我們平凡中帶著一點努力的生活。

簡而概之，這是一本寫凡人的小說。
因為我是凡人，所以，極愛它，真愛它。

漾小說 214
美人記 10

國家圖書館出版品預行編目資料

美人記/ 石頭與水著. -- 初版. -- 臺北市：
晴空, 城邦文化出版：家庭傳媒城邦分公司發行,
2019.04
冊；　公分. --（漾小說；214）
ISBN 978-957-9063-35-7（第10冊：平裝）

857.7　　108001414

原著書名：《美人记》，由北京晉江原創網絡科技有限公司授權出版。

作　　者　石頭與水
封面繪圖　畫措
責任編輯　施雅棠
國際版權　吳玲瑋　蔡傳宜
行　　銷　艾青荷　蘇莞婷
業　　務　李再星　陳紫晴　陳美燕
編輯總監　劉麗真
總 經 理　陳逸瑛
發 行 人　涂玉雲
出　　版　晴空
城邦文化事業股份有限公司
104台北市中山區民生東路二段141號5樓
電話：（886）2-2500-7696　傳真：（886）2-2500-1967
發　　行　英屬蓋曼群島商家庭傳媒股份有限公司城邦分公司
104台北市中山區民生東路二段141號2樓
客服服務專線：（886）2-25007718；25007719
24小時傳真專線：（886）2-25001990；25001991
服務時間：週一至週五上午09:00~12:00；下午13:00~17:00
劃撥帳號：19863813；戶名：書虫股份有限公司
讀者服務信箱：service@readingclub.com.tw
晴空部落格　http://blog.yam.com/readsky
香港發行所　城邦（香港）出版集團有限公司
香港灣仔駱克道193號東超商業中心1樓
電話：852-25086231　傳真：852-25789337
E-mail：hkcite@biznetvigator.com
馬新發行所　城邦（馬新）出版集團【Cite (M) Sdn Bhd】
41, Jalan Radin Anum, Bandar Baru Sri Petaling,
57000 Kuala Lumpur, Malaysia.
電話：(603) 9057-8822　傳真：(603) 9057-6622
Email：cite@cite.com.my
美術設計　洸譜創意設計股份有限公司
印　　刷　沐春行銷創意有限公司
初版一刷　2019年04月11日
定　　價　400元
I S B N　978-957-9063-35-7